수호지 지도

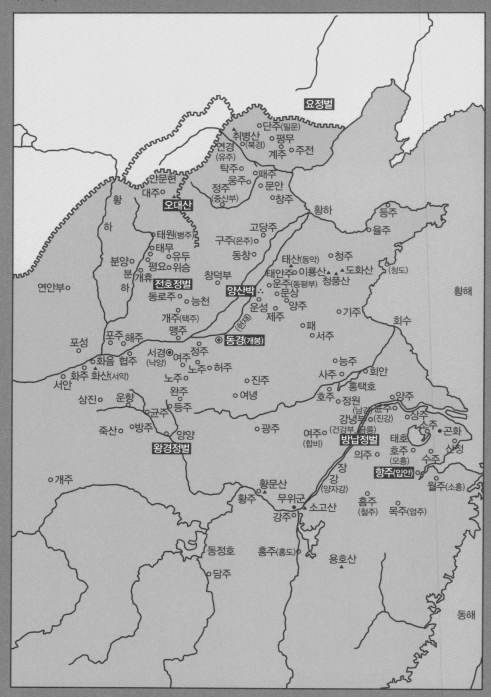

요정벌

단주(밀운)
취병산(북경)
연경(유주) 평무
계주 주전

탁주 패주
응주 문안
정주(중산부) 창주

오대산 황하

등주
율주

고당주
태원(병주) 구주(은주)
태무 동창 태산(동악) 청주
유두 태안주 이룡산 도화산
전호정벌 평요 위승 운주(동평부) 청풍산 (청도)
개휴 창덕부 문상
동로주 양산박
능천 운성 양주
개주(택주) 제주
맹주 동경(개봉) 패 기주
서주

서경(낙양) 여주 정주 능주 회안
화음 협주 노주 허주 사주 홍택호
화주 화산(서악) 진주 호주 정원
포성 풍주 해주 양주
서안 노주 여녕 강녕부(남강) 윤주(진강)
상진 운향 완주 광주 여주(합비) 방납정벌 상주
죽산 방주 등주 태호 곤화
양양 의주 호주(오흥) 사성
왕경정벌 수주
항주(임안)
개주 황문산 장강(양자강) 월주(소흥)
황주 무위군 소고산 흠주(철주) 목주(엄주)
강주

동정호 흥주(홍도) 용호산
담주

동해

황하
분양
분하
연안부
황해
회수

수호지 5

백팔영웅 편

수호지 5
백팔영웅 편

초판 1쇄 발행 2021년 10월 15일

지은이 시내암
평역 김팔봉
펴낸이 한승수
펴낸곳 문예춘추사

편집 이상실
디자인 이유진, 심지유
마케팅 박건원, 김지윤

등록번호 제300-1994-16
등록일자 1994년 1월 24일
주소 서울시 마포구 동교로27길 53 지남빌딩 309호
전화 02-338-0084
팩스 02-338-0087
블로그 moonchusa.blog.me
E-mail moonchusa@naver.com

ISBN 978-89-7604-481-5 04820
     978-89-7604-476-1 (세트)

水許傳

김팔봉

수호지

시내암 지음 | 김팔봉 평역

5

백팔영웅

문예춘추사

수호지
제5권 | 차례

일러두기

1. 이 책은 팔봉 김기진 선생이 『성군(星群)』이라는 제목으로 1955년 12월부터 〈동아일보〉에 연재한 작품으로, 1984년 어문각에서 『수호지(水滸誌)』라는 제목으로 바꿔 출간한 초판본을 38년 만에 재출간한 작품이다.

2. 이 책은 수호지의 판본 중 가장 편수가 많은, 164회(전편 124회, 후편 40회)짜리 『수상 오재자 전후합각 수호전서(繡像 五才子 前後合刻 水滸全書)』라는 작품을 판본으로 했다.

3. 가능한 한 원본에 맞게 편집했으나 최신 표준어 맞춤법에 맞게 고쳤고, 지명이나 인명은 일부 수정하여 독자들이 읽기 편하게 했다.

4. 한자 표기는 정오正誤에 상관없이 원본을 따랐으나 동일 인물이나 지명의 상반된 표기가 있는 경우에는 올바른 한자를 찾아 표기했다.

5. 이 책의 지도는 내용에 맞게 새로 제작한 것이다.

장청의 투석술

이때 오용이 일어서면서, 여러 사람을 향하여 눈을 한번 끔쩍하고는 송강을 보고 말한다.

"아까 말씀한 대로 형님이 제1위에 앉으시고, 노원외가 제2위에 앉으셔야 모든 사람이 복종할 겝니다. 형님이 자꾸 이러신다면 여러 사람의 마음이 흩어지기 쉬우니 그러지 마십시오."

그러자 흑선풍 이규가 소리를 버럭 지른다.

"대관절 이런 수작이 어디 있소? 나는 강주서부터 목숨을 내던지고 형님을 따라 여기 와서 여러 사람과 함께 형님을 산채의 주인으로 섬겨왔소. 그런데 지금 와서 자리를 양보한다커니 못 받겠다커니, 서로 마음에도 없는 거짓말을 주거니 받거니 하니, 그래 우리를 무얼로 알고 그러는 게요? 난 하늘도 무섭지 않고, 겁나는 게 아무것도 없소! 정말 이러고들 있을 량이면, 우리는 죄다 흩어질라우!"

무송도 아까 오용이 눈짓하는 것을 보았는지라, 그도 일어서서 한마디 했다.

"송공명 형님 밑에는 조정 군관 출신이 허다합니다. 이 사람들이 모두 형님한테 복종해왔는데, 지금에 와서 다른 사람한테는 좀 어려울 겝니다."

유당도 일어서서 한마디 한다.

"우리가 애초에 일곱 사람이 산에 올라왔을 때부터 형님을 주인으로 섬겨오지 않았소? 그런데 어째서 지금 나중에 들어온 사람한테 자리를 양보한다는 건지 알 수가 없소이다."

그의 말이 끝나자, 이번엔 노지심이 큰소리로 외친다.

"만일 형님이 그 자리를 뜨신다면, 우리들도 지금부터 이 자리를 뜨겠소이다."

이같이 여러 사람이 들고 일어나므로 송강은 다시 일어나서 조용히 말했다.

"여러분들 의향은 잘 알았소이다. 그렇다면 더 길게 이야기할 것 없이, 모든 것을 하늘 뜻에 알아보고서 결정합시다그려."

"어떻게 하자는 말씀인지, 좀 자세히 이야기하십시오."

오용이 이같이 물으니까, 송강은 정중히 설명한다.

"지금 우리 양산박에는 전량이 부족해졌습니다. 그런데 양산박 동쪽에 전량이 풍부한 고을이 두 군데가 있지 않습니까? 하나는 동평부(東平府)요 하나는 동창부(東昌府)라는 것은 세상이 다 아는 일인데, 우리가 한 번도 그 지방에 가서 폐를 끼친 일은 없지만 우리가 그들한테 양식을 빌리러 왔다고 하면 필시 거절할 것이 틀림없지요. 그러니까 지금 노원외하고 나하고 두 사람이 제비를 뽑아서 동평부와 동창부 두 곳을 각각 하나씩 맡아 공격해서, 누가 먼저 성을 떨어뜨리는가 내기를 하여 먼저 이긴 사람이 양산박 주인이 되자는 것입니다. 제비를 뽑아 먼저 성을 터는 내기인데 어떻습니까?"

오용은 즉시 좋다고 찬성하고, 노준의는 굳이 반대했다. 그러나 송강은 배선으로 하여금 두 개의 제비를 만들어오게 한 후, 향로에 향을 피우고 하늘에 맹세를 드린 다음에 제비를 하나씩 뽑아보니 송강이 뽑은 것은 동평부요, 노준의가 뽑은 것은 동창부다.

이렇게 결정되고 나니, 모든 두령들은 입을 다물었다.

송강은 즉시 술상을 차려오게 하여 두령들과 술을 마시면서 두 사람의 부대를 편성하기 시작하는데, 먼저 자기 부대에는 임충·화영·유당·사진·서녕·연순·여방·곽성·한도·팽기·공명·공량·해진·해보·왕영·호삼랑·장청·손이랑·손신·고대수·석용·욱보사·왕정륙·단경주 등 스물네 명 두령에 보군, 마군 합쳐서 1만 명, 그리고 수군(水軍) 두령으로 원소이·원소오·원소칠 삼형제가 선박을 가지고 접응(接應)하도록 편성했다.

그리고 노준의 부대에는 오용·공손승·관승·호연작·주동·뇌횡·삭초·양지·단정규·위정국·선찬·학사문·연청·양림·구붕·능진·마린·등비·시은·번서·항충·이곤·시천·백승 등 스물네 명의 두령이 보군, 마군 합해서 1만 명이오, 수군 두령으로는 이준·동위·동맹 등 세 사람이 선박을 가지고 접응하도록 한 후, 그 나머지 두령들은 이번 증두시 싸움에 부상당한 사람들과 함께 산채에 남아서 지키도록 했다.

이같이 부대 편성이 끝난 뒤에 연회를 파하고 이튿날 송강과 노준의는 각각 자기 부대의 두령들과 함께 산을 내려오니, 때는 바로 3월 초순이라 햇볕이 따뜻하고 바람은 훈훈하여 접전하기에 좋은 날씨였다. 먼저 산에서 내려온 송강은 동평부 못 미처 40리쯤 되는 안산진(安山鎭)에 이르러 그곳에 군사를 멈추고 입을 열었다.

"동평부 태수 정만리(程萬里) 밑에 병마도감(兵馬都監)으로 있는 동평(董平)이란 사람은 본래 하동 상당군(上黨郡) 사람인데, 이 사람이 두 자루 창을 잘 쓰기 때문에 사람들이 별호를 쌍창장(雙鎗將)이라 부른단 말야. 그런데 우리가 성을 치자면 일단 인사는 해야 하는 법이니까, 누가 전서(戰書)를 갖다주어야겠는데, 그리고 전서를 받아보고 저쪽에서 순순히 항복을 한다면 애써 싸울 것도 없지만, 만일 우리들 요구를 거절한다면 그때엔 도륙을 내야겠는데 말야."

송강의 말이 떨어지자 증두시 싸움에서 항복하고 들어온 욱보사가

쑥 나서며,

"제가 동평을 잘 알고 있습니다. 저를 보내주십시오."

하고 말한다.

그러자 또 한 사람이 앞으로 나오는데, 바라보니 그는 양자강에서 따라온 왕정륙이다.

"저도 같이 가게 해주십시오. 저도 산채에 들어온 뒤 공을 세운 일이 없으니, 이런 때 한번 써주십시오."

송강은 기뻐하면서 즉시 양식을 빌려달라 하는 편지를 써서 두 사람에게 주어 동평부로 보냈다.

이때 동평부 태수 정만리는 양산박 송강군이 안산진에 들어와 있다는 정보를 듣고 병마도감 동평을 불러 대책을 의논하고 있었는데, 문을 지키던 군사가 들어와서,

"송강군이 전서를 가지고 왔다고 합니다."

하고 보고한다.

"불러들여라."

정태수가 분부를 내리자 조금 있다 욱보사와 왕정륙이 뚜벅뚜벅 당당한 걸음걸이로 들어오더니, 편지를 올린다.

정태수는 그 편지를 읽어보고 나서 동평을 돌아다보며,

"전량을 빌려달라 하니, 이 일을 어찌하면 좋겠소?"

하고 의견을 묻는다.

"당치도 않은 수작이죠! 당장 저놈들 목을 베어버려야 합니다."

동평은 흥분해서 이같이 대답하는 것을 오히려 정태수가 말리는 것이었다.

"그럴 수가 있나? 자고로 두 나라가 서로 싸우는 때에도 양쪽에서 사자(使者)만은 죽이지 아니하는 법이었소. 예(禮)가 아니거든! 이제 저 두 사람을 곤장 20대씩 쳐서 돌려보내놓고, 저것들의 동정이나 두고 봅시

다."

정태수가 이같이 말하고 욱보사, 왕정륙 두 사람을 엎어놓고 곤장으로 때리도록 명령했건만, 동평은 그래도 흥분했던 마음이 시그러지지 아니했다. 욱보사와 왕정륙은 살가죽이 찢어지고 피가 흐르도록 매를 맞고서 대채(大寨)로 돌아와 송강을 보고 울면서 사실을 고했다.

송강은 분한 생각이 가슴에 가득하여 즉시 왕정륙·욱보사를 수레에 태워 산으로 올려보내는 동시에 동평부 총공격을 서둘렀다. 그러자 구문룡 사진이 일어서서 자기 의견을 말한다.

"제가 전일 동평부에 있을 때 유곽에서 가까이 지내던 이수란(李睡蘭)이라는 창기가 하나 있는데, 계집이 매우 똑똑하죠. 제가 돈을 약간 가지고 가서 그 계집한테 숨어 있을 테니, 약속한 날짜에 형님이 성을 치십시오. 그러면 동평이 나가서 맞아 싸울 게니까, 그때 제가 가만히 나가서 성루에 불을 질러 내외호응(內外呼應)하면 대사를 성취할 수 있을 겁니다."

"그거 참 좋은 꾀요!"

송강이 찬성하자, 사진은 즉시 돈을 꾸려 전대 속에 넣고 품속에 무기를 감춘 후, 보퉁이 한 개를 들고서 떠났다.

그가 대채에서 나올 때 송강은 아무쪼록 신중히 기회를 엿보고 기민하게 행동하라고 신신당부했다.

사진은 동평부 성내에 무사히 들어와 서문(西門) 안 교방에 있는 이수란의 집에 이르렀다. 그가 문을 두드리니까, 수란의 아비가 나오더니 깜짝 놀라면서,

"사선생(史先生) 아니시오. 어서 들어오십시오."

하고 반가워하며 안을 향하여 딸을 부른다. 그러자 수란이 방문을 열고 금방 나오는데, 키가 날씬하고 어여쁘게 생긴 계집이었다.

"올라오세요. 그동안 안녕하셨어요?"

수란은 사진을 인도하여 위층으로 올라가서 자리를 권한 다음에,

"그런데 아무 소식이 없으시더니만, 어떻게 찾아오셨어요?"

하고 묻는다.

"그래, 그간 별고 없었니?"

"저야 항상 한모양이죠. 그런데 소문을 들으니까 양산박에 들어가셔서 대왕(大王)이 되셨다더군요. 관가에서 방을 써붙이고 당신을 잡는다던데, 이렇게 나다니셔도 상관없으세요? 그리고 요새는 송강이 양식을 털러 성안에 들어온대서 이제부터는 성안이 온통 시끌덤벙한데, 참! 대담도 하시군요."

"그래, 내가 너한테야 속이겠니? 네 말대로 양산박에 들어가 두령이 되었다마는, 아직 내가 공을 세운 것이 하나도 없구나. 그래서 이번에 송강 형님이 양식을 빌리러 온 기회에 잠깐 틈을 타 너를 찾아온 것이란 말야. 여기 돈을 싸가지고 왔으니 이걸 받아두고, 너 혼자만 알고 있어야 한다. 내가 성안에 들어 있단 말을 소문 내지 말고 가만있으면, 나중에 일이 뜻대로 된 다음에 너의 집 식구를 모두 산으로 데려다가 편하게 살게 해줄 테니 그런 줄 알란 말야."

수란은 돈 보따리를 받아서 궤짝 속에 넣은 다음에 술상을 들여다놓고 술을 한잔 권하더니,

"그럼 잠깐 혼자 앉아 계십시오. 저는 아래층에 좀 갔다 올게요."

하고 아래층으로 내려가서 저의 어미를 보고 사진의 이야기를 했다.

어미는 수란의 이야기를 듣고 놀랐다.

"애야, 그전에는 그이가 그냥 호인(好人)이니까 우리 집에 출입하는 것이 무방했지만, 지금은 그이가 도둑놈 떼의 한패가 아니냐? 일이 탄로되는 날이면 우리가 잡혀갈 테니 큰일 났다!"

아비가 옆에 앉았다가 마누라쟁이의 말을 막는다.

"여보, 떠들지 마우! 양산박 송강이라면 호걸이라고 모두들 그러는

데, 괜스레 잘못했다가 저 사람들이 성을 깨치고 쳐들어오는 날이면 그 땐 우리 집 사람들이 견디어 배길 줄 알우?"

그러자 노파는 성을 발끈 내면서 영감쟁이에게 말을 마구 해댄다.

"이 늙은이가 뭘 안다구 지껄이노. 옛날부터 말이 있잖어? 벌이 품속으로 날아들었거든 빨리 옷을 벗고 털어버려야 한다고! 일이 탄로되기 전에 자수하면 죄를 용서받는 것이 천하의 통례란 말야. 그러니까 임자는 빨리 동평부로 들어가서 밀고하고 와요! 그래야 뒷날 시끄러운 일이 없단 말야."

"그렇지만 그이한테서 많은 돈을 받아가지고도 밀고를 하다니, 그건 의리상 어려운데."

"늙은 것이 개방귀 같은 수작 하고 있네! 갈보집이 뭣하는 집인 줄 알어? 천명이고 만명이고 등골을 뽑는 게 장사란 말이야! 저까짓 사내 한 놈쯤 뭐가 무서워 그런담? 임자가 못 가겠다면 내가 가서 꼬아박아야지! 임자까지 저놈하고 한패라고 꼬아박을걸!"

"성을 낼 일도 아닌데, 공연히 성을 내고 야단이야! 그럼 내가 아문 (衙門)까지 갔다 올 테니까, 이 애나 올라가 있게 해요. 눈치 채고서 달아나면, 관인(官人)이 온 다음에 내가 뭐라고 말한담!"

아비가 이같이 말하고 밖으로 나가자, 수란은 총총히 위층으로 올라갔다. 이때 방에 들어오는 수란의 얼굴빛이 희락 붉으락 이상한 것을 보고, 사진이 물었다.

"왜 집안에 무슨 일이 생겼나? 얼굴빛이 심상치 않으니 말이야."

"아뇨. 지금 층계를 올라오다가 헛디뎌서 하마터면 거꾸러질 뻔했어요. 그래 가슴이 두근두근하는군요. 어서 술이나 드세요."

사진은 수란의 말을 곧이듣고 여전히 그대로 앉아서 술을 두어 잔 더마시고 있노라니 아래층으로부터 층계를 올라오는 발소리가 나더니, 별안간 창문 밖에서 고함지르는 소리와 함께 십여 명이나 되는 포리(捕

吏)들이 우르르 뛰어들어와 불문곡직하고 사진의 머리를 움켜잡고 사지를 결박지어 동평부청으로 끌고 간다. 사진은 꼼짝 못 하고 부청으로 끌려갔다.

동평부의 정태수는 사진을 보고 큰소리로 호령했다.

"이놈아, 네가 담이 얼마나 크기에 혼자 성에 들어와서 정탐을 하는 거냐? 수란의 아비가 와서 고발하지 아니했더면 고을 백성이 네놈 때문에 변을 당할 뻔했다! 그래 이놈아, 바른대로 말해봐라. 송강이 너한테 무슨 일을 하라더냐?"

사진이 입을 다물고 가만있으니까 동평이 태수 곁에서 소리를 지른다.

"저놈을 때리지 않고서는 안 될 거요!"

정태수가 동평의 말대로 사진을 때리라고 분부하자, 명령을 받은 옥졸들은 사진을 형틀에 달아놓고, 그의 넓적다리에 냉수를 뿜은 뒤에, 양쪽 다리를 각각 백 대씩 굵은 몽둥이로 내리쳤지만, 사진은 입을 꼭 다물고 아무 말 하지 않는다.

"저놈을 사수로에 가뒀다가 나중에 송강이란 놈하고 같이 서울로 보내야지!"

동평이 이같이 말하니까, 정태수는 또 그의 말대로 분부를 내렸다.

그런데 사진이 이렇게 된 줄은 꿈에도 알지 못하고 송강은 사진을 동평부로 보낸 뒤에 즉시 자세한 편지를 써서 동창부를 치러 간 오용에게 보냈었다.

오용은 송강의 편지에 사진이 이수란이라는 창기집에 가서 정탐을 한다고 적힌 것을 보고 크게 놀랐다. 그래서 그는 노준의에게 양해를 구해 밤을 도와서 송강에게로 왔다.

"누가 사진을 동평부로 보내자고 했습니까?"

오용이 송강을 보자마자 대뜸 이같이 묻는다.

"누가 보낸 게 아니라, 제가 가겠다고 자청합디다. 이수란이라는 창기하고는 오래전부터 다정하게 지내던 사이라고 그러더구먼."

"그거 참, 큰 실수를 했습니다! 내가 있었다면 결단코 안 보냈습니다. 옛날부터 창기라는 것들은 송구영신(送舊迎新)하는 것들로서 사내들한 테 올가미만 씌워 빨아먹고는 내버리는 게 생업이요, 또 마음이 물과 같아서 이리 흐르기도 하고, 저리 흐르기도 하고, 그 위에 어미가 시키 는 대로 그 수중에서 노는 것들인 까닭에 이것들을 믿고 큰일을 의논하 지 않는 법입니다. 아무래도 사진이 큰 변을 당하겠는데요."

"그럼, 어쩌면 좋은가? 무슨 좋은 계책이 없을까요?"

오용이 잠시 입을 다물고 생각하더니 갑자기 고대수를 불러 말한다.

"이번엔 아무래도 당신이 수고를 좀 하셔야겠소. 거지 모양을 하고 성중으로 들어가 구걸하고 다니며, 동정을 살펴서 빨리 돌아와야 해요."

"대관절 어떻게 무슨 일을 하는 겝니까?"

"성중에 들어가보아서 옥에 갇혀 있거들랑 옥졸을 찾아보고 사정을 해서, 밥 한 그릇 넣어주는 체하고 옥중에 들어가 사진을 보고, 우리가 오는 그믐날 밤 쳐들어갈 테니 당신일랑 미리 변소에 가 있다가 그때 빠져나올 준비를 하고 있으라고 일러주시오. 그리고 그믐날 저녁 전에 당신이 성중에서 한 군데 불을 지르시오. 그러면 이쪽에서는 그것을 군 호로 쳐들어갈 테니까 일이 될 겝니다. 그리고 형님은 먼저 문상현(汶上 縣)을 들이치십시오. 그러면 문상현 백성들이 모두 동평부로 도망해 들 어갈 것이니, 그때 고대수는 피난 가는 백성들 틈에 끼어서 아무도 모 르게 들어갈 수 있을 겝니다."

오용은 이같이 계교를 가르쳐준 후 말을 타고 즉시 동창부로 가버렸 다. 오용이 돌아간 뒤에 송강은 해진·해보에게 명령하여 군사 5백 명을 거느리고 나가 문상현을 공격하게 했더니, 과연 그 고을 백성들은 모 두 동평부로 피난해 들어가는 것이었다. 이때 고대수가 머리를 풀어 산 발하고 몸에는 누더기 같은 옷을 입고서 거지 행색을 하고 피난민 틈에 끼어 들어간 것은 물론이다.

동평부중에 들어온 고대수가 밥을 빌어 먹어가며 부청 앞에까지 가서 소문을 알아보니, 과연 사진이 붙들려서 옥에 갇혀 있는 것이 사실이다.

이튿날 고대수는 밥을 한 그릇 담아서는 옥문 앞에 가서 얼씬거렸다. 옥졸이 나오기만 하면 사정을 해볼 작정인데, 조금 있다 과연 늙수그레한 옥졸 한 사람이 옥문 밖으로 걸어나오므로 고대수는 그 사람 앞으로 가서 눈물을 철철 흘리며 절을 했다.

"왜 이러는 거요? 무슨 사정이 있기에 이렇게 운다는 거요?"

옥사정이 이같이 묻자 고대수는 청승맞게 사정을 호소했다.

"옥사정님! 지금 옥중에 들어가 있는 사대랑(史大郎)은 이 늙은 것의 옛날 주인이랍니다. 벌써 십 년 전에 헤어진 채 만나보지 못했는데, 그동안 장사를 하고 다니신다는 소문만 듣고 있었더니만 일전에 들으니까 무슨 일을 저질렀는지 모릅니다마는, 그만 옥에 갇혔다는구먼요! 누가 밥이나 들여줄 사람이 있어야죠? 그래 제가 밥 한 그릇 지어갖고 왔답니다. 옥사정님! 제발 저를 가련하게 보시고서 한 번만 들어가서 갖고 온 밥이나 한술 먹여주도록 허락합쇼. 그래주신다면 그 은혜 백골난망하겠습니다!"

"큰일 날 소리 하는군! 그 사람은 양산박 강도란 말야. 죽을죄를 짓고 있는 놈인데, 누가 감히 외인(外人)을 들여보내겠소?"

"그저 죽을 때 죽더라도 그이가 죽기 전에 한 숟가락이나마 밥을 먹여보고 싶은 저의 심정이랍니다. 옛정을 생각하니 어디 그냥 있을 수 있어야죠."

고대수는 또 눈물을 흘리면서 흐느껴 울었다.

늙은 옥졸은 고대수의 모양을 측은하게 바라보다가 속으로,

'남자라면 도저히 들여보낼 수 없지만 부인네니까 한 번쯤 들여보낸

대도 무방하겠지!'

이같이 생각하고서 마침내 그를 데리고 다시 옥 안으로 들어왔다.

사수로에 갇혀 있는 사진은 고대수가 감방 안에 들어오는 것을 보고 무척 놀랐다. 그러나 감히 내색을 못 하고 있는데, 고대수는 우는 시늉을 하면서 사진에게 밥을 먹이기 시작했다. 그러자 조금 있다가 젊은 놈 옥졸 하나가 그리로 지나가다가 고대수를 보더니 야단을 친다.

"이놈은 죽을죄를 저지른 도둑놈인데, 바람도 못 들어오게 하는 이 속에 누가 너더러 들어와서 밥을 먹이라데? 썩 나가거라!"

고대수는 더 있을 수 없어서,

"그믐날 밤 빠져나와요!"

이같이 겨우 한마디 입 밖에 내고서 돌아왔다. 사진이 재차 그 말이 무슨 뜻인지 물어보고 싶었으나, 고대수는 젊은 옥졸한테 등을 밀려 바깥으로 쫓겨난 뒤였다.

사진은 '그믐날 밤'이라는 한마디밖에 들은 말이 없는지라, 어떻게 되는 일인지는 모르나, 하여간 그믐날만 기다리고 있었다.

그런데 그 해 3월은 큰달이어서 30일이 그믐날이었건만, 스무아흐렛날 아침에 사진이 감방에 앉아 있노라니까 문 앞에서 옥졸 두 사람이 무슨 이야기인지 이야기를 하고 있으므로 그는 수작을 붙여보았다.

"절급(節級) 어른! 오늘이 며칠입니까?"

"오늘이 그믐이다. 저녁때 나가서 고혼지(孤魂紙)나 사다가 태워주마!"

젊은 옥졸 놈이 이같이 대답한다. '고혼지'란 가련하게 처형당한 죄수의 혼백을 위로하는 뜻으로 불사르는 종이를 말하는 것이다.

사진은 더 묻지 않고 입을 다물었다.

날이 저물기만 기다리자는 것이다.

조금 있다가 술이 거나하게 취한 옥졸 한 놈이 감방으로 들어와서 사진을 변소까지 데려다준다.

사진은,

'바로 이때다!'

이렇게 생각하고서 별안간 외쳤다.

"저게 누구예요? 뒤에 있는 게?"

이 소리를 듣고 옥졸이 고개를 돌이켜 뒤를 돌아다볼 사이, 사진은 머리에 쓰고 있던 칼머리로 옥졸을 냅다 쳐서 죽이고, 다시 칼을 돌에 부딪쳐 깨뜨린 다음에 옥졸들이 몰려 앉아 있는 숙직실로 뛰어들어갔다.

"이놈들, 모두 죽어라!"

사진은 숙직실로 뛰어들면서 이같이 벽력같은 소리를 지르고 그들을 마구 쳤다. 술에 취해서 맥을 놓고 있던 몇 놈의 옥졸들은 그 자리에서 뻗어버리고, 몇 놈이 달아났다.

사진은 그 방에서 나와 옥문을 열어젖혔다. 양산박 구원병이 바깥에 와 있는 줄로 그는 착각했기 때문이다.

그러고서 그는 감방마다 갇혀 있는 5, 60명의 죄수를 모조리 하나씩 풀어놓으니, 죄수들은 일제히 함성을 울리면서 옥문 밖을 향하여 뛰어간다. 이때 이것을 본 사람이 정태수에게 급히 알렸다.

정태수는 얼굴이 흙빛이 되어 병마도감을 청했다.

"이 노릇을 어쩌면 좋겠소?"

동평이 대답한다.

"성내에 반드시 간첩이 들어와 있습니다. 공인들을 죄다 풀어서 저놈들을 밖으로 못 나가게 에워싸게 하십시오. 저는 군사를 거느리고 성밖에 나가 송강을 치겠으니, 태수께선 성을 굳게 지키시고 사진이란 놈이 달아나지 못하도록 바깥 옥문을 단단히 파수하라 이르십시오."

동평이 이같이 말하고 즉시 군사를 거느리고 나간 뒤에, 정태수는 절급·우후·압번 등 모든 공인들로 하여금 창과 몽둥이를 들고 옥문 담장 바깥에 가서 단단히 지키게 한 고로 사진은 감히 바깥문까지 나오지 못

하고 옥 안에서 다른 죄수들과 같이 망설이고 있었다. 그리고 사진에게 그믐날 밤 빠져나오라고 한마디 이른 고대수는, 사진이 하루를 당겨서 일을 저지른 것을 짐작하고, 바깥에서 애를 태우고 있을 뿐이다.

동평부에서 군사를 거느리고 나온 병마도감 동평은 그날 밤 4경이나 되어서 송강군 진지에 다다랐다. 그와 동시에 송강군의 탐색병이 즉시 소식을 중군에 보고했다.

"고대수가 성안에서 또 실수를 했나 보다! 그러기에 저놈들이 우리를 치러 나왔지? 아무려나 싸우러 온 놈들이니, 싸울 수밖에!"

송강은 이같이 혼잣말하고, 즉시 영을 내려 삼군을 동원케 했다. 마침 하늘이 환하게 밝았기 때문에 접전하기엔 좋았다.

이때, 동평의 군마(軍馬)가 좌우로 길을 벌리더니, 마상(馬上)에 높이 앉아 창을 들고 나오는 동평이 보인다. 인물이 뛰어나게 잘생겼는데 허리에 걸려 있는 화살통엔 '영웅쌍창장(英雄雙鎗將)', '풍류만호후(風流萬戶侯)'라는 글자가 쓰여 있다. 원래 동평은 재주 있고 총명해서 유불도(儒佛道) 삼교(三敎)에 능할 뿐만 아니라, 음악에 관해서도 현악이건 관악이건 잘하지 못하는 것이 없기 때문에 산동 하북에서는 그를 '풍류쌍창장(風流雙鎗將)'이라 부르는 터이다.

'훌륭한 인물이로구나! 저 사람을 양산박에 데려왔으면 좋겠다.'

송강은 그를 바라보고서 이같이 생각하고 즉시 한도로 하여금 나가 싸우게 했다.

한도가 창을 꼬나쥐고 나가 동평과 싸우는데 동평의 창 쓰는 법이 신출귀몰하여 도저히 당해낼 것 같지 않으므로, 송강은 즉시 서녕으로 하여금 나가 동평을 대적하고 한도는 들어오도록 명령했다.

그리하여 서녕이 쫓아나아가 동평과 싸우기를 50여 합 하건만 서녕도 도저히 동평을 이겨내지 못할 것 같으므로 송강은 징을 치게 하여 군사를 거두었다. 그러나 서녕이 본진으로 돌아오는 것을 본 동평은 쌍창을 들고 급히 쫓아 들어온다. 송강은 그대로 둘 수 없어 채찍을 높이 들어 군호하니, 사방에서 군사가 일시에 동평을 에워쌌다.

송강은 곧 말을 달려 높은 언덕 위로 올라가서 내려다보았다. 동평이 자기 진중에서 포위당하고 있으므로, 그가 동쪽으로 가면 송강이 깃발을 동쪽으로 가리켜 군사들이 동쪽으로 몰려가서 그를 포위하고, 그가 서쪽으로 달려가면 송강이 깃발을 서쪽으로 가리켜 군사들이 서쪽으로 몰려가서 그를 포위하기를 거듭하니, 동평은 진중에서 좌충우돌하다가 간신히 신패시분(申牌時分)에 이르러 한 가닥 혈로(血路)를 뚫고 송강군의 진중에서 빠져나간다. 그러나 송강은 동평을 추격하게 하지 아니했다. 그리하여 동평은 군사를 거두어 성안으로 돌아가고, 송강은 성 아래 바싹 가까이 가서 진을 쳤다. 아직 성안에서는 불을 못 지르고 사진은 감히 옥 바깥에 나오지 못하고 있었다.

그런데 정태수한테는 어여쁜 따님이 하나 있고 동평은 아직 장가들지 아니했기 때문에 그는 그동안 사람을 놓아 정태수 댁에 여러 번 통혼을 했었으나, 정태수가 승낙하지 아니해온 까닭으로 두 사람의 사이는 그다지 좋은 사이가 아니었다. 그러하건만 동평은 이날 밤 성안으로 회군(回軍)하는 길로, 이런 때 정태수의 승낙을 얻기가 쉬울 것이라 생각하고서, 또 사람을 보내어 통혼을 했다.

그러나 정태수의 회답은 그전과 마찬가지로 어리벙벙한 수작이었다.

"나는 문관(文官)이고, 그 사람은 무관(武官)이니까 서로 혼인하는 것이 합당한 일이지. 하지만 지금 적이 쳐들어와 사태가 위급한 이때, 내가 이 사람을 사위로 정한다면 남들이 나를 보고 웃을 거란 말야. 적을 격퇴한 뒤, 사태가 무사평온하거든 그때 다시 의논해도 늦지 않을 거야."

이 같은 회답을 전해들은 동평은, 겉으로는 태수의 말이 일리 있는 말이라고 고개를 끄덕였지만, 속으로는 대단히 불쾌했고 또 후일 딴 소리가 나오지 아니할까 의심스럽기도 했다.

이튿날부터 송강군은 맹렬히 성을 공격하는 고로 정태수는 동평에게 나아가 싸우기를 재촉한다.

동평이 삼군을 휘동하여 성 밖으로 나가니, 송강이 진전문기(陣前門旗) 아래 나와 서 있다가 그를 보고 큰소리로 외친다.

"네가 혼자서 어떻게 우리를 당하겠느냐? 너는 옛날 말도 못 들었느냐? 큰 집이 무너지려 하는 때 나무때기 한 개를 가지고는 버티지 못하는 법이다. 내가 수하에 웅병(雄兵) 십만, 맹장(猛將) 천 명을 거느리고, 하늘을 대신해서 도를 행하고 곤란한 사람을 구제하고 위태한 처지에 있는 사람을 도와주는 것을 너는 모르느냐? 속히 땅에 내려와 항복한다면 목숨만은 살려주마."

동평은 마주대고 큰소리로 호령했다.

"뭐라고? 아전 퇴물 미치광이가 뉘 앞에서 감히 주둥아리를 놀리는 거냐!"

그가 이같이 호령한 후 쌍창을 휘저으며 내달으니까, 송강의 좌편에서 임충, 우편에서 화영이 각각 연장을 가지고 뛰어나와 동평과 싸우다가, 싸우기 불과 수합(數合)에 두 장수가 동평을 당하지 못하고 뒷걸음질치니까, 송강군의 군사들은 겁이 난 것처럼 일제히 달아난다.

동평이 더욱 기운을 얻어 그들을 추격하자, 송강은 뒤도 돌아보지 않고 수춘현(壽春縣) 경계까지 후퇴하여 성(城)으로부터 불과 수십 리 떨어진 조그만 마을의 역로(驛路)를 달려간다. 좌우에는 초가집뿐이요, 그 가운데로 뚫린 한 가닥 역로이었건만, 동평은 이것이 계교인 줄을 알지 못하고 이 길로 쫓아 들어왔다.

송강은 이미 어제 저녁에 왕영·호삼랑·장청·손이랑 등 네 사람으로 하여금 군사 백여 명을 데리고 이곳에 와서 길 좌우에 있는 초가집에 숨어 길바닥에다 반마삭(絆馬索)을 깔고 그 위를 흙으로 살짝 덮어놓고 있다가, 바라 소리가 나거든 그것을 군호로 반마삭을 잡아당겨 동평을 사로잡게 하라고 지시해두었던 것이다.

이런 줄 모르는 동평이 이 길로 쫓아 들어온 것이다. 이때 그의 등 뒤에서는 공명과 공량이 소리를 지른다.

"송공명 형님! 조심하십쇼!"

이 소리를 듣고 동평이 더욱 빨리 추격하여 초가집 앞에 이르렀을 때 별안간 바라 소리가 들리자 좌우 초가집 문이 일제히 열리며 줄을 잡아당기니까, 반마삭이 불끈 솟아 말을 거꾸러뜨린다. 동평은 그냥 땅바닥에 나가떨어지고 말았다. 그러자 좌우에서 손이랑·장청·호삼랑·왕영 이렇게 네 사람이 달려나와 동평을 붙들어 갑옷과 투구를 벗기고 쌍창을 빼앗은 후 두 손을 묶어 여두령(女頭領) 두 사람이 그를 끌고 초가집 뒤를 돌아서 버드나무 밑에서 쉬고 있는 송강 앞으로 왔다.

그때 송강은 여두령을 보고,

"내가 동평군으로 모셔오라고 했지, 이렇게 몸을 묶어오라 했소?"

하고 꾸짖는 것이었다.

두 사람의 여두령이 고개를 숙이고 물러가니까, 송강은 얼른 말에서 내려와서 친히 동평의 몸에서 줄을 풀어주고, 자기가 입고 있던 옷을 벗어주면서 머리를 숙여 공손히 절을 하며,

"일찍부터 장군을 사모했습니다. 우리들을 미천하다 하여 버리지 마시고 산채의 주인이 되어주시기 바랍니다."

이같이 말한다.

너무도 뜻밖이라, 동평도 송강에게 절하고서 대답했다.

"천만의 말씀입니다. 저는 이미 사로잡힌 몸이니 죽여버리신대도 할 말이 없는 터인데, 만일 용서해주시고 수하에 두어주신다면 다행이겠습니다."

"우리가 지금 산채에 양식이 떨어졌기 때문에 양식을 꾸러 왔을 뿐이지, 다른 마음이 있어서 온 것은 아닙니다."

송강이 이렇게 말하니까, 동평은 정태수를 헐뜯어 말한다.

"원래 정만리는 동관 집에 문관선생(門舘先生)으로 있던 사람입니다. 운수가 좋아서 이곳 태수 된 것이니까, 그동안 이곳 백성들이 손해를 입은 것은 말할 것도 없지요. 만약에 형장께서 의심하지 아니하시고 저를 돌려보내주신다면, 제가 성중에 들어가서 전량을 뺏어다가 형장께 은혜를 갚겠습니다."

송강은 정태수가 동관 집 가정교사로 있던 사람으로 동평이 그를 얕잡아보는 것을 알고 즉시 승낙했다. 그는 동평의 투구와 갑옷과 말을 그대로 돌려주어 앞장서서 가게 하고, 자기는 군사를 거느리고 그 뒤를 따라서 동평부 성 아래 이르렀다.

"성문을 지키는 군사들아, 빨리 문을 열어라!"

동평이 이같이 소리치자, 성문 지키는 군사가 횃불을 들고 내려다보더니 동도감(董都監)이 돌아왔는지라, 그들은 성문을 활짝 열었다.

동평이 성문으로 들어가면서 조교(吊橋)를 달아매는 철쇄(鐵鎖)를 끊어버리자, 뒤에서 따라오던 송강은 마음놓고 전군(全軍)을 인솔하여 성 안으로 쳐들어가는 동시에, 무고한 백성들을 살상하지 말고, 민가에 방화하지 못하도록 엄명을 내렸다. 그러고서 그들은 먼저 정태수의 관저로 달려가 그 집안 식구들을 모조리 죽이고 그 집의 딸 하나만 빼앗아 가지고 나왔다.

그다음에 송강은 옥문을 열고 사진을 구해내고, 곳간 문을 열고서 양식을 꺼내어 모조리 양산박 금사탄까지 운반하여 원가 삼형제 두령에게 맡기게 했는데, 사진은 즉시 이수란의 집으로 쫓아가서 그 어미부터 온 집안 식구를 모조리 죽여버렸다.

그리고 송강은 정태수 관저에서 재물을 끌어내다가 백성들에게 흩어주고,

'이제는 백성을 괴롭히는 관리가 없어졌으니 각각 안심하고 생업에

힘쓰라.'

라는 방을 써붙인 후 군사를 거두어 동평부를 나왔다.

이리하여 송강군이 양산박으로 회군하는데, 도중에 뜻밖에 백일서 백승이 달려와서 안산진(安山鎭)의 전황이 대단히 난처하게 된 연유를 상세히 고하는 것이었다.

"노원외가 동창부를 두 번이나 치다가 성안의 장청(張淸)이라는 맹장 때문에 두 번 다 납작하게 졌답니다. 이 사람은 본래 창덕부(彰德府) 사람으로 호기군(虎騎軍) 출신이라는데, 돌멩이를 던져서 백발백중 사람을 맞추는 까닭으로 별명을 몰우전(沒羽箭)이라고 부른다나요. 그 밑에 또 이름난 부장(副將)이 두 사람 있는데, 하나는 화항호(花項虎) 공왕(龔旺)이라는 사람으로 비창(飛鎗)을 잘 쓰고, 하나는 중전호(中箭虎) 정득손(丁得孫)이라는 사람으로 상판대기는 곰보딱진데도 비차(飛叉)를 잘 씁니다. 그래 우리가 동창부 성 밖에 가서 십여 일 동안 싸움을 돋우었는데도 꿈쩍 않더니, 일전에 비로소 장청이 성문을 열고 나오는구먼요. 그래 우리 쪽에서 학사문이 나가 싸우는데 불과 수합(數合) 싸우다가 장청이 달아나니까 학사문이 쫓아갔는데, 별안간 돌멩이가 날아와서 이마빡을 맞고 말에서 떨어지는 것을, 이때 연청이 활을 쏘아 장청의 말을 맞춘 까닭으로 간신히 학사문을 구해냈답니다. 그다음 날 혼세마왕 번서가 항충·이곤을 데리고 나가 싸우는데, 별안간 정득손이란 놈이 옆구리에서 비차를 던져 항충을 넘어뜨립니다그려. 그래서 두 번이나 싸움에 패하고, 지금 두 사람은 배 안에서 조리를 하고 있습니다. 그래, 군사께서 저더러 빨리 가서 말씀드려 구원해주십사고 그러십니다."

송강은 그의 말을 듣고 길게 한숨을 쉬었다.

"그거 참, 노준의가 어째 이다지도 운수가 나쁜가! 어떻게든지 공을 세우게 해주려고 일부러 오학구·공손승을 붙여주고서, 나보다 먼저 동창부를 떨어뜨려 양산박 주인이 되게 하려고 했는데, 누가 또 이따위 적수를 만나 욕을 볼 줄이야 알았나? 하여간 어서 가서 구원해야지!"

송강은 이렇게 말하고 즉시 전군에 동창부로 진격할 것을 명령했다.

그들이 동창부 경계선에 이르자 노준의가 영접 나와 두 사람은 반갑게 만나 그간의 전황을 이야기하고서 장차 접견할 일을 의논하고 있으려니까, 군사 한 명이 달려와서, 지금 장청이 나와서 싸움을 돋우고 있다고 보고한다.

송강은 즉시 부하 장수들과 함께 말을 타고 진문에 세워 있는 문기(門旗) 앞에 이르러 바라보니, 이때 북소리가 둥 둥 둥 세 번 울리더니 장청이 좌편에 공왕, 우편에 정득손 두 사람의 부장과 함께 말을 달려 나오면서 손가락으로 송강을 가리키며 꾸짖는 것이 아닌가.

"물구덩이에 엎드렸던 좀도둑 놈아! 빨리 나와서 싸우질 않고 뭘 하고 있느냐?"

송강이 돌아다보며,

"누가 나가서 저놈과 싸울꼬?"

하니, 그의 등 뒤에서 서녕이 창을 꼬나쥐고 쫓아나가 장청에게 달려든다. 송강은 그가 금창수(金鎗手)라는 별호를 가진 서녕인 것을 보고,

"음, 저 사람이면 능히 이기겠지."

하고 안심했다.

두 사람은 창을 휘두르며 서로 싸우기를 오 합도 못 했는데 장청은 서녕을 못 당하는 것처럼 말을 돌이켜 달아난다. 서녕이 그 뒤를 쫓아가는데, 장청은 왼손에 창을 옮겨 쥐고, 바른손으로 주머니 속에서 돌멩이 한 개를 집어내, 번개같이 몸을 돌이키며 냅다 던지니까, 돌멩이는 쏜살같이 날아와 서녕의 이마빡을 정통으로 때린다. 서녕의 미간에서 피가 흐르며, 그가 땅바닥에 떨어지자, 공왕·정득손 두 장수가 잡아가려고 쫓아오는 것을 이쪽에서 여방·곽성 두 사람이 창을 휘두르며 달려나가 간신히 서녕을 구해 돌아왔다.

송강은 놀라 여러 사람을 둘러보며 말했다.

"다시 누가 나가서 싸우지 못할까?"

이 소리가 떨어지자 별호를 금모호(錦毛虎)라 부르는 연순이 말을 채찍질하며 달려나갔다.

그러나 연순은 장청과 싸우기 불과 수합(數合)에 말을 돌이켜 본진으로 내빼오는데, 장청이 또 돌멩이를 던져 그의 갑옷 등허리에 있는 갑호경(甲護鏡)을 쩡그렁 소리가 나도록 때려 맞히니까, 연순은 안장 위에 납작 엎드려서 도망 온다. 이때 송강군 진영에서 한 사람이,

"저따위 놈이 무엇 무서워서!"

이같이 큰소리 하며 창을 꼬나잡고 말을 채쳐 나가는데, 송강이 그를 바라보니 이 사람은 백승장부 한도였다.

두 사람이 어우러져 한참 싸우는데, 한도는 송강이 보고 있는 눈앞에서 자신의 능력을 다하고자 정신을 한층 가다듬어가며 장청과 싸운다. 이같이 싸우기를 십 합쯤 했을 때, 장청이 뒤로 달아난다. 한도는 그가 또 돌팔매질을 할까 보아 의심하고 쫓아가지 아니했다. 그러니까 달아나던 장청은 다시 이쪽으로 돌아오므로 한도는 창을 휘저으며 마주나갔다. 그러자 장청의 손이 번득이면서 또 돌멩이 한 개가 번개같이 날아와서 한도의 콧잔등이를 정통으로 때리니, 한도는 코피를 쏟으면서 본진으로 도망했다.

팽기가 이 꼴을 보고 송강으로부터 장령(將令)도 듣지 않은 채, 손에 삼첨양인도(三尖兩刃刀)를 쥐고 말을 달려 나가 장청을 취한다. 이때 장청은 저에게 가까이 달려오는 팽기를 향하여 손에 감추었던 돌멩이로 그의 볼따구니를 정통으로 맞히니까, 그렇게 용감하게 쫓아나가던 팽기도 혼이 나서 도로 돌아온다.

송강은 이 모양을 보고 속으로 놀라고 겁이 나서 군사를 거두어버리고 싸움을 중지하려 했다. 그러자 노준의의 등 뒤에서 한 사람이 큰소

리로,

"오늘 위풍(威風)을 꺾이고선 내일 싸움을 어떻게 하나? 저놈이 돌멩이로 나를 맞히나 못 맞히나 내가 나가봐야지!"

이같이 말하고 칼을 휘두르며 쫓아나가는 것을 보니, 다른 사람 아니라 바로 추군마(醜郡馬)라는 별호를 듣는 선찬이다.

선찬이 달려드는 것을 바라보고 장청이 조롱한다.

"한 놈이 왔다간 한 놈이 돌아가고, 두 놈이 왔다간 두 놈이 돌아가더라! 너는 아직도 내 재주를 모르느냐?"

"잔소리 말고 내 칼을 받아라!"

하고 선찬이 한마디 대꾸하는데, 어느새 돌멩이가 날아와 그의 입을 때리면서 그를 말 아래 떨어뜨리니, 공왕과 정득손이 잡아가려고 쫓아나오는 것을 이쪽에서는 여러 장수가 달려나가 그를 구했다.

송강은 그만 분통이 터져서, 들고 있던 칼로 옷자락을 한쪽 찢어내면서,

"오냐! 내가 이놈을 못 잡으면 단연코 돌아가지 않겠다!"

이같이 맹세한다.

"형님! 염려 마십시오. 우리들 두었다가 무엇에 쓰시렵니까?"

호연작이 한마디 남기고서 오추마를 달려 나가 장청을 보고 호령하는 것이었다.

"이놈, 어린애 같은 재주를 부리면서, 그걸 재주라고 자랑하는 거냐? 네까짓 놈이 이 호연작 대장을 알기나 하느냐?"

그러자 장청이,

"흥! 나라를 배반하는 얼간망둥이야! 내 손에 죽어봐라!"

하고 대꾸하는데, 어느새 돌멩이가 날아오므로 호연작은 급히 강편(鋼鞭)으로 막으려 했건만, 벌써 돌멩이는 그의 손을 때렸다. 그는 손을 쓸 수 없이 아프게 맞은 까닭으로 할 수 없이 본진으로 돌아왔다.

"마군(馬軍) 두령들이 모두 다쳤으니, 이젠 보군(步軍) 두령 중에서 누가 나가 저놈을 잡을 수 없나?"

송강이 이같이 소리치자 보병 두령 유당이 박도(朴刀)를 휘두르며 달려나간다.

"이런 얼간망둥이 봐라! 마군 두령들이 쫓겨갔는데, 네까짓 보군 졸병이 뭣하러 오니?"

장청이 너털웃음을 웃으며 조롱하므로 유당은 크게 노해 달려들었다. 그러나 장청은 그와 더불어 싸우지를 않고 돌아가므로 쫓아가며 칼로 찌른다는 것이 말을 찌르자, 말은 뒷발로 걷어차며 꼬리로 유당의 얼굴을 치는 바람에 그는 두 눈을 감았는데, 그 순간 장청이 팔매치는 돌멩이에 얻어맞고서 말 위에서 떨어져 급히 다시 말을 타려 하다가, 유당은 마침내 쫓아나온 적군들에게 사로잡혔다.

"빨리 누가 유당을 구해라!"

송강이 이같이 소리치자, 양지가 달려나가서 장청을 취한다. 장청은 건성으로 상대하는 체하면서 창을 휘두르니까, 양지는 칼로 장청의 손을 쳤으나, 장청은 얼른 안장 밑에다 손을 감추면서 한쪽 손에 쥐고 있던 돌멩이를 날쎄게 던졌다. 그러나 그 돌멩이는 양지의 옆구리로 날아가고 맞지 아니하자, 다시 또 한 개의 돌멩이가 번개같이 날아와 양지의 투구를 정통으로 때린다. 양지는 간담이 서늘해서 안장에 엎드린 채 본진으로 도망했다.

이 모양을 본 송강은 저놈을 그대로 두고서는 양산박엘 못 돌아가겠는데 누가 저놈을 처치해주지 못할까, 마음속으로 이같이 근심하면서 이런 소리를 입 밖에 내지 못하고 있었다. 이때 주동이 송강의 기색을 살피고서 뇌횡을 바라보며 눈으로 암시하기를, 나 혼자서는 어렵겠으니 우리 두 사람이 저놈을 때려잡세, 이같이 암시하므로, 뇌횡은 주동의 뜻을 알아차리고 박도를 휘두르며 즉시 주동과 함께 좌우에서 장청을 향해 돌진했다.

장청은 깔깔 웃으면서 조롱한다.

"한 놈으로 안 되겠으니까 이제는 두 놈이 한꺼번에 덤비는구나! 이 놈들아, 열 놈이 오면 무슨 소용 있니? 백 명도 소용이 없다!"

이같이 조롱하는 장청의 얼굴에는 추호도 겁내는 기색이 없다.

이때, 뇌횡이 먼저 장청 앞으로 달려들자, 장청은 몸을 웅크리고 있다가 냅다 돌멩이를 던지는데, 그 돌멩이는 바로 뇌횡의 양미간을 맞추어 그를 땅바닥에 떨어뜨린다. 이때 주동이 급히 달려가서 뇌횡을 구원하는 것을 장청이 또 한 개를 팔매치니까, 그 돌멩이는 쏜살같이 날아와 주동의 목덜미에 떨어졌다.

주동과 뇌횡이 장청과 싸워보지도 못한 채 돌멩이에 얻어맞고서 맥을 차리지 못하는 꼴을 본 관승은 분한 생각에 청룡도(靑龍刀)를 휘두르며 적토마를 몰고 나가 두 사람을 구해 본진으로 돌아오는데, 장청이한테서 또 돌멩이 한 개가 쏜살같이 날아오므로 급히 청룡도로 막으니까, 돌멩이는 칼날과 부딪쳐 번쩍한다. 관승은 싸우고 싶은 용기가 사라져 급히 본진으로 돌아왔다.

아까부터 형세만 보고 있던 쌍창장(雙鎗將) 동평이 이때 마음속으로 생각해본다.

'내가 송강에게 항복하고 들어온 터인데, 한번 내 수단을 보여주지 않고서는 산에 올라간댔자 별로 광채가 안 날 것 아닌가?'

이같이 생각한 그는 즉시 쌍창을 들고 말을 달려 쫓아나갔다.

장청은 동평을 보더니 큰소리로 욕을 한다.

"이놈아! 나하고 너하고는 이웃 간 아니냐? 서로 합력해서 도적을 막는 것이 당연하지, 그래 네가 무슨 까닭으로 나라를 배반하고 도적에게 가담하는 거냐? 부끄러운 줄 모르는 뻔뻔스런 자식아!"

동평은 노해서 대꾸도 하지 않고 달려들어 장청을 치니, 장청도 창을 휘두르며 마주나와 두 사람이 어우러져 맹렬히 싸우기를 6합 하다가 장청이 돌연 말머리를 돌이켜 달아난다. 그러나 동평은 그를 쫓아가지 않고 큰소리로 꾸짖었다.

"이놈아! 네가 딴 사람은 돌멩이로 맞혔다마는, 나는 네까짓 놈의 돌멩이엔 안 맞는다!"

장청은 눈 깜짝하는 순간에 창을 안장에 꽂고 주머니에서 돌멩이를 집는 것 같더니, 돌멩이가 쏜살같이 날아온다. 그 신출귀몰한 수단은 참으로 놀랄 만하거니와, 동평의 눈은 그보다도 빨라서 창으로 그 돌을 막아버린다. 장청은 다시 돌멩이 하나를 또 팔매쳤는데, 이번엔 동평이 몸을 조금 구부리면서 그 돌멩이를 피해버린다. 이같이 두 개의 돌멩이를 던지고도 맞히지 못한 장청은 낭패해서 달아나는 고로, 동평이 그 뒤를 쫓아서 진문 좌면에 이르렀을 때 창으로 그의 등어리를 찌르려 하자, 날쌔게 장청이 피하는 바람에 동평의 창은 허공을 찔렀다.

그 순간 장청은 동평의 어깨를 거머잡고 그를 말 아래로 낚아채려 한다. 그러나 그렇게 쉽사리 다루어질 동평이 아니다. 그는 장청의 팔을 꽉 붙들고 놓지 아니하니 두 사람은 따로따로 움직이지 못하는 한덩어리가 되고 말았다.

송강군 진영에서 이것을 보고 삭초가 커다란 도끼를 들고 달려나오자, 장청의 부장(副將) 공왕과 정득손이 쫓아나와 삭초를 막으니, 이쪽에서도 세 사람이 또 한덩어리가 되었다.

이 모양을 보고 송강군 진영에서 임충·화영·여방·곽성 네 사람의 장수가 일제히 나가서 동평과 삭초를 구원하려고 한다. 장청이 형세가 불리함을 깨닫고 동평을 내버리고서 말을 달려 본진 안으로 달아나자, 동평은 돌멩이를 막을 생각은 않고 그 뒤를 쫓았는데, 장청은 몰래 돌멩이 한 개를 꺼내 몸을 돌이켜 팔매치므로 동평은 피하기는 했으나, 돌멩이가 귓바퀴를 스치고 지나가므로 그는 더 쫓아갈 생각을 버리고 본진으로 돌아왔다. 이때 삭초도 공왕과 정득손이 자기를 버리고 장청의 뒤를 따라 도망가므로 그는 앞뒤를 생각 않고 쫓아 들어가는데, 이때 장청은 삭초를 겨냥대고서 돌멩이를 팔매쳤다. 삭초가 급히 피하기는 했지만 돌멩이는 그의 이마빡을 맞혔기 때문에 그는 피를 흘리면서 도끼를 든 채 본진으로 돌아왔다.

그러나 남아 있는 임충과 화영은 공왕을 막고, 여방과 곽성은 정득손을 막고 도망가지 못하게 하는 고로, 공왕은 당황해 비창(飛鎗)으로써 대적하다 못해 필경 화영과 임충에게 사로잡히고, 그리고 정득손은 비차(飛叉)를 가지고 죽을힘을 다하여 여방과 곽성을 대적했건만 낭자 연청이 쏜 화살에 말이 맞고서 넘어지는 바람에 그도 꼼짝 못 하고 여방·곽성한테 사로잡혀버렸다. 장청은 이 모양을 보고 쫓아와서 구하고 싶었지만 혼자서 네 사람을 당해낼 수 없는지라, 하는 수 없이 사로잡은 유당 한 사람만 이끌고 동창부로 돌아왔다.

이때 동창부 태수는 성 위에서 장청이가 양산박 대장을 전후 15명이나 때려눕히는 광경을 목도했는지라, 비록 공왕과 정득손 두 사람의 장수가 적에게 사로잡혀 가기는 했지만, 유당을 잡아오는 장청을 보고 대단히 만족하여 즉시 그와 함께 주아(州衙)로 들어가서 유당에게는 칼을 씌워 옥에 가두게 하는 일방, 장청에게는 술을 권하면서 일을 의논했다.

한편, 송강은 군사를 거두어 본진으로 돌아와 공왕과 정득손 두 사람의 포로를 양산박으로 압송하게 한 후, 노준의·오용 두 사람을 보고 말했다.

"내가 알기엔, 옛날 오대(五代) 적에 대량(大梁)의 왕언창(王彦彰)이 해가 기울어지기 전에 당(唐)나라 장수 36명을 때려눕혔다더니, 오늘 장청은 잠깐 동안에 우리 장수 열다섯 명을 집어치웠으니, 왕언창만은 못하겠지만 이 사람도 맹장(猛將) 아니오?"

노준의·오용 두 사람 외에 다른 두령들도 아무런 대꾸를 하지 못하자, 송강은 또 말한다.

"내가 보아하니, 이 사람이 공왕과 정득손 두 사람의 우익(羽翼)을 잃고서는 힘을 쓸 여유가 없을 것 같소. 그럴 것 아니오? 이런 때 그놈을 잡을 좋은 꾀가 없을까?"

그러자 오용이 자신 있게 말한다.

"형님, 이제부터 걱정하지 마십시오. 장청이 출몰하는 광경을 보고 저는 벌써 설계를 꾸며가지고 있습니다. 우선 부상당한 두령들을 산채로 올려보내서 치료하도록 하고, 그 대신 노지심·무송·손립·황신·이립… 이렇게 다섯 사람이 수군(水軍)을 영솔하고 배를 갖고 오도록 하여, 수륙병진(水陸並進)하고 선척상영(船隻相迎)하도록 한 다음, 장청을 꾀어내기만 하면 일은 끝납니다."

오용의 말을 듣고 송강은 곧 그대로 시행했다.

한편, 장청은 장청대로 성내에서 태수와 함께 상의하고 있었다.

"우리가 아직까지 이기고 있습니다만, 적의 뿌리를 뽑은 것은 아닙니다. 그러니까 가만히 사람을 보내서 적정(敵情)을 탐색해오게 한 후 대책을 세우는 것이 좋겠습니다."

이렇게 말하고 있을 때, 탐색병 하나가 들어와서 보고를 한다.

"지금 영채 뒤 서북방으로부터 어디서 오는 겐지 알 수 없는 곡식을 실은 수레가 백 채도 더 되게 이리로 오고 있고, 또 물 위에도 곡식을 실은 배가 5백여 척이나 떠오고 있는데, 연로(沿路)에서는 몇 사람 두령 놈들이 감독하고 있습니다."

태수가 듣고 머리를 기울이더니, 조용히 이른다.

"그거 도적놈들이 무슨 계교를 부리는 건지 알 수 없다. 다시 딴 사람들이 나가서 진가(眞假)를 알아보도록 해라."

태수가 이같이 말한 고로 탐색병들은 다시 진상을 조사하러 나갔다.

이튿날 새로 나갔던 탐색병이 들어와서 보고한다.

"사실 수레에 실린 것이 전부 곡식이 틀림없습니다. 육지에서 오는 수레는 가까이 보았으니까 말할 것도 없고요, 배에는 모두 포장이 덮여 있기 때문에 잘은 모르겠습니다만 쌀부대가 삐죽삐죽 드러나 보이는 것이 곡식인 것만은 틀림없더군요."

이 말을 듣고 장청이 기뻐한다.

"됐습니다! 그럼 오늘밤에 밖에 나가서 먼저 육지로 오는 수레를 빼앗고, 다음에 배로 오는 것들을 빼앗을 터이니 태수님께서 제 뒤를 잘 보살펴만 주십시오."

"그렇게 합시다."

이리하여 태수와 장청은 그날 저녁에 일을 단행하기로 한 후 군사들에게 배불리 먹인 다음, 하늘이 어둡기를 기다려 장청이 1천 명 군사를 거느리고 성 밖으로 나갔다. 이날 밤 달빛은 희미했으나 별빛은 또렷또렷했다.

장청이 서북 쪽으로 십리를 채 못 가서 한 떼의 수레가 이쪽으로 오는 것을 보니 맨 앞에 있는 수레 위에 기가 꽂혔는데, 깃발에 쓰인 글자는,

'수호채 충의량(水滸寨 忠義糧)'

이렇게 똑똑히 보인다. 그리고 맨 앞에 머리를 박박 깎고 검은 옷을 입고 선장(禪杖)을 짚고 걸어오는 사람은 노지심이 분명하다.

"잘됐다! 저놈 땡땡이 중놈의 대갈통에다 돌멩이 한 개 박아줘야겠다!"

장청이 이같이 작정하고 있는데, 그런 줄도 모르고 노지심이 성큼성큼 걸어오므로, 장청은 큰소리를 지르며 돌멩이를 냅다 던졌다. 그 순간 노지심은 벌렁 나가자빠지는데, 돌멩이에 두골이 터져 벌써 온몸이 피투성이가 되었다. 이때 장청의 군사가 와르르 달려드는 것을, 무송이 두 자루의 계도(戒刀)로 그들을 상대하여 한사코 싸워서 여러 놈을 죽이고

간신히 노지심을 구해서 달아났다.

장청이 백여 채의 수레를 빼앗아 보니, 과연 가득 실린 것이 모두가 쌀부대이므로 마음에 너무도 기뻐서 노지심을 쫓아가지 않고 양거(糧車)를 모두 이끌고 성중으로 돌아왔다.

태수가 보고서 대단히 기뻐하며 전부 곳간에다 집어넣게 했다.

"이제 다시 강으로 나가서 배에 싣고 오는 쌀을 뺏어오겠습니다."

장청이 이같이 말하니까, 태수는 만족한 얼굴로,

"장군이 어련할 것이겠지만 부디 조심하시오."

하고 신신당부한다.

장청은 말을 타고 남문(南門)을 돌아서 강가에 이르러 보니, 강물 위에 떠 들어오는 배가 어찌도 많은지 이루 헤아릴 수 없으므로, 그는 즉시 남문을 열어젖히게 한 후 군사들로 하여금 일제히 아우성치면서 강변으로 쏜살같이 내닫게 했다. 그러나 이때 갑자기 하늘엔 구름이 덮이고 새카만 안개가 땅 위에 내리깔리니, 기병도 보병도 모두가 서로 얼굴을 맞대고서도 누구인지 알지를 못할 형편이다. 이렇게 된 것은 공손 승이 도법(道法)을 시행한 까닭이다.

장청은 이 모양을 당하고서 마음에 겁나고 눈앞이 캄캄하여 군사를 데리고 도로 퇴각하려 했으나, 앞뒤에 길은 보이지 아니하고 사방에서 아우성 소리는 요란하건만, 어느 쪽에서 군사가 쳐들어오는지 분간이 나지 않으므로 갈팡질팡하는 판인데, 임충이 기병을 몰고 와서 장청의 군사를 빗자루로 쓸 듯이 모조리 물속에 떨어뜨리는 것이었다.

이때 강 위에는 원가 삼형제와 동가 형제의 수군 두령들이 한일자로 나란히 벌여 있다가 물에 빠진 장청을 꽁꽁 묶어서 본진으로 압송했다.

수군 두령들로부터 이 같은 보고를 받은 송강과 오용은 여러 두령들로 하여금 성을 맹렬히 공격하게 했다.

장청을 잃어버린 태수가 제 어찌 홀로 성을 지탱할 수 있을까 보냐.

과연 사방에서 포성(砲聲)이 요란하더니 성문이 깨지고 송강군이 쳐들어오는데, 태수는 도망갈 길이 없다.

송강군은 성내에 들어와 즉시 옥문을 깨치고 유당을 구해낸 다음, 곳간 문을 열어젖히고 전량(錢糧)을 모조리 꺼내 양산박으로 올려보내게 하는 한편, 그중 일부분은 동창부 백성들에게 나누어주게 했다. 그리고 이 고을 태수는 평소에 청렴한 사람이라 조금도 백성을 괴롭힌 일이 없음을 알고 있는 까닭으로, 그는 용서하고 죽이지 아니했다.

송강과 그의 두령들이 동헌에 좌정하여 이 고을 유지들과 면접하고 있노라니까, 수군 두령들이 장청을 묶어 들어왔다.

이때 장청한테 돌멩이로 얻어맞은 두령들은 분해서 이를 갈며 그를 죽이고 싶어 하는데도, 송강은 그가 끌려오는 모양을 보고, 즉시 뜰아래로 내려가 영접하며,

"내가 잘못해서 그만 실례를 했소이다. 부디 지난날을 잊어버려주시오."

하고, 그를 데리고 대청 위로 올라왔다.

이때 수건으로 머리를 동여맨 노지심이 들어오더니 장청을 바라보고, 선장(禪杖)을 꼬나쥐고 달려들어 장청을 때리려 드는 것이 아닌가.

송강은 얼른 가로막고 큰소리로 꾸짖었다.

"무슨 행패야? 가만있지 못하고!"

노지심이 물러서자, 이 모양을 당한 장청은 진심으로 송강의 놀라운 의기(意氣)에 감심하여 그 자리에 엎드려 절하면서,

"황송합니다! 저를 좋으실 대로 처분하시기 바랍니다."

하고 항복하는 것이었다.

장청이 항복하자, 송강은 좌우를 돌아보고 술을 가져오라 한 후, 그 술을 땅바닥에 붓고 나서, 화살을 꺾으며 맹세한다.

"여러분 형제들 똑똑히 들으시오. 싸울 적에는 싸울 만한 일이 있어

서 싸웠지만, 한번 싸웠대서 바로 원수가 되는 법은 아니오! 여러 형제가 이분을 원수로 치부한다면 황천(皇天)이 우리를 도우시지 않으실 거요!"

모든 사람이 이 말을 듣고 아무도 감히 불복하는 사람이 없다. 그들은 송강의 말대로 마음 구석에 있던 분한 생각을 훌훌 털어버리고 양산박으로 돌아갈 준비를 차리는데 이때 장청이 송강 앞으로 가까이 와서 청을 한다.

"제가 사람을 하나 천거하겠는데 들어주시겠습니까?"

"어떤 사람인지, 말씀해보시지요."

"이 고을 동창부에 살고 있는 수의(獸醫)인데, 성은 황보(皇甫)고 이름은 단(端)이라고 부릅니다. 이 사람이 말의 병을 잘 고치는데요, 말의 코끝이 차고 더운 것만 가지고 그 말의 병 증세를 알고서 약을 먹이든, 침을 놓든 못 고치는 병이 없습니다. 참말, 옛날에 유명하던 백낙(伯樂)이 살아온 것 같습니다. 본래 이 사람은 유주(幽州) 태생으로 눈동자가 푸르고 수염이 노란 수염인 데다가 얼굴 생김새가 꼭 서양사람 같아서 모두들 그를 자염백(紫髥伯)이라 부르지요. 이 사람이 양산박에 꼭 있어야 할 사람으로 생각되는데, 의향이 어떠신지요?"

송강은 듣고서 대단히 기뻐했다.

"황보단이 그런 사람이라면 같이 가고말고요. 집안 식구들을 죄다 데리고 오라 하시오."

장청은 송강이 이같이 자기를 알아주는 것이 고맙고 기뻐서 즉시 그 집으로 찾아가 황보단을 데리고 돌아와서 송강과 그 외 두령들에게 소개했다.

송강이 황보단을 바라보니 과연 눈알은 새파랗고, 붉고 노란 수염은 배꼽까지 길게 늘어졌는데, 한편 황보단은 송강의 태도가 위엄 있으면서도 겸손하고 인자함에 감동하여 마음에 만족감을 느끼고서 엎드려 절하고 대의(大義)에 순종할 뜻을 고하는 것이었다.

송강은 대단히 만족했다. 그러고서 영을 내려 모든 두령들로 하여금 거장(車仗)·양곡(糧穀)·금은(金銀)을 수습하게 한 후 동평부, 동창부 두 고을에서 거둔 것을 모아 양산박으로 운반하게 했다.

일동이 모두 충의당으로 모인 뒤에, 송강이 먼저 잡아온 공왕과 정득손을 불러내어 좋은 말로 위로하니까 두 사람은 감복해서 항복하기를 자원했다. 그리고 동평과 장청이 산채에 두령으로 앉게 되고, 황보단은 수의(獸醫)의 일을 전담하기로 되었다.

송강이 잔치를 준비시키고서 두령들을 충의당상에 차례대로 석차를 정해서 앉게 한 후 일동을 둘러보니 모두가 1백 8명이다. 그전엔 두령들 가운데 한두 사람이라도 빠진 일이 있었지만, 이같이 두령들 전원이 한자리에 모여보기는 이번이 처음이다.

송강은 기뻐서 일어나 입을 열었다.

"이 사람이 강주(江州)서 일을 저지르고 산에 올라온 뒤로 여러분 형제들의 도움을 받아 오늘날까지 산채의 주인 노릇을 해왔습니다마는, 지금까지 과거엔 단 한 번도 형제가 전원이 한자리에 모여본 일이 없었습니다. 그런데 오늘은 이렇게 전원이 모였는데, 총수 1백 8인입니다. 조개 형님이 지금 이 자리에 계시지 못하게 된 일이 원통합니다마는 한편으로 생각하면, 그 후론 군사를 이끌고 우리가 산을 내려갔을 때마다 언제나 큰 사고 없이 무사했던 것은 오직 하늘이 도와주신 은혜라 생각합니다. 그러므로 이 사람은 하늘이 여러 형제들의 영용(英勇)함에 감동하신 것으로 알거니와, 이제 여러분께 이 사람이 의논할 일이 한 가지 있소이다."

송강의 말이 끝나자, 오용이 묻는다.

"무슨 의논이십니까? 말씀하십시오."

좌중이 모두 조용히 귀를 기울이고 있다.

108인의 대집회

송강이 다시 입을 열었다.

"지금 말씀한 바와 같이 하늘이 우리를 도우셨기 때문에 적과 싸우다 사로잡혔던 사람, 옥에 갇혔던 사람, 혹은 몸에 상처를 입고 후송되었던 사람들이 모두 돌아와서 이렇게 1백 8명이 한자리에 서로 대면하고 있으니, 이는 천하 고금에 희한한 일이요, 사람의 힘으로는 이루어질 수 없는 일입니다. 그런데 지금까지 우리가 싸움을 하느라고 무수한 생명을 살상했으면서도 그들 망령을 위해서 제사를 드린 일은 한 번도 없습니다. 이 사람은 이것을 유감으로 생각하는 터이므로 이번에 우리가 한 사람 빠짐없이 모인 것을 기회로 크게 도장(道場)을 세우고, 천지신명이 권우(眷祐)해주신 은혜에 보답하는 한편, 우리들 모든 형제들의 심신의 안락을 기원하고, 또 한편으론 조정에서 우리들의 죄를 용서하는 대사령(大赦令)을 내리어 우리들로 하여금 진충보국하도록 길을 열어주실 것을 기원하고, 또 한편으로는 조천왕이 천계(天界)에 재생하여 억천만 년 동안 우리와 영원히 만나도록 비는 동시에, 그동안 무고하게 죽은 수많은 백성과 군사들의 명복을 빌고자 생각하는데, 여러 형제들 의향은 어떠신지요?"

모든 두령들이 일제히 이구동성으로,

"좋습니다! 형님 말씀대로 하십시다!"

하고 찬성이다. 그러자 오용이 일어나서 말한다.

"대단히 좋습니다. 우선 공손승 일청에게 제사 지낼 일을 일임하기로 하고, 속히 사람을 내려보내서 득도(得道)하신 도사를 한 분 모셔오게 하지요. 그리고 향촉(香燭)·지마(紙馬)·화과(花果)·제의(祭儀)의 소찬정식(素饌淨食)과 그 밖의 물건들을 사가지고 오도록 해야겠습니다."

일동이 이의 없이 그대로 결정하여, 4월 보름날부터 칠주야(七晝夜)를 두고 재를 올리게 되었다. 그리하여 그날이 가까이 이르자, 충의당 앞에다 큰 기 네 개를 세우고, 당(堂) 위에다 3층 높은 대(臺)를 쌓고, 당내(堂內)에다 태청(太淸)·상청(上淸)·옥청(玉淸)의 성상(聖像)을 모시고, 양 옆으로 이십팔수, 십이궁진(十二宮辰)과 도량에 참례하는 성관(星官)·진재(眞宰)를 모시게 하고, 당외(堂外)에는 제단을 감독하는 최(崔)·노(盧)·등(鄧)·두(竇)의 네 분 신장(神將)을 모신 후, 제기(祭器)를 맞추어 벌여놓은 다음, 도사의 무리들과 공손승을 합쳐서 모두 49명의 제주들을 자리에 나오게 했다.

4월 보름날이 되었다. 이날 날씨는 구름 한 점 없이 맑고, 달빛은 밝았다. 송강과 노준의와 오용의 순서로 모든 두령들이 차례대로 제단 앞에 나아가 향을 올리고 문서와 부적을 살랐다.

그날부터 이와 같이 대도사(大道師) 공손승과 48명의 도사들은 날마다 세 차례씩 충의당에서 제사를 올리고, 7일째 되는 날 끝마치기로 된 것인데, 송강은 상천(上天)의 응보(應報)를 구하려고 공손승에게 부탁하여 천제(天帝)에 간곡히 청사(靑詞)를 올리기를 날마다 세 번씩 하게 했다. 그리하여 7일째 되는 날 3경 무렵에 공손승이 허황단(虛皇壇) 제1층에 앉고, 도사의 무리들이 제2층에 앉고, 송강과 기타 두령들이 제3층에 앉고, 소두목(小頭目)과 졸개들은 단 밑에 앉아서 모두 열심히 상천으로부터 응보가 내리기를 빌고 있노라니까, 별안간 공중에서 헝겊을 째는 소리 같은 날카로운 소리가 나므로 그 소리 나는 곳을 바라보니, 바로 서북 건방(西北乾方) 천문(天門) 근처가 흡사 금소반을 세워놓은 것처럼 아래위는 바르고, 중간은 넓게 짜개졌다.

이것을 보고 '천문개(天門開)', '천안개(天眼開)'라고 누군가가 중얼거렸다. 아마도 하늘문이 열렸다거나, 하늘눈이 열렸다는 뜻인데, 그 쪼개진 하늘 구멍에서 눈부신 광채가 쏟아지며, 한 덩이 불덩어리가 바로 허황단을 향해서 쏜살같이 떨어져 단 위를 한 바퀴 돌더니, 남쪽 땅속으로 푹 파묻힌다.

이 순간, 하늘에 뚫렸던 구멍도 오므라붙고 흔적이 없다. 신기하기 짝이 없는 일이었다.

도사들은 단을 내려왔다.

송강은 이때 단 아래 있는 졸개들에게 불덩이가 뚫고 들어간 곳을 가리키며 명령했다.

"지금 곧 저곳을 파봐라!"

송강의 명령을 받은 졸개들은 괭이와 가래를 가지고 불덩어리가 떨어져 들어간 곳을 파헤치니까 깊이 석 자쯤 내려간 곳에서 둥그런 비석(碑石) 하나가 나왔다. 앞뒤를 살펴보니 도무지 알 수 없는 글자가 새겨 있다. 이것이 소위 천서(天書)라는 문자였다.

이때 송강은 지전(紙錢)을 살라 소지를 올리고 제사를 끝낸 후 도사들에게 돈과 비단을 진정하고 사례했다. 그리고 나서 땅속에서 파낸 비석을 가져오라 하여 자세히 보니, 표면에 새긴 글자는 용장봉전(龍章鳳篆)의 과두문자(蝌蚪文字)라, 아무도 알아보는 사람이 없다.

그런데 이때 그들 도사 중에서 한 사람이 일어나서 송강 앞으로 오더니 공손히 말한다.

"저의 성은 하(何)요 이름은 현통(玄通)입니다. 저의 집에 선조 때부터 내려오는 책이 하나 있는데, 이 책이 바로 천서를 해독하는 책입니다. 지금 그 비면(碑面)에 있는 문자를 보아하니 모두 옛날 태고적 과두 문자입니다. 그러하오나 저는 한 자도 틀림없이 알아낼 수 있습니다."

송강은 너무도 반가워서 즉시 비석을 도사 앞에 갖다놓게 했다. 하현통(何玄通) 도사는 한참 동안 비석 앞뒤를 보고 나서 말한다.

"이건 모두 의사(義士)들의 성명을 비석 표면에 새긴 것입니다. 그리고 한쪽 모서리엔 '체천행도(替天行道)'라 새겼고 또 한편 모서리엔 '충의쌍전(忠義雙全)'이라 새겼는데, 상단엔 모두 남두(南斗), 북두(北斗)의 별[星]이름을 썼고 그 밑에다 의사 여러분의 호(號)와 성명을 썼습니다. 번역해서 읽어보라 하신다면 읽어드리겠습니다."

"감사합니다. 고명하신 선생님의 가르치심을 받게 된 것을 다행으로 생각합니다. 상제(上帝)께서 우리를 꾸짖으시는 말씀이나 없는지 두렵습니다만, 한 자 빠짐없이 죄다 읽어주십시오."

송강은 이렇게 말하고 성수서생 소양을 불러 그로 하여금 황지(黃紙)에다 그것을 베껴 쓰도록 일렀다.

하도사가 말한다.

"표면에 있는 천서 삼십육행(三十六行)은 모두 천강성(天罡星)이구요, 후면에 있는 칠십이행(七十二行)은 죄다 지살성(地煞星)인데, 그 아래에다 의사들 성명을 적었군요."

그러고서 하도사는 비석을 한참 들여다보더니, 소양으로 하여금 자기가 읽는 대로 받아쓰라 하고서 내리 읽는데,

> 천괴성 호보의 송강(天魁星 呼保義 宋江)
>
> 천강성 옥기린 노준의(天罡星 玉麒麟 盧俊義)
>
> 천기성 지다성 오용(天機星 智多星 吳用)
>
> 천간성 입운룡 공손승(天間星 入雲龍 公孫勝)
>
> 천용성 대도 관승(天勇星 大刀 關勝)

천웅성 표자두 임충(天雄星 豹子頭 林冲)

천맹성 벽력화 진명(天猛星 霹靂火 秦明)

천위성 쌍편 호연작(天威星 雙鞭 呼延灼)

천영성 소이광 화영(天英星 小李廣 花榮)

천귀성 소선풍 시진(天貴星 小旋風 柴進)

천부성 박천조 이응(天富星 撲天鵰 李應)

천만성 미염공 주동(天滿星 美髥公 朱同)

천고성 화화상 노지심(天孤星 花和尙 魯智深)

천상성 행자 무송(天傷星 行者 武松)

천립성 쌍창장 동평(天立星 雙鎗將 董平)

천첩성 몰우전 장청(天捷星 沒羽箭 張淸)

천암성 청면수 양지(天暗星 靑面獸 楊志)

천우성 금창수 서녕(天祐星 金鎗手 徐寧)

천공성 급선봉 삭초(天空星 急先鋒 索超)

천속성 신행태보 대종(天速星 神行太保 戴宗)

천이성 적발귀 유당(天異星 赤髮鬼 劉唐)

천살성 흑선풍 이규(天殺星 黑旋風 李逵)

천미성 구문룡 사진(天微星 九紋龍 史進)

천구성 몰차란 목홍(天究星 沒遮攔 穆弘)

천퇴성 삽시호 뇌횡(天退星 揷翅虎 雷橫)

천수성 혼강룡 이준(天壽星 混江龍 李俊)

천검성 입지태세 원소이(天劍星 立地太歲 阮小二)

천평성 선화아 장횡(天平星 船火兒 張橫)

천죄성 단명이랑 원소오(天罪星 短命二郎 阮小伍)

천손성 낭리백도 장순(天損星 浪裏白跳 張順)

천패성 활염라 원소칠(天敗星 活閻羅 阮小七)

천로성 병관삭 양웅(天牢星 病關索 楊雄)

천혜성 변명삼랑 석수(天慧星 拚命三郎 石秀)

천포성 양두사 해진(天暴星 兩頭蛇 解珍)

천곡성 쌍미갈 해보(天哭星 雙尾蝎 解寶)

천교성 낭자 연청(天巧星 浪子 燕靑)

이상과 같이 양산박 1백 8명 중 36명의 천강성(天罡星) 인원의 이름을 읽었다.

그러고서 하도사(何道士)는 비석을 뒤집어놓고 이면에 새겨진 글자를 읽는다.

지괴성 신기군사 주무(地魁星 神機軍師 朱武)

지살성 진삼산 황신(地煞星 鎭三山 黃信)

지용성 병울지 손립(地勇星 病蔚遲 孫立)

지걸성 추군마 선찬(地傑星 醜郡馬 宣贊)

지웅성 정목한 학사문(地雄星 井木犴 郝思文)

지위성 백승장 한도(地威星 百勝將 韓滔)

지영성 천목장 팽기(地英星 天目將 彭玘)

지기성 성수장 단정규(地奇星 聖水將 單廷珪)

지맹성 신화장 위정국(地猛星 神火將 魏定國)

지문성 성수서생 소양(地文星 聖手書生 蕭讓)

지정성 철면공목 배선(地正星 鐵面孔目 裵宣)

지활성 마운금시 구붕(地闊星 摩雲金翅 歐鵬)

지투성 화안산예 등비(地闘星 火眼狻猊 鄧飛)

지강성 금모호 연순(地强星 錦毛虎 燕順)

지암성 금표자 양림(地暗星 錦豹子 楊林)

지축성 굉천뢰 능진(地軸星 轟天雷 凌振)

지회성 신산자 장경(地會星 神算子 蔣敬)

지좌성 소온후 여방(地佐星 小溫侯 呂方)

지우성 새인귀 곽성(地祐星 賽仁貴 郭盛)

지령성 신의 안도전(地靈星 神醫 安道全)

지수성 자염백 황보단(地獸星 紫髯伯 皇甫端)

지미성 왜각호 왕영(地微星 矮脚虎 王英)

지급성 일장청 호삼랑(地急星 一丈靑 扈三娘)

지포성 상문신 포욱(地暴星 喪門神 鮑旭)

지연성 혼세마왕 번서(地然星 混世魔王 樊瑞)

지호성 모두성 공명(地好星 毛頭星 孔明)

지광성 독화성 공량(地狂星 獨火星 孔亮)

지비성 팔비나탁 항충(地飛星 八臂那吒 項充)

지주성 비천대성 이곤(地走星 飛天大聖 李袞)

지교성 옥비장 김대견(地巧星 玉臂匠 金大堅)

지명성 철적선 마린(地明星 鐵笛仙 馬麟)

지진성 출동교 동위(地進星 出洞蛟 童威)

지퇴성 번강신 동맹(地退星 飜江蜃 童猛)

지만성 옥번간 맹강(地滿星 玉幡竿 孟康)

지수성 통비원 후건(地遂星 通臂猿 侯健)

지주성 도간호 진달(地周星 跳澗虎 陳達)

지은성 백화사 양춘(地隱星 白花蛇 楊春)

지이성 백면낭군 정천수(地異星 白面郎君 鄭天壽)

지리성 구미귀 도종왕(地理星 九尾龜 陶宗旺)

지준성 철선자 송청(地俊星 鐵扇子 宋淸)

지악성 철규자 악화(地樂星 鐵叫子 樂和)

지첩성 화항호 공왕(地捷星 花項虎 龔旺)

지속성 중전호 정득손(地速星 中箭虎 丁得孫)

지진성 소차란 목춘(地鎮星 小遮欄 穆春)

지계성 조도귀 조정(地稽星 操刀鬼 曹正)

지마성 운리금강 송만(地魔星 雲裏金剛 宋萬)

지요성 모착천 두천(地妖星 模着天 杜遷)

지유성 병대충 설영(地幽星 病大蟲 薛永)

지복성 금안표 시은(地伏星 金眼彪 施恩)

지벽성 타호장 이충(地僻星 打虎將 李忠)

지공성 소패왕 주통(地空星 小霸王 周通)

지고성 금전표자 탕융(地孤星 金錢豹子 湯隆)

지전성 귀검아 두흥(地全星 鬼瞼兒 杜興)

지단성 출림룡 추연(地短星 出林龍 都淵)

지각성 독각룡 추윤(地角星 獨角龍 鄒潤)

지수성 한지홀률 주귀(地囚星 旱地忽律 朱貴)

지장성 소면호 주부(地藏星 笑面虎 朱富)

지평성 철비박 채복(地平星 鐵臂膊 蔡福)

지손성 일지화 채경(地損星 一枝花 蔡慶)

지노성 최명판관 이립(地奴星 催命判官 李立)

지찰성 청안호 이운(地察星 青眼虎 李雲)

지악성 몰면목 초정(地惡星 沒面目 焦挺)

지추성 석장군 석용(地醜星 石將軍 石勇)

지수성 소울지 손신(地數星 小蔚遲 孫新)

지음성 모대충 고대수(地陰星 母大蟲 顧大嫂)

지형성 채원자 장청(地刑星 菜園子 張青)

지장성 모야차 손이랑(地壯星 母夜叉 孫二娘)

지열성 활섬파 왕정륙(地劣星 活閃婆 王定六)

지건성 험도신 욱보사(地健星 險道神 郁保四)

지모성 백일서 백승(地耗星 白日鼠 白勝)

지적성 고상조 시천(地賊星 鼓上蚤 時遷)

지구성 금모견 단경주(地狗星 金毛犬 段景住)

하도사가 이상과 같이 72명의 이름을 부르고 나서 여러 사람을 둘러보는데, 모든 두령들은 놀라운 표정으로 피차간 서로 얼굴만 바라볼 뿐이다.

이때 송강이 입을 열었다.

"이 사람은 본래 조그만 고을의 아전이었는데 상천에 있는 별의 우두머리였고, 또 여러분 형제들도 원래가 모두 일좌성군(一座星群)이었을 줄이야 참으로 몰랐소이다! 그러나 지금 알고 보니 상천이 이미 그 위(位)를 정하여 각각 천강(天罡)·지살(地煞)로 나누어 대소의 차이대로 석차를 정했으니, 여러분들은 이 뜻을 받들어 각각 자기의 위를 지키고 서로 다투는 일이 없기를 바랍니다."

송강의 말이 끝나자 모든 두령들이,

"옳은 말씀입니다. 천지의 뜻이요, 물리(物理)의 수(數)인데, 누가 감히 어기겠습니까?"

하고 일제히 응답하는 것이었다.

송강은 즉시 황금 50냥을 가져오게 하여 그 돈을 하도사에게 사례금으로 올렸다. 그리고 다른 도사들도 모두 산을 내려간 뒤에, 송강은 군사 오학구·주무와 함께 의논해 '충의당(忠義堂)'이라 크게 쓴 패액을 당상에 걸게 하고, 또 '단금정(斷金亭)' 편액도 큰 것으로 갈고, 그리고 산앞에다 세 개의 관문(關門)을 세우고 충의당 뒤에다 크게 안대(雁臺)를 구축한 후, 그 위 정면에 있는 대청 좌우로 커다랗게 두 채의 집을 짓고서, 정면 대청에 조천왕의 위패를 모시고, 동쪽에 있는 방에는 송강·오용·여방·곽성이 거처하기로 하고, 서쪽에 있는 방에는 노준의·공손승·공명·공량이 거처하기로 하고, 제2단의 왼쪽 방에는 주무·황신·손립·소양·배선, 그리고 오른쪽 방에는 대종·연청·장청·안도전·황보단, 그리고 충의당 좌편은 돈과 곡식과 창고의 출납을 맡아보는 시진·이응·장경·능진이 들고, 오른편 방에는 화영·번서·항충·이곤이 들고, 그리고 산 앞길의 첫째 관문은 해진과 해보 형제가 파수 보고, 둘째 관문은 노지심·무송 두 사람이 지키고, 셋째 관문은 주동·뇌횡이 지키고, 동산(東山)의 관문은 사진과 유당, 서산(西山)의 관문은 양웅과 석수, 북산(北山)의 관문은 흑선풍과 목홍이 파수하는데, 이상 육관(六關) 외에 팔채(八寨)를 설치하니 육지의 한채(旱寨)가 네 개요, 물가의 수채(水寨)가 네 개다. 그리하여 정남(正南)의 한 채는 진명·삭초·구붕·등비가 지키고, 정동(正東) 한 채는 관승·서녕·선찬·학사문이 지키고, 정서(正西)의 한 채는 임충·동평·단정규·위정국이 지키고, 정북(正北)의 한 채는 호연작·양지·한도·팽기가 지키고, 동남(東南)의 수채는 이준·원소이가 지키고, 서남(西南)의 수채는 장횡·장순이 지키고, 동북(東北)의 수채는 원소오·동위가 지키고, 서북(西北)의 수채는 원소칠·동맹이 지키는데, 그 외의 두령들도 각각 책임을 맡아서 보는 일을 갖게 했다.

그리고 각 영채와 관문에 이르기까지 여러 곳에서 사용할 깃발도 새로 만들고, 산꼭대기에다 '체천행도(替天行道)'라 쓴 크나큰 행황기(杏黃旗)를 세우고, 충의당 앞에다 하나는 '산동 호보의(山東呼保義)', 하나는 '하북 옥기린(河北玉麒麟)'이라는 글자를 수놓은 두 개의 기를 세우는 동시에, 그밖에도 비룡비호기(飛龍飛虎旗)·비웅비표기(飛熊飛豹旗)·청룡백호기(靑龍白虎旗)·주작현무기(朱雀玄武旗)·황월백모(黃鉞白旄)·청번조개(靑旛皂蓋)·비영흑독(緋纓黑纛) 등의 기와 중군(中軍)의 기계를 장만하는 외에 사두오방기(四斗五方旗)·삼재구요기(三才九曜旗)·이십팔수기(二十八

宿旗)·육십사괘기(六十四卦旗)·주천구궁팔괘기(週天九宮八卦旗)·일백이십
사면천진기(一百二十四面天鎭旗)를 장만했는데 이 모든 것을 후건이 제
조하고, 병부(兵符)와 인신(印信)은 김대견이 제조한 것이다.

이같이 모든 준비가 완전히 끝난 뒤에 송강과 노준의는 길일을 택해
소와 말을 잡아 천지신명께 제사 지내고, 충의당과 단금정에 패액을 걸
고, '체천행도'의 행황기를 높다랗게 세운 후 성대한 잔치를 베풀었다.

그러고서 송강은 친히 병부·인신을 받들고 엄숙하게 군령을 내렸다.

"지금으로부터 여러분 형제는 각각 맡은 바 자리를 성실히 지킬 것
은 물론이요, 서로 의를 상하지 않도록 각별히 조심하시오. 만일 알고서
도 군령을 어기는 사람이 있다면, 그런 사람은 군법이 엄중히 다스리고
추호도 용서함이 없을 것이니 모두들 명심하기 바라오."

이같이 말한 뒤에 그는 이어서 각 두령들의 직분을 다음과 같이 읽기
시작했다.

"양산박 총병 도두령(總兵都頭領) 두 사람은,

호보의 송강,

옥기린 노준의.

기밀을 관장하는 군사(軍師) 두 사람은,

지다성 오용,

입운룡 공손승.

두 분과 함께 군무(軍務)를 의논할 두령 한 사람은,

신기군사 주무.

금전과 곡식을 관장할 두령 두 사람은,

소선풍 시진, 박천조 이응.

마군 오호장(馬軍五虎將) 다섯 두령은,

대도 관승·표자두 임충·벽력화 진명·쌍편 호연작·쌍창장 동평.

마군 팔호기 겸 선봉사(馬軍八虎騎兼先鋒使) 8명은,

소이광 화영·금창수 서녕·청면수 양지·급선봉 삭초·몰우전 장청·미염공 주동·구문룡 사진·몰차란 목홍."

송강은 여기서 잠시 숨을 돌린다.

그러고서 송강은 다시 계속해 읽는다.

"마군 소표장 겸 원탐출초두령(馬軍小彪將兼遠探出哨頭領) 16명은,

진삼산 황진·병울지 손립·추군마 선찬·정목한 학사문, 백승장 한도·천목장 팽기·성수장 단정규·신화장 위정국·마운금시 구붕·화안산예 등비·금모호 연순·철적선 마린·도간호 진달·백화사 양춘·금표자 양림·소패왕 주통.

보군(步軍) 두령 10명은,

화화상 노지심·행자 무송·적발귀 유당·삽시호 뇌횡·흑선풍 이규·낭자 연청·병관삭 양웅·변명삼랑 석수·양두사 해진·쌍미갈 해보.

보군(步軍)의 장교(將校) 17명은,

혼세마왕 번서·상문신 포욱·팔비나탁 항충·비천대성 이곤·병대충 설영·금안표 시은·소차란 목춘·타호장 이충·백면낭군 정천수·운리금강 송만·모착천 두천·출림룡 추연·독각룡 추윤·화항호 공왕·중전호 정득손·몰면목 초정·석장군 석용.

그리고 사채(四寨)의 수군(水軍) 두령 8명은,

혼강룡 이준·선화아 장횡·낭리백도 장순·입지태세 원소이·단명이랑 원소오·활염라 원소칠·출동교 동위·번강신 동맹.

그리고 네 군데 주점에서 정보를 탐정하고 손님을 영접하는 두령 8명에는,

동산주점(東山酒店)에 소울지 손신·모대충 고대수, 서산주점(西山酒店)에 채원자 장청·모야차 손이랑, 남산주점(南山酒店)에 한지홀률 주귀·귀검아 두흥, 북산주점(北山酒店)에 최명판관 이립·활섬파 왕정륙.

정보 탐정을 총괄하는 두령 한 명엔,

신행태보 대종.

군중에 기밀을 통보하는 보군 두령 네 명에는,

철규자 악화·고상조 시천·금모견 단경주·백일서 백승.

중군(中軍)을 지키는 마군효장(馬軍驍將) 두 명에는,

소온후 여방·새인귀 곽성.

중군을 지키는 보군효장 두 명에는,

모두성 공명·독화성 공량.

형벌을 전관(專管)하는 사형 집행수 두 명엔,

철비박 채복·일지화 채경.

삼군(三軍)의 내무(內務)를 관장하는 두령 두 명에는,

왜각호 왕영·일장청 호삼랑.

그리고 이 밖에 각종 사무를 맡아보는 두령은 16명이니,

장병을 파견할 때 문서를 만드는 사람에,

성수서생 소양.

정공상벌군정사(定功賞罰軍政司)에,

철면공목 배선.

금전 양식 모든 물자의 출납 책임자에,

신산자 장경.

전선조영(戰船造營) 책임자에,

옥번간 맹강.

병부·인신 제작 책임자에,

옥비장 김대견.

각종 깃발과 전포(戰袍), 의복 제작 책임자에,

통비원 후건.

마필(馬匹) 치료 책임자에,

자염백 황보단.

내외과(內外科) 모든 병을 치료하는 책임자에,

신의 안도전.

각종 제조 감독자에,

금전표자 탕융.

대소호포(大小呼砲) 제조 책임자에,

굉천뢰 능진.

가옥 건축 수리 책임자에,

청안호 이운.

우마돈양(牛馬豚羊) 도살 책임자에,

조도귀 조정.

연회설비 책임자에,

철선자 송청.

주초(酒醋)를 양조하는 책임자에,

소면호 주부.

양산박 성곽을 축조하는 책임자에,

구미귀 도종왕.

수자기(帥字旗)를 전담하는 책임자에,

험도신 욱보사.

선화(宣和) 2년 4월 22일 양산박 대집회(大集會)에서 이상과 같이 결정하여 고시(告示)한다."

송강이 이같이 낭독하기를 마치고 각 두령들에게 그가 맡은 직책의 병부(兵符)와 인신(印信)을 분배하니, 연회는 이로써 끝나고, 두령들은 각각 자기 처소로 돌아갔다. 선화 2년은 서력으로 1222년이니 지금으로부터 800여 년 전 일이다.

송강은 양산박의 부서를 이같이 발표한 뒤에 다시 택일하여 북을 울리며, 향을 피우고서 모든 두령들을 충의당에 모은 후 입을 열었다.

"지금은 그전과 형편이 달라졌는 고로 이 사람이 한마디 하는 터인데, 오늘날 우리가 하늘의 성신(星辰)으로서 이 세상에 모인 이상 마땅히 피차에 딴 마음이 없음을 하늘에 맹세하고 나아가 생사를 서로 같이하고 환난(患難)을 서로 구조하며 힘을 합하여 보국안민(保國安民)할 것을 서약함이 어떻겠소?"

"좋습니다!"

모든 두령이 일제히 이같이 응답하고 앞으로 나아가 향을 피우니, 송강은 일동을 대표해서 맹세를 올린다.

"송강이 일개 미천한 소리(小吏)로서 배움이 없고 타고난 재주 없는 몸이오나 천지 일월의 혜택으로 형세를 양산(梁山)에 모으고, 영웅을 수박(水泊)에 맺고 보니 그 수효 1백 8명이로소이다. 위로는 하늘의 정하심에 맞추고 아래론 사람의 마음에 따르겠사오니, 지금으로부터 앞으로 만일 서로 마음속에 불인(不仁)을 품고 대의(大義)를 상하는 일이 있게 되옵거든, 바라옵건대 천지신인(天地神人)은 저희에게 주륙(誅戮)을 내리시어 만세(萬世)에 이르도록 사람으로 태어나지 못하게 하고, 억재(億載)에 걸쳐 말겁(末劫)의 연못에 빠지게 하소서. 원하옵건대 저희들 마음을 충의(忠義)에 두고 훈공(勳功)을 나라에 세워 하늘을 대신하여 도(道)를 행하고, 변경을 지키어 백성을 편안케 하고자 할 뿐이오니, 천지신명은 깊이 살피시어 보응(報應)하시옵소서."

송강이 이같이 맹세하기를 마치니, 모든 두령이 이구동성으로 저마다 세세생생(世世生生)하여 서로 만나기를 기원드리고 피를 마심으로써 맹세를 표한 후 술을 취토록 즐거이 나누고서 각각 자기 처소로 돌아갔다.

이같이 된 뒤로 양산박 호걸들은 심심한 때이면 혼자서 혹은 몇 사람이 짝을 지어 산을 내려가, 객상(客商)들의 인마(人馬)를 만나면 그냥 지나가게 하고, 만일 임지(任地)로 부임하는 관원으로서 재물을 지닌 것이 있는 성싶으면 용서 없이 털어서 산채로 올려보내 공용(公用)에 보태게 하고 나머지 극히 적은 돈은 자기들끼리 나누어 쓰기도 하고, 만일 선량한 백성들을 못살게 굴어 졸부가 되었다는 사람이 있다면 3백 리, 5백 리쯤 멀다 하지 않고 기어이 달려가서 그놈의 재산을 모조리 털어다가 산채의 공용으로 처분하는데, 이같이 하기를 백 번도 천 번도 더 했건만 아무도 타내서 시비를 못 하고 항거하지도 못했다.

그러나 송강만은 하늘에 맹세한 뒤로 한 번도 산을 내려간 일이 없었다.

어느덧 찌는 듯한 더위가 서늘한 가을이 되어 9월 9일 중양절(重陽節)이 가까웠다.

송강은 자기 아우 송청을 시켜 크게 잔치를 마련하게 하는 한편, 산 아래 내려가 있는 형제들을 모두 일당에 모이게 하여 관국회(觀菊會)를 열었다. 오래간만에 형제들을 즐겁게 해주자는 뜻이었다.

그날이 되니, 산채는 온통 육산주해(肉山酒海)로서 먼저 마보수(馬步水) 삼군의 소두목들이 술과 고기를 분배받아 끼리끼리 짝을 지어 흩어져 마시는데, 충의당 위에는 뺑 둘려 국화를 꽂고, 두령들은 각각 차례대로 좌석에 앉아서 술잔을 기울였다.

국화 향기 그윽한 가운데 북소리 둥 둥 둥 울리고 피리, 젓대 소리가 어우러지는 판에 마린은 퉁소를 불고, 악화는 노래를 부르고, 연청은 쟁(箏)을 타니, 좌중에는 흥이 넘치는 듯했다.

이같이 즐기는 가운데 어느덧 해는 기울어지고, 송강은 대취했다.

그는 주흥을 못 이겨 종이와 붓을 가져다가 만강홍사(滿江紅詞) 한 편을 썼다.

중양 가절 기쁘구나
새 술도 맛 들었네,

푸른 물 붉은 산에

머리에는 백발이나

꽃 한 가지 못 꽂으랴.

우리 형제 변치 않고

보국안민 일념인데

간사풍진(奸邪風塵) 가리어서

일월(日月)이 무광(無光)하이.

천왕(天王)이 밝히시와

하루 속히 초안(招安)키를

우리 형제 일념일세,

영광의 그날이 언제 오려나.

　송강은 이같이 써서 악화를 보며,

　"동생이 거 한번 불러보게!"

　하고 그 종이를 주는 것이었다.

　악화가 가사를 받아 노래를 부르다가 마지막 구절 '하루 속히 초안키를 우리 형제 일념일세, 영광의 그날이 언제 오려나'까지 부르자, 별안간 무송이 소리를 꽥 지르는 것이었다.

　"오늘도 '초안', 내일도 '초안'! 밤낮 그놈의 '초안' 소리에 술맛 없어진다!"

　이때에 또 흑선풍 이규가 시뻘건 얼굴에 눈을 동그랗게 뜨고서 벌떡 일어나더니,

　"아니 '초안' '초안'이라는 게 그게 개눈깔 아니야? 제기랄 죄다 집어치워!"

　하고 탁자를 들었다가 쾅 놓으니까, 탁자는 산산 박살이 나고 음식 국물이 튀는 바람에 여러 사람은 얼굴을 돌린다.

송강은 소리를 버럭 질렀다.

"이놈아! 뉘 앞에서 주둥아리를 함부로 놀리는 거냐? 저놈을 당장 끌어내다 목을 베어가지고 와!"

이같이 호령이 떨어지자 여러 사람은 잠시 물을 끼얹은 듯 조용히 있다가, 모두들 앞에 무릎을 꿇고 말했다.

"이 사람이 술을 좀 과음해서 발광했습니다. 아무쪼록 용서해주십시오!"

송강은 잠깐 침묵하고 있다가 명령한다.

"여러 형제들 낯을 봐서 당장 죽일 것이로되 살려두기는 한다마는, 당장 옥에 가두도록 해!"

여러 사람은 그제야 숨을 돌리고서 안심하는 얼굴을 했다.

이때 형벌을 맡아보는 소교(小校) 서너 명이 어려워하면서 흑선풍을 붙잡고 나가려 하니까 그는 소교들을 쳐다보고 한마디 한다.

"왜 겁이 나니? 겁낼 거 없다! 내가 너희들한테 행패를 부릴까 봐서 그러리라마는 난 형님이 날 죽이신대도 원망 않는다! 칼로 썰어서 죽이신대도 원망 않는다! 그렇지만 형님 빼놓고 그밖에 다른 놈은 말할 것도 없고 하늘도 난 무섭잖다!"

이같이 뇌까리면서 흑선풍이 소교들을 따라서 감방으로 가는데, 얼마나 취했는지 제 몸을 가누지 못하고 그들한테 매달리다시피 걸어가더니, 그는 감방 안에 들어가는 즉시 그대로 코를 골기 시작했다.

송강은 흑선풍이 이같이 끌려가면서 지껄이던 소리를 듣고 마음이 언짢아져서 술이 깨이고 비창한 표정이 되었다.

오용이 곁에서 송강의 기색을 살피고 조용히 말한다.

"형님! 이러시지 마십시오. 모처럼 이 자리를 베푸신 것은 모든 형제들을 즐겁게 해주려던 의향이 아니었습니까? 흑선풍은 본래 그런 성미의 사람이니까, 한때 취중에 객기를 부린 것인데, 그걸 가지고 그다지 마음 상해할 거 없습니다. 어서 다시 잔을 드십시오. 그래야 다른 형제들이 즐거워할 겁니다."

"내가 강주에서 취중에 실수하느라고 반시(反詩)를 써놓고 죽을 뻔하다가 저 사람 때문에 살아났었는데, 오늘은 '만강홍'의 노래를 짓고서 하마터면 저 사람을 죽일 뻔했으니, 만일 여러 형제들이 말리지 아니했던들 어찌될 뻔했겠소? 정분만 가지고 말한다면, 저놈과 내가 가장 두터운 사이니까, 자연 눈물이 나는구려."

송강은 이렇게 대답하고서 이번엔 고개를 무송에게 돌이키고 한마디 묻는다.

"동생은 사리(事理)를 아는 사람으로 나는 전부터 알아왔었는데 내가 '초안'을 주장하고, 부정(不正)과 불의(不義)를 바로잡고서 나라에 충성을 다해보겠다고 생각하는 것이 어째서 술맛을 떨어뜨리는 수작이란 말인가?"

노지심이 곁에서 말을 받아서 나선다.

"조정에 가득 찬 벼슬아치들이 모두 간사한 도둑놈들이어서 지금 이놈들이 폐하(陛下)의 눈을 가리고 있습니다. 마치, 이 내 옷처럼 한번 검정물을 들이고 보면 다시는 제아무리 깨끗이 빨아버린대도 도저히 희어질 수 없는 것과 마찬가집니다. 그러니까 '초안'은 의미 없습니다. 차라리 모두들 형님한테 고별인사나 드리고 내일부터 여가나 얻어 각각 저 가고 싶은 곳으로 가버리는 것이 좋겠습니다."

송강은 노지심의 말을 듣고 좌우를 둘러보며 크게 말했다.

"여러분들 다 같이 들어주시오. 지금 천자(天子)께옵서는 간신들 때문에 잠시 혼매(昏昧)해지셨지만 때가 이르러 구름이 걷히고 햇빛이 밝아지면 우리가 하늘을 대신해서 도(道)를 행하고 선량한 백성들을 괴롭히지 아니한 사실을 아시고서 우리의 죄를 용서하고 초안하실 것이니, 우리는 한마음 한뜻으로 진충보국하여 이름을 청사(靑史)에 남기는 것이 무엇이 나쁘겠소? 이 때문에 이 사람이 하루라도 속히 대사령(大赦令)이 내리기를 기다리는 것이지, 다른 뜻이 있는 것은 아니올시다."

이 말을 듣고 모두들 옳은 말이라고 찬성은 했지만 조금 전까지 취흥(醉興)이 도도하던 좌석은 쓸쓸해지고, 조금 있다 그들은 각각 자기 처소로 흩어졌다.

이튿날 날이 밝자마자 여러 두령이 감방으로 들어가 흑선풍을 들여다보니, 아직도 그는 오밤중같이 코를 골고 자빠졌으므로 여러 사람이 그를 흔들어 깨웠다.

"이거 봐, 이 사람아! 그만 일어나란 말야. 어제는 어째서 술을 그렇게도 많이 먹고 형님한테 욕을 했단 말인가? 오늘은 아마 자네를 사형에 처할 걸세!"

"내가 언제 우리 형님한테 욕을 했나? 하지만 우리 형님이 날 죽이신다면, 내야 죽는 수밖에 다른 도리 없지!"

감방에 들어왔던 두령들도 더 긴말 하지 않고 그를 껴안고 밖으로 나온 후, 송강이 앉아 있는 충의당으로 올라가 흑선풍을 대신하여 사죄를 했다.

그러자 송강은 흑선풍을 보고 꾸짖는다.

"너는 똑똑히 듣거라! 내 수하엔 많은 사람들이 있지만, 한 사람도 너같이 무례한 사람은 없다. 너 같은 것이 있어서야 어찌 양산박의 질서를 유지하겠니? 이번엔 여러 형제들의 낯을 보아서 특별히 네 모가지를 붙여둔다마는, 요다음 번에 또 그따위 버르쟁이를 했다간, 결단코 용서없다!"

이때 흑선풍 이규는 아무 소리 않고 흑! 흑! 느끼어 울 뿐이었다.

이런 일이 있은 뒤에 양산박 산채엔 무사태평한 세월이 흘렀다.

어느덧 그 해도 다 가고 세말(歲末)이 다가올 때, 여러 날 눈이 내리다가 오래간만에 하늘이 맑게 갰다.

이날 산 밑에서 졸개 한 명이 올라와서 하는 말이,

"여기서 7, 8리쯤 떨어진 내주(萊州)로부터 서울로 올라가는 등롱(燈籠)을 운반하는 한 떼를 붙잡아, 제가 지금 관문(關門) 밖까지 끌고 왔는데, 이놈들을 어찌하면 좋겠습니까?"

하고 보고를 드리는 것이었다.

"결박짓지 말고 그냥 이리 데리고 오너라."

송강의 분부를 듣고 졸개가 물러가더니, 조금 있다가 공인(公人) 두 사람과 등롱 만드는 사람 7, 8명과 다섯 채의 수레를 이끌고 들어왔다.

"무얼 하는 사람들이오?"

송강이 그들을 보고 이같이 물으니까 공인 한 명이 아뢴다.

"소인은 내주에서 공사(公事)로 나온 관인이옵고, 이 사람은 모두 등장(燈匠)이올습니다. 해마다 이맘때면 서울서 저희 고을에 등롱을 세 벌씩 주문하시는 터인데, 금년엔 두 벌을 더 보내라는 분부이십니다. 그래서 지금 등롱을 갖고 올라가는 길인데요. 이것이 바로 '옥붕영롱구화등(玉棚玲瓏九華燈)'이라는 것이옵니다."

송강은 더 묻지 않고 그들에게 주식(酒食)을 주게 한 후, 등롱을 꺼내어 구경시키라고 말했다. 등장이들은 곧 일어나서 그 옥붕등을 세워 보이는데, 상하 좌우를 합쳐서 모두 구구 팔십일, 여든 개의 등롱이 충의당 위로부터 뜰아래까지 꽉 차 보인다.

송강은 등롱의 화려찬란한 모양을 바라보고 감탄했다. 그러고서 관인을 보고 말했다.

"본래 그전같이 하자면 이것을 모두 뺏어둘 것이지만, 그렇게 하면 자네들 처지가 매우 곤란할 것이니까 다 빼앗지 않겠으니 이 구화등(九華燈)만 여기다 두고 나머지는 전부 도로 가져가게. 수고한 값으로 돈 20냥을 줄 테니 받아가게."

뜻밖에 이같이 관대한 처분을 받은 관인과 등장이들은 너무도 고마

위서 두 번씩 절을 한 후 남은 등롱을 챙겨 산을 내려갔다.

송강은 그 등롱에다 촛불을 켜가지고 조천왕 위패를 모신 당(堂) 안에다 걸어놓았다.

그러고서 이튿날, 송강은 여러 두령들을 보고 이런 말을 했다.

"나는 산동(山東) 출생이건만 한 번도 수도(首都)에 가본 일이 없구려. 해마다 원소절(元宵節)엔 서울서 굉장하게 등롱을 켜달고 천자(天子)께옵서 백성들과 함께 즐기신다는 소문만 들었지. 동지(冬至) 때부터 등롱을 만들기 시작하여 지금쯤 모두 완성됐다더군. 그런데 비밀히 서울로 들어가서 등롱놀이 구경을 하고 싶은데 어떻겠소?"

오용이 맨 먼저 반대했다.

"천만부당한 말씀입니다. 지금 서울엔 죄인 잡는 관인들이 부쩍 늘었는데, 혹시나 일이 잘못되었다간 큰일 납니다!"

그러나 송강은 고집한다.

"낮에는 객줏집에 들어앉았다가 밤에 나와서 살짝 성내에 들어가 구경하는데, 무슨 걱정될 게 있겠소?"

"그러신대도 안 됩니다. 세상일 알 수 없지요."

여러 사람이 모두 이구동성으로 간했건만, 송강은 끝내 뜻을 굽히지 않고 기어이 자기와 함께 서울 갈 사람을 지명해버린다.

"나하고 시진·사진하고 목홍·노지심하고 무송·주동과 유당, 이렇게 네 패로 나누어 떠나는데, 다른 사람들은 모두 남아 있어 산채를 지켜야 하겠소."

이같이 송강의 말이 그치자, 흑선풍 이규가 한마디 한다.

"서울 등놀이가 장관이라는데, 난 그래 구경 못 한다우?"

"넌 못 간다!"

"형님!"

"떼쓰지 말아! 안 된다니까!"

"형님! 나도 데리고 가시우. 나두 죽기 전에 한번 구경합시다."

아무리 거절해도 구성맞게 애원하는 바람에 송강은 그를 떼어버릴 수 없어 다짐을 받는다.

"네가 그렇게도 따라가고 싶다면 데리고 가마. 그러려면 심부름하는 하인(下人) 맵시를 차리고서 따라다녀야 한다."

"아이구 좋아라!"

이같이 되어 송강은 마침내 흑선풍을 데리고 가기로 정하고서, 마음이 놓이지 않아 또 한 사람 연청을 데리고 가기로 결정했다. 그런데 송강은 그전에 귀양살이 처형을 받았던 사람이라, 얼굴에 글자를 자청(刺青)한 일이 있는데 어떻게 서울에 들어갈 수 있을까 의심할 사람이 있겠지만, 그것은 걱정 없이 된 것이, 신의 안도전이 양산박에 들어와서 감쪽같이 고쳐놓았기 때문이다. 처음에 안도전이 먼저 독약으로 자청한 자국을 벗겨버리고, 그다음에 좋은 약으로 치료해서 불그스름한 흉터만 남아 있게 만든 후, 아름다운 옥(玉)과 좋은 금(金)을 곱게 가루로 만들어 그것을 매일 발랐기 때문에 나중엔 불그스레한 흉터도 말짱히 없어지고 깨끗해진 것이다. 의서(醫書)에 '양금미옥(良金美玉)은 흉터를 지운다'는 말이 있는 것도 이런 뜻이다.

원소절, 동경성 참사

이날 송강은 사진과 목홍으로 하여금 먼저 나그네 모양으로 분장하고서 산을 내려가게 한 다음, 한참 있다가 노지심과 무송은 행각승(行脚僧) 모양을 차리고서 내려가게 하고, 맨 나중에 주동과 유당을 행상(行商)으로 분장하고서 내려가게 했다. 그리고 그들로 하여금 모두 다 허리엔 요도 차고, 손엔 박도 들고, 품 안엔 비수를 감추어 가게 했다.

이같이 세 패를 먼저 떠나보낸 후 송강과 시진은 퇴직해서 한가하게 보는 일이 없는 관원 모양을 차린 후, 대종을 수행원으로 분장케 하여 따르게 하니, 도중에 무슨 일이 생긴다면 급히 소식을 연락시키기 위함이다. 그리고 흑선풍 이규와 연청 두 사람이 하인같이 분장하고 짐을 울러매고서 따라오게 했다.

이때 모든 두령이 금사탄까지 내려와서 전송하는데, 군사 오용은 흑선풍 이규를 보고 단단히 부탁하는 것이었다.

"자네는 언제든지 산을 내려가기만 하면 무슨 일이고 일을 저질러왔기 때문에 마음을 못 놓는단 말야. 그렇지만 이번에 형님을 모시고 서울 가서 등구경을 하는 것은 그전 때 같은 예사로운 일이 아니란 말일세. 그러니까 이번 왕복에는 노상에서 술을 한 방울도 입에 넣지 말고, 정신을 바짝 차리고, 무슨 말이든지 고분고분 들어야 하네. 만일 이번에

도 말썽을 일으켰다가는 그땐 이곳 형제들과 영영 다시는 못 만나게 될
것이니 그런 줄 알게."

"너무 걱정 마시우. 나도 다 짐작해요."

마침내 그들은 서로 작별하고서 송강 일행은 길에 올랐다. 그리하여
그들은 제주로(濟州路)를 지나 등주(滕州)를 거쳐 단주(單州)로 들어갔다
가 조주(曹州)로 나와서 동경(東京) 서울을 바라고 올라와, 만수문(萬壽
門) 밖에 이르러 어떤 객줏집에 들어가 몸을 쉬었다.

이날이 정월 11일이었는데, 송강과 시진이 한방에 앉아서 의논했다.

"난 내일 성안에 들어가는 게 아무래도 재미롭지 못해! 내일… 모
레… 열나흗날 밤에, 사람들이 번잡하게 왔다 갔다 할 때 그때 들어가
볼까 하는데, 어떨까요?"

송강이 이같이 말하니까,

"좋도록 하시죠. 저는 내일 연청 아우를 데리고 성중에 들어가 한 바
퀴 둘러보고 돌아오렵니다."

하고 시진이 대답했다.

"그럼 잘 부탁합니다."

송강과 시진은 의논을 이같이 정했다. 그리하여 이튿날 시진은 머리
서부터 발끝까지 말쑥하게 의복도 새 옷을 입고 두건도 새것을 쓰고,
버선과 신발도 새것을 신었는데, 하인 맵시를 차린 연청도 또한 말쑥하
게 새로 꾸몄다.

두 사람이 객주에서 거리로 나와 보니, 집집마다 떠들썩하고, 음식
차리는 냄새가 여기저기서 풍겨 과연 원소명절에 천하태평을 경축하는
풍경이었다.

성문 앞까지 왔건만 두 사람을 보고 길을 막는 사람은 아무도 없다.

두 사람은 문안으로 쑥 들어섰다. 바로 여기가 서울이니, 수도의 명
칭으로 동경이요, 부(府)의 이름은 개봉(開封)이요, 고을 이름은 변수(汴

水)라고 한다.

시진과 연청은 먼저 대궐 바깥 어가(御街) 큰길을 걸어보며 좌우의 풍경을 관상한 후 동화문(東華門) 밖으로 돌아나오니, 거리에는 오고가는 사람들이 수없이 많고, 화려한 의복으로 날씬하게 몸을 차린 사람들이 다방마다 술집마다 가득히 앉아 있다.

시진은 연청을 데리고 그중 자그마한 술집 위층으로 올라가 길거리로 향한 방에 들어가서 난간에 기대어 창밖을 내려다보니 두건에다 취엽화(翠葉花) 한 송이씩을 꽂은 반직인(班直人)들이 대궐 안으로부터 밖으로 나왔다 들어갔다 하는 모양이 보인다. '반직인'이란 대궐 안을 경비하는 사람이다.

시진은 바깥을 내다보다가 얼른 무슨 생각을 하고서 연청을 곁으로 오게 한 후 귀에다 대고 가만히 말했다.

"자네 내려가서 이렇게… 이렇게… 내가 하라는 대로 하게!"

그러고서 몇 마디 일러주니까, 연청은 고개를 끄덕거리며 자세히 묻지도 않고 그냥 아래층으로 뛰어내려갔다. 워낙 약빠르고 총명한 연청이니까 다 알아챈 모양이다.

연청이 술집 문밖에 나오자마자, 나잇살이나 들어 보이는 반직관(班直官) 한 사람이 이쪽으로 향해 걸어오므로 연청은 그 사람 앞에 가서 절을 꾸벅 했다.

반직관은 유심히 그를 바라보더니,

"누군지 모르겠네!"

하고 그냥 지나가려 한다.

"소인의 주인어른께서 나으리하고 옛적 친구라고 하시면서, 모셔오라고 하시기에 왔습니다. 나으리가 장관찰(張觀察) 어른이시지요?"

'관찰'이란 말은 나쁜 놈을 체포하는 관인을 존대해서 부르는 직함이니까 반직관을 보고 관찰이라 한대도 상관은 없지만, 이 반직관의 성은 장가가 아니고, 왕(王)가였다.

"잘못 봤네! 난 장가가 아니고 왕가란 말야."

이때 재주꾼 연청은 얼른 둘러댔다.

"네, 네. 소인의 입이 잘못 말씀드렸군요. 주인께서 왕관찰 어른을 모셔오라 했습죠. 황송합니다!"

잘 알 수 없는 일이긴 하나, 자기를 청한다니까 왕관찰은 연청의 뒤를 따라 술집 위층으로 올라갔다.

연청은 방문 앞에 드리운 발을 더 올리면서, 시진을 향하여,

"왕관찰 어른을 모시고 왔습니다."

큰소리로 이같이 고하는 것이었다. 그러고는 왕관찰이 들고 있는 반직관의 집색(執色)을 받아서 한편 구석에 놓는다.

시진이 자리에서 일어나 왕관찰을 맞아들인 후 자리를 권하자, 왕관찰은 교의에 앉아서 한참이나 시진을 물끄러미 바라보더니,

"이 사람 눈이 어두워서 그런지… 오라고 하신다기에 오기는 했습니다만… 도무지 누구신지 생각이 안 납니다. 누구시던가요?"

하고 시진을 건너다본다.

"그러시겠지요. 어릴 적 친구니까. 서서히 생각해보시고 먼저 술이나 드시지요."

시진은 이렇게 말하고 즉시 술과 고기를 가져오게 하여 그에게 권하는 것이었다.

이같이 술을 권하여 왕관찰의 얼굴에 술기운이 돌기 시작할 때, 시진이 물었다.

"그런데 관찰님 머리 위에 꽃 한 송이를 꽂았으니, 그건 무슨 뜻입니까?"

"이거 말씀입니까? 이건 천자께옵서 원소절을 경축하시느라고, 저희들 대궐 안에서 시종 드는 좌우내외 이십사반 모두 합쳐서 5천 7, 8백

명 각자에게 의복 한 벌하고 취엽금화(翠葉金花) 한 송이씩을 주셨지요. 이 꽃 위에 금패(金牌) 한 개가 있는데, 거기다 '여민동락(與民同樂)' 넉 자를 새겼지요. 이 꽃을 꽂고, 비단옷을 입어야만 내전(內殿)까지 출입하지, 그렇지 않고는 못 들어간답니다."

"그렇습니까? 말씀하시지 아니했더면 전혀 모를 뻔했군요."

시진은 탄복하는 표정을 짓고 다시 술을 몇 잔씩 마시다가, 연청을 보고 부탁한다.

"너, 밖에 나가서 데운 술을 가져다가 나 한 잔 다고."

연청이 대답하고 나가보더니 금시에 더운 술을 갖고 들어왔다.

시진은 술을 받아들고 일어나서 그 잔을 왕관찰한테 쥐어주고 말했다.

"이번엔 내 술잔으로 한 잔 드십시오. 제가 워낙 술을 좋아하고 형장을 존경하는 의미에서 제 이름을 말씀드리겠습니다."

"글쎄, 내가 아까부터 생각해봤으나 도무지 노형을 언제부터 알았는지 생각이 안 나는구려. 어서 말씀해보시우."

"그 술을 잡숫고, 잔을 나를 주십시오. 말씀하죠."

왕관찰은 그 말을 듣고 단숨에 술을 쭈욱 들이마시더니, 잔을 떼기가 무섭게 입가에 게침을 꾀죄죄 흘리면서 뒤로 벌렁 나자빠진다.

시진은 얼른 달려들어 왕반직의 의복과 신발까지 죄다 벗겨 자기가 그것으로 바꾸어 입고서 연청에게,

"아래층 주보가 올라와서 묻거들랑, 반직관은 술에 취하셨다 하고, 나는 밖에 나가서 아직 안 돌아왔다고 대답해라."

하고 일렀다.

"염려 맙쇼. 제가 알아서 잘 처리하죠."

뒷일을 연청에게 맡기고, 술집에서 나온 시진이 바로 동화문 안에 들어서서 대궐 안의 내정(內庭)을 둘러보니, 과연 구름 밖의 선경(仙境)을

보는 것 같다.

정양문(正陽門) 안에서부터 좌우로 쭉 뻗친 보랏빛 담장 아래로 황도(黃道)를 한참 걸어가니까 장조전(長朝殿)이 나타나고 그 뒤에 혼의대(渾儀臺)가 우뚝 섰으니 이곳은 성신(星辰)을 점(占)치는 곳이요, 그 앞에 문무(文武) 두 반의 신하들이 대기하는 대루원(待漏院)이 보인다.

시진은 주위를 둘러보고 내원(內苑)을 구경하려고 금문(禁門)을 들어섰건만 복색이 반직관 복색인지라 아무도 그를 보고 누구냐고 묻지도 않았다.

그는 바로 자신전(紫宸殿)으로 갔다가 문덕전(文德殿)으로 가보았으나 문은 모두 자물쇠로 잠가놓았기 때문에 들어가지 못하고 그길로 응휘전(凝暉殿)을 돌아가니까 편전(偏殿) 한 채가 서 있는데 금글자로 예사전(睿思殿)이라고 쓴 패액이 걸렸다. 이곳은 천자께서 책을 보시는 서재였다.

예사전 옆문을 열고 그 안에 들어가 보니, 정면에는 어좌(御座)가 있고, 양쪽 책상 위에는 종이, 붓, 벼루, 먹 등 문방구가 놓여 있고 책장 위에는 여러 가지 책이 가득 쌓여 있다. 그리고 맞은편에 세운 병풍에는 국내 지도를 채색으로 그렸는데 병풍 뒤를 돌아가 보니, 뒤쪽 흰 종이 위에 어필(御筆)로 국내 반도(叛徒) 네 명의 이름을,

산동 송강(山東 宋江), 회서 왕경(淮西 王慶)

하북 전호(河北 田虎), 강남 방납(江南 方臘)

이같이 적어놓았다.

시진은 이것을 보고 가슴이 선뜻함을 느끼고 속으로 생각하니, 이것은 나라의 치안을 어지럽게 만드는 인물들이라 생각하고서 천자님이 친히 적어두신 것이라고 생각된다.

그는 이것을 그냥 둘 수 없어서 품속의 칼을 꺼내 '산동 송강' 넉 자를 도려내어 품속에 집어넣고서 황망히 바깥으로 나왔다.

이때 뒤에서 사람의 발자국 소리가 들린다.

시진은 급히 내원을 벗어나 동화문으로 나와서 술집 이층으로 돌아왔다. 그가 돌아와 보니, 왕반직은 아직도 술이 깨지 않고 누워 있다.

시진은 급히 왕반직의 옷을 벗어서 그 사람의 곁에 놓고 자기 의복을 입은 후, 연청과 주보를 불러서 계산을 치르고 나니까 거스름돈이 열댓 냥 남으므로 그것을 주보에게 그냥 쥐어주고, 이층을 내려오면서 부탁했다.

"난 왕관찰하고 형제간이다만, 이 사람이 그만 취해버렸기 때문에 내가 대신해서 내원에 들어가 점명(點名)하고 나왔다. 그런데 아직도 저렇게 술이 깨지 않고 자고 있구나. 난 성 밖에 살고 있기 때문에 늦으면 성문이 닫힐까봐 먼저 간다. 이따가 이 사람이 깨어나거든 잘 말씀해라. 의복은 여기 놓아뒀다. 그리고 그 돈은 모두 너 가져라."

"네, 네. 염려 마십쇼. 제가 다 말씀합죠."

시진과 연청은 뒤도 안 돌아보고 술집을 나와서 만수문 밖으로 향했다.

시진과 연청이 이같이 사라진 뒤 저녁때나 되어서 왕반직은 눈을 뜨고 일어났다. 방 안을 둘러보니 아무도 없고, 머리맡에 자기 옷이 놓여 있기는 한데 도무지 뭐가 어떻게 된 일인지 얼떨떨했다. 이때 주보가 들어와서 시진이 부탁하고 간 대로 설명했건만, 무슨 사연인지 똑똑히 알아듣지 못한 채, 그는 그대로 돌아가고 말았다. 그리고 그 이튿날 동료로부터, '예사전' 안에 있는 병풍에서 '산동 송강' 넉 자를 어떤 놈이 도려간 까닭에 오늘부터는 각 문을 엄중히 파수 보고 출입하는 인물들을 일일이 심사한다는 이야기를 듣고서, 왕반직은 '어제 그놈의 짓'이라고 짐작이 갔지만 그렇다고 입 밖에 낼 수도 없었다.

그런데 연청과 함께 객줏집에 돌아온 시진은 대궐 안에 들어갔다 나온 이야기를 송강에게 자세히 하고, 예사전 안의 병풍에서 도려가지고 온 '산동 송강' 넉 자를 꺼내 보였다. 송강은 그것을 받아 한참 동안 어 필을 들여다보더니 한숨만 쉬는 것이었다.

사흘 후 열나흗날 저녁때 둥근 달이 동녘 하늘에 둥실 떠오르는데, 구름은 한 점도 보이지 않는다.

송강과 시진은 한량관(閑凉官)으로 분장하고, 대종은 수행원, 연청은 하인 맵시로 분장한 후, 흑선풍 이규더러 방을 지키고 있으라 부탁하고서 밖으로 나와, 네 사람은 주민들의 가장행렬 틈에 끼어 봉구문(封丘門)으로 들어갔다. 바람도 불지 않는 따뜻한 밤이어서 구경하며 거닐기에 알맞은 밤인데, 일행이 마행가(馬行街)로 들어서니 집집마다 등불을 문 앞에 달아놓아서 길거리가 대낮같이 밝다.

네 사람은 다시 어가(御街)로 접어들었다. 걸어가면서 좌우를 보니 좌우가 모두 풍류를 알고 멋을 알고 하는 사람들의 노는 집이다. 한참 걸어서 중간쯤 이르러 한 집을 바라보니 문밖에다 푸른 장막을 걸고 그 안에다 반죽(斑竹)으로 엮은 발을 드리우고 양쪽으로 있는 방엔 비단망 사로 바른 들창이 보이는데 그 창문마다,

'가무신선녀(歌舞神仙女)

풍류화월괴(風流花月魁)'

이렇게 다섯 자씩 글자를 쓴 패(牌)가 사람의 발을 멈추게 한다. 두말 할 것 없이 기생집이다.

송강은 그 앞의 다방으로 들어가서 차를 마시면서 찻집 점원을 보고 물었다.

"저 앞집 기생은 누군가?"

"장안에서 제일 유명한 행수기생(行首妓生) 이사사(李師師)를 모르십 니까?"

"오오, 금상폐하(今上陛下)가 자주 드나드신다는 그 기생집인가?"

점원은 흠칫 놀라면서 주의시킨다.

"그런 말 큰소리로 하지 맙쇼! 사람이 들으면 안 됩니다."

송강은 그 소리를 듣고 연청을 끌어당겨 그의 귀에다 대고 가만히 말했다.

"내가 이사사를 만나서 은근히 일을 꾸며보고 싶은데, 자네가 가서 좀 수단을 부리고 오게. 내 여기서 차를 마시고 기다릴 테니까."

송강이 시진, 대종과 함께 차를 마시고 있는 동안 연청은 이사사의 집으로 건너가 푸른 장막과 발을 걷어올리고 중문(中門) 안에 들어섰다. 원앙등 하나가 환하게 밝은데 그 아래 서피(犀皮)를 덮은 향탁 위에 박산고동(博山古銅)으로 만든 향로가 놓였고, 그 향로에서 향이 타오르는 연기가 가느다랗게 올라오며 좌우 사면의 벽 위에는 유명한 화가들의 산수화가 걸려 있고, 그 아래 서피를 덮은 네 개의 교의가 놓여 있다.

아무도 사람이 안 나오므로 연청은 또 안으로 들어섰다. 그곳은 중정(中庭)으로서 이를테면 응접실로 쓰이는 곳이다. 향남목(香楠木)에다 정묘한 조각을 새긴 교의 위엔 비단 방석이 깔렸고, 한쪽에 놓인 탁자 위엔 등롱과 골동품이 아름다워 보였다.

연청이 잠깐 서서 동정을 살피다가 크게 기침 소리를 냈더니, 안에서 곱게 의복을 입은 시비(侍婢) 하나가 나와서 공손히 인사를 한다.

"어디서 오셨는지요?"

"미안하오. 마나님을 좀 뵈러 왔소. 잠깐 할 이야기가 있어서….'

"그럼 좀 기다려주십시오."

시비가 안으로 들어가더니 조금 있다가 늙수그레한 이마마(李媽媽)가 나왔다.

연청은 부인을 교의에 앉으시라 하고서, 그 앞에 공손히 절을 했다.

이마마는 절을 받으면서 어리둥절해서 묻는다.

"젊은이는 대체 누구시오?"

"할머닌 저를 몰라보시는군요. 저는 장을(張乙)의 아들 장한(張閑)이에요. 어려서 집을 떠났다가 이제야 돌아왔답니다."

이마마는 고개를 기우뚱하고 생각해본다. 원래 장(張)이니 왕(王)이니 이(李)니 하는 성은 이 세상에 제일 많은 성이니 그가 누구인지 얼른 생각이 날 리가 없다. 더구나 밤중 등불 아래 인상이 희미해서 얼굴이 똑똑히 안 보이니 말해 무엇하랴.

그래서 이마마는 한참 생각하다가 간신히 생각난 듯이 큰소리로 반가워하는 게 아닌가.

"옳거니, 너 태평교 다리 아래 살고 있는 작은 장한이로구나? 어딜 가서 있었기에 그렇게 오랫동안 보이질 않았니?"

연청은 서슴지 않고 천연스럽게 대답한다.

"제가 집에 있지 않으니까 찾아뵐 수 있겠어요? 저는 산동 사시는 손님을 모시고 지내는 터인데, 이 양반이 아주 굉장한 부자지요. 아마 연남, 하북에서 엄지손가락 꼽는 재주(財主)실 거예요. 이번에 서울 오신 까닭은 원소절 구경도 하시고, 서울 사시는 일가댁도 찾아보시고, 물건도 많이 가져오셨으니까 여기서 장사도 하실 작정이신데, 오셨던 김에 여기 계신 아가씨를 꼭 만나보고 싶다는 거예요. 그렇다고 해서 댁에 자주 드나들고 싶다는 건 아니요, 그저 한상에서 술이나 한잔 같이 하는 게 소원이라는군요. 제가 공연히 풍을 떠는 건 절대 아닙니다만, 돈 천 냥 2천 냥은 물 쓰듯이 써버리는 호걸이니까요."

돈이라면 목구멍에서도 손이 나올 정도로 사족을 못 쓰는 것이 기생 할미다.

노파는 이 소리를 듣고 즉시 돈이 탐나서 안으로 들어가 이사사를 데리고 나왔다.

등불에 비치는 이사사의 용모를 바라보니, 과연 옥으로 깎은 꽃이라 할는지, 세상에 없는 선녀같이 아름답다. 연청은 한 번 바라보고 얼른 머리를 숙이고서 인사했다.

이사사도 얌전히 답례하자, 곁에서 노파가 아까 연청으로부터 들은 이야기를 자세히 하는 것이었다.

그러자 이사사가 묻는다.

"그 영감님 지금 어디 계시는데요?"

노파가 대답하기 전에 연청이 대답했다.

"지금 바로 요 앞에, 다방에 계십니다."

"그럼 이리로 모셔올 걸 그랬지? 여기서 차라도 한잔 드시게 할 걸."

"아가씨 말씀이 있기 전에야 어찌 감히 그럴 수 있습니까!"

"어서 가서 모셔오라구."

노파도 곁에서 연청더러 빨리 가서 모셔오라고 재촉하므로 연청은 바로 다방에 건너와서 송강의 귀에다 대고 이 소식을 전했다.

곁에서 대종이 얼른 찻값을 치르고 세 사람은 함께 일어나 연청이 앞에 서서 이사사의 집으로 건너왔다.

그들이 중문을 들어서니까 기다리고 있던 이사사는 그들을 영접하여서 큰 객실로 인도하더니 두 손을 무릎 앞에 공손히 모으고 인사를 드린다.

"조금 전에 이분한테서 말씀을 듣고 알았습니다. 이렇게 찾아와주시니 감사합니다."

"천만에. 산벽촌야의 고루과문(孤陋寡聞)한 시골뜨기가 화용(花容)을 대하니 이 사람 평생에 큰 영광이외다."

"황송한 말씀! 어서 이리로 앉으십시오."

이사사는 송강에게 자리를 권하면서 시진을 눈으로 가리키며 묻는다.

"저 손님은 선생님과 어떻게 되시나요?"

"사촌동생 섭순간(葉巡簡)이올시다."

하고 송강은 대답하고, 대종을 이사사에게 인사시켰다.

이렇게 인사가 끝난 후 송강·시진은 왼편 손님 자리에 앉고, 이사사는 오른편 주인자리에 앉았다. 이때 심부름 드는 계집아이가 차를 쟁반에 받쳐들고 나오니까, 이사사는 친히 송강·시진·대종·연청 앞에 차례로 찻잔을 집어놓고서 들기를 권한다. 차의 풍미려니와 그윽한 향취에 싸인 실내 공기가 더욱 차맛을 돋우었다.

　차를 다 마신 후 여러 가지 이야기가 시작되려는데, 조금 전에 차를 가지고 나왔던 계집아이가 나오더니,

　"지금 상감님 거동이십니다."

　하고 알린다.

　이사사는 얼른 일어서면서,

　"미안하지만 이만 실례해야겠습니다. 내일은 상청궁(上淸宮)에 거동하실 테니까, 아마 저의 집에 안 오실 겁니다. 그때 여러분 선생님들과 만나뵙기로 하지요."

　대송(大宋)나라 천자께서 거동하시었다니 어찌하랴. 송강은 혼연히 세 사람을 데리고 일어났다.

　이사사의 집에서 나온 그들이 소어가(小御街)를 지나 천한교(天漢橋) 어귀에 쌓아올린 오산(鰲山)을 구경하고 다리를 건너가 서울서도 제일 큰 술집 번루(樊樓) 앞을 지나노라니까 아래층 위층에서 흘러나오는 생황 소리, 피리 소리, 북소리 그리고 요란스럽게 떠드는 손님들의 말소리가 엔간히 시끄러운데, 문틈으로 잠깐 그 안을 엿보니까 마치 개미떼같이 사람들이 우글우글 모여 있다.

　송강과 시진은 두 사람을 데리고 그 집에 들어가서 위층에 방을 잡고 앉아 술을 시켰다.

　한잔 먹으면서 불야성을 이루고 있는 거리의 등불을 구경하고 있노라니까, 바로 옆방에서 어떤 사람들이 술상을 치며 장단 맞추어 노래 부르는 소리가 들린다.

호기(浩氣)는 충천(冲天)
두우(斗牛)를 찌르건만
이루지 못했네,
영웅의 사업을.
삼척룡검(三尺龍劍)을
치켜들고서
맹세코 베리니
간사한 무리를!

소리를 들으니 음성이 귀에 익은지라, 송강이 옆방으로 뛰어들어가보니 구문룡 사진과 몰차란 목홍이 술에 담뿍 취해 미친 것처럼 노래를 하고 있는 것이 아닌가.

송강은 두 사람의 어깨를 잡아 흔들면서 꾸짖었다.

"이건 미쳤느냐? 환장했냐? 빨리 술값 계산해주고 어서 돌아가거라! 마침 내가 들었기에 무사했지, 만일 관인이 들었다면 어찌됐겠니? 이렇게도 철딱서니가 없는 줄은 내 몰랐다! 멍하니 앉아 있지 말고, 빨리 일어나 성 밖으로 나가란 말야. 그리고 내일 원소절 구경만 하고, 그길로 돌아가야 한다. 정말 이러다간 무슨 일이 생길는지 모르겠다!"

송강의 꾸짖는 소리에 사진과 목홍은 무안해서 어쩔 줄 몰라 하며 허둥지둥 술값을 치르고 밖으로 나갔다.

두 사람이 돌아간 후 송강·시진 등 네 사람은 술을 조금씩 마시고 취하기 전에 일어나서 술집을 나와 만수문을 지나 객줏집으로 돌아왔다.

객줏집 문을 탕 탕 두드리니까 흑선풍 이규가 자던 눈을 부비면서 나와 문을 열어주더니, 송강을 보고 푸념을 쏟는다.

"형님! 이거 너무 심해요!"

"무얼 가지고 그래?"

"무어가 무어요! 형님이 날 안 데리고 왔다면 얘기는 다르지만, 그래 이렇게 싱둥싱둥하게 데려다놓고서, 나 혼자 방만 지키게 하고, 당신들끼리만 나가서 실컷 구경하면, 그래 속이 편해요?"

"불평만 하지 말고 내 말 들어라. 넌 성미가 우악스런 데다가 생김새가 괴상해서, 그래 성내에 데리고 들어갔다가 또 무슨 소동이라도 일으키게 된다면 안 되겠으니깐 그러는 게 아니냐?"

"그렇거들랑 애당초 안 데리고 올 일이지, 왜 데려다놓고서 남의 성미가 어떠니, 얼굴 생김새가 어떠니 하고 흉만 보시는 거유? 제가 언제 무슨 소동을 일으켰다고 그러십니까?"

"그래, 그래. 알아들었다. 내일 보름날 하룻밤만 데리고 들어가마. 그 대신 등불 구경하고 그길로 밤새워 산으로 돌아가야 하는 거다. 알겠지?"

흑선풍은 대답하는 대신 큰소리로 허허허… 하고 너털웃음만 웃는 것이었다.

이튿날 바로 상원(上元)의 명절날. 하루 종일 날씨가 청명하고서 밤이 되고 보니, 원소절을 즐기려는 사람들이 쏟아져 나와서 길거리는 사람의 물결을 이루었다.

이날 밤 송강과 시진은 어젯밤같이 한량관 복색을 하고 대종·이규·연청을 뒤에 따르게 한 후 만수문으로 향했다. 오늘밤은 통금시간이 없는 대신 각 문(門)을 지키는 군사는 단단히 무장하고 삼엄하게 경비하는 한편, 고태위는 철기마군(鐵騎馬軍) 5천 명을 친히 거느리고 성을 순금(巡禁)하는 것이었다.

송강·시진 등 다섯 사람은 군중 틈에 끼어 성내에 밀려들어왔다.

한참 걸어오다가 송강이 연청을 자기 곁에 끌어당기며 그의 귀에다 대고 소곤거렸다.

"내가 어젯밤에 갔던 그 다방에서 기다리고 있을 테니, 너는 먼저 가서 이렇게 이렇게 하란 말야."

연청은 송강이 일러주는 말을 듣고, 그길로 부리나케 이사사의 집으로 가서 문을 두드렸다.

이마마와 이사사가 나와 그를 맞으면서 말한다.

"어젯밤에는 참 미안했어요. 뜻밖에 천자님께서 거동하셨기 때문에 어쩌는 수가 없었으니, 영감님한테 잘 말씀이나 해주셔요."

"천만의 말씀입니다. 저의 주인님이 도리어 잘 말씀 여쭤라고 저한테 당부하시던데요. 하도 친절히 대해주셔서 고맙습니다구요. 그리고 산동 바닷가 외딴 시골서 올라왔기 때문에 희귀한 물건은 없고, 약간 산물(産物)을 갖고 오긴 했지만, 너무도 변변치 못한 물건이라서 못 보내드리겠다면서, 황금 백 냥을 갖다 올리라고 저를 주시면서 잘 인사드리라고 당부하시더군요. 이다음에 희귀한 것이 생기면 다시 올리겠다고 말씀합니다."

이마마가 묻는다.

"그래, 지금 영감님이 어디 계신가?"

"바로 저 길 어귀에서 계시지요. 제가 이걸 드리고 나가면 저하고 같이 등불 구경을 하시겠다구요."

연청이 이같이 말하고 품속에서 금덩어리 두 개, 백 냥을 꺼내놓았다. 이것을 본 이마마는 침을 삼키고서 말한다.

"오늘이 상원 명절 아닌가? 우리 모녀가 영감님을 모시고 조용히 몇 잔 대접하고 싶은데, 별로 긴급한 일이 없으시거든 잠깐 오십사고, 이렇게 여쭙고 오게나그려."

"네. 그럼 제가 가서 모시고 올까요? 아마, 어쩌면 오실 거예요."

연청은 이같이 대답하고 즉시 다방으로 와서 송강에게 이야기했다. 송강은 얼른 일어나서 연청을 따라 이사사의 집까지 와서, 대종과 흑선풍 두 사람은 문밖에서 기다리라 하고 시진·연청만 데리고 안으로 들어갔다.

그들이 응접실 문 앞에 이르자, 이사사가 마중 나와서 인사를 드린다.

"어서 들어오십시오. 저를 처음 보시고 그처럼 과분한 것을 보내셨으니, 이것을 도로 드리면 실례가 되겠고, 받는다면 너무 과하고 난처합니다."

"그까짓 것을 가지고 무얼 그렇게 생각하십니까. 보잘것없는 시골이라서 별다른 것이 없기에 그걸 보내드린 건데요."

이사사는 그들을 자그마한 별실로 안내하고서 자리를 권하는 것이었다. 그들이 자리에 앉으니까 뒤미처 의복이 단정한 시비가 희귀한 과자와 채소와 술과 안주를 쟁반에 받들고 나와서 탁자 위에 벌여놓는데 모두가 은그릇이다.

이사사는 일어나 잔을 들고 다시 한 번 송강에게 절을 하고 나서 말한다.

"이생에 인연이 있어서 오늘 저녁 두 분 영감님을 만나뵙는가 싶습니다. 별로 차린 건 없습니다만, 즐거이 들어주시기 바랍니다."

"이 사람은 시골서 다소 재산이란 걸 가지고 있습니다만, 이처럼 호화찬란한 요리상은 처음 보았습니다. 그리고 낭자의 풍류성가(風流聲價)는 천하에 이름이 높아서 한 번 대면하기가 하늘에 오르는 것보다 어렵다 하는데, 이렇게 자리를 같이하고서 친히 음식을 주시니, 참말 꿈속이나 아닌가 싶습니다."

"너무 과도히 칭찬하시는데요."

이사사는 이같이 겸사하고 나서 시비로 하여금 금잔을 가져오게 하여, 은잔 대신 금잔으로 다시 술을 권한다. 그러고서 이사사가 서울 이야기를 꺼내자, 송강의 태도가 그때부터 조금씩 거칠어지는 까닭에 그것을 막으려고 시진은 그 곁에서 말대꾸를 대신하고, 연청은 그 곁으로 가서 너털웃음을 웃기도 하는 것이었다.

이같이 자리의 분위기를 조성하는 동안 술이 몇 순배 돌아갔는데, 송강은 차차 취기가 올라 소매를 걷고는 주먹을 쥐고 팔을 걷는 등, 평소에 양산박에서 하던 행습을 그대로 내놓는 고로 시진은 이사사를 보고 웃으면서 이야기했다.

"우리 사촌형님은 술 몇 잔만 자시면 으레 이런 버릇이 있답니다. 낭자는 웃지 마십시오."

"세상 사람이 다 품성이 같지 않으니까 그렇지요. 상관있나요."

이럴 때 밖에서 또 시비 하나가 들어와서 아뢴다.

"문밖에 손님을 모시고 온 두 사람이, 그중 한 사람은 노랑수염에 얼굴이 무섭게 생겼는데, 그분이 아주 야단을 치고 있어요. 어쩌면 좋아요?"

송강이 이 소리를 듣고 말했다.

"밖에서 좀 기다리랬더니 그러는군. 그 두 사람을 좀 들어오라면 어떨까?"

시비는 그 말을 듣고 나가더니, 대종과 흑선풍 이규를 인도하여 들어왔다.

흑선풍 이규는 송강과 시진이 이사사와 마주앉아서 술을 마시고 있는 모양을 바라보더니, 금시에 불덩어리가 가슴속에서 치밀어 올라오는 것처럼 눈을 동그랗게 뜨고 세 사람을 쏘아보는 게 아닌가.

이사사가 그 꼴을 보고, 깔깔 웃으면서 묻는다.

"저이는 누구세요? 토지묘(土地廟)의 판관(判官) 앞에 마주 서 있는 귀졸(鬼卒) 같은데요? 호호호."

토지묘의 판관이란 사람이 죽어서 저승에 들어갈 때 만난다는 염라국 서기(書記)의 명칭인데, 송강은 이사사가 또 무슨 말을 할지 알 수 없어 취중이지만 은근히 걱정하며 말했다.

"내 집에서 심부름하는 소이(小李)라는 하인이올시다."

"소이(小李)라면 공연히 이태백 학사(李太白學士)님을 욕되게 하시는 이름인데요?"

"그렇지만 저 사람의 무예가 놀랍지요. 2, 3백 근은 예사롭게 짊어지고, 사람도 4, 50명쯤은 혼자서 때려눕힌답니다."

"아, 그래요?"

이사사는 더 말하지 않고 시비더러 커다란 은잔을 내오라 해서 흑선풍과 대종 두 사람에게 각각 석 잔씩 술을 권하는 것이었다. 연청은 이때 흑선풍의 입에서 또 무슨 실수하는 말이 나올는지 조마조마해서 대종을 보고 눈짓하여 그를 데리고 밖에 나가 기다리게 했다.

이때 송강은 술에 대단히 취해 객기를 부리느라고,

"이거 어디 대장부가 술을 마시는데 이까짓 작은 잔으로 마실 수 있나? 큰 잔으로 해야지."

하면서, 스스로 큰 잔에다 술을 가득 부어 몇 잔을 곱빼기로 들이마신다.

이사사도 기분이 좋아서 낮은 목청으로 소동파(蘇東坡)의 '대동강사(大東江詞)'를 곱게 부른다.

송강도 취흥을 못 참아서 지필을 가져오라 하여 화전(花箋)을 펼쳐놓고, 붓에 먹을 담뿍 묻혀 들고 이사사를 바라보며,

"별로 아는 것 없지만, 흉중에 뭉친 것을 한번 털어놓겠으니, 낭자는 한번 보아주시오."

이같이 말하고 그는 악부사(樂府詞) 한 수를 적는 것이었다.

하늘 남쪽, 땅의 북쪽, 그 어드메 가면 광객(狂客)이 용납되리오. 산동(山東)의 수채(水寨)를 잠시 빌어 든 후 봉성(鳳城)의 춘색(春色)을 구경하노라. 비단옷 그윽한 향기, 한 번 웃음이 천금의 값이로다. 신선의 자태 이보다 더할쏘냐. 갈대 우거진 여울가에 꽃 이파리 흩어 날리고,

하늘 위에 달빛 희고 밝은데, 기러기 떼 줄을 지어 육육(六六)으로 팔구(八九)로 짝을 지어 나노나. 기다리노니 다만 금계(金鷄)의 소식일 뿐. 의담(義膽)은 하늘을 덮었으며, 충간(忠肝)은 땅 위를 덮었으나, 어이하리오, 사해(四海)에 그들을 알아주는 사람 없도다. 천 가지 만 가지 수심을 풀고자 하룻밤 취하니, 흰머리로다.

쓰기를 마치고 그것을 주니, 이사사는 받아 두 번 세 번 거듭 읽고서도 그 뜻을 알지 못한다. 만일 이사사가 그 뜻을 물었다면 송강은 자기들이 나라에 충성을 다하여 보국안민하고 싶건만 나라에서 대사령이 내리지 않는 것을 안타깝게 생각하는 가슴속 소원을 쏟아놓았을 것이다.

이러고 있을 때 갑자기 시비가 들어와서,

"천자님께옵서 지하도(地下道)로, 지금 뒷문까지 거동하시었습니다."

이같이 알리니까, 이사사는 황망히 일어나면서 송강 일행을 보고,

"갑자기 미안하게 되었습니다. 전송할 겨를도 없으니, 용서하세요."

하고 뒷문으로 나가버린다. 그러고는 식모와 시비가 상 위에 널린 배반(杯盤)을 거두어 장 속에 감추고, 탁자를 행주로 깨끗이 치우고 방 안을 정결하게 소제해버리는데, 송강과 시진 등 일행은 그래도 선뜻 나오질 못하고서 컴컴한 한쪽 구석에 숨어서 안을 들여다보았다. 그때, 이사사는 천자 앞에 가서 공손히 절하고 인사드리는 것이었다.

"걸어서 행차하옵시느라, 용체(龍體)가 피곤하셨겠습니다."

이사사의 말이 떨어질 때 황제(皇帝)를 바라보았더니, 머리엔 엷은 망사로 지은 당건(唐巾)을 쓰고 몸엔 곤룡포(滾龍袍)를 입었다.

"지금 상청궁에 갔다가 오는 길이야. 태자(太子)는 선덕루(宣德樓)에서 백성들에게 술을 나눠주게 하고, 동생은 천보랑(千步廊)에 들러서 물건을 사오게 했지. 그리고 양태위를 기다리고 있다가 과인이 먼저 이리

오고, 나중에 이리로 오게 하라고 일러두었어."

황제의 음성을 듣고, 송강은 캄캄한 구석에서 시진의 귀에다 입을 대고 속삭였다.

"지금 이런 기회를 놓치면, 다시는 이런 기회를 얻기 어려울 거야! 우리 세 사람이 저 앞으로 나가서, 대사령(大赦令)을 내려주십사고 호소해 보는 것이 어때?"

"안 됩니다! 다행히 지금 우리 말을 들어주신다 하더라도, 나중엔 필시 번복되고 말 것이니까요!"

세 사람이 천재일우(千載一遇)의 이 같은 기회를 어떻게 처리할까 의논하고 있을 때, 지금 문밖에서 그들을 기다리고 있는 흑선풍 이규는 심통이 나서 참을 수가 없는 것이다. 자기와 대종을 문간에다 세워두고 저희들끼리만 미인과 함께 방 안에 편안히 앉아서 술을 마시며 노닥거리고 있는 일을 생각하니, 흑선풍은 머리카락이 모두 하늘로 곤두설 만큼 분이 복받치는 것이다.

마침 이때에 양태위가 대문간의 주번을 걷고 안으로 들어오다가 이규보고 호령을 한다.

"너는 웬 놈인데 감히 여길 들어와 있느냐?"

이규가 아무 말도 대꾸하지 않고, 옆에 있는 교의를 번쩍 들어서 양태위의 머리를 내리치자, 양태위는 쿵 하고 땅바닥에 쓰러졌다. 이규가 이러는 것을 대종이 말릴 겨를도 없었는데, 이규는 땅바닥에 쓰러진 양태위를 두서너 번 발길로 걷어차더니, 벽에 걸린 그림족자를 북 뜯어서, 촛불의 불을 붙여 이쪽저쪽 천장에다 불을 지른다. 이 바람에 중문간에 놓였던 교의나 탁자는 모조리 부서졌다. 바깥에서 이 같은 요란스런 소리가 들리므로 송강·시진·연청이 뛰어나와 보니, 웃통을 벌거벗은 흑선풍이 마치 미친놈처럼 혼자서 날뛰는 게 아닌가. 저놈이 또 제 성질이 나타났구나 싶어서 그를 붙들고 밖으로 끌고 나오니까 그는 길거리에서 몽둥이 한 개를 집어들고는 소어가(小御街)를 향하여 달음질쳤다.

송강은 하는 수 없이 연청을 보고 흑선풍을 보호하여 데리고 나오라 이르고서 자기는 시진·대종과 함께 성 밖으로 급히 도망해 나왔다. 우물우물하고 있다가 성문이 닫히기만 했다가는 꼼짝 못 하고 화를 당하게 되는 까닭이다.

이사사의 집에서는 삽시간에 불이 온 집안에 뻥 돌아버린 까닭에, 휘종 황제는 혼비백산해서 지하도로 달아나 환궁했고, 이웃집에서 불을 끄러 온 사람들이 양태위를 구해내기는 했지만, 난데없는 소동으로 인하여 서울의 원소절 기분은 완전히 깨지고, 이때 성의 북문(北門)을 순시하고 있던 고태위가 급보를 받고서 즉시 군사를 이끌고 달려왔다. 이 고태위란 사람이 다른 사람 아니고, 바로 이 소설 맨 처음에 나타나서 신통하게도 출세한 고구(高俅) 그 사람이다.

이때 연청은 흑선풍 이규와 함께 앞에 가로거치는 것들을 넘어뜨리면서 나가다가 목홍과 사진을 만나 네 사람이 성벽 쪽으로 들이치니까, 성문을 지키고 있던 파수병은 급히 성문을 걸어닫으려 했다. 그러나 이때 밖에서 노지심이 철선장을 휘두르고 무송이 계도(戒刀) 두 자루를 내젓고, 주동과 유당이 박도(朴刀)를 가지고 치는 바람에 무난히 성문 밖으로 나왔다. 이같이 연청·이규·목홍·사진·노지심·무송·주동·유당 여덟 명이 무사히 성 밖으로 나오기는 했으나 고태위의 군사는 뒤를 추격해오고, 송강·사진·대종은 어디로 갔는지 행방을 알 수 없어서 그들은 초조했다.

그러나 이런 일이 있을 것을 미리 내다본 군사(軍師) 오용이, 한바탕 소동을 부린 다음에 서울서 돌아올 그들을 마중하려고 미리 오호장(五虎將)에게다 마군(馬軍) 1천 명을 주어 이날 밤 성 밖에서 그들을 기다리고 있게 했기 때문에 송강·사진·대종은 오호장을 만나 먼저 말 타고 돌아가고, 그 뒤에 노지심·무송·유당·주동들도 말 타고서 돌아갈 수 있게 되었는데, 살펴보니까 흑선풍이 보이지 않았다. 그런데 이때 고태위 군사는 점점 가까이 추격해오는 게 아닌가.

송강 수하의 오호장인 관승·임충·진명·호연작·동평은 성 밑으로 바싹 다가가서 큰소리를 질렀다.

"양산박 호걸들이 모두 여기 왔다. 우리한테 성을 빨리 바치겠다면 네놈의 목숨만은 살려주마!"

고태위는 이 소리를 듣고 겁이 나서 성 문을 굳게 잠그고, 군사들로 하여금 성 위에 올라가서 파수를 단단히 보게 할 뿐이었다.

한편 송강은 이때 연청을 불러,

"동생은 저 깜둥이 흑선풍과 친한 터이니까 여기서 기다리고 있다가 같이 오는 게 좋겠다. 우리는 군사들과 함께 먼저 산채로 돌아갈 테니."

하고 당부하는 것이었다.

송강이 이같이 군사들과 함께 떠난 뒤에, 연청이 어떤 집 처마 밑에서 한쪽을 바라보노라니까, 마침 객줏집에 짐을 가지러 왔던 흑선풍 이규가 보따리를 들고 객줏집 대문을 나오더니만,

"에끼! 화가 나서 어디 견디겠나? 성문이나 때려부수고 갈 테니, 이놈들 개똥같은 서울 놈들 구경이나 해라!"

큰소리를 이같이 버럭 지르며 성문 쪽으로 달려가는 게 아닌가. 연청은 얼른 뛰어가서 그의 허리를 껴안으며 딴족을 걸어 넘어뜨렸다.

땅바닥에 쓰러진 흑선풍이,

"왜 이러는 거야?"

하고 묻는 것을,

"안 돼. 잔소리 말고, 조용히 가자구!"

연청이 이같이 말하고서 그를 일으키니까, 그는 하는 수 없다는 듯이 연청의 뒤를 따라서 조용히 걸어온다. 연청은 세상에서 알지만 못하지, 천하 제일가는 씨름의 명수였다. 그래서 그동안 흑선풍 이규는 연

청의 손맛을 몇 번 보았기 때문에 고집을 쓰지 못하고 그를 따라가는 것이다.

연청은 흑선풍을 데리고 나오다가 큰길을 버리고 작은 길로 걸었다. 혹시 고태위의 군사가 추격해오면 감당하기 어렵기 때문이다.

두 사람은 멀리 길을 돌아서 진류현(陳留縣)으로 도망쳐 들어갔다.

흑선풍은 길가에 앉아서 의복을 갈아입고, 도끼를 옷 속에 감추었지만 머리에 쓰는 두건을 잃어버렸기 때문에, 머리를 풀어내려서 그것을 두 묶음으로 갈라 붙들어 맸다. 이러고 보니, 괴상스러운 무슨 도인(道人) 같은 화상이다.

날이 밝은 다음에 연청은 호주머니에 돈이 조금 있는 고로 주막을 찾아 들어가 술과 고기로 배를 불리고서 다시 길을 걸었다.

한편 날이 밝기를 기다리고 있던 고태위는 군사를 거느리고 성문 밖으로 나와보았으나 양산박 도적떼가 보이지 않으므로 도로 들어가고, 양태위는 이사사 집 문간에서 몸을 다친 까닭에 저희 집에 드러누워 일어나지 못하고, 이사사도 어찌해서 이번에 이런 소동이 일어났는지 전혀 알지 못하고 있는데, 하여간 이날 밤 한바탕 소동 때문에 성중에서 부상당한 자가 4, 5백 명이나 되었다. 그래서 고태위는 추밀원의 동관(童貫)과 태사부(太師府)에 상의한 끝에 급히 군사를 내어 양산박을 토벌할 것을 상주했다.

부형청죄하는 흑선풍

　　서울서는 양산박 토벌이 계획 중인데, 연청과 흑선풍 이규는 이날 해
가 넘어가고 사방이 어둑어둑할 때 사류촌(四柳村)이라는 마을에 당도
했다.

　　두 사람은 그 마을에서 제일 큰 장원(莊院) 문 앞에 가서 문을 두드렸
다. 다행히 문이 걸리지 아니했으므로 두 사람은 안으로 들어가서 바로
초당(草堂) 앞으로 쑥 들어가니까,

　　"게, 누구시오?"

　　하고 방 안에서 적태공(狄太公)이라는 이 집 주인이 나오더니, 흑선풍
이 도인처럼 머리를 두 갈래로 갈라 좌우로 감았으나 도사(道士)가 입는
도포(道袍)를 입지 않은 데다가 얼굴이 괴상망측하게 생긴 것을 보고는
의심스러운 낯빛으로 연청을 바라보며 묻는다.

　　"이분은 어디서 오시는 사부(師父)십니까?"

　　도사나 승려를 가리켜서 보통 '사부'라고 부르는 것이므로 연청은 그
소리를 듣고 속으로 웃으면서 천연스럽게 말했다.

　　"네, 좀 내력이 굉장한 분입니다만, 주인장은 아마 모르실 겁니다. 하
여간 우리가 몹시 시장하니 저녁밥 좀 먹여주시고, 오늘밤만 재워주십
시오. 내일 일찍이 떠나겠습니다."

흑선풍은 이때 입을 꾹 다물고 아무 말도 안 하고 있었다. 그랬는데 주인 적태공은 흑선풍의 모양을 유심히 바라보고는 무엇을 어떻게 생각했는지, 두말 않고 그들을 안으로 인도한 후 흑선풍 앞에 절을 하면서,

"사부님! 제발 저를 도와주십시오."

하는 게 아닌가.

"무얼 도와달란 말씀이오?"

흑선풍이 점잖게 물으니까, 적태공이 기다랗게 이야기를 늘어놓는다.

"네. 다름이 아니라, 우리 집에 지금 살고 있는 식구는 백 명도 더 됩니다마는, 우리 내외 사이에 자식이라곤 올해 스무 살 남짓한 딸자식 하나밖에 없습니다. 그런데 이것이 한 반년 전부터 몸에 귀신이 붙어 방 안에만 들어박혀 밖에는 안 나오고, 음식도 안 먹습니다. 그리고 저를 부르러 가기만 하면 방 안에서 돌을 마구 내던지는 바람에, 집안 식구가 온통 모두 상처가 났지요. 그래서 몇 번이나 도사를 모셔다가 법술(法術)을 해봤습니다마는, 아무도 이 병을 못 고쳐주는구면요."

입을 꾹 다물고 노인의 말만 듣고 있던 흑선풍이, 아주 위엄 있게 말했다.

"나로 말하면 계주(薊州)서 나진인(羅眞人)을 모시고 도술(道術)을 닦은 사람이오. 구름 위에 오르기도 하고, 안개를 집어타기도 하는 터이오. 귀신같은 거야 그거야 손쉽게 잡고말고! 만일 노인이 돈을 아끼지 않고 쓰겠다면, 내가 오늘밤 그 귀신을 잡아주리다. 우선 돼지 한 마리, 양 한 마리를 잡아서 신장(神將)한테 제사를 지내야 하오."

"그러고말고요! 돼지나 양이면 제 집에 많습니다. 술은 말할 것도 없구요."

"그럼, 아주 살찐 놈으로 골라서 한 마리씩 푹 쪄가지고 오시오. 술도 몇 병 가져오고. 오늘밤 3경쯤 해서 내 그놈 귀신을 잡아줄 테니!"

"제문(祭文) 쓰실 종이도 갖다드릴까요? 제 집에 종이도 여러 가지 있

는데….”

“소용없소! 그까짓 제문이 뭣하는 거요? 난 그런 성가신 일은 안 해요. 내가 방에만 들어가면 그따위 귀신같은 건 그냥 잡아낸다니까!”

곁에서 연청은 이 소리를 듣고 웃음이 터져 킥 소리를 내고야 말았다.

그러나 노인만은 그 말을 꼬박 곧이듣고 안으로 들어가 하인들을 시켜 돼지와 양을 잡아 밤이 깊도록 그놈을 쪄가지고 초당으로 나왔다.

흑선풍은 큰 사발 열 개와 데운 술 열 병을 가져오라 한 후 사발 열 개에다 술을 가득 가득 부어 넣고, 두 자루의 촛불을 환하게 켜놓고, 이글이글한 불을 담은 향로에다 좋은 향을 피우고서 교의를 집어다가 한가운데 놓고 앉더니만, 입으로 아무 소리도 지껄이지 않고 염불 같은 것도 아니 하고서 대뜸 허리춤으로부터 도끼 하나를 꺼내들고 돼지와 양 삶은 것을 두서너 번 찍더니, 그중 큰 토막 한 개를 집어서 입속에 처넣으면서 연청을 보고,

“이사람, 자네도 한 점 먹게!”

이렇게 한마디 한다. 연청은 너무도 그 꼴이 우스워서 말도 못 하고 손만 내저었다.

흑선풍 이규는 연청에게 더 권하지도 않고 혼자서 실컷 고기를 집어먹더니 술을 연방 대여섯 사발 들이마시는 것이었다. 집주인 적태공은 그 모양을 보고 어이가 없어 멍하니 서 있었다.

조금 있다가 흑선풍은 그 집 하인들을 둘러보더니 말한다.

“이거 봐. 이리 와서 너희들도 음복(飮福)을 해라. 음복은 언제든지 하는 거야!”

그 집 하인들은 좋아서 달려들어 모두들 고기와 술을 다 먹고 일어서는 것을 흑선풍은 그중 한 사람 보고,

“이거 봐, 더운물 한 통 떠오라구. 내가 손발을 씻어야겠단 말야.”

하고 심부름을 시키는 것이었다. 그리하여 하인이 떠온 물에 흑선풍

은 수족을 깨끗이 씻고 나서 연청을 보고 묻는다.

"밥 먹었나?"

"응, 먹었어."

대답을 듣고 흑선풍은 주인 적태공을 돌아다본다.

"자, 그럼 술도 취했고 배도 부르고, 또 내일 일찍 떠나야 하니까, 우린 그만 가서 자야겠소."

적태공은 그 말을 듣고 어이없다는 듯이 흑선풍을 바라본다.

"아니, 그게 무슨 말씀이오? 귀신은 언제 잡아주실 작정이십니까?"

"그래, 꼭 귀신을 잡아달란 말이지. 그럼 나를 따님 있는 방으로 데려다줘야 해!"

"그런데 지금 그 귀신이 바로 그 애 방에 들어와 있답니다. 사람이 가까이 가기만 하면 돌멩이, 기왓장 할 것 없이 마구 내던지니 어디 가까이 갈 수 있어야지요?"

흑선풍은 그만 자리에서 벌떡 일어나 도끼 두 자루를 꺼내 든 다음에, 하인들로 하여금 멀찌감치 떨어져서 횃불을 비추게 하고서 그는 성큼성큼 걸어 그 방 가까이 갔다. 방 안에는 불이 흐릿하게 켜져 있는데, 문틈으로 얼핏 보니까, 어떤 젊은 놈 하나가 처녀를 껴안고 소곤거리고 있는 게 아닌가.

흑선풍은 문짝을 발길로 걸어차면서 도끼로 내리쳤다. 벼락같은 소리와 함께 등잔은 깨지고 방 안은 캄캄해졌는데, 젊은 놈은 도망치려다가 흑선풍이 소리를 지르며 도끼를 내리치는 순간 그 자리에 뻗어버렸다. 그리고 이때 그 방에 있던 처녀는 침상 밑으로 들어가 숨었다.

흑선풍은 방바닥에 뻗어 자빠진 젊은 놈의 대가리를 또 한 번 도끼로 찍고, 그 도끼를 쥐고 침상 위에 올라가 앉아서 도끼 자루를 침상 아래로 휘휘 내저으며 호령했다.

"마귀야! 요물아! 빨리 나오너라. 안 나오면 당장에 이놈의 침상째 너를 도끼로 내리찍어 아주 가루를 만들 테다!"

그러자 침상 밑에서 대답이 들린다.

"저를 살려만 주세요! 곧 나가겠어요."

말소리가 끝나고 처녀의 머리가 먼저 침상 밖으로 나오는 것을 흑선풍은 당장 그 머리채를 한 손으로 움켜잡아 끌고서 자빠져 있는 송장 곁으로 가서 호령했다.

"이놈은 대관절 누구냐?"

"제 간부(姦夫) 왕소이(王小二)예요."

"돌멩이, 기왓장, 밥 같은 것은 어디서 들여왔니?"

"제가 돈하고 머리에 꽂은 것을 저 사람한테 주면, 저 사람이 구해서 밤중에 담을 넘어서 갖다줘요."

"오냐! 너 같은 더러운 년을 살려두었다가 어디다 쓰겠니!"

흑선풍은 처녀의 머리채를 끌고 한쪽으로 가더니 도끼로 그 모가지를 끊어버린 다음에 사내놈의 대가리와 나란히 놓고, 그리고 연놈의 시체도 끌어다가 가지런히 해놓았다.

"제기랄! 배가 불러 어떡하나 걱정했더니, 이제 배가 꺼져 알맞게 됐다!"

그는 이런 소리를 씨부렁거리고, 윗저고리를 벗어붙이고는 두 방망이로 다듬이질하듯 시체 두 개를 한참 동안 난도질하다가 두 개가 다 토막토막 끊어진 것을 보고,

"이만했으면, 연놈이 다시는 살아나지 못하렷다!"

라고 중얼거리며 도끼를 허리춤에 꽂고 밖으로 나오면서 외쳤다.

"귀신 두 마리 다 잡았다!"

그러고서 그는 사람의 대가리 두 개를 대청 아래 갖다놓았다. 온 집 안사람이 놀래어 달려와서 보니, 그중 하나는 적태공 따님의 머리가 분명하고 또 하나는 그 어떤 놈인지 알 수가 없다.

여러 사람 하인들이 번갈아 앞으로 나와서 보더니만, 그중 한 사람이 자신 있게 말하는 것이었다.

"이건 동촌(東村)에서 참새 장사하는 왕소이로구먼!"

흑선풍이 이 소리를 듣고서야 비로소,

"응, 자네 눈이 엔간히 밝으이!"

하고 칭찬한다. 지금까지 얼빠진 사람처럼 입도 떼지 못하고 있던 적태공이 그제야 흑선풍을 쳐다보고 묻는다.

"사부님은 어떻게 그런 줄 아십니까?"

"댁의 따님이 침상 밑에 숨어 있다가 나한테 붙들려 나와서 제 주둥아리로 그렇게 말합디다. 이건 제 간부 녀석인데 이름이 왕소이고, 제가 처먹는 음식은 이 녀석이 모두 갖다준 거라고 그러기에 내가 그 소리를 듣고 죽여버렸지!"

적태공이 그만 울음보를 터뜨리면서,

"사부님이 내 딸만은 살려주지 않고, 이걸 이렇게 죽이다니!"

이같이 푸념을 시작하자, 흑선풍은 눈을 둥그렇게 뜨고, 욕지거리를 퍼붓는 게 아닌가.

"이런 빙충맞은 늙은 녀석 봐라! 이 늙은 것아, 요망스런 계집애년이 그따위로 서방질하는 걸 더 두고 보고 싶었냐? 아니, 내게 감사하다고 사례하기 싫으니까 낯간지럽게 트집을 잡는 거냐? 더러운 자식! 내일 다시 이야기하자!"

이렇게 욕을 퍼붓고서 흑선풍은 연청과 함께 다른 방으로 가서 자리에 드러누워버렸다.

그제야 적태공은 식구를 데리고 촛불을 앞세우고서 딸의 방에 들어갔다. 들어가서 보니, 머리 없는 시체 두 개가 열 토막 스무 토막 잘게 끊어져 있는 게 아닌가. 너무도 기막혀서 태공 내외는 울며불며 하인들을 시켜서 뒤꼍으로 내다가 불에 살라 없애게 했다.

이튿날 아침,

해가 높다랗게 올라온 뒤에야 자리에서 일어난 흑선풍은 주인 적태 공의 방으로 찾아가서 따졌다.

"내가 어젯밤에 네 소원대로 귀신을 잡아줬는데, 어째서 나한테 사례를 안 하는 거냐?"

태공은 이미 혼이 났는지라 예! 예! 하고 술과 고기를 내오고 돈을 내다가 바쳤다. 흑선풍과 연청은 배부르게 먹고 돈을 집어넣은 다음, 고맙다는 말 한마디만 남겨놓고 그 집에서 떠났다.

이같이 사류촌을 떠나서 두 사람이 길을 가는데 아직도 봄이 아니라, 평원 광야엔 마른 나무와 마른 잔디뿐, 쓸쓸하기 짝이 없다. 원래 이 길은 양산박 북쪽 지방을 멀찌감치 둘러서 가는 길인 까닭에, 산채까지 가려면 7, 80리나 떨어진 지방이다.

두 사람은 그날 저녁에 형문진(荊門鎭)이라는 마을에 도착했는데, 흑선풍은 그 마을에서 가장 큰 장원 문 앞으로 가더니, 또 문을 두드리는 게 아닌가.

"이형(李兄)! 노잣돈도 생기고 했으니, 우리 오늘은 객주에 가서 쉬고 갑시다."

하고 연청이 말하니까, 흑선풍은 고개를 설레설레 흔들고서,

"아니야. 객줏집보다는 부잣집이 훨씬 좋지!"

하고 문을 또다시 탕탕 쳤다. 그러자 즉시 안에서 하인이 한 사람 나왔다.

"어찌 오셨나요?"

"하룻밤 자고 가려고 찾아왔소."

"미안합니다만 안 되겠습니다. 지금 주인어른께서 대단히 조심스런 일이 생긴 까닭에 번민하고 계시니까, 다른 데로 가셔서 쉬십시오."

이 소리를 들고도 흑선풍은 연청이 붙들 겨를도 없이 다짜고짜 문안

으로 뛰어들어가, 초당 앞에 서서 큰소리로 외치는 게 아닌가.

"지나가던 과객이 하룻밤 드새려고 찾아왔습니다. 대단한 일도 아닌데, 주인장이 근심스런 일 때문에 번민하신다고 그러니, 무슨 일이거나 그런 일이면 이 사람하고 상의해보십시오."

주인 유태공(劉太公)이 이 소리를 듣고 방 안에서 가만히 문틈으로 내다보니, 얼굴이 아주 험상궂게 생긴 장정이 떡 버티고 서 있으므로, 그는 하인을 조용히 뒷문으로 불러 아래채 객실에 두 사람을 들인 후 밥을 갖다주고 하룻밤 재워 보내라고 일렀다.

흑선풍과 연청은 하인이 안내하는 방으로 들어갔다. 한참 만에야 밥이 나왔는데, 술이 없었다. 그래도 연청은 달게 먹었건만, 흑선풍은 기분이 좋지 않았다. 그래서 밤이 깊은 후 흑선풍은 자리에 들어갔건만 잠이 안 와서 이리 뒤척 저리 뒤척 돌아눕기만 하는데, 바람결에 들리는 소리가 있다. 귀를 기울이고 듣자니까, 안에서 유태공 내외의 울음소리가 나는 것이다. 무슨 곡절인지 알 수 없어서 그는 더구나 잠을 이루지 못하다가, 날이 밝은 뒤에 일어나는 길로 사랑방 대청 앞에 가서 큰소리로 호통을 쳤다.

"간밤에 이 집에서 누가 밤새도록 울었다는 거요? 사람이 잠을 잘 수가 있어야지!"

안에서 이 소리를 들은 주인 유태공이 가만히 있을 수가 없어서 사랑으로 나와 대답한다.

"미안하외다."

"대관절 어떤 사람이 울었다는 거요?"

"내 말을 좀 들으시고 말씀하십시오. 나는 자식이라고는 올해 열여덟 살 된 딸자식 하나밖엔 없는데, 이 아이를 며칠 전에 어떤 몹쓸 놈한테 도둑맞았답니다. 그러니 내가 분하고 슬퍼서 어떻게 울지 않고 견디겠소?"

"그거 참 괴상한 일이군! 대관절 따님을 도둑질해간 그놈이 어떤 놈입니까?"

"그놈 이름을 대면, 손님이 놀라서 넘어지실지 모르겠소이다만, 그놈이 바로 1백 8명 두목 가운데서도 우두머리 가는 양산박 두령 송강이란 놈이랍니다!"

흑선풍은 눈을 둥그렇게 떴다.

"그래 그놈이 언제 몇 놈을 데리고 왔습디까?"

"이틀 전입니다. 젊은 사람 하나하고, 말을 타고 왔습니다."

흑선풍은 연청을 돌아다보고 말한다.

"연형(燕兄), 지금 이 주인장 이야기를 들었지? 아마 우리 형님이 속하고 거죽하고 다른 사람인가 보지?"

"괜스레 속단 내리지 말어! 절대로 그런 일 없을 게다."

"무얼! 이번에 서울 갔을 적만 해도 형님은 이사사의 집에 가서 노닥거렸는데, 거기서 그러다가 이 길로 돌아가는 길에 이 댁에 들어왔지 뭐야?"

하고 흑선풍은 다시 유태공한테 얼굴을 돌리고 말하는 것이었다.

"주인장, 우리한테 밥이나 좀 주시오. 그런 일이 생겼다니 우리가 그대로 있을 수 없소. 실토하거니와, 나는 양산박 두령 중의 '흑선풍 이규'라는 사람이고, 이 친구는 '낭자 연청'이라는 사람이오. 주인장 말과 같이 송강이 댁의 따님을 끌어갔다면, 내가 가서 따님을 찾아드리죠."

"말씀만 들어도 살 것 같습니다. 제발 그렇게 해줍시오."

태공은 어쩔 줄을 몰라 했다.

이렇게 되어 흑선풍과 연청은 유태공의 집에서 떠나, 바로 양산박에 돌아오는 길로 충의당 위로 올라갔다.

송강은 두 사람이 돌아온 것을 보고 반기면서 물었다.

"자네들 형제는 어디로 돌아오기에 이제서 오는 건가?"

흑선풍이 이런 말에 대답할 이치가 있으랴. 그는 두 눈을 부릅뜨고 도끼를 꺼내들더니 다짜고짜 행황기(杏黃旗)를 찍어 넘어뜨린 다음에 '체천행도(替天行道)'라는 글자 넉 자를 북북 쥐어뜯어 내버린다. 모든 두령들이 눈이 둥그래서 놀라고 있을 때, 송강이 호령을 추상같이 했다.

"이놈, 깜둥이야! 이게 무슨 해괴망측한 짓이냐?"

그러자 흑선풍은 도끼 두 자루를 두 손에 들고 다시 충의당 위로 올라와 대뜸 송강한테 덤벼드는 고로, 그 앞에 있던 관승·임충·진명·호연작·동평 오호장(五虎將)이 일제히 그에게 달려들어 두 손에서 도끼를 빼앗고, 그를 뜰아래로 떠밀어 내렸다.

송강은 대단히 노해 발을 구르면서 호령했다.

"이놈, 네가 또 오는 길로 왜 말썽이냐? 어째서 내게 덤벼드는 거냐? 말을 해! 이놈! 말하지 않으면 이번엔 용서 없이 죽여버린다."

흑선풍은 성이 나 얼굴이 더욱 새까맣다.

이때 연청이 흑선풍 앞으로 나와서 송강을 보고 말한다.

"처음부터 시작해서 내가 말씀드릴 테니까 형님 들어주십시오. 저 이형이 서울서 성 밖에 들었던 객줏집에서 뛰어나와 도끼로 성문을 쪼개겠다고 뛰어가기에 제가 달려가서, 형님은 벌써 산으로 가셨는데 혼자서 이러고 있으면 어떡하느냐고, 간신히 말려 서울을 떠나 큰길을 버리고 사이 길로 접어들어 오다가 사류촌에서 적태공이란 영감 댁에 가서는 가짜 도사님 행세를 했답니다. 두건이 머리에서 없어져서 도사처럼 머리를 두 갈래로 묶었기 때문에 그랬던 거지요. 그래 그 집 주인 적태공이 이형을 진짜 도사로 알고 자기 딸한테 귀신이 붙어 있으니 그것을 떼달라고 하잖겠어요? 정말 요절할 뻔했습니다! 그래, 이형이 귀신을 떼준다 해놓고서 그 집 딸과 간부 왕소란 놈을 잡아 몸뚱어리를 열 토막도 더 내서 죽여버렸답니다. 그 이튿날 큰길 서쪽으로 오다가 형문진에서는 유태공 집에서 또 하룻밤을 잤는데, 그 유태공이 하는 말이, 이틀 전에 양산박 두목 송강이 젊은 사람 하나를 데리고 자기 집에 들어와서 열여덟 살 난 딸을 끌어갔다는군요. 자기는 하늘을 대신해서 도(道)를 행하는 사람이라고 하는 바람에 유태공은 자기 딸을 데려내다가 술을 따르게 했더랍니다. 저 이형이 그 소리를 그대로 곧이듣기에, 제가 그렇게 함부로 곧이듣지 말라고, 어떤 놈이 우리 형님 이름을 팔고서 그랬는가 보다고 몇 번이나 깨우쳐주었건만, 이형은 이번에 서울서 형님이 이사사한테 녹아떨어지더라고 하면서, 제 말을 안 듣고 저러는 거랍니다."

송강은 이 말을 듣고 비로소 까닭을 알았다. 그래, 그는 음성을 낮추어 꾸짖었다.

"그런 허무하고 욕되는 소리를 들었거든 들은 대로 내게 말을 하면 그만일 것을, 왜 이렇게 무지하게 덤비는 거냐, 응?"

그래도 흑선풍은 그런 소리가 귀에 안 들어가는 모양이다.

"우리는 이때까지 당신을 좋은 사람으로만 알았단 말이야. 그랬는데 이제 보니 짐승 한가지란 말야."

송강은 정색하고 꾸짖었다.

"이놈아, 생각해봐라. 내가 3천 명이나 군사를 데리고 돌아오는 길이었는데, 어떻게 두 사람만 빠져서 다른 사람들 눈을 속일 수 있었겠니? 그리고 네 말대로 그 처녀를 내가 끌어왔다면, 별수 없이 이 산채 안에 있을 거 아니야? 지금이라도 네가 가서 내 방을 뒤져보아라!"

"흥! 그런 냉수 같은 수작 그만두시우! 이 산채 안에 있는 사람이 모두 당신 손아래 있는 사람이니까 모두 당신 편만 들고 어디다든지 감추어두었을 걸 무얼 그래! 우리는 처음부터 당신을 색(色)에는 마음을 안 두는 깨끗한 사람으로 알았단 말야. 그런데 본래는 아주 주색에 빠진 사람이거든! 염파석이를 죽인 것이 그 작은 예고, 이번에 가서 이사사한테 사족을 못 쓰던 게 큰 예란 말야. 그러니까 속히 유태공의 딸을 돌

려보낸다면 괜찮지만, 그러지 않고 그냥 있는다면 당신은 조만간 내 손
에 죽는다는 걸 알아두어!"

송강은 기가 차서 웃음이 나왔다.

"이놈아! 이제 그만하면 알아들었다. 그 유태공이란 사람이 아직 살
아 있고 그 집 하인들도 그대로 있을 테니까 네가 나하고 같이 가서 얼
굴을 대해보면 알 것 아니냐? 그래서 내가 사실로 그 나쁜 사람이 분명
해진다면 그 자리에서 나는 너한테 목을 내밀고 도끼에 맞아 죽을 테
다. 그런데 만일 그 반대로 내가 그 나쁜 사람이 아니라고 판명된다면
너는 무슨 죄를 받을 테냐?"

"전혀 그런 사람 아니라고 판명되면 나도 내 목을 당신한테 내놓고
말고!"

"좋다! 그렇게 하자. 여러분 형제들 잘들 들으셨으니 증거하시오."

이렇게 말하고서 송강은 철면공목 배선을 불러 '도새군령장(都賽軍
令狀)' 두 통을 쓰게 하여, 다 각기 도장을 찍은 다음에 송강의 것은 흑선
풍에게 주고, 흑선풍의 것은 송강이 자기 품속에 집어넣었다.

흑선풍은 송강의 증서를 받아 품속에 넣으면서 혼잣말처럼 중얼거
린다.

"그 젊은 사람이란 다른 사람 아닐 거야. 아무래도 시진이지 딴 사람
일라고."

이 소리를 듣고 가만히 있을 시진도 아니었다.

"무어라고? 그렇다면 나도 같이 가지."

그가 이같이 말하니까 흑선풍은 시진을 흘겨보면서,

"안 간다면 내가 가만있을 줄 알았나? 유태공하고 대질해봐서 틀림
없다면, 그땐 시(柴)대관인이고 미(米)대관인이고 내가 무서워할 줄 알
고? 어림도 없어! 그때 내 도끼맛을 보란 말야!"

"그래, 좋다! 그런데 자네가 먼저 가서 기다리고 있게. 우리가 먼저

가면 또 우리가 미리 짜기나 한 것처럼 자네가 의심할 게니까!"

"그 말은 바로 했다!"

흑선풍은 이렇게 말하고서 연청을 바라보고,

"우리 두 사람이 먼저 가서 기다립시다. 그래서 만일 기다려도 두 사람이 안 온다면, 뒤가 구리다는 증거니까 그땐 내가 돌아와서 요정내면 그만이야!"

흑선풍은 이같이 뽐내면서 연청을 동반하여 형문진으로 와서 유태공 집으로 들어갔다.

유태공이 그들을 맞이하며 묻는다.

"벌써 갔다 오시오? 그래 가보니까 어떻습디까?"

"지금 곧 송강이 제 발로 걸어와서 주인장과 대질을 할 거요. 주인장하고 안의 마나님하고 그리고 하인들까지 모두들 나와서 똑똑히 보고, 그래서 그 사람이 틀림없거든 바로 이 사람이라고 나한테 바른대로 대시우. 내가 송강의 곁에 따악 붙어 서 있을 테니, 조금도 겁내거나 하지 마슈!"

흑선풍이 주인에게 이같이 부탁하고 있노라니까 하인이 들어와서 보고를 한다.

"지금 한 열 명가량 사람들이 말을 타고 집 문 앞에 오더니 모두들 내렸습니다. 아마 이리로 들어오나 봐요."

흑선풍이 이 소리를 듣고,

"오라! 그것들이야. 딴 사람들은 모두 말이나 지키고 있으라 하고 송강·시진 두 사람만 이리로 들어오게 해!"

흑선풍이 이같이 말하고 조금 있노라니까, 금시에 송강과 시진이 초당에 들어와서 교의에 좌정한다.

흑선풍은 도끼를 꺼내들고 송강 곁에 가서 딱 붙어 섰다. 유태공이 그 사람이 틀림없다고만 한다면 당장에 도끼로 송강의 두골을 찍어버릴 작정인 것이다.

이때 유태공이 송강 앞으로 가까이 와서 인사를 하므로 흑선풍은 그에게 물었다.

"주인장! 댁의 따님을 끌어간 사람이 이 사람입니까?"

유태공은 두 눈을 끔벅끔벅하며 한참이나 송강을 들여다보더니 머리를 내저었다.

"아닌데요."

이때 송강이 흑선풍을 쳐다보고 말했다.

"이제 너 어떡할래?"

하지만 흑선풍은 조금도 굽히지 않고 대답하는 것이었다.

"큰소리 하지 마! 당신들 두 사람이 눈을 크게 뜨고 노인장을 바라다보았기 때문에 영감님이 겁이 나서 그러는 게야."

"그렇다면 이 집 안에 있는 하인들을 죄다 불러다가 내 얼굴을 봐달래거라!"

흑선풍이 즉시 그 집 하인들을 모두 나오라고 호령하니까, 그들은 모두 나와서 송강을 찬찬히 바라다보고는 죄다 아니라고 말하는 것이었다.

송강은 마침내 유태공을 보고 말을 했다.

"주인장! 내가 양산박 송강이란 사람이고, 이 사람은 나하고 의형제 간인 시진이란 사람이외다. 그런데 아마 어떤 놈이 내 이름을 훔쳐 쓰고서 댁의 따님을 끌어간 것 같군요. 만일에 그놈의 소식을 아시거들랑 산채로 좀 기별해주십시오. 내가 주인장을 위해서 도와드리겠소이다."

이렇게 말하고 자리에서 일어서며 송강은 흑선풍에게도 한마디 했다.

"여기선 내가 아무 말 않겠다. 산채에 돌아가서 처리하겠다."

송강과 시진은 그냥 밖으로 나가 데리고 왔던 수행원을 거느리고 뒤도 안 돌아다보고 양산박으로 돌아가는 것이었다.

두 사람이 돌아간 뒤에 흑선풍은 풀이 죽어서 멍하니 서 있으므로 연청이 그의 손을 잡고 딱한 듯이,

"이형! 이제 어떡하면 좋지?"

하고 말을 붙이니까,

"너무 내가 성미가 급해서 일을 저질렀어! 그렇지만 할 수 없지! 증서를 써놓고 다짐했는데, 사내대장부가 약속을 어길 수 있나? 내 모가지를 내 손으로 잘라버릴 테니 연형이 내 대가리를 형님한테 갖다드려 줘!"

흑선풍이 이같이 대답하는 것이었다. 연청은 이 말을 듣고 고개를 저으면서 말했다.

"이형! 공연히 그런 생각 말고 내가 하라는 대로 하시오. 어떻게 하느냐 하면 '부형청죄(負荊請罪)'를 하는 거요!"

'부형청죄'란 말은, 옛날 조(趙)나라에 염파(廉頗)라는 장수가 있었는데 그가 인상여(藺相如)라는 재상을 헐뜯고 욕하다가 나중에 자신의 잘못을 깨닫고서 매를 한 짐 등허리에 짊어지고 인상여를 찾아가 자기 죄를 빌었기 때문에 결국 무사했다는 고사(故事)에서 나온 말이다.

그러나 흑선풍은 이 말을 못 알아들었다.

"부형청죄라니, 그 무슨 소리여?"

"부형청죄라는 게 무슨 뜻이냐 하면, 이형이 웃통을 벗어버리고 알몸뚱어리가 되어, 등에다 가시나무로 매를 만들어 그것을 한 짐 짊어지고, 손을 노끈으로 묶은 다음에 충의당 앞에 나아가 무릎을 꿇고 형님께 고하기를 '죽을죄를 지었으니 형님께서 마음대로 실컷 때려주십시오' 이렇게 하는 거란 말이야. 그러면 형님이 자연 마음이 풀어져 무사하게 된단 말이지. 이렇게 하는 것을 부형청죄라 하는 거야."

"꾀는 그럴듯한 꾀로구먼. 그렇지만 남부끄러워서 어디 그럭할 수 있겠어? 차라리 모가지를 썽둥 잘라버리는 것이 쉽지!"

"남부끄럽기는 무어가 남부끄러워? 산채 안에 있는 식구들이 모두 형제들 아닌가베? 아무도 웃을 사람은 없잖아?"

연청의 말을 듣고 흑선풍도 마음을 돌렸다. 시끄럽기는 하지만 웃을 사람은 없고, 죽는 것보다는 낫다 싶어서, 그는 연청을 따라 양산박으로 돌아왔다.

먼저 양산박으로 돌아온 송강과 시진은 충의당에 앉아서 여러 두령과 더불어 흑선풍 이야기를 하고 있었는데, 이때 어떤 시꺼먼 놈이 웃통을 벗고 등에 가시나무 한 묶음을 지고 뜰 앞에 와서 엎드리더니, 아무 말도 않고 있다. 얼른 보아도 흑선풍 이규가 분명하므로 송강은 웃었다.

"얘, 이 시꺼먼 놈아! 네가 그럭하고 오면 내가 용서할 줄 알았더냐? 그따위 약은 꾀 가지고는 어림도 없다!"

그제야 흑선풍이 한마디 한다.

"형님! 제가 덤비느라고 참 잘못했습니다. 굵은 매를 골라잡으셔서 그저 형님 속이 시원하도록 저를 실컷 때려주십시오!"

"이놈아, 내가 너하고 목 벨 내기를 했지, 매로 때릴 약속을 했니?"

"형님이 정 그러시려면, 칼로 제 목을 지금 썽둥 잘라주십쇼!"

그 자리에 둘러앉았던 여러 두령들은 이 말을 듣고 모두 웃음을 터뜨리면서 송강에게 용서해주라고 권하는 것이었다. 송강은 여러 사람을 둘러보며 말한다.

"여러분들이 나더러 저놈을 용서해주라고 한다면 저놈더러 그 가짜 송강이 두 놈을 잡아오고, 또 유태공의 딸을 찾아다가 돌려보내도록 해야 하겠소이다."

이 말을 듣고 흑선풍은 벌떡 일어서면서 장담한다.

"그까짓 거 쉽지요! 독 속에서 자라를 꺼내듯이 내가 가서 잡아오지요!"

송강이 부드럽게 타이른다.

"그렇게 덤비지 마라! 저쪽은 상대가 두 놈인 데다가 말이 두 필이나 있다지 않니? 네가 혼자서 두 놈을 못 당한다. 그러니까 이번에도 연청 형제하고 같이 가도록 해라!"

그러자 연청도 좋아하면서,

"제가 따라가지요!"

하고 즉시 자기 방으로 들어가더니 활과 곤봉을 가지고 나와, 쌍도끼를 든 흑선풍과 함께 산을 내려갔다.

이날 해가 지고 날이 어둑어둑할 때 연청과 흑선풍은 세 번째 유태공 집에 찾아 들어갔다.

먼저 연청이 유태공을 보고 자세히 물으니까 태공이 이야기한다.

"그날도 오늘같이 이맘때쯤 해서 그자들이 왔었죠. 그랬다가 3경 때 돌아갔는데 어디로 갔는지, 누가 감히 뒤를 밟아 가봤으니 알겠어요? 그런데 두목으로 보이는 놈은 키가 작달막하고 작은 얼굴에 살빛은 가무잡잡하고, 또 한 놈은 키가 후리후리하게 크고 눈깔이 커다란데 짧은 수염이 있더군요."

흑선풍과 연청은 태공에게 더 물어볼 말을 더 묻고 나서,

"주인장, 이제 염려 마십시오. 우리가 틀림없이 따님을 찾아다드릴 테니까요. 우리는 송공명 형님한테서 장령(將令)을 받아왔기 때문에 세상없어도 댁의 따님을 찾아드려야만 한답니다. 미안하지만 며칠 동안 요기할 거나 얻어가야겠습니다."

두 사람은 이같이 말하고, 그 집에서 떡과 육포를 듬뿍 얻어서 바랑에 집어넣고는 그 집을 떠났다. 그리하여 이틀 동안이나 그곳에서 북쪽 길로 걸으며 살펴보았으나 사람의 집이라고는 한 채도 없는 황무지 벌판이었다. 두 사람은 다시 방향을 서동(西東) 쪽으로 바꾸어서 또 이틀 동안 살펴보다가 능주(凌州)의 고당(高唐)이라는 곳까지 갔건만 아무런

단서도 못 잡았다. 마음이 초조해진 흑선풍은 방향을 정서(正西) 쪽으로 바꾸어 또 이틀 동안 걷다가 아무런 소득 없이 그날 저녁때 언덕 아래 있는 어떤 고묘(古廟) 안에 들어가 제물(祭物)을 올려놓고 탁자 위에 쓰러져버렸다. 하룻밤 자고 갈 생각이었는데, 이 같은 사당 안에서 잠이 이루어질 이치가 없다. 그래서 그는 한참이나 드러누워 있다가 갑갑해서 일어나 앉아 있었는데, 바깥에서 누가 달음박질하는 소리가 들리므로 얼른 내려가서 묘문(廟門)을 열고 내다보니까, 어떤 놈이 칼을 한 자루 들고 사당 뒤껼을 돌아서 언덕 위로 달려가는 게 아닌가. 그는 그 뒤를 쫓아가기 시작했다.

이때 연청도 그 소리를 들었는지라 얼른 일어나더니 활과 곤봉을 들고 그를 쫓아나오며 가만히 말한다.

"이형, 그만 쫓아가시우! 내가 처리할 테니 가만 보고 있으라구!"

이날 밤은 희미한 달밤이었다.

연청이 곤봉을 흑선풍한테 맡기고 달아나는 놈을 쫓아가면서 화살을 한 대 쏘니까, 화살은 어김없이 그놈의 넓적다리에 꽂혀 그놈은 땅바닥에 거꾸러지는 것이었다. 그때 흑선풍이 달려가서 그놈의 멱살을 잡아쥐고 사당 안으로 끌고 들어와서 무서운 소리로 물었다.

"너 이놈! 유태공 따님을 어디다 감췄니?"

"살려줍쇼! 소인은 정말 모릅니다. 저 같은 게 어떻게 감히 유태공 따님을 끌어오겠습니까. 그저 소인은 이 근처서 지나가는 행인이나 털어가며 먹고사는 조무래기 도둑놈이지, 아무것도 아닙니다."

흑선풍은 이놈의 멱살을 거머쥐고, 한 손에 들고 있던 도끼를 번쩍 쳐들었다.

"너 이놈! 바른대로 말 아니했다간 이 도끼로 네 몸뚱어리를 스무 토막 끊어놓는다!"

"아이구머니나! 제발 살려줍쇼. 살려주시면 제가 아는 데까진 말씀을 합죠."

이때 연청이 그놈을 보고,

"그래라, 화살은 내가 뽑아줄 테니 어서 말이나 해라!"

하고 그놈의 넓적다리에 꽂힌 화살을 뽑아주면서 물었다.

"그래, 네가 유태공 따님을 끌어가지 않았다면 누가 끌어갔니? 넌 여기서 도둑질해 먹고산다니까 그런 소문쯤 들었을 것 아니냐?"

"네! 소문은 들었죠. 그런데 유태공 따님을 끌어간 놈이 누구라는 소문은 없구요, 이건 저 혼자 추측해서 여쭙는 말이올시다. 여기서 서북으로 4, 5리가량 가면 우두산(牛頭山)이라는 산이 하나 있고, 그 산 위에 오래전부터 도원(道院)이 하나 있죠. 그런데 얼마 전에 왕강(王江)이라는 강도놈하고 동해(董海)란 강도놈이 나타나서, 도사와 도동(道童)을 죽여버리고는 대여섯 명 졸개를 거느리고 살면서 이 근처서 강도질을 하면서도 제가 송강이라고 행세한답니다. 아마 이놈들이 유태공 따님을 끌어간 것 같습니다."

그자의 말을 듣고 연청이 말했다.

"잘 알았다. 아마 그놈들 소행인가 보다. 그런데 넌 우리를 겁내지 마라. 나는 양산박 두령 가운데 낭자 연청이고, 이분은 흑선풍 이규라는 분이시다. 내가 화살 맞은 네 상처를 낫게 해줄 테니까, 너는 우리 두 사람을 거기까지 인도해야 한다."

"네, 그럭합쇼."

연청은 그자의 칼을 찾아서 도로 주고 그리고 상처에다 약을 붙이고 헝겊으로 매주고서, 그자를 앞세운 후 흐릿한 달빛에 길을 찾아가며 사오 리가량 걸어서 흑선풍과 함께 마침내 우두산에 이르렀다. 산은 과연 그 이름과 같이 소대가리처럼 생긴 산이었다. 세 사람이 산꼭대기에 올라갔을 때 날은 아직 밝지 아니했는데, 네 귀 번듯하게 토담이 둘러 있고, 그 속에 20여 간 되어 보이는 집이 한 채 보인다. 흑선풍이 먼저,

"이것 봐, 연형! 나하고 함께 담을 넘어서 들어갈까?"

하고 말하니까, 연청이 반대했다.

"아니야, 그러지 말어. 날이 밝거든 일을 시작하자구!"

그러나 성미 급한 흑선풍이 어찌 날이 밝을 때까지 참을 수 있으랴. 그는 토담을 짚고 몸을 솟구쳐 껑충 뛰어넘어 들어갔다. 이때 안에서는 기다리고 있었다는 듯이 문이 열리면서 한 놈이 칼을 들고 뛰어나와 흑선풍한테 달려든다.

바깥에 있던 연청은 흑선풍이 또 일을 잡칠까 보아 겁나서 자기도 담을 뛰어넘어 들어갔다. 이러는 사이 아까 여기까지 길을 인도해온 화살 맞은 사나이는 그만 뺑소니를 쳤다.

연청은 안에 들어와서 흑선풍을 상대하여 싸우고 있는 놈을 보고 살금살금 그놈 곁으로 가까이 가서 곤봉으로 얼굴을 후려갈기니까, 그자는 앞으로 푹 거꾸러지는 것을 흑선풍이 도끼로 등허리를 찍어버렸다.

안에서는 이때까지 아무 놈도 나오지 아니한다.

"이놈들이 아마 뒷길로 달아날 작정인가 보지? 난 뒷문으로 가서 지키고 있을 테니 이형은 앞문을 단단히 지키고 있어요. 괜스레 안으로 더 들어갈 생각은 하지 말구!"

연청은 이렇게 한마디 부탁해놓고 뒷문으로 와서 한쪽 구석 컴컴한 담 밑에 숨어서 지키고 있노라니까 한 놈이 열쇠를 들고 나와서 뒷문을 열려고 하는 것이었다.

연청이 그놈한테로 가까이 가려 하자 벌써 그놈은 눈치를 채고 앞문 쪽으로 달아난다.

"앞문으로 내뺐으니, 단단히 지켜라!"

연청이 이같이 소리를 지를 때, 벌써 흑선풍은 그놈의 가슴을 도끼로 찍어 거꾸러뜨렸다. 그러고서 그는 조금 전에 죽인 놈과 함께 두 놈의 목을 끊어서 대가리 두 개를 한데 묶어놓고, 이제부터는 그냥 신바람이 나서 쌍도끼를 춤추며 집안으로 들어가 닥치는 대로 찍어 죽이니, 그 모양은 마치 그림에서나 볼 수 있는 귀신같다. 이때 혼비백산해서 부엌으로 들어와 숨어 있던 졸개 몇 놈은 가마솥 앞에서 도끼에 맞아 죽었다.

흑선풍과 연청이 이같이 바깥에서 일을 마치고 방 안에 들어가 보니 과연 침상 위에 꽃 같은 처녀가 홀로 앉아서 울고 있는 게 아닌가. 검은 머리, 붉은 뺨, 보기 드문 아리따운 처녀였다.

"처녀가 유태공의 따님인가?"

연청이 그 처녀를 보고 다짜고짜 이같이 물으니까, 처녀는 더욱 느끼어 울면서 대답하는 것이었다.

"네! 제가 바로 십여 일 전에 여기 있는 도둑놈 두 놈한테 붙잡혀왔어요. 날마다 이놈들이 돌려가면서 저를 욕보이는 통에 밤낮 울고만 지냈어요. 이놈들이 얼마나 무섭게 감시하는지 죽을래도 죽을 틈도 없었어요! 장군께서 이렇게 살려주시니 정말 부모님을 만나뵙는 것 같습니다!"

이때 연청이 또 물었다.

"그런데 이놈들한테 말이 두 필 있다는데 안 보이니 어디다 감췄을까?"

"동쪽으로 가시면 외양간이 있어요."

나가보니 과연 말 두 필이 매어 있으므로, 연청은 안장을 지어 끌고 와서 문 앞에 매놓고, 다시 방 안에 들어와서 도둑놈들의 재산 4, 5천 냥되는 것을 보자기에 싼 후, 처녀를 안장 위에 올려 앉히고, 남은 말 한 필에다 도둑놈들의 대가리를 붙들어 매달고, 흑선풍은 그 집에다 불을 질러놓고서 연청과 함께 형문진으로 돌아왔다.

잃어버렸던 딸을 도로 찾은 유태공 내외가 기뻐하는 모양이야 어떻게 이루 다 말하랴. 그들 내외는 연청과 흑선풍에게 몇 번이나 절하고 감사했다.

"우리한테 사례할 것 없습니다. 사례를 하고 싶거든 양산박 산채에 가서 송공명 형님한테 인사를 드리십시오."

하고 두 사람은 유태공이 음식을 대접하겠다고 붙드는 것도 물리친
후 각기 말을 달려 양산박으로 향했다.

두 사람이 산채에 돌아온 것은 서산으로 넘어가는 붉은 해가 양산박
을 어둠의 장막 속으로 인도하는 때이었는데, 두 사람은 말을 세우고
돈 전대와 도둑놈들 대가리를 주렁주렁 들고서, 충의당으로 나아가 송
강에게 인사를 드렸다.

송강은 연청으로부터 이번 일에 대해서 자세한 보고를 듣고 대단히
기뻐하며 도둑놈들의 대가리는 땅에 묻어버리게 하고, 금과 은은 창고
속에 넣게 하고, 말은 마구간에 넣고서 기르게 한 후, 그 이튿날은 크게
잔치를 차리고서 흑선풍과 연청을 위로했다. 그러자 그다음 날엔 유태
공이 또한 금과 은을 가지고 올라와서 송강에게 인사를 드리고 예물을
바치는 것이었지만, 송강은 그것은 받지 않고 주식을 대접한 후 그냥
돌아가게 했다.

이런 일이 있은 후 양산박에는 아무 일이 없었다. 광음(光陰)이 흘러,
버들잎이 푸르러지고, 살구꽃, 복숭아꽃이 피었다가 떨어진 후 호숫가
의 갈대풀도 생기가 돌기 시작했는데, 하루는 송강이 충의당에 정좌하
고 있노라니까 산 밑에서 관문을 지키는 졸개들이 알 수 없는 사람 한
떼를 이끌고 들어온다. 자세히 보니 모두가 범같이 생긴 장정들로서 그
들은 곤봉을 여러 다발이나 실은 우차(牛車)를 7, 8개나 끌고 들어와서
그중 한 사람이 뜰아래 엎드려 아뢰는 것이었다.

"소인들은 봉상부(鳳翔府)에 사는 사람들인데, 지금 태안주(泰安州)
태산(泰山)으로 참배하러 가는 길입니다. 오는 3월 28일이 태산의 산신
님 천제성제(天齊聖帝) 탄신일인 까닭에 소인들이 거기 가서 곤봉시합
을 합지요. 사흘 동안 계속해서 백 번이고 천 번이고 합죠. 그런데 이번
에 거기 나오는 인물 가운데 태원부(太原府) 사람 임원(任原)이라는 씨름

꾼이 있는데 이 사람이 키는 열 자나 되고, 세상에서 자기를 상대할 장사는 없다고 장담하면서, 제 스스로 저를 '경천주(擎天柱)'라고 부른답니다."

"경천주라니, 하늘을 떠받드는 기둥이란 말인가?"

하고 송강이 물으니까,

"네, 그렇습니다. 하여튼 이 사람이 굉장한 사람이어서 벌써 이태 동안이나 판을 치고, 상(賞)을 탔답니다. 아무도 못 당하니까요! 올해도 벌써부터 방을 써붙이고, 누구든지 나와서 자기한테 덤벼보라고 으스대고 있다기에, 그래 저희들이 태산에 참배도 할 겸 임원이란 놈과 씨름도 해볼 겸해서 가는 길이오니 대왕께서는 저희들을 가게 해주시기 바랍니다."

이같이 대답한다. 송강은 즉시 작은 두목을 불러 명령했다.

"이 사람들을 곧 돌려보내고, 아무것도 빼앗지 말라! 그리고 앞으로도 참배하러 다니는 사람들한테는 위협하는 일이 없도록 조심해라!"

붙들려왔던 장정패가 이 같은 처분에 감사하면서 산을 내려간 뒤에, 연청이 송강 앞에 와서 특청을 한다.

"저는 어려서부터 노원외님을 모시고서 씨름을 배웠는데요, 여태까지 한 번도 적수를 만나보지 못했더니 아마 이번에 좋은 기회가 온 것 같습니다. 3월 28일이라면 며칠 남지는 않았으니 저를 보내주십시오. 임원이란 사람을 한 번 메다꽂고 오겠습니다. 혹시 그놈한테 제가 됩데 박살난대도 원통하지는 않습니다. 그러나 제가 이기면 형님한테도 영광스런 일이 아니겠습니까? 아무튼 한바탕 소동이 일 테니까, 이것만 형님께서 사람을 미리 보내두셨다가 무사하게 진압시켜주십시오."

송강이 뜻밖에 이 소리를 듣고 걱정스러운 얼굴로 말한다.

"자네 듣지 않았나? 임원이란 사람의 키는 열 자나 되고, 생긴 건 금강역사(金剛力士) 같고, 기운이 굉장히 센 모양인데, 자네같이 약하게 생긴 사람이 어떻게 그런 사람한테 덤벼들려고 그러나?"

주객전도의 현장

그러나 연청은 태연히 말한다.

"형님, 염려 마세요. 씨름이란 몸집 큰 것으로 하는 건 아니니까요. 내 수단에 떨어지기만 하면 되는 거예요. 그러기에 상말에, 씨름이란 힘 센 사람은 그 힘을 이용하고, 힘이 없으면 꾀로 이긴다 하지 않습디까? 제가 장담하는 건 아니지만, 임기응변해가면서 그놈을 등신처럼 맥 못 쓰게 할래요."

송강도 연청이 씨름을 잘한다는 이야기는 알고 있었기 때문에 이번에 서울서 돌아올 때도 그에게 흑선풍을 데리고 오도록 부탁했던 것이지만, 그래도 임원이란 사람과는 적수가 안 될 듯싶어서 승낙을 안 하고 있는데 곁에서 노준의가 연청을 거드는 것이었다.

"아니, 이 사람이 체구는 작지만 씨름에는 자신이 있을 겝니다. 제 뜻대로 한번 보내보십시오. 그날엔 제가 가서 데리고 돌아오지요."

송강은 그제야 마음을 놓고 승낙했다.

"그럼 가보게나그려. 그런데 언제쯤 떠날 텐가?"

"오늘이 3월 24일이니까 내일 산에서 내려가서 도중에 하룻밤 자고 26일 태산묘(泰山廟)에 닿았다가 27일 하루는 형세만 살펴보고, 28일엔 그놈하고 한번 겨뤄보지요."

"그럼 그렇게 하지."

이리하여 그날은 그대로 넘기고, 이튿날 송강은 연청이 씨름하러 떠나는 것을 전송하기 위하여 연석을 베풀었다. 이날 연청은 촌뜨기처럼 몸을 꾸미고서, 허리에는 조그마한 소고(小鼓)를 차고, 등에는 물건 담긴 상자를 하나 잔뜩 걸머쥐고 나타나니, 하릴없이 산동서 돌아다니는 등짐장수 모양이다. 여러 사람이 모두 그를 보고 웃음을 터뜨린 후 송강이 먼저 입을 열었다.

"청승맞게도 변장을 잘했다. 이왕 등짐장수로 차린 바에야, 산동 등짐장수들이 잘 부르는 전조가(轉調歌) 한 곡쯤 부를 줄 알아야 해! 어디 한 곡조 해보라구."

송강이 이같이 말하니까 연청은 한 손으로 소고를 흔들며, 한 손으로는 장단을 치면서 등짐장수들이 잘 부르는 태평가를 부르는데, 어찌나 청승맞은지 산동 사람과 조금도 다름이 없다. 여러 사람은 모두 다 허리를 펴지 못하고 웃어젖혔다.

이같이 유쾌하게 술을 마시다가 연청은 적당히 취기가 오르자 일어나서 송강 이하 형제들과 작별하고 산에서 내려와 금사탄을 건너서 태안주를 바라보고 길을 재촉했다.

그럭저럭 해가 저물었기 때문에 연청은 객줏집에 들어가 하룻밤 쉬려고 하는 판인데, 갑자기 등 뒤에서 누군가가 큰소리로,

"연형! 나하고 같이 가!"

하고 부르는 게 아닌가. 연청이 짊어졌던 등짐을 내려놓고 돌아다보니, 흑선풍 이규였다.

"웬일이여? 뭣하려구 내 뒤를 따라온 거요?"

"날 데리고 가라구! 연형은 이번에 나 때문에 형문진엘 두 번씩 따라다녔는데, 난 그대로 있을 수 있어야지. 마음이 편안치 않아!"

"형님이 가라시던가?"

"형님한텐 말도 않구 가만히 내려왔지!"

"도로 가요! 난 혼자 갈 테니까 어서 빨리 돌아가요!"

하고 연청이 거절하니까, 흑선풍은 화를 버럭 내는 것이었다.

"남은 임자를 생각해서 여기까지 따라왔는데, 남의 호의를 이렇게 괄시하는 법이 어디 있어? 사람이 제법 호인(好人)인 줄 알았더니, 제기랄! 도로 가라면 가지, 안 갈라구?"

연청은 이 소리를 듣고 그냥 쫓아보내는 것이 도리어 그 사람의 의리를 짓밟는 것 같아서, 마음을 돌리고 부드러운 말로 말했다.

"그렇게 나쁘게 생각하지 말고 나하고 같이 갑시다. 나는 딴 생각이 있어서 그런 것이 아니라, 천제성제(天齊聖帝)의 탄신일이면 사면팔방에서 사람들이 많이 모여드니까, 만일 그 가운데서 이형의 얼굴을 아는 사람이 있다면 그게 큰일이어서 그랬던 거야. 그러니까 내가 말하는 대로 세 가지 조건만 들어주기로 약속하고서 같이 갑시다."

흑선풍은 금시에 화가 풀어졌다.

"그럭하지! 세 가지 조건이 뭔데?"

"지금부터 나하고 가는데 말이오, 나하고는 멀찌감치 떨어져서 걸어가고, 객줏집에 들어가서 한번 방 안에 들어가면 그다음엔 자주 바깥에 나오지 말아야 해요. 이것이 첫째 조건이란 말이오."

"그리고, 그다음은?"

"둘째 조건은, 사당에 올라간 뒤 객줏집에 들거든, 꾀병을 하고 드러누워서 이불을 푹 뒤집어쓰고 코고는 소리만 드르렁 드르렁 내란 말이오. 그 외엔 딴소리 절대로 내지 말아야 해요."

"그리고 또 한 가지는?"

"셋째 조건은, 씨름하는 날 숱한 사람들 틈에 끼어서 구경은 하되, 아무 소리 말고 구경만 하고 있지, 야료를 쳤다가는 절대 안 된단 말이오. 이렇게 하겠소?"

"그런 조건이라면 어렵지도 않네. 그럭하고말고!"

흑선풍이 시원스럽게 약속하는 것을 보고 연청은 그를 데리고 함께 객주에 들어가서 하룻밤을 쉰 후, 이튿날 5경에 일어나서 방값을 치르고 나와 길을 걷다가 해가 뜰 무렵 조반을 지어먹었다. 그러고서 연청은 흑선풍더러 한 반리(半里)가량 앞서서 가라고 먼저 보내놓고서, 자기는 그 뒤에 천천히 걸었다.

여기서부터 길은 참배객들로 인해서 번잡해지기 시작했다. 그들 모두가 임원이라는 씨름꾼 이야기를 안 하는 사람이 없다.

"벌써 이태째 태산에서 그 사람이 판을 막았다잖어? 금년까지 상을 타면, 그 사람이 3년을 내리 타는 거란 말이야."

이런 소리를 주고받는 행인들을 보며 연청은 속으로 생각한 바가 있었다.

신패시(甲牌時)쯤 되어서 대악묘(垈嶽廟) 사당 앞에 가까이 이르렀는데 길 가던 사람들이 모두 다 고개를 뒤로 젖히고 발돋움을 하면서 무엇을 쳐다보고 있으므로, 연청도 등짐을 내려놓고 사람들 틈을 비집고 앞으로 나가서 바라다보니, 커다란 붉은 기둥이 두 개 서 있고, 그 위에는 제법 근사하게 만든 현판이 걸렸는데, 하얗게 분칠한 현판에다 무어라 썼느냐 하면 '태원 상박 경천주 임원(太原 相撲 擎天柱 任原)'이라 크게 쓰고, 그 옆에다 자그마한 글씨로,

주먹으론 남산 맹호를 때리고(拳打南山猛虎)
발로 북해의 창룡을 걸어차도다(脚踢北海蒼龍)

이렇게 써놓았다. 말할 것도 없이 이태 동안 씨름판을 막은 천하장사 임원이 세상 사람들을 위압하는 행투리였다.

연청은 이것을 보고 등짐 질 때 쓰는 막대기로 현판을 산산이 쪼개

부셔버린 후, 아무 말도 안 하고 다시 등짐을 짊어지고 사당 위로 올라갔다. 이런 때 말 좋아하는 친구들이 그냥 있을 리 있으랴. 벌써 한 패가 임원한테 달려가서 소식을 전했다.

"대단한 놈이 나타났습니다. 현판을 산산파편으로 쪼개버리고 금년엔 한번 상대해본다니, 대체 그놈이 대단한데요?"

이쪽에서는 이렇게 떠들거나 어쩌거나 알 바 없이, 연청은 앞서가는 흑선풍을 따라가 그와 함께 객줏집을 찾았건만, 원체 때가 때인 만큼 백여 종류의 상인들과 참배객들이 법석거리는 판이라, 1천 4, 5백 개나 되는 객줏집이 모두 가뜩가뜩 만원이었다. 잘못하다간 객줏집 처마 끝에서 한뎃잠을 자게 될 형편이다. 그러나 다행히 한 군데 자그마한 객줏집에 들어가 방 하나를 얻어 짐을 내려놓고 흑선풍을 드러눕힌 후 이불을 뒤집어씌우려는데, 객줏집 머슴이 들어와서 말을 붙인다.

"손님은 산동서 오신 상인이시죠? 이번에 단단히 한장을 보실 예산이시겠지만, 방세는 걱정 없을까요?"

연청은 그자를 곁눈으로 흘끗 보고 나서 산동 사투리로 대답하는 것이었다.

"무시기 그런 소리? 너무 사람 괄시 맙세! 콧구멍만한 방 하나 갖고, 돈 받으면 얼마나 받겠슴마? 남들이 내는 거만큼 나도 돈 내면 그만이지비?"

"성내실 건 없습니다. 손님! 때가 때이라서 그전보다 방값을 더 받게 됐으니까, 그래 미리 그렇게 말씀한 겁니다."

"내가 어디 가서든지 잘 데가 많소. 그렇지만 여길 오다가 노상에서 이렇게 병든 친척을 만나 하는 수 없이 당신 집에 들어왔소! 마, 우선 동전 5관(貫) 맡길 테니 밥이나 지어다주소. 떠날 땐 또 거저 있지 않을끼오!"

객줏집 머슴은 돈을 받아가지고 밖으로 나와서 문 앞에다 화로를 놓고 냄비에 밥을 짓기 시작했다. 그러자 미구에 대문 바깥에서 요란한 소리가 나더니 장정 2, 30명이 우르르 몰려들어오면서 그를 보고 묻는 것이었다.

"아까 저 아래 세워둔 현판을 짜개버린 사나이가 당신 집에 들어왔지?"

"아니요, 그런 사람 안 왔는데요."

하고 머슴이 대답하니까, 사나이들은 소리를 지른다.

"거짓말이다! 너의 집에 들었다고 다들 그러더라!"

"저의 집엔 방이라야 두 개밖에 없는데 한 간은 비어 있고, 한 간엔 산동 사는 행상인 한 분이 병자(病者)를 데리고 들어온 것뿐이랍니다."

"바로 그 사람이란다! 현판을 부순 사람이 등짐장수더라니까!"

"헤헤, 참 우스운 소리 다 듣겠네! 그래, 그렇게 호리호리하고 작게 생긴 사내가 어쩔게라고 그런 말씀을 하실까?"

"잔소리 말고, 어서 그 사람이나 한번 만나보게 해다우."

객줏집 머슴은 손가락으로 저쪽 끝을 가리키면서 말했다.

"저 끄트머리 방이 바로 그 사람이 들어 있는 방이니, 가보시우."

여러 놈이 그 방문 앞으로 가서 보니, 방문이 단단히 안으로 걸려 있으므로 그들은 문틈으로 들여다보았다. 한쪽 구석에 침상이 놓여 있고, 그 위에 두 사람이 드러누워서 자고 있는 모양이 보인다. 그들은 어떻게 하면 좋을지 망설이는 모양이었는데 그중 한 놈이 말하는 것이었다.

"내 말 들어보라고! 저놈이 현판을 짜개부수고, 천하장사한테 싸움을 걸어놓고는 일부러 꾀병을 하고 드러누운 거지 뭐야? 아마 여간내기가 아닌가봐. 호락호락하게 봐선 안 돼."

그러자 여러 놈이 모두 고개를 끄덕거린다.

"그럴 거야. 좀 기다려봐야지."

그들은 이같이 주의를 정하고서 동정을 살피느라고 하루 종일 2, 30명이나 들락날락했고, 객줏집 머슴은 그들과 대꾸하느라고 입이 부르틀 지경이었다.

이날 저녁때, 객줏집 머슴은 밥을 지어 그 방으로 들어가다가, 흑선풍 이규의 얼굴이 이불 바깥으로 나온 것을 보고 깜짝 놀랐다.

"어이구! 이분이신가베? 씨름하러 오신 분이."

이것을 연청이 듣고 웃었다.

"아니야, 씨름을 할 사람은 나야! 저분은 보다시피 병으로 누워 있잖어?"

"거짓말 마시우! 임원이란 장사가 당신 같은 사람은 한입에 삼켜버릴 거란 말요. 그런데 어떻게 임자가 씨름한다고 날 속이시오?"

"정말 사람을 무시하는군! 내가 한번 재간을 보여줄까? 그래, 상을 타가지고 와서 당신한테 듬뿍 집어줄 테니, 고맙다고나 그래!"

"정말인가 두고 봅시다!"

머슴은 연청의 방에서 기다리고 있다가 두 사람이 밥을 다 먹은 뒤에 빈 그릇을 가지고 부엌으로 나갔다. 그러나 설거지를 하면서도 그의 얼굴은 연청의 말이 곧이듣기지 않는 기색이었다.

다음 날,

아침밥을 먹고 나서 연청은 흑선풍에게 당부하는 것이었다.

"이형! 아무데도 나가지 말고, 방문을 꼭 닫고 드러누워서 잠이나 자고 있어요!"

이렇게 단단히 이르고서 연청은 밖으로 나와 사람들과 함께 대악묘로 갔다. 웅장한 전각(殿閣)이 즐비하여 오악루(五嶽樓)는 동궁(東宮)과 맞닿아 있고, 인안전(仁安殿)은 북궐(北闕)에 연접했는데, 판관(判官)과 토신(土神)과 오도장군(五道將軍)이 제각기 숭엄하게 모시어져 있다. 연청은 초참정(草參亭)에 가서 절을 네 번 한 뒤에 곁에 있는 참배자한테 물어보았다.

"저 말씀 좀 물어봅시다. 씨름 잘하신다는 임원 선생님은 어느 객주에 드셨는지 모르십니까?"

"저 영은교(迎恩橋) 다리 아래쪽 제일 큰 객줏집에 들어 있는데 아마
지금 그 밑에서 씨름을 배우고 있는 제자가 2, 3백 명 될 걸요."

하고 어떤 사람이 가르쳐주므로 연청은 영은교로 내려와서 다리를 건
너가려니까, 다리 난간에 씨름꾼 2, 30명이 둘러앉아 있고, 맞은편에 보
이는 객줏집 문 앞에는 금박으로 수놓은 깃발이 수없이 많이 늘어섰다.

연청은 그것을 보고 즉시 그 객줏집 안으로 쑥 들어갔다.

씨름판을 꾸며놓은 대(臺) 위에 몸집이 큰 사람이 한가운데 버티고
앉아 있는데, 가슴은 딱 벌어지고 눈은 쭉 째어진 것이 항우(項羽)만큼
이나 기운이 세어 보이니, 이 사람이 금강역사 같다는 경천주 임원임에
틀림없다. 지금 이 사람은 제자들이 씨름하는 모양을 보고 있는 것이다.

이때 임원의 제자 가운데 어저께 연청이 현판을 부숴버릴 때 목도한
사람이 있어, 그가 연청을 알아보고 살그머니 임원에게 가서 귀띔을 하
는 것이었다.

그러자 임원은 즉시 교의에서 일어나 어깨를 으쓱대면서 큰소리를
친다.

"어디서 죽지 못하고 살아남은 자식이 금년에 내 손에 죽어보려고
여길 왔느냐?"

이 소리를 듣고 연청이 목을 옴츠리고 급히 객줏집 대문 밖으로 나와
버리자, 뒤에서는 여러 놈이 일제히 '와아' 하고 웃는 소리가 일어났다.

객주로 돌아온 연청은 술과 안주를 주문해 흑선풍과 함께 저녁밥을
먹었다. 저녁을 다 먹고 나더니 흑선풍이,

"날더러 이렇게 잠만 자고 있으라니, 차라리 죽는 게 낫지 어디 사람
살겠나!"

하고 불평을 하므로 연청은 또 그를 달래었다.

"그저 눈 딱 감고 오늘밤만 자라니까… 날만 새면 누가 이기나 결판
을 볼 거 아닌가베?"

두 사람은 밤중까지 객담을 하다가 잠자리에 들어갔었는데, 3경 때쯤 되어서 묘상(廟上)으로부터 주악(奏樂) 소리가 들렸다. 이것은 성제(聖帝)에게 축수를 드리는 의식이었다.

4경 때쯤 해서 연청과 흑선풍은 자리에서 일어나 머슴을 보고 더운 물을 떠오라 해서 세수하고 머리 빗고, 새 옷 갈아입고 배에 헝겊을 두르고서 아침밥을 먹은 후, 다시 머슴을 불러 일렀다.

"여보게, 우리 짐을 잘 봐주게. 오늘은 두 사람이 다 나갔다 들어올 게니까 방이 비었단 말이야."

"네, 염려 맙쇼. 씨름에 이기고 돌아오시기만 바랍니다."

이때, 이렇게 작은 객줏집에도 밤사이에 2, 30명이나 참배객들이 밀려들었는지라, 그들은 모두 연청을 위해서 걱정하는 것이었다.

"젊은 친구! 정말 잘 생각해서 해요. 괜스레 씨름하다가 비명(非命)에 횡사(橫死)할 필요는 없으니까 말이지!"

그러나 연청은 그들을 보고 웃는 낯으로 대꾸했다.

"걱정 마시고, 이따가 내가 큰소리를 치거들랑, 나 대신 당신들이 상품이나 골고루 나눠 가지시우!"

조금 있다가 그들 참배객들이 먼저 밖으로 나간 뒤에 흑선풍이 연청을 보고 묻는다.

"연형! 이 쌍도끼를 가지고 나가도 괜찮을까?"

"안 돼! 그런 걸 가지고 나가다니! 남이 보면 일이 다 글러져버린단 말이야!"

이리해서 흑선풍으로 하여금 쌍도끼를 방 안에 두게 하고서 두 사람은 군중 틈에 끼어 그들과 함께 어깨를 비비고 발등을 밟으며 사당 위로 올라갔다.

그렇게 넓은 동악묘도 참배객과 구경꾼으로 빈틈없이 가득 차서 송곳 하나 꽂을 여지가 없고, 나뭇가지와 지붕 위까지 사람들이 올라가 섰다.

가녕전(嘉寧殿) 건너편 넓은 마당 한편에는 커다랗게 시렁을 매고 그 위에다 씨름판을 만들어놓았는데, 금은기명(金銀器皿)과 각종 비단이 큰 탁자 위에 가득 쌓여 있고, 가녕전 문 밖에는 다섯 필 준마(駿馬)가 이것도 역시 상품으로 좋은 안장을 얹어 매여 있다.

조금 있다가 이번 천제성제 탄신일에 신령님께 드리는 씨름을 구경하러 이 고을 지현의 행차가 군중을 헤치고서 들어왔다.

그러자 씨름판을 주관하는 나이 먹은 제관(祭官) 한 사람이 죽비(竹批)를 들고 헌대(獻臺) 위에 올라와서 신령님께 예배를 드린 후 빠른 소리로 외우는 것이었다.

"금년의 씨름을 지금으로부터 시작하오!"

이 소리가 떨어지자 와글와글 끓던 군중이 좌우로 짝 갈라지면서 곤봉을 든 장정 십여 명이 열을 지어 들어온다.

그 행렬의 맨 앞에 네 개의 수놓은 깃발이 펄럭거리면서 가마를 타고 앉은 임원이 들어오는데, 가마 뒤에서는 팔뚝에 수를 놓은 장정들 수십 명이 옹위해서 들어온다.

헌대 위에 있던 제관은 그를 보고 가마 위에서 내리게 한 후, 군중들에게 인사를 시키는 것이었다.

임원은 헌대 앞으로 나와서 입을 열었다.

"내가 작년 재작년 이태 동안 장원을 했소마는, 금년에도 한번 해보려고 왔소이다."

이때, 헌대 곁에 빽빽이 서 있는 임원의 제자들 가운데서 한 놈이 물통을 들어다 헌대 위에 올려놓으니까 임원은 저고리와 두건을 벗고 등거리 하나만 입고서 한번 큰 기침을 하고 신령님께 예배하고 나더니 신수(神水)를 두 모금 마시고 나서 거죽에 걸치고 있던 웃옷을 벗어던진다. 이때 수만 명 관중들은 일제히 박수갈채하는 것이었다.

그러자 제관이 그 앞으로 와서 말한다.

"선생님께서는 벌써 2년간 이곳에 나오셨는데도 한 사람도 적수가 없었습니다. 금년은 3년째이신데 무슨 하실 말씀 있으시거든, 여기 모이신 여러분께 한 말씀 하십시오."

이 말을 들은 임원은 고개를 젖히고 거만스럽게 앞으로 나와서 입을 열었다.

"4백여 주(州) 7천이 넘는 고을에서, 믿음이 두터우신 신도들이 성제(聖帝)를 공경하여 바치신 모든 상품을 제가 이태 동안 가져갔습니다. 금년에는 성제께 하직을 고하고서 고향으로 돌아가 다시는 이 산에 들어오지 않을 작정입니다. 그러니까 이번이 저로서는 마지막이니, 해 뜨는 동쪽으로부터 해지는 서쪽까지, 남쪽 남만(南蠻)으로부터 북쪽 유연(幽燕)에 이르기까지, 누구든지 감히 여기 나와서 나하고 다투어볼 사람 있거든 나와보시오!"

이 말이 끝나기도 전에 군중 틈에서 연청이 큰소리로,

"여기서 나가요! 나가요!"

라고 외치면서 좌우 사람들의 어깨를 비집고 헤치며 나오다가 앞에 있는 사람의 등 위로 뛰어넘어 헌대 위에 올라서는 것이었다. 군중이 일제히 와아 소리를 쳤다.

이때 제관이 그의 앞에 와서 묻는다.

"임자의 성명은 누구시고, 그리고 어디서 오셨소?"

"나요? 나는 산동 사는 장가(張哥)라는 등짐장수요. 이번에 일부러 저 사람하고 한번 씨름을 해보려고 왔소."

"그러시오? 그러면 물론 아실 테지만, 목숨을 걸고서 하는 시합인데 혹시 보증인이 있는가요?"

"내가 바로 보증인이죠… 죽는대도 아무도 원망할 사람은 없으니 안심하시오."

"그렇다면 옷을 벗으시오."

연청은 즉시 두건을 벗고 짚신을 벗어 한옆에 놓고 윗저고리를 벗어서 난간에 걸쳐놓는데 그때 그의 등어리에 수놓은 화수(花繡)가 화려하게 보이니까 군중들은 열광적으로 박수를 보내는 것이었다.

이때 임원은 곁눈으로 그 화수를 보고 또 그의 신체가 단단하게 생긴 것을 보고서 맘속에 약간 겁이 생겼다.

그런데 한쪽 월대(月臺) 위에 7, 80명 공인(公人)들의 호위를 받으며 앉아 있던 이 고을 태수는 이때 연청의 모양을 보고서 급히,

"저기 가서, 저 사내를 이리로 잠깐 불러오너라."

하고 명령을 내리는 것이었다.

아마도 연청의 몸에 있는 화수가 태수의 눈에 너무도 아름답게 보였던 모양이다.

공인을 따라서 헌대를 내려온 연청이 태수 앞에 이르러 인사를 드리니까, 태수는 그의 몸을 찬찬히 살펴보더니 대단히 만족해하면서 묻는다.

"넌 어디 살며, 여기는 어찌해서 왔느냐?"

"예. 소인의 성은 장(張)이옵고, 산동의 내주(萊州)가 고향이올시다. 임원이라는 사내가 천하에서 씨름을 제일 잘한다고 너무 뽐낸다기에, 일부러 한번 솜씨를 겨루어보려고 왔습니다."

"내 말 듣거라. 저기 안장을 지워놓고 매어둔 말 다섯 필이 있지 않느냐? 저건 내가 낸 상품인데 저것은 모두 임원에게 주기로 하고, 저 탁자 위에 있는 여러 가지 상품은 양분(兩分)해서 절반을 너한테 주게 할 터이니, 너는 내 곁에 있는 것이 좋겠다! 그렇게 하지 않겠니?"

태수는 진정으로 이같이 말하는 모양인데도 연청은 응낙하지 않고 말한다.

"황송한 말씀입니다만 저까짓 상품 같은 것은 조금도 마음에 없습니다. 오직 저 사람을 한번 메다꽂아서 구경꾼들한테 박수갈채를 받고 싶

을 뿐입니다."

"허허! 그러나 저 사람은 금강역사 같은 장사란 말이야. 너 같은 사람은 어림도 없단 말이다!"

"그렇지만 저는 죽어도 한번 해보겠어요! 상공(相公)께선 염려 마십시오."

연청은 한마디 남기고, 다시 헌대 위로 뛰어올라 임원과 마주섰다.

제관은 연청으로부터 죽어도 원망하지 않는다는 문서를 받은 후 씨름판 규칙서를 꺼내어 한 번 읽은 다음, 또 그에게 다짐을 두는 것이었다.

"물론 알겠지만, 씨름에 속임수는 못 쓰는 법이야."

연청은 그 말에 냉소했다.

"흥! 왜 이러시우? 저 사람은 저렇게 몸을 단단히 차렸지만 나는 몸에 잠뱅이 하나밖에 걸친 게 없지 않습니까? 속임수를 쓸 건덕지도 없답니다!"

이 모양을 바라보고 있던 이 고을 태수는 아무래도 그냥 내버려둘 수 없었던지 또 제관을 불러내렸다.

"저 젊은 애가 매우 아까워서 그런다. 네가 가서 저 애보고 오늘 씨름을 그만두라고 타일러라."

태수가 이같이 부탁하므로 제관은 다시 헌대 위로 돌아와서 연청 앞으로 갔다.

"내 말 좀 들으시오. 임자는 제발 목숨을 버리려 들지 말고 고향으로 돌아가시오. 내가 오늘 씨름은 피차에 비긴 것으로 해줄 테니까 그렇게 하시오!"

연청은 이 소리를 듣고 음성을 높여 대답한다.

"당신은 도무지 아무것도 모르는 사람 아니오? 내가 이길지 질지, 어떻게 당신이 안다는 거요?"

그러자 이 말을 들은 수많은 구경꾼은 일제히,

"옳소! 옳소!"

하고 야단들이다. 그도 그럴 것이, 씨름이 시작되기만 고대하고 있는 구경꾼들이 마당에 꽉 찼을 뿐 아니라, 좌우지붕 위에까지 생선 비늘처럼 붙어 있는 게 아닌가. 임원은 이때 마음속으로 연청을 불끈 집어들어 천길 만길 구름 바깥에 내던져, 그를 죽이지 못하는 것만 한탄하는 모양이었다.

아무래도 씨름을 그만둘 수는 없게 되었는지라, 제관은 가운데로 나와서 양쪽의 두 사람을 한데 모으고 말하는 것이었다.

"두 분이 다 각기 씨름하기를 주장하니까, 금년 씨름을 이제부터 성제게 바치기로 합니다. 두 분이 각기 조심해서 실수 없도록 하시오."

깨끗한 모래를 깔아놓은 헌대 위에는 사람이 단지 세 사람뿐. 밤에 내렸던 이슬도 이제는 다 사라지고, 아침 해가 붉게 솟아올랐다.

제관은 대나무 조각으로 만든 부채 같은 것을 들고 양쪽에 준비를 시킨 후,

"시작!"

하고 소리를 쳤다.

두 사람의 선수는 서로 상대를 붙들려고 뱅뱅 돌다가, 연청이 몸을 옴추리고서 한쪽에 있으니 그쪽이 오른쪽이요, 마주보고 있는 임원이 왼쪽이다. 연청은 기회만 노리고 움직이지 아니한다.

처음엔 두 사람이 각각 헌대의 절반씩 차지하고 있었지만 지금은 한복판에서 서로 노려보고 있는 것이다.

연청이 제자리에서 꼼짝도 안 하고 있는 것을 보고 임원은 한 발자국 한 발자국 그 앞으로 가까이 갔다.

연청은 다만 임원의 아랫동아리만 노려보면서 꼼짝 안 한다.

'옳지! 네가 내 아랫도리를 노리는구나! 내가 손 하나 까딱하지 않고, 네놈을 헌대 아래로 차 내던지겠다!'

임원이 속으로 이같이 생각하고, 점점 가까이 다가들면서 일부러 왼편 다리를 허술하게 보이니까, 연청이 소리를 지르면서 달려들므로 이때 임원은 날쌔게 그를 덮치려고 했다. 그러나 그 순간, 연청은 임원의 왼쪽 겨드랑 밑으로 빠져나갔다.

임원은 성미가 나서 급히 몸을 돌이켜 연청을 거머쥐려고 했건만 연청은 또 그의 오른쪽 겨드랑 밑으로 빠져나갔기 때문에 또 허사였다.

그런데 임원처럼 몸집이 큰 사람이 몸을 빨리 돌이키기는 쉽지 않은 일이라, 자세를 급히 바꾸는 순간 발끝이 잠깐 어지러워지자, 바로 이 순간 연청은 바른손으로 임원의 어깨를 거머잡고 왼손으로 임원의 허리춤을 움켜쥐자마자 어깻죽지를 그놈의 가슴팍에 딱 붙이고 번쩍 쳐들면서 그놈의 힘을 거꾸로 이용하여 너덧 바퀴 빙빙 돌리다가,

"에익!"

소리와 함께 헌대 바깥으로 내던져 땅바닥에다 거꾸로 처박으니, 대가리는 땅에 있고 다리는 위로 뻗었다. 이것이 소위 '발합선(鵓鴿旋)'이라는 씨름 수단의 한 수법이다. 이때 수만 명의 관중은 일시에 환성을 올리며 박수갈채했다.

그러자 저희 선생님이 헌대 바깥에 나가떨어진 꼴을 본 임원의 제자들은, 상품을 쌓아놓은 탁자 앞으로 우우 달려가더니 제 맘대로 상품을 집어가는 게 아닌가. 구경꾼이 이 꼴을 보고 소리를 지르며 야단치니까, 제자 놈들은 들입다 헌대 위로 올라가서 소동을 일으킨다. 이 고을 태수도 어찌하면 좋을지 어리둥절해 있는데 뜻밖에도 두 손에 몽둥이 한 개씩을 든 사나이가, 눈을 동그랗게 뜨고 수염을 곤두세워 헌대 위로 뛰어올라오더니, 임원의 제자를 모조리 후려갈기는 것이었다.

이 사람은 다른 사람 아니라 흑선풍 이규다.

그는 이때 구경꾼 틈에 있다가, 분통이 터지는 것 같아서 도끼는 안 가지고 나왔고 연장이라곤 없으니까, 경내(境內)에 있는 기다란 말뚝을 무

뽑듯이 뽑아들고 불한당 같은 임원의 제자 놈들을 바숴대는 것이었다.

이때 구경꾼 가운데 흑선풍의 얼굴을 아는 사람이 있어서 큰소리로,

"저게 흑선풍이다! 이규다!"

하고 외치는 것이었다.

그러자 몇 사람이,

"양산박 흑선풍이란 놈을 달아나지 못하게 해라!"

하고 소리를 지르는 게 아닌가.

이 고을 태수는 이 소리를 듣고 혼비백산해서 후전(後殿)으로 해서 도망해버리고, 구경꾼들은 밀물처럼 쏟아져서 사방으로 달아난다.

흑선풍은 한바탕 들부수고 나서 헌대 위에서 뛰어내려와 임원의 모양을 보았다. 아직도 숨이 끊어지지는 않은 모양이므로 그는 커다란 돌멩이를 한 개 들어다가 그의 대가리를 바수어버렸다.

연청도 일이 이와 같이 된 이상 흑선풍과 함께 몽둥이를 휘두르며 바깥으로 나가려 했는데, 별안간 문밖으로부터 화살이 어지러이 날아오므로 두 사람은 하는 수 없이 지붕 위로 올라가서 기왓장을 내리던졌다.

한참 동안 이러고 있을 때 갑자기 묘문(廟門) 앞에서 함성이 '와아' 일어나면서 양산박 동지들 한 떼가 치고 들어오는데 자세히 보니, 머리에 흰 전립을 쓰고 몸에는 흰 전포를 입은 노준의가 사진·목홍·노지심·무송·해진·해보 등 일곱 명의 두령과 함께 1천여 명 군사를 거느리고 들어오는 게 아닌가.

연청과 흑선풍은 너무도 반가워서 지붕 위에서 뛰어내려 그 대대(大隊)에 들어갔다.

이때 흑선풍은 즉시 객줏집으로 달려가서 쌍도끼를 찾아 나와 닥치는 대로 찍어 죽이면서 일행의 선두에서 걸었다. 한편, 고을에서 급히 파견한 관군은 현장에 와서 보니 양산박 호걸들은 이미 돌아간 뒤이고, 또 그 수효가 1천 명이나 되더라는 말을 듣고서 도저히 저희들이 상대

할 수 없음을 깨닫고 추격을 하지 아니했다.

이같이 되어 노준의는 연청과 흑선풍을 구해 아무 일 없이 반나절이나 걸어왔다. 이같이 오다가 노준의가 우연히 일행을 둘러보았더니, 흑선풍이 어디로 갔는지 눈에 띄지 않는다.

"허허, 이거 또 흑선풍이 안 보이는구나! 어디 가서 또 일을 저지르고 있을 테니 누가 가서 찾아가지고 산채로 데려올 수 없을까?"

노준의가 이렇게 말하자 목홍이 쑥 나서면서 자원한다.

"제가 가서 찾아오지요."

노준의는 마음에 적합했던지,

"그래, 자네가 가서 찾아보는 게 제일 좋겠네!"

하고, 다른 사람들과 함께 산으로 돌아갔다.

양산박 일행이 돌아가고 있을 때, 일행의 대열에서 슬그머니 빠져나온 흑선풍 이규는, 두 손에 도끼 한 자루씩 든 채 그길로 수장현(壽長縣)에 들어섰다. 이번에 연청을 따라서 동악묘까지 갔다가 그대로 돌아가는 것이 아무래도 싱거워서 그냥 있을 수가 없었던 까닭이다.

흑선풍은 수장현 현청(縣廳) 앞으로 가보았다. 마침 이때가 점심때인지라, 공인(公人)들은 사무를 중지하고 모두들 점심 먹으러 나가려 하는 판이었다.

그는 현청 대문간에 잠깐 섰다가 안으로 쑥 들어서면서,

"양산박에 계시는 흑선풍 영감님이 여기 오셨다!"

하고 큰소리를 쳤다.

이 소리에 그만 현청 안에 있던 모든 관원들은 간담이 서늘해지고 수족이 마비된 것처럼 그 자리에서 벌벌 떨면서 움직이지 못하게 되었다.

원래 이 수장현이라는 고을은 양산박에서 가장 가까운 지방이라, '흑선풍 이규'라는 이름만 불러도 밤에 울던 아이가 울음을 그치는 형편인데, 이제 그 사람이 친히 이곳에 나타났으니 말해 무엇하랴.

흑선풍은 그들이 벌벌 떨고 있는 꼴을 보면서 도끼 한 자루는 허리춤에 감추고 대청으로 올라가 지현(知縣)이 걸터앉는 교의에 펄썩 주저앉았다. 이렇게 편안한 교의에 앉아보기는 생전 처음이라, 그는 더욱 의기등등해서 소리를 쳤다.

"여봐라, 누구든지 나와서 나하고 얘기를 하자. 안 나오면 불을 질러버리겠다!"

이 소리를 듣고 대청 곁에 붙어 있는 방 안에서 공인들은 서로 의논을 했다.

"이대로 있다간 안 되겠네. 누구든지 두어 사람 나가서 말대꾸를 해야지. 안 했다간 그대로 안 돌아갈지 모른단 말야."

그들은 결국 이같이 의논을 정하고서 그중 두 사람이 대청으로 나와 절을 네 번 드리고 흑선풍 앞에 꿇어앉았다.

"두령님께서 이곳에 오셨을 땐, 아마도 무슨 분부하실 일이 있어서 오신 줄로 압니다마는 무슨 말씀이신지…?"

이때 흑선풍은 아주 점잖게 말했다.

"아니다. 나는 너희 고을 사람들한테 성가신 일을 부탁하려고 온 것이 아니다. 마침 이곳을 지나는 길이기에 잠깐 들렀을 뿐이다. 그러니까 너희 고을 지현을 불러오너라. 내가 잠깐 만나보고 싶다."

두 사람은 그 말을 듣고 밖으로 나왔다가 이내 들어와서 보고를 드리는 것이었다.

"아까 두령님께서 들어오실 때, 지현 상공께서는 자리를 떠나시더니, 아마 뒷문으로 해서 도망하셨나 봅니다. 어디로 가셨는지 알 수 없습니다."

흑선풍은 속으로 이놈들이 거짓말을 하는 것이리라 생각하고, 즉시 일어나 안으로 들어가 방마다 문을 열고 찾아보았다.

그런데 한 방에 들어가니 그 방에 지현의 관복(官服) 상자가 열린 채

놓여 있는 게 아닌가.

흑선풍은 먼저 관(冠)을 집어서 머리에 써보았다. 머리통이 꼭 맞는다. 그다음에 녹포(綠袍)의 관복을 입고서 각대(角帶)를 두르고, 검은 빛 가죽신을 신고, 지현이 손에 들기로 마련된 괴간(槐簡)을 들고서 그는 대청으로 나왔다.

"여봐라! 너희들 모두 나와서 나를 보아라!"

하고 그가 소리치자 현청의 관원들은 감히 거역할 수 없어서 모두들 벌벌 떨고 뜰아래로 모였다. 평소에는 백성들한테 교만스럽게 호통을 치던 벼슬아치들이 조금만 힘센 사람이 나타나기만 하면 이렇게도 비굴해지고 아첨하는 모양을 보고서 그는 한층 더 이놈들을 얄밉게 보았다. 그래 그는 벼슬아치들을 실컷 놀려보고 싶었다.

"어떠냐? 내 풍채가 이만하면 됐느냐?"

"네! 아주 훌륭하십니다."

여러 놈이 일제히 이같이 아뢰는 것이었다. 흑선풍은 속으로 웃었다. 그러고는 발을 구르면서 호령을 했다.

"너희들은 모두 차례대로 내 앞에 와서 알현하렷다. 만일 분부대로 시행하지 않는 놈이 있다면 현청을 들부수어 흔적 없이 만들 테다!"

관원들은 벌벌 떨면서 관규(官規)대로 북을 세 번 울리고, 차례차례 한 사람씩 나아가 알현을 드린다.

흑선풍은 그것들을 내려다보고 대단히 만족한 듯이 너털웃음을 웃었다.

"잘들 했다. 이제 너희들 중에서 누구든지 두 놈이 나와서 재판을 신청해봐라!"

하고 그가 명령하니까 이방(吏房)이 아뢴다.

"두령님께서 이곳에 왕림하셨는데 누가 감히 송사(訟事)를 원하겠습니까?"

"그런 줄은 알고 있다. 그러니까 너희들 가운데서 아무나 두 놈이 나와서 송사하는 흉내를 내라는 말이다. 내가 너희들을 곯려주려고 그러는 게 아니고, 한번 심심풀이로 해보는 거야!"

흑선풍은 지금 지현 상공으로 앉아서 멋지게 연극을 한번 해보고 싶었던 것이다.

이미 명령이 떨어진 바에야 그대로 할 수밖에 없다고 의논을 정한 관원들은, 옥졸 두 놈이 서로 물고 뜯고 치고받고 싸운 끝에 고발을 한 것으로 소지(訴旨)를 정하고서, 근처에 있는 주민들을 방청인으로 불러들였다.

옥졸 두 놈이 뜰에 꿇어앉고서 송사를 시작했다.

"사또님! 세상에 이렇게 억울한 일이 있습니까? 제발 소인의 원한을 풀어줍소서. 이놈이 소인을 마구 때렸답니다!"

한 놈이 이렇게 고하자 다른 한 놈이 또 아뢴다.

"아니올습니다. 저놈이 먼저 소인한테 지독하게 욕을 한 까닭에 소인이 조금 때린 것이랍니다."

흑선풍은 두 놈을 내려다보고서 묻는다.

"맞은 놈이 어느 쪽이냐?"

"네, 소인이 맞은 놈입니다."

원고(原告)가 이렇게 아뢰는 것이었다.

"그럼 때린 놈은 어느 쪽이냐?"

"저놈이 먼저 소인을 욕했기 때문에 때려준 것입니다."

하고 피고가 말하니까 흑선풍은 괴간을 한 번 흔들고서 판결을 내렸다.

"때린 놈은 잘난 놈이다. 그래 너를 무사방면한다. 그리고 이쪽 맞은 놈은 듣거라! 너는 얼마나 사람이 못난 놈이기에 남한테 얻어맞고 있느냐? 너 같은 놈은 족가(足枷)를 채워서 한길에 내다놓고 행인들한테 구경시켜야겠다!"

남을 때린 놈은 석방하고 맞은 놈한테는 벌을 주는, 세상에서 처음 보는 판결을 내리고서 그는 흡족한 것처럼 너털웃음을 한 번 크게 웃었다. 그러고서 손에 들고 있던 괴간을 허리춤에 꽂고 도끼를 꺼내들고서 원고인한테 칼을 씌우는 것을 기다려 현청문 앞으로 끌고 나가게 한후, 마당으로 내려와 뚜벅뚜벅 걸어서 현청문 밖으로 나왔다. 속이 시원하게 송사를 판결 지은 사또님의 기분이었다.

그가 현청에서 나오니까 문 앞에 있던 백성들은 그 꼴을 보고 모두 웃음을 참지 못해 킬킬대는 것이었다. 그도 그럴 것이, 지금 그는 사또님의 관을 쓰고, 녹포를 입고, 관화(官靴)를 신고서 걸어나오기 때문이다. 그러나 지금 흑선풍 눈앞에는 이 고을 안에서 보이는 것이 없다. 오직 자기하나만이 위대한 인물이 된 셈이다. 이 고을에서 권위 있던 과거의 모든것은 존재가 없어지고 오직 자기가 최고가는 존재라고 느꼈다.

그는 활갯짓을 해가며 이리저리 돌아다니다가 문득 아이들의 글 읽는 소리가 요란하게 들리는 서당 앞에 당도했다.

그는 걸음을 멈추고 글 읽는 소리를 듣다가 문 위에 걸친 주렴을 걷어올리고서 안으로 쑥 들어섰다.

방 안에 앉아 있던 선생님은 기급초풍해서 들창 밖으로 뛰어내려 도망해버리고, 아이들은 우는 놈에, 도망가는 놈에, 숨는 놈에… 야단법석을 한다.

흑선풍은 껄껄 웃고 다시 문 밖으로 나왔다.

이때 마침 목홍이 지나다가 그를 보고 손을 꽉 붙든다.

"이게 무슨 주책없는 장난이오? 산에서 모두들 걱정하고 야단인데 어서 빨리 돌아갑시다."

흑선풍도 이렇게 되고 보니 할 말이 없으므로 목홍을 따라서 그곳을 떠나 양산박으로 향했다.

혼비백산 쫓겨난 칙사

　흑선풍이 목홍과 함께 금사탄을 건너 산 위에 올라가니, 그의 모양을 보는 사람마다 웃음을 터뜨리지 않는 사람이 없다.

　충의당(忠義堂) 위에서는 지금 송강이 씨름에 이기고 돌아온 연청을 위해서 축하연을 베풀고 있었는데, 이때 태수의 관복을 입고, 관을 쓰고, 한 손에 도끼를 들고, 한 손에 괴간을 든 흑선풍이 곧장 들어오더니 송강 앞에 절을 하고 일어나서 또 한 번 절을 하려다가 잘못해서 관복 옷자락을 밟고 그만 나가동그라지는 게 아닌가. 이 꼴을 보고 사람들이 까르르 웃음을 터뜨릴 때, 송강은 그를 보고 호령을 추상같이 했다.

　"이놈아, 너도 사람이냐? 어째서 나한테 말도 안 하고 산을 내려갔었느냐? 그것만으로도 죽어 마땅한 죄인데, 어쩌자고 그 꼴을 해 여기저기 가서 일만 저지른다는 거냐? 이번에는 용서 없다!"

　흑선풍은 아무 소리도 못 하고 그 앞에서 뒷걸음쳐 물러나왔다.

　이 같은 일이 있은 후 양산박에는 아무 일 없었고, 산채에서는 날마다 무술을 교련하고, 물 위에서는 배를 부리는 일을 가르치며, 한옆으로는 군복과 무기를 만들기에만 바빴는데, 이때 태안주에서는 이번 일어난 사건을 서울로 보고했다.

　조정의 진주원(進奏院)에서는 지방 각처에서 올라오는 보고문을 접

수하며 천자께 상주하기 위해 정리하는 일이 요사이에 부쩍 많아졌다. 대개가 송강 군사가 반란을 일으킨다는 상주문이었다.

그런데 이때 도군 황제(道君皇帝)는 지난번 소동이 있은 이래 한 달 동안이나 조회에 나오지 아니하다가, 이날 오래간만에 조회에 나왔다.

천자가 나오시는 것을 알리는 정편(靜鞭) 소리가 세 번 울리더니 황제가 나타나므로 문무 양반의 신하들이 국궁하고 배례했다.

그러자 전두관(殿頭官)이,

"아뢸 말씀이 있거든 지금 나와서 말씀을 아뢰시오. 상주할 일이 없으면 조회는 이로써 그치오."

하고 정중히 말하는 것이었다. 이때 진주원경(進奏院卿)이 출반주(出班奏)했다.

"신(臣)은 근자에 각처 지방으로부터 송강의 반란으로 인한 표면(表面)을 많이 수합해왔사옵니다. 공공연히 부주(府州)에 침입하여 군민(軍民)을 살해하고 창고를 겁탈하건만 도처에서 이에 대적하는 곳이 없사오니 지금 곧 이를 진압하지 아니했다가는 후일 큰일이 될까 걱정이옵니다."

도군 황제가 이 말을 듣고 자기도 한마디 한다.

"지난 정월 보름날 상원 밤에 그놈들이 서울에 들어와 시끄럽게 굴더니, 지금 각 지방으로 돌아다닌다면 그대로 둘 수 없소. 그러기에 짐이 누차 추밀원으로 하여금 군사를 파견하여 토벌하라 일렀건만, 아직 한 번도 보고를 못 받았지!"

이때, 어사대부(御史大夫)로 있는 최정(崔靖)이 출반주한다.

"신이 듣자오니 양산박에서는 '체천행도'라는 큰 기를 세워놓고 있다 하옵니다. 물론 이것은 백성을 기만하는 술법이겠사오나 민심이 이미 그리로 쏠린 증거라 할 것이오니, 병력으로써 처리하심이 불가한 줄 아뢰오. 현재 북방의 요(遼)가 변경을 자주 침범하므로 각지의 군마(軍

馬)가 출동하건만 이를 능히 물리치지 못하고 있사옵니다.

이 같은 국가 비상시국 하에서 국내의 일인 양산박을 토벌하느라고 병력을 동원한다는 것은 대단히 이롭지 못할 일이옵니다. 신의 어리석은 소견으로서는 양산박 무리들이 모두 관형(官刑)을 범하고서 피할 길이 없으므로 산림에 들어가 도당을 지어서 잔인무도한 짓을 하는 것 같사오니, 이것들한테 대사령(大赦令)을 내리시고, 대신(大臣)으로 하여금 칙서를 가지고 가서 광록사(光祿寺)의 어주(御酒)나 주고, 그들을 귀순시키어, 그들로 하여금 요군(遼軍)을 몰아내도록 하심이 공사간(公私間) 유조할 것 같사옵니다. 폐하께서 통찰하시옵기 복망하옵나이다.”

도군 황제는 그 말을 빨리 알아듣고서,

“그래, 그거 좋은 말이야! 짐의 의사와 같구나!”

하고, 즉시 전전태위(殿前太尉) 진종선(陳宗善)을 칙사로 임명한 후, 칙서와 어주를 가지고 양산박까지 갔다 오라고 분부를 내렸다.

이리하여 진태위는 천자의 칙서를 받아 대궐로부터 집으로 돌아와서 길 떠날 준비를 했다. 그러자 친구들이 찾아와서 치하도 하고 격려도 하는 것이었다.

“진태위가 이번에 맡아서 가시는 사명은 참으로 중대한 일입니다. 첫째는 국가대계(國家大計)를 위해서 좋은 일이고, 둘째는 백성들의 근심을 덜어주는 동시에 군민의 우환거리를 없애주는 일이니 말입니다. 하지만 양산박 무리들이 충의(忠義)를 주장하면서 오직 조정으로부터 초안(招安)이 내리기를 고대해오던 인물들이니, 이번에 가시거든 될 수 있는 대로 좋은 말로 그들을 쓰다듬어주십시오.”

한 친구가 이같이 말하고 있을 때, 뜻밖에 태사부에서 사람이 나와서,

“지금 태사님께서 하실 이야기가 있으시다고, 급히 태위님을 모셔오라 하십니다.”

하고 고하는 것이었다.

진태위가 즉시 가마를 타고 신송문 대가(新宋門大街)에 있는 태사부 앞에 가서 내리니까, 직원이 그를 절당(節堂) 안에 있는 서원(書院)으로 인도하므로 그는 따라들어가 채태사에게 인사를 드리고 한편 교의에 가서 앉았다.

그러자 채태사가 차를 한 모금 마시고 나서 입을 열었다.

"내 들으니, 폐하께서 당신을 양산박에 보내시어 그자들을 귀순케 하신다기에, 그 일 때문에 좀 오시라 한 게요. 이제 당신이 그곳에 가거 든, 조정의 기강을 빠지게 하거나, 국가의 법도를 문란케 하는 일이 없 도록 해야겠소. 『논어(論語)』에서도 말하기를, '내 몸을 다스림에 부끄러 움이 있음을 알아야 하나니, 사방 여러 나라에 사신으로 갔을 때는 임 금님의 명령을 욕되게 하지 아니하고서라야 비로소 사신이라 할 수 있 느니라' 하고 가르치지 않았소?"

"네. 가르치신 말씀, 잘 알았습니다."

진태위가 공손히 대답하니까, 채태사는 말을 계속한다.

"그래서 내가 적지않이 염려되는 까닭에 사람 하나를 당신한테 딸려 보내려 하오. 이 사람이면 모든 법도에 소상한 터이니까, 혹시 당신이 실수하는 일이 있다 할지라도 충분히 보좌하고 남을 것이오."

"은상(恩相)께서 그처럼 염려해주시니 참으로 감사합니다."

진태위는 감사하다는 인사를 드리고 채태사가 딸려 보내는 사람과 함께 물러나왔다.

그가 자기 집에 돌아와서 잠깐 쉬고 있으려니까 하인이 들어와서,

"지금 전수부의 고태위 대감이 오셨습니다."

하고 알린다. 진태위는 황망히 쫓아나가 고태위를 영접하여 정청(正 廳)으로 모셔들였다.

"오늘 조정에서는 양산박 송강 일당을 초안키로 결정했답니다만, 만 일 내가 그때 있었다면 그 같은 결정을 못하도록 기어이 말렸을 겝니

다. 저 도적놈들은 조정을 여러 번 욕되게 했고, 또 백성들을 괴롭힌 죄인인데, 그따위 놈들의 죄를 용서해주고 서울로 오게 한다면 반드시 후환이 생깁니다. 그러나 이미 조칙을 내리신 뒤이니, 이 같은 말은 소용없는 소리이고, 진태위가 이번에 가보아서 그놈들의 태도에 조금이라도 양심을 속이고 태만한 거동이 보이거든 태위는 즉시 서울로 돌아오십시오. 그러면 내가 폐하께 다시 상주해 군사를 거느리고 나가서 양산박의 뿌리를 뽑아버리겠소. 이것이 내 소원이오! 그리고 이번에 태위가 가시는 길에 내가 천거하는 사람을 한 사람 데리고 가십시오. 이 사람은 구변이 좋아서, 하나를 물으면 열을 대답하는 수단이 능란한 인물이니까, 대단히 도움이 될 거외다."

고태위의 말이 끝나자 진태위는,

"그처럼 생각해주시니 감사합니다."

라고 감사했다. 그러자 고구(高俅)는 더 이야기하지 않고 총총히 일어나므로 진태위는 밖에까지 따라나가서 그를 전송했다.

그다음 날, 채태사가 천거한 장간판(張幹辦)과 고태위가 천거한 이우후(李虞侯)가 자기 집에 도착하자, 진태위는 어주 열 병을 커다란 함에 넣고서 황기(黃旗)를 꽂아 인부로 하여금 수레 위에 싣게 했다. 그러고서 수행원 5, 6명을 데리고 말 위에 올라타니, 장간판과 이우후도 그 뒤를 따라서 나오는데, 칙서를 넣은 함은 황기를 꽂은 맨 앞의 수레 위에 있다. 진태위의 이 같은 행렬이 신송문(新宋門) 밖에 나와서 길을 가는 도중에서도 그를 전송하는 관원들이 많았다.

일행이 제주(濟州)성에 당도하자 태수 장숙야(張叔夜)가 마중 나오더니 일행을 부중(府中)으로 모시고 들어가 잔치를 열고 진태위를 대접하다가, 양산박에 대사령이 내린 일에 대해서 자기 소견을 한마디 하는 것이었다.

"제 소견으로는, 이번에 양산박에 대사령을 내리신 일은 매우 훌륭한 일이라고 생각합니다. 그런데 물론 잘 아시는 터이겠지만, 태위께서 장차 그곳에 가시거든 모름지기 화기(和氣)를 돋우시고 좋은 말로 그들을 어루만져주셔야 합니다. 어떤 일이 있든지 이번 이 일은 온전히 성사시켜야 하겠으니 말입니다. 아시다시피 양산박에는 성질이 불같은 사람이 적지 않으니까, 일언반사(一言半辭)라도 저들한테 충동을 주었다가는 대사(大事)를 깨뜨릴 염려가 있어서 그럽니다."

이같이 말하는 장태수는 지혜롭고 또 침착한 사람이었는데, 곁에서 장간판과 이우후는 장태수의 그 말을 불쾌하게 듣고서 반박하는 어조로 한마디씩 지껄이는 것이었다.

"우리들 두 사람이 따라가니까 별로 걱정하실 게 없을 겝니다."

"태수 영감께서는 저것들한테 그저 좋은 말로 어루만져주라 하십니다마는, 그래서야 조정의 위엄이 떨어지지요. 사람 같잖은 놈들은 그저 꽉 눌러야 하지, 고개를 쳐들게 했다가는 별의별 꼴 다 생긴답니다."

두 사람이 이렇게 말하는 소리를 듣고서 장태수가 진태위보고 묻는다.

"이 두 분은 어떤 분이신가요?"

"예, 이분은 채태사 댁에 있는 간판이고, 저분은 고태위 댁에 있는 우후이십니다."

장태수는 두 사람을 바라보던 얼굴을 진태위 쪽으로 돌이키고서 말한다.

"제 생각 같아서는 이 두 분을 안 데리고 가시는 게 좋겠습니다."

"어디 그럴 수가 있어야지요. 두 분이 다 채씨, 고씨의 심복인데, 만일 내가 안 데리고 간다면 채태사나 고태위한테 대단히 의심을 받게요?"

"글쎄올시다. 저는 오직 일이 성공되기만 바랄 뿐이니까요. 모처럼 애를 쓰신 보람 없이, 일이 안 되고 만다면 어찌합니까!"

이때 장간판이 또 한마디 하는 것이었다.

"너무 걱정 마세요. 우리 두 사람한테 맡겨놓으면 물샐틈없이 일이 잘될 걸 가지고 괜스레 그러시네!"

장태수는 그만 입을 벌리고 싶지도 않아서 다시는 아무 말도 입 밖에 내지 아니했다. 그러고서 조금 후에 연석을 파하고, 일행을 역사(驛舍)에 나가 그 밤을 쉬게 했다.

이튿날 제주 관아에서는 사람을 양산박에 급히 파견하여 칙사가 대사령을 가지고 간다는 사실을 통지했다.

그런데 이때 송강은 매일 충의당에 여러 사람을 모으고 앉아서 군정(軍情)을 상의하고 있다가 정탐하고 다니는 졸개로부터 칙사가 온다는 정보를 받았던 까닭에 이 사실을 미리 알고 있었다.

그래서 그는 속으로 기뻐하고 있는 중이었는데 이날 마침내 제주에서 온 사자(使者)가 졸개의 인도를 받아 들어와서 고하는 것이었다.

"조정에서는 태위 진종선을 칙사로 하여 어주 열 병을 가지고 와서 여러분을 사죄초안(赦罪招安)하신답니다. 벌써 칙사 일행이 제주성 안에 도착하셨으니, 여기서도 곧 영접할 준비를 하십시오."

송강은 대단히 기뻐서 사자에게 주식을 대접하고 채단 두 필과 돈 열 냥을 선사한 후 그를 돌아가게 했다.

사자가 돌아간 후 송강은 여러 사람을 둘러보고 감개무량해서 말했다.

"우리가 초안을 받아 나라의 신하가 되었으니, 과연 그간 오랫동안 허다한 고난을 겪으면서 굽히지 않고 지내온 것이 헛되지 않았소이다 그려!"

하지만 오용은 도리어 비웃는다.

"형님은 그렇게 생각하시는지 모릅니다만, 나는 이번에 우리가 초안되리라고는 생각지 않습니다. 설령 위에서는 우리를 초안하셨더라도,

아직까지 저것들은 우리를 초개같이 보고 있으니까요! 그러니까 저것들이 대군(大軍)을 거느리고서 치러 오기를 기다리고 있다가, 저놈들을 여지없이 때려눕혀 꿈속에서도 우리라면 겁을 집어먹도록 혼을 내준 뒤에 초안을 받는대야 그때 가서나 초안이 되겠지요!"

"그게 무슨 소리요? 만일 그렇게 한다면 '충의(忠義)' 두 자(字)는 뭉개지는 게 아니오?"

그러자 임충이 한마디 한다.

"글쎄 형님은 그렇게 생각하십니다마는 우리는 그렇게 안 봅니다. 조정에서는, 필시 고관(高官)이 나올 것이요, 거죽은 제법 좋게 보일는지 몰라도 속은 절대로 안 그럴 테니까요."

관승도 잇대서 한마디 한다.

"두고 보십시오마는 칙서엔 반드시 위협하는 글자로 우리를 협박했을 겁니다."

또 서녕이 한마디 그 뒤를 잇댄다.

"모르면 몰라도 고태위 밑에 있는 놈이 올 겁니다. 일은 안 되기가 쉽지요!"

송강이 그들을 가로막았다.

"이렇게 모두들 의심만 품고 있으면 어떡하나? 우선 급한 일은 칙사를 영접하는 일이니, 속히 준비나 합시다."

이같이 말하고서 송강은 송청과 조정으로 하여금 연석을 준비하게 하고, 시진으로 하여금 총감독을 맡아보게 하는데, 환영식장을 화려하고 장중하게 꾸미고, 진태위가 좌정할 자리에는 오색 비단을 깔고 당상당하(堂上堂下)에다가는 색실(色絲)을 늘어뜨리게 한 후, 배선·소양·여방·곽성 등 네 사람은 미리 산에서 내려가서 물을 건너 20리 밖에서 칙사를 영접하고, 수군(水軍) 두령들은 큰 배를 물가에 매어놓고 기다리라 했다.

이때 오용이 명령한다.

"모두들 내가 시키는 대로 해요! 내 말대로 안 하면 이번 일이 잘 안될 테니까 정신들 차려요."

이렇게 말하고서 그는 다시 이 사람들한테 자세히 이르기를 우선 소양은 배선·여방·곽성 등 세 사람을 수행원으로 데리고, 몸에는 주머니칼 한 자루도 지니지 말고서 술과 안주만 갖고 20리 밖에 나가서 영접하라 했다.

이날, 진태위는 말을 타고, 장간판과 이우후는 진태위 말 앞에 서서 걸어오는데, 뒤에서는 제주부의 군관(軍官) 십여 명이 말을 타고서 수백 명의 군사를 이끌고 일행을 보호하며, 선두에는 칙서가 들어 있는 함과 어주가 들어 있는 함을 실은 수레가 앞서 오고, 좌우에는 제주부 사령들 5, 60명이 옹위해오는데, 그들은 모두 이번에 저희들이 양산박에 가서 무슨 덕이라도 볼까 하는 희망에 가득 찬 얼굴이다.

일행이 양산박 가까이 이르렀을 때, 소양·배선·곽성·여방이 길가에 무릎을 꿇고 앉아서 그들을 영접하는 모양이 보이자, 진태위 앞에서 걸어오던 장간판이 그들을 보고 꾸짖는 게 아닌가.

"너희들의 두목 송강이란 놈은 어디 갔기에 제가 나와서 칙사님을 영접하지 않는다는 거냐? 어떻게 생겨먹은 놈이기에 이다지도 황제 폐하를 무시한단 말이냐! 너희들은 본시 죽여야 마땅한 놈들인데, 초안을 받을 수 있겠니? 태위님! 그만두시고 도로 돌아가십시다!"

이때 소양과 배선·여방·곽성 등은 땅바닥에 이마를 조아리면서 빌었다.

"지금까지 한 번도 칙서 같은 것을 받아본 일이 없기 때문에 저희들이 사정을 몰라서 이렇게 됐습니다. 송강 이하 두령들이 지금 모두 다 금사탄에 마중 나와 기다리고 있사오니, 태위님께선 노염을 푸시고, 국가 대사를 위해서 소인들을 용서해주십시오."

소양이 이같이 애원하니까 이번엔 이우후가 빈정댄다.

"아주 바라기는 크게 바라는 모양이구나! 국가 대사를 위해서라고? 네까짓 것들이 달아나면 이 세상 바깥으로 도망갈 수 있어?"

이 소리를 듣고 곽성과 여방은 성을 냈다.

"여보시오, 그게 무슨 소리요? 어째서 사람을 그렇게 얕잡아보는 거요."

두 사람이 장간판과 이우후한테 달려들려 하는 것을 소양과 배선은,

"아, 이러지 말아요. 가만있으라구!"

해가며 술과 안주를 내놓았으나 장간판과 이우후는 거들떠보지도 않고 그냥 지나가버린다.

일동이 호숫가에 다다르니 벌써 언덕에는 양산박에서 마중 나온 큰 배 세 척이 기다리고 있다가 배 한 척에는 일행의 마필을 싣고 한 척에는 배선·소양 등을 오르게 하고, 한 척에는 태위 일행을 모시는데, 그들은 먼저 칙서와 어주를 들어다가 뱃머리에 안치하는 것이었다. 그런데 이 배는 활염라(活閻羅)라고 부르는 원소칠이 지휘하는 배였다. 이날 원소칠은 뱃머리에 앉아서 20여 명의 건장한 졸개를 시켜 노를 젓게 했는데, 그들은 모두 허리에 짤막한 칼을 한 자루씩 차고 있다.

진태위는 배에 오르자 자기 외에는 사람이 없다는 듯이 한복판에 가서 버티고 앉는다. 그때 원소칠은 부하들한테,

"빨리 노를 저어라!"

하고 명령을 내렸다. 그러니까 양쪽에서 사공들이 일제히 거센 목소리로 노래를 부르면서 노를 젓기 시작한다.

어기어차 배 떠나간다.
어기어차 날씨도 좋네.
어기어차 풍파도 없이

어기어차 모시고 가네.

질그릇 깨지는 소리 같은 사공들의 소리가 싫어서 이우후는 호령을 했다.

"야, 이 자식들아! 귀인(貴人)이 여기 앉아 계신데, 조심하잖고 어째서 소리를 지르는 거냐?"

하고 소리를 지르고서 그는 등나무 지팡이로 사공들을 때리려 하지만, 사공들은 조금도 겁내는 기색이 없을 뿐더러 그중 한 놈은 대꾸까지 한다.

"왜 이러시우? 우리가 우리 목구멍 가지고 노래 부르는데, 당신이 무슨 참견이우?"

이 소리를 듣고 이우후는,

"이런, 단매에 때려죽일 자식 봐라! 어디다 대고서 말대답이냐?"

하고 지팡이로 후려갈겼다. 그러자 양쪽에서 노 젓던 사공들은 풍당풍당 일제히 물속으로 떨어지더니만 자취를 감춰버리는 게 아닌가. 이렇게 되고 보니, 배를 노 저을 사공은 한 사람도 없다. 원소칠이 이때 뱃머리에서 일어나더니 볼멘소리를 한다.

"아니, 그렇게 사공들을 모조리 때려 쫓아버리시면, 배는 누가 노를 젓습니까?"

칙사 일행이 어리둥절해하고 있는데, 이때 상류 쪽에서 쏜살같이 내려오는 두 척의 쾌속선이 보인다.

원소칠은 쾌속선이 가까이 오는 것을 보더니, 뱃바닥에 있는 선창 마개를 얼른 뽑아버린다. 이 배는 미리부터 선창에다 물을 하나 가득 채워두었던 터이라, 마개가 빠지기 무섭게 물이 뱃간으로 콸콸콸 용솟음쳐 올라왔다. 그러자 그는 소리를 지른다.

"배가 샌다! 큰일 났다!"

물은 순식간에 한 자 이상 올라왔다. 원소칠은 연방 소리를 지른다.

"사람 살리우! 사람 살리우!"

이때 쾌속선이 옆에 와 닿아 진태위를 위시해서 일행을 모두 다 쾌속선으로 옮겨 태우니, 그들은 허둥지둥 옮겨 타느라고 칙서고 어주고 챙겨갈 생각도 못 했다. 쾌속선은 그대로 달아났다.

쾌속선이 떠난 뒤에 원소칠은 이때까지 물속에 숨어 있는 사공들을 불러올려, 선창에서 물을 말끔히 퍼내고, 뱃간을 걸레로 깨끗이 닦게 한 후, 그중 한 놈에게 부탁한다.

"이거 봐. 그 어주라는 거 한 병 가져와! 내가 먼저 맛을 좀 봐야겠다."

사공이 함을 열고 그 속에서 술 한 병을 집어내어 봉인을 뜯고 마개를 뽑아서 주니까, 원소칠은 받아서는 병 주둥이에 코를 대고 냄새를 맡아본다. 향취가 코를 찌른다.

"누가 아나, 혹시 독이나 안 넣었는지? 내가 먼저 시험을 해봐야겠다."

하고 그는 표주박이 없으니까 병을 들어 입에다 기울이고서 단숨에 쭈욱 들이마셨다. 한 병을 다 마셨는데 뒷맛이 더욱 좋다.

"이거 아주 맛이 일등이로구나! 한 병 더 다고!"

또 한 병을 가져오니까 그는 또 한숨에 마셔버렸다. 이같이 두 병이나 마셨건만 그는 더 먹고 싶어서 또 한 병 또 한 병 하여 마침내 네 병을 마셔버렸다.

이제는 술기운이 나는 것 같아서 그는 더 먹지 아니하고 빈 병을 들여다보면서 생각했다. 모두 열 병 있는 함 속에서 네 병이나 먹어버렸으니 남은 것은 여섯 병인데, 어차피 일은 저지른 것을 그걸 남겨둬서는 뭘 하랴 싶어서,

"우리가 사뒀던 술 거기 있지?"

하고 좌우를 보고 물어보았다.

"네, 막걸리 한 통 사둔 거 있지요."

한 사공이 대답하자, 원소칠은,

"그럼 됐다! 표주박을 한 개 갖다다오! 이왕 이렇게 된 바에야 남은 여섯 병을 너희들에게 나눠주마!"

하고 그는 아주 여섯 병을 죄다 없애버린 후, 열 개의 빈 병에다 막걸리를 가득 가득 채워 그전같이 마개를 막고 봉인을 붙인 다음에 함 속에 도로 집어넣고서 힘차게 노를 저어 쏜살같이 금사탄 언덕에다 배를 대었다.

마중 나왔던 송강 등 일동은 향을 피우고 풍악을 울리면서 어주를 받들어 한 탁자 위에 한 병씩 올려놓고, 그 탁자 한 개를 인부 네 명이 떠받들게 하고 칙서는 따로 다른 탁자 위에 받들어 올리는데, 산 위에 있는 산채에서는 풍악을 잡히는 소리가 우렁차게 들린다.

이때 진태위 일행이 배에서 내려 언덕에 올라오자, 송강 등 일동은 그 앞에 나가서 절을 하고 아뢰었다.

"중죄를 지은 아전 퇴물이 오늘날 귀인을 영접함에 있어 실례됨이 적지 아니할까 하오니, 아무쪼록 널리 용서해주십시오."

그가 이렇게 말하자, 진태위는 제쳐놓고서 이우후가 호령을 하는 것이었다.

"태위님은 조정의 대신(大臣)이신데도 너희들을 초안(招安)하시기 위해 이렇게 왕림하신 거야. 여간 어려운 행차가 아니신데, 어찌해서 너희들은 저따위 물이 새어 들어오는 배를 타시게 했으며, 어디서 무지막지한 괴상한 놈들만 골라서 배를 부르게 했단 말이야? 하마터면 귀인께서 생명을 잃으실 뻔했다!"

송강이 이 말을 듣고 공손히 대답했다.

"그럴 리 있습니까. 저희들의 배는 모두 좋은 배뿐입니다. 더구나 귀인을 모시는 자리인데, 어찌 물새는 배를 보내드렸겠습니까!"

그러자 이번엔 장간판이 호령했다.

"태위님 의복이 물에 젖어 있는데도, 그래도 무슨 변명이냐?"

이때 송강의 등 뒤에는 오호장(五虎將)이 붙어 있고, 또 팔표기(八驃騎)가 모시고 있었는데, 그들은 이우후와 장간판이 되지못하게 뽐내고 아니꼽게 호령하는 꼴을 보고 비위가 상해서 이 자식들을 당장에 죽여버리고 싶은 생각이었으나, 송강의 눈치를 보느라고 감히 손을 움직이지 못할 뿐이다.

송강은 그들을 이같이 은근히 누르면서 진태위에게 교자에 오르기를 권하고, 칙서를 읽어주십사고 간청했다. 이같이 간청하기를 너덧 번 한 뒤에야 진태위는 교자에 올라앉았으므로 송강은 졸개로 하여금 말 두 필을 끌어다가 장간판과 이우후를 모시게 했다. 지각 없는 두 놈은 판국도 모르면서 거드름을 피우고 말 위에 올라앉는다. 송강도 그제야 말 위에 올라 백여 명의 두령과 함께 풍악을 울리면서 일행의 뒤를 따라 삼관(三關)의 관문을 지나 충의당 앞에 이르러 일제히 말에서 내려, 진태위를 당상으로 모셨다.

진태위가 당상에 오르자, 정면에 어주(御酒)와 조갑(詔匣)을 모시고, 그 왼쪽에 진태위·장간판·이우후 세 사람이 서 있게 하고, 그 오른쪽에 소양과 배선을 서 있게 한 후, 송강이 정면 앞으로 나와서 두령들을 일일이 점명(點名)해보니 모두가 1백 7명, 흑선풍 한 사람이 보이지 않는다. 이때는 4월 중순 춥지도 덥지도 않은 시절이라 그들은 얇은 전포(戰袍)를 입은 채 모두 당상에 꿇어앉아서 칙서를 읽기만 기다렸다.

진태위가 조갑을 열더니 칙서를 꺼내어 소양에게 준다. 이때 배선이 예찬(禮讚)하므로 송강 이하 일동은 일어서서 예배했다.

그러자 소양이 소리 높이 칙서를 읽는다.

제(制)하여 말하노라. 문(文)은 능히 작은 나라를 안정하고, 무(武)는 능히 국가를 안정하나니, 오제(五帝)는 예악(禮樂)으로써 강토를 보전했고, 삼황(三皇)은 살벌(殺伐)로써 천하를 정(定)했다. 일은 순역(順逆)에 따르고 사람은 현우(賢愚)가 있다. 짐이 조종의 대업(大業)을 이어받은 후 일월 같은 광명을 발휘하매 광대한 천하에서 복종하지 아니하는 신자(臣子) 없거늘 근자에 너희들 송강의 무리가 산림에 집결하여 군읍(郡邑)을 겁박하므로 본래는 밝은 법으로써 너희들을 토벌하려 했으나 무고한 백성에게 해를 끼칠 것을 염려하여 이제 태위 진종선을 보내어 너희들을 초안하노라. 조서가 이르는 날, 즉시 너희들의 전량·군기·마필·선척을 그곳 관아에 바치고서 소혈(巢穴)을 헐고 무리들을 이끌고 서울로 오면 본죄(本罪)를 면해주려니와, 만일 도리어 양심을 가리고 조제(詔制)에 어긋나는 행동이 있을진댄, 천병(天兵)이 한번 이르러 갓난 젖먹이까지 하나도 남김없이 너희를 토멸할 터이다. 그러므로 조서로써 이를 알리는 바이니 마땅히 알아서 할지어다.

선화 삼년 맹하 사월 일 조시(宣和 三年 孟夏 四月 日 詔示)

소양이 이같이 읽기를 끝내자 송강 이하 모든 두령들의 얼굴에는 성난 빛이 뚜렷해졌다.

바로 이때, 대들보 위에서 뜻밖에도 흑선풍 이규가 뛰어내리더니, 소양의 손에서 칙서를 빼앗아 쫙 찢어버리고는 대뜸 진태위의 멱살을 움켜잡고, 소두방 같은 주먹으로 냅다 치는 게 아닌가. 만일 이때 송강과 노준의가 달려들어 흑선풍의 허리를 떼놓지 아니했다면, 진태위는 얼굴이 피투성이가 될 뻔했다. 그런데 아직도 판국을 알지 못하는 이우후는 깜냥 없이 호령을 했다.

"대체 이놈이 뭣하는 자식인데, 이렇게 무례하게 날뛰느냐?"

흑선풍이 진태위를 못 때려줘서 직성이 풀리지 않던 판이라, 그는 대뜸 이우후의 멱살을 움켜쥐기가 무섭게 주먹으로 볼따구니를 한 대 먹였다.

"이놈의 새끼! 아까 읽은 그 조서, 어떤 놈의 새끼가 쓴 글이냐?"

흑선풍이 묻자, 곁에서 장간판이 대답했다.

"황제 폐하께서 내리신 성지(聖旨)이시다."

"뭣이라고?"

흑선풍은 장간판을 노려보면서 호통을 친다.

"이놈아! 네놈들의 황제라는 게 여기 있는 우리 호걸들의 사정도 모르면서 무슨 초안을 한다는 거냐? 방귀 같은 수작 하지 말라고 해라! 네놈들의 황제가 성(姓)이 송(宋)가라면 우리 형님도 송가시다. 그쪽이 황제라면 우리 형님도 황제가 못 되라는 법은 없단 말야! 이놈아, 너희들이 얼마나 간이 크면 이 검둥어른을 약올려주려고 여기까지 찾아왔니? 하여간 그 조서를 쓴 관리 놈을 한 놈 빼놓지 않고 내 손으로 죄다 때려 죽이겠다!"

이때 여러 두령이 달려들어 흑선풍을 밖으로 데리고 나가자, 송강은 진태위 앞으로 갔다.

"태위님! 부디 마음을 편안히 가지시기 바랍니다. 앞으로 조금도 실수 되는 일이 없도록 하겠습니다. 그러면 어주를 내려주셔서 저희들로 하여금 성은(聖恩)에 젖도록 해주십시오."

라고 한 후, 송강은 금잔 한 벌을 가져오게 하여 배선으로 하여금 큰 양푼에다 어주 한 병을 쏟게 했다. 그랬더니 이게 웬일인가? 어주라는 것이 시골 농군들이 먹는 막걸리가 아닌가.

한 병을 쏟고 또 한 병을 쏟고, 열 병을 죄다 쏟아보아도 막걸리에 불과한지라, 두령들은 모두 기가 막혀서 충의당 밖으로 나가버리는데, 이때 노지심이 철선장으로 마룻장을 치면서 소리를 쳤다.

"이 죽일 놈아! 사람을 업신여겨도 분수가 있지, 뿌연 막걸리를 갖고 와서 어주라고 우리를 속여?"

그러자 적발귀 유당은 박도를 치켜들고, 행자 무송은 계도를 뽑아들고, 몰차란 목홍과 구문룡 사진 등과 함께 일제히 고함치고 들어오는데, 마당에 있던 수군(水軍) 두령 여섯 명은 욕지거리를 하면서 산을 내려가 버린다.

사태가 매우 험악해진 것을 본 송강은 이대로 두었다가는 무슨 일을 저지를지 알 수 없다 생각하고, 급히 장령(將令)을 내려 교자와 마필을 가져오게 하여 일행을 태워 산 아래로 내려가게 한 후, 그는 노준의와 함께 말을 타고서 일행을 호위하여 삼관을 내려갔다.

금사탄에 이르러 태위를 전송할 때, 송강은 두 번 절하고서 그에게 말했다.

"저희들이 항복하고 귀순할 생각이 없는 것이 아니올시다. 일이 이렇게 잘못된 원인은 조서를 기초한 관리한테 있습니다. 우리 양산박의 실정을 알고서 몇 마디 착한 말로 어루만져주었더라면 모두들 진심으로 나라를 위해서 충성을 다하겠다고 나섰을 겁니다. 그러니 태위께서 이번에 돌아가거든 조정에 잘 말씀을 올려주십시오."

그러고서 송강과 노준의는 부하들로 하여금 배를 저어 태위 일행을 떠나게 했다. 이리하여 태위 일행은 혼쭐이 빠져서 제주부로 향했다. 충의당으로 돌아온 송강은 다시 두령들을 당상에 모은 후 입을 열었다.

"조정에서 내린 칙서라는 것도 돼먹지 아니했지만 그렇다고 여러분 행동이 그렇게 불량해서야 쓰겠소? 성미가 모두들 급해서 탈이야!"

오용이 그 말을 받는다.

"형님은 그런 걱정 마시오! 우리가 초안을 받으려면 아직도 때가 멀었어요. 조정에서 우리를 그따위로 보고 있으니까 형제들이 노하는 것도 당연하지요. 하여간 그 이야기는 덮어두고, 형님은 어서 명령을 내리시어 싸움할 준비나 갖추고 있도록 하십시오. 마군·보군·수군을 모두 단단히 준비시키고 있다가, 조정에서 토벌군이 조만간 내려올 테니까, 그땐 여지없이 그것들을 박살내서 단단히 버릇을 가르쳐야 합니다. 이렇게 한 뒤에라야 아마 초안에 대한 협상이 될 겁니다."

오용이 이렇게 말하자, 모두들 그 말에 찬성했다. 그러고서 이날 이야기는 이것으로 끝내고 각각 자기 처소로 돌아갔다.

그런데 양산박에서 쫓기다시피 떠난 진태위 일행은 제주에 돌아가서 제주 태수 장숙야에게 자기가 당하고 온 이야기를 자세히 했다. 그러니까 장숙야는 이상하다는 표정으로 묻는다.

"태위께서 혹시 그 사람들한테 잔소리를 하시지 않았던가요?"

"아니요. 나는 한마디도 말한 게 없지요."

"그러시다면 일이 맹랑하게 됐습니다. 어서 속히 돌아가셔서 폐하께 상주하시고, 시각을 지체하지 말고 대책을 강구하셔야겠습니다."

이 말을 옳게 여기고서 진태위는 장간판·이우후와 함께 밤을 낮 삼아 서울로 돌아온 후 즉시 채태사에게 가서 양산박 반도(叛徒)들이 조서를 찢어버리던 이야기를 자세히 보고했다.

채태사는 보고를 듣고 크게 노했다.

"해괴망측한 일이로군! 감히 조서를 찢다니! 당당한 우리 송조(宋朝)가 그놈들을 그대로 둘 수 없다!"

하고 채태사가 분해하니까, 진태위는 그 앞에서 눈물을 흘리며 또 말했다.

"제가 이번에 태사대감의 은덕이 아니었다면 그곳에서 반드시 죽었을 겁니다. 이같이 살아와 다시 은상을 뵙는 것이 꿈속 같습니다."

채태사는 즉시 추밀원의 추밀사 동관(童貫)과 고태위·양태위 등 세 사람을 태사부에 있는 군사기밀실 백호당(白虎堂)으로 불렀다.

조금 있다가 그들이 모두 들어와 자리에 좌정하자, 채태사는 장간판과 이우후로 하여금 양산박 반도들이 조서를 찢던 내력을 보고하게 했다.

이야기를 듣고 나더니, 양태위가 한마디 한다.

"당초에 그따위 도둑놈들을 초안한다는 것부터가 틀린 일이지요. 대관절 맨 먼저 누가 그놈들을 초안하자고 주장했나요?"

그러자 고태위가 곁에서 한마디 거든다.

"그날 내가 조정에 나갔더라면 결단코 이런 일은 못 하도록 말렸을 텐데!"

고태위 말이 끝나자, 추밀사 동관이 자못 근엄한 태도로 말한다.

"너무 염려들 마시오. 쥐새끼 같은 도둑떼들 가지고 걱정할 거 없습네다. 내 비록 재주 부족하지만 위에서 허락하신다면 군사를 거느리고 내려가서 양산박 소굴을 뿌리째 아주 뽑아버리겠습니다."

이 말을 듣고 채태사는 물론이고 양태위·고태위도 만족했다.

"대단히 좋은 말씀이오. 그럼 내일 폐하께 그같이 아뢰기로 합시다."

이날 그들은 이같이 정하고서 헤어졌다.

이튿날 아침,

문무백관이 만세를 삼창하고 조례를 끝내자, 채태사가 반(班)에서 나와 천자께, 이번 진태위가 조서를 가지고 양산박에 갔던 이야기와, 어제 백호당에서 그들 중신(重臣) 몇 사람이 상의한 이야기를 아뢰는 것이었다.

천자는 채태사의 아룀을 듣고 진노했다.

"그날 짐에게 누가 초안을 주장했느냐?"

천자가 시신들을 돌아보며 이같이 물으니까, 그중 한 사람이 아뢴다.

"그날 어사대부 최정(崔靖)이 그같이 상주했사옵니다."

그러자 천자는 당장에 최정을 잡아서 신하들의 형벌을 처리하는 대리사(大理寺)에 보내어 죄를 다스리게 한 후 다시 채태사를 보고 하문(下問)하는 것이었다.

"양산박 반도들이 나라를 어지럽게 하기를 벌써 오랫동안 했는데, 이것들을 토벌하는 데 누구를 보내는 게 좋을까?"

"신의 우견(愚見)으로서는 누가 가든지 군사를 크게 거느리고 가지 아니하고서는 성공하기 어려울 것이온데, 추밀원관이 대군을 거느리고 가면 반드시 성공하고 올 것 같사옵니다."

이 말을 듣고 천자는 추밀사 동관을 불러 물었다.

"경이 군사를 거느리고 양산박엘 가서 도적떼를 잡겠는가?"

동관이 무릎을 꿇고 아뢴다.

"고인(古人)이 말하시기를 효성(孝誠)엔 힘을 다하고, 충성(忠誠)엔 목숨을 다하라 했습니다. 신이 바라옵건대, 견마(犬馬)의 노(勞)를 다하여 심복(心腹)의 환란을 제거하고자 하옵니다."

천자는 기꺼운 얼굴로 즉시 성지(聖旨)를 내려, 추밀사 동관을 대원수(大元帥)에 봉하고, 금인병부(金印兵符)를 하사한 후 각처의 군마를 선발 조정, 택일하여 양산박 원정(遠征)의 길을 떠나라 했다.

천자로부터 이 같은 대명(大命)을 받은 추밀사 동관은, 추밀원에 돌아오는 즉시 군사 동원의 문서를 띄워 동경 관하 팔로(八路)의 군주(軍州)로부터 군사 1만 명씩을 그곳 병마도감한테 보내 통솔하도록 하고, 또 서울에서는 어림군(御林軍)에서 2만 명 군사를 내어 중군(中軍)을 수호하게 하고, 추밀원의 온갖 사무는 부추밀사가 맡아서 보도록 하고, 어영(御營)에서 뛰어난 장수 두 명을 골라 좌우의 보익(輔翼)으로 정했다.

이같이 명령이 내려지니, 열흘이 지나지 아니해서 모든 준비가 끝났다. 군량의 수송은 고태위가 책임지고 뒤를 보아주기로 했는데 팔로의 군마는,

수주 병마도감 단붕거(雎州兵馬都監 段鵬擧)

정주 병마도감 진저(鄭州兵馬都監 陳翥)

진주 병마도감 오병이(陳州兵馬都監 嗚秉彝)

당주 병마도감 한천린(唐州兵馬都監 韓天麟)

허주 병마도감 이명(許州兵馬都監 李明)

등주 병마도감 왕의(鄧州兵馬都監 王義)

여주 병마도감 마만리(汝州兵馬都監 馬萬里)

숭주 병마도감 주신(崇州兵馬都監 周信)

이상 여덟 사람이었다.

10만 관군이 양산박으로

그리고 중군(中軍)의 좌우익 보장(補將)으로 어영(御營)에서 뽑혀온 장수는,

어전 비룡대장 풍미(御前飛龍大將 酆美)

어전 비호대장 필승(御前飛虎大將 畢勝)

두 사람인데, 동관 자신은 삼군을 지휘하는 대원수로서 길일을 택해서 출발하게 되자, 고태위·양태위는 연석을 차리고서 그를 전송했다.

이튿날 동관은 장수들로 하여금 군사를 인솔하고 성 밖으로 나가게 한 후 대궐에 들어가 천자께 하직을 고하고서 말 위에 올라 신조문(新曹門)을 나와 5리 밖의 단정(短亭)까지 오니까, 고태위·양태위 두 사람이 그곳에 와서 기다리고 있다가 고태위가 먼저 술을 권하면서 말하는 것이었다.

"추밀 상공께선 이번에 꼭 대공(大功)을 세우신 후 조속히 개선하시기만 축원합니다. 어련하시겠지만 저것들이 산속에 잠복해 있는 것들이니까 먼저 사방으로 통하는 길목을 막아 양도를 끊어버리시면 그놈들이 자연히 산에서 내려올 겝니다. 그때를 타서 들이치시면 한 놈 남기지 않고 모조리 사로잡을 겝니다."

"감사합니다."

두 사람이 각각 잔을 들이마시고 나니까, 이번엔 양태위가 잔을 권한다.

"추밀 상공께선 항상 병서(兵書)를 읽고 계시니까 그까짓 전략쯤은 물론이고, 그놈들을 사로잡기는 용이할 줄 압니다만, 워낙 그놈들이 수박(水泊) 속에 있으므로 지리가 불편합니다. 현지에 가보시면 자연 양책(良策)이 생기겠지요."

"그렇습니다. 가봐서 임기응변해서 최선을 다하렵니다."

두 사람이 또 한 잔씩 나눈 후, 다시 고태위는 일제히 술을 부어 올리고 작별했는데, 이같이 두 사람과 작별한 뒤에도 동관을 전송하는 관원들은 도중에 수없이 많았다.

동관이 영솔한 10만 대군은 전군(前軍)이 사대(四隊)로 선봉대장들이 인솔하고, 후군(後軍)의 사대(四隊)는 후군의 장군들이 인솔하고, 어림군 2만 명은 자기가 친히 통솔하고 나가는데, 깃발은 하늘을 덮었고 창과 칼은 햇빛에 번득인다.

이같이 행군하기 이틀 만에 일행은 제주에 이르렀다.

제주 태수 장숙야는 벌써부터 성 밖에 나와 있다가 일행을 마중하므로, 동관은 군사를 모두 성 밖에 주둔시키고 장태수를 따라 성내에 들어갔다.

장태수가 동관을 당상에 모신 후 그 앞에 시립하자, 동관이 입을 열었다.

"저 양산박 물 가운데 있는 좀도둑들이 그처럼 양민들을 죽이고 상인을 털고, 폐단이 비일비재했건만, 조정에 적당한 사람이 없어서 이때까지 그놈들을 내버려두고 온 것이지만, 이번에 내가 10만 대군과 장수 백 명을 데리고 왔으니까, 그놈들도 이제는 별수 없이 소탕되고야 말 것이야. 이곳 백성들도 앞으로 편안해질 거다."

장태수가 한마디 사뢰었다.

"황공한 말씀이오나, 저것들이 비록 수박에 잠복한 초적(草賊)이라 할지라도 그 중에는 지모 있고 무용이 뛰어난 자들이 수다합니다. 상공께서는 분하시더라도 흥분하시지 마시고, 충분히 꾀를 쓰셔야 성공하실 줄로 생각합니다."

이 말을 듣고 동관은 발끈했다.

"뭐라고? 너희들같이 목숨만 탐내고 죽기를 무서워하는 비겁한 것들 때문에 여태까지 국가 대사를 그르치고 도적떼만 키워온 거야! 내가 10만 대군을 거느리고 왔는데도 그래도 겁이 나서 그런 소릴 하는 거야?"

장태수는 호령을 듣고서 감히 두 번 입을 벌리지 못하고 음식을 내다가 대접하려 했으나 동관은 음식도 들지 않고 그대로 나가서 영채에 들었다가 이튿날 양산박 근처까지 나아가서 진을 쳤다.

한편, 양산박 송강과 오용은 토벌군이 오고 있다는 정보를 이미 알고 있은 지 여러 날이라, 모든 준비를 갖추어놓고서 동관의 10만 대군이 가까이 오기만 기다리고 있었다.

이런 줄도 모르는 동관은 진을 벌인 다음에 즉시 전투 부대를 편성하니, 정선봉(正先鋒)에 수주 병마도감 단봉거, 부선봉(副先鋒)에는 정주도감 진저, 정합후(正合後)에는 진주도감 오병이, 부합후(副合後)에는 허주도감 이명, 그리고 당주도감 한천린과 등주도감 왕의 두 사람은 좌초(左哨)에, 여주도감 마만리와 숭주도감 주신은 우초(右哨)에, 비룡장군 풍미와 비호장군 필승 두 사람은 중군우익(中軍羽翼)으로 삼고, 동관은 대원수가 되어 전군을 총지휘하기로 편성했다.

이같이 편성을 마친 후 전고(戰鼓)가 둥 둥 둥 세 번 울리자, 10만 대군은 일시에 행진을 개시하여 10리쯤 전진했는데, 그때 맞은편에서 먼지를 일으키며 적의 척후대(斥候隊)가 달려오는 것이 보였다.

가만히 보니, 그들은 모두 30명쯤 되어 보이는 마군(馬軍)인데, 머리에는 푸른 수건을 썼고, 몸에는 푸른 전포(戰袍)를 입었고, 말안장에는 모두가 꼭 같이 붉은 끈을 매고서 양쪽에다 방울을 달았으며, 뒤에다는 각기 꿩의 꼬리를 한 움큼씩 꽂았는데, 은(銀) 고리가 달린 장창(長槍)과 경궁단전(輕弓短箭)을 들고 선두에서 달려오는 장수는 몰우전이라는 칭호를 받은 장청이었다. 그리고 그의 좌우에서 달려오는 장수는 공왕·정득손 두 사람이었는데, 그들은 관군한테 접근하는 듯하더니 금시에 말머리를 돌이켰다.

선봉장으로부터 적군의 척후대가 와서 정찰한다는 보고를 받고 동관이 선봉에 나가서 바라다볼 때 장청은 두 번째 또 정찰을 하러 왔다.

동관은 급히 군사로 하여금 쫓아가 장청을 사로잡으라고 명령했다. 그러자 좌우에서 모두 간한다.

"안 됩니다. 저 사람 등에 메고 있는 주머니 속엔 돌멩이가 하나 가득 들어 있습니다."

이 말을 듣고 동관은 군사들을 쫓아가지 못하게 정지시켰다. 장청은 다시 그들 앞으로 가까이 와서 전후 세 번이나 정찰했건만 동관의 군사가 달려나오지 아니하므로 그는 돌아가고 말았다.

동관은 다시 행군하라는 명령을 내렸다. 그리하여 그들이 5리가량 전진했을 때, 별안간 산 너머에서 징소리가 요란스럽게 나더니 5백여 명의 군사가 뛰어나오는데, 선두에서는 흑선풍 이규·혼세마왕 번서·팔비나탁 항충·비천대성 이곤 등 네 사람의 장수가 앞장서 나오더니만, 그들은 한일자로 군사를 벌여 세운다.

동관은 그 모양을 보고 즉시 대대(大隊) 군사로 하여금 그들을 돌격하게 했다. 그랬더니 흑선풍과 번서는 겁을 집어먹는 듯이 군사를 이끌고 산모퉁이를 돌아서 도망하는데, 그들 군사들은 방패를 거꾸로 들고 달아난다.

동관의 대군이 그 뒤를 쫓아 산모퉁이를 지나서 내다보니, 눈앞에 널따란 평야가 보인다. 그리고 멀찍이 울창한 수림이 가리어져 흑선풍과 번서는 어디로 갔는지 보이지 않는다.

동관은 중군에 명령을 내려 나무를 엮어서 장대를 세우게 한 후 지휘관 두 사람을 그 위에 올라가게 하여 좌우로 깃발을 휘둘러, 네모반듯한 사각진(陣)을 벌여놓았다.

관군이 이같이 진을 치고 나자, 뒷산 너머에서 포성이 울리더니, 한 떼의 군사가 쏟아져 나온다.

동관은 부하들로 하여금 말을 붙들고 있게 한 후, 친히 장대 위에 올라가서 내려다보니 제1대는 붉은 기, 제2대는 얼룩덜룩한 기, 제3대는 푸른 기, 제4대도 얼룩덜룩한 기인데, 계속해서 이번엔 서쪽에서 군사가 쏟아져 나온다. 이것들도 모두 기를 들고 나오는데, 제1대가 얼룩덜룩한 기, 제2대는 흰 기, 제3대는 얼룩덜룩한 기, 제4대는 검은 기인데, 그 뒤에 오는 것은 전부 누른 기들이다.

그런데 조금 지나서 한 떼의 군사가 또 달려오더니 중앙에다 진을 치는데 멀리서는 잘 보이지 않으나 가까이 보면 분명하니, 정남에 보이는 군사는 모두 불빛같이 붉은 기·붉은 갑옷·붉은 옷·붉은 끈·붉은 말(馬)이요, 전면에 세운 인군기(引軍旗)도 붉은 기인데 그 위에다 남쪽을 상징하는 주작(朱雀)을 수놓았고, 한가운데엔 '선봉대장 벽력화 진명'이란 글자가 쓰여 있다.

그리고 그의 왼쪽에 있는 부장(副將)은 성수장 단정규요, 오른쪽 부장은 신화장 위정국이니, 이 세 사람의 장수는 모두 손에 무기를 들고 붉은 말을 타고서 진두에 섰다.

그다음에 동쪽에 보이는 군사는 모두 푸른 기·푸른 갑옷·푸른빛 말에 인군기도 푸른 기인데 그 위에다 동두사성(東斗四星)을 금박하고, 아래에다 동쪽을 상징하는 청룡(青龍)을 수놓고 한가운데다 '좌군대장 대도 관승'이라 크게 썼다. 그리고 왼쪽에 있는 부장은 추군마 선찬이요,

오른쪽 부장은 정목한 학사문이니, 세 사람의 대장은 손에 무기를 들고 푸른빛 말을 타고서 진두에 섰다.

그다음에 서쪽에 보이는 군사는 모두가 흰 기·흰 갑옷·흰 끈·흰 말에 인군기도 흰빛인데, 그 위에다 서두오성(西斗五星)을 금박하고, 아래에다 서쪽을 상징하는 백호(白虎)를 수놓았으며, 한가운데다 큰 글자로 '우군대장 표자두 임충'이라 썼다. 그리고 왼쪽 부장은 진삼산 황신, 오른쪽 부장은 병울지 손립이니, 세 사람의 대장은 손에 무기를 들고 모두 흰 말을 타고서 진두에 섰다.

그다음에는 뒤에 있는 군사이니 그들은 모두 검은 기·검은 갑옷·검은 말에 인군기도 검은빛인데, 그 위에다 북두칠성을 금박하고, 아래에다 북쪽을 상징하는 거북 모양의 현무(玄武)를 수놓고, 한가운데엔 '합후대장 쌍편 호연작'이라 쓰여 있다.

그리고 왼쪽에 있는 부장은 백승장 한도, 오른쪽 부장은 천목장 팽기이니, 이 사람들도 손에 무기를 들고 검은 말을 타고 진두에 섰다.

그다음, 동남방 문기(門旗) 밑에 보이는 일대는 푸른 기에다 붉은 갑옷을 입었고, 선두의 인군기 위에는 동남방을 가리키는 손괘(巽卦)를 금박하고 아래에다 비룡을 수놓고서 한가운데다 '호군대장 쌍창장 동평'이라 크게 썼다. 그리고 왼편 부장에 마운금시 구붕, 오른편 부장에 화안산예 등비인데, 역시 손에 무기 들고 말 위에 앉아 진두에 나와 섰다.

그다음, 서남방 문기 밑에 있는 일대는 붉은 기에 붉은 갑옷이고, 선두에 있는 인군기 위에는 서남방을 상징하는 곤괘(坤卦)를 금박하고 아래에다 비웅(飛熊)을 수놓고, 한가운데다 '표기대장 급선봉 삭초'라 썼다. 그리고 왼편 부장에 금모호 연순, 오른편 부장에 철적선 마린이니, 이 세 사람도 손에 무기 들고 말을 타고 진두에 섰다.

다음, 동북방 문기 밑에 있는 일대는 검은 기에다 푸른 갑옷, 선두의 인군기 위에는 동북방을 상징하는 간괘(艮卦)를 금박하고 아래에다 비표(飛豹)를 수놓고, 한가운데 '표기대장 구문룡 사진'이라 썼다. 그리고 왼편 부장에 도간호 진달, 바른편 부장에 백화사 양춘이니, 이 사람들도 손에 무기 들고 말 위에 앉아 진두에 섰다.

다음, 서북방 문기 밑에 있는 일대는 흰 기에 검은 갑옷인데, 선두의 인군기 위에는 서북방을 상징하는 건괘(乾卦)를 금박하고 아래에다 비호(飛虎)를 수놓고서 한가운데다 '표기대장 청면수 양지'라 썼다. 그리고 왼편 부장에 금표자 양림, 오른편 부장에 소패왕 주통이니, 이들도 손에 무기를 들고 말 위에 앉아 진두에 섰다.

이렇게 팔방으로 벌여 있는 진만 보더라도 단단하기 철통같아서, 마군(馬軍)은 마군끼리, 보군(步軍)은 보군끼리, 각기 저마다 칼이나 창이나 도끼 같은 무기를 들고 엄청나게 차리고 있으니, 그 위풍은 당당하다.

그런데 이 여덟 개의 진 한복판에는 무르익은 살구빛깔의 행황기(杏黃旗)가 세워져 있고, 여덟 개의 진과 행황기 사이에는 금박으로 육십사패(六十四卦)를 그린 예순네 개의 자루가 세워져 있다.

그리고 네 개의 문을 설비했는데 남문(南門)은 모두 마군(馬軍)으로 정남(正南)의 누른 기 밑에는 꼭 같이 복색을 차린 두 장수가 서 있으니 위쪽이 미염공 주동이요, 아래쪽이 삽시호 뇌횡이며, 두 사람 수하의 군사들은 모두 누른 기·누른 옷·누른 말·누른 끈이다.

그리고 중앙진 네 개의 문은 동쪽 문이 금안표 시은, 서쪽 문이 백면낭군 정천수, 남쪽 문이 운리금강 송만, 북쪽 문이 병대충 설영인데, 그 누른 기의 한복판에 '체천행도'의 행황기가 서 있으니, 그 깃대에 끈을 네 개를 매어 넘어지지 못하도록 군사 네 명이 사방에서 끈을 당기고 있다. 그리고 중앙에는 이 기를 지키는 말 탄 장수가 한 사람 지키고 있으니, 이 사람은 험도신 욱보사다.

그리고 누른 기 뒤에는 포가(砲架)가 쭉 늘어섰고, 포수(砲手)는 굉천뢰 능진인데, 그는 부수(副手) 20여 명을 데리고 포가를 지키고 있으며, 포가 뒤에는 요구·투삭 같은 적장(敵將) 잡는 기계가 준비되어 있고, 요구수 뒤에는 얼룩덜룩한 기가 무수히 서 있는데 이 주위에는 칠중(七重)으로 위자수(圍子手)들이 경호하고 있으니, 사방에 스물여덟 개의 기가 서 있고 그 기에는 모두 금박으로 이십팔수의 별이 그려져 있고, 한가운데엔 우단으로 만들고 가장자리를 구슬로 두르고 방울을 달고 위에다 꿩털을 꽂은 원수기(元帥旗)인 수자기(帥字旗) 하나가 우뚝 섰는데 이것을 지키고 있는 사람은 몰면목 초정이다.

이 수자기 옆에 또 두 사람 장수가 손에 창을 들고 허리에 칼을 차고 말 위에 앉아 지키고 있으니 한 사람은 모두성 공명이요, 한 사람은 독화성 공량이다.

이 두 장수의 앞뒤에는 낭아곤을 쥐고 쇠갑옷을 입은 철갑군사 스물네 명이 버티고 있으며, 그 뒤에는 전투를 지휘하는 수기(繡旗)가 세워져 있는데, 그 양쪽에 스물네 개의 방천화극이 벌여져 있고, 왼편 열두 개의 화극이 있는 곳에 한 사람 장수가 있으니 이 사람은 소온후 여방이요, 바른편 열두 개 있는 곳엔 새인귀 곽성이 있다.

그리고 좌우 화극 가운데에는 한 떼의 강차(鋼叉)가 있으니 한 사람은 양두사 해진, 한 사람은 쌍미갈 해보 형제가 세 가닥으로 된 연화차를 들고서 보군(步軍) 한 떼를 거느리고 중군(中軍)을 지키고 있는데, 그 뒤에 말 타고 있는 문사(文士) 두 사람 중 하나는 검은 두건에 흰 난의(欄衣)를 걸치고 있으니, 이 사람은 양산박에서 문서를 맡아보는 성수서생 소양, 하나는 푸른 두건에 검은 옷을 입었으니, 이 사람은 양산박에서 형벌을 맡아보는 철면공목 배선이고, 그 뒤에는 붉은 옷을 입은 스물네 명이 스물네 개의 마찰도를 들고 있는데 그 가운데는 죄인의 모가지를 끊는 사형집행인이 두 사람 서 있으니, 하나는 철비박 채복, 하나는 일지화 채경으로서 이 형제의 좌우로는 경도수(擎刀手)가 늘어서 있다.

그리고 이들 뒤에는 좌우 양쪽으로 스물네 개의 금창·은창이 벌여 있고, 각각 장수 한 명이 지휘하고 있으니, 왼쪽은 금창수 서녕이요, 오른쪽 장수는 소이광 화영으로서 꼭 같이 검은 두건을 쓰고 있는데 왼편의 열두 사람 금창수(金鎗手)는 푸른 바지를 입었고, 오른편의 열두 사람 은창수(銀鎗手)는 붉은 바지를 입고 있다.

이들 금창수·은창수 뒤에는 좌우로 화모(花帽)를 쓰고 화려한 복색을 차린 장병들이 늘어섰으며, 두 줄로 스물네 개의 도끼와 스물네 쌍의 철편이 있고 중앙엔 두 장수가 마상에 앉아 있으니, 한 사람은 하루에 8백 리를 달리는 신행태보 대종으로서 손에 영자기(令字旗)를 쥐고 군중(軍中)을 왔다 갔다 하며 군정(軍情)을 연락하여 장병을 이동시키는 사무를 전담하고, 오른편에는 민첩하게 정세를 염탐하기로 제일가는 낭자 연청이 어깨에 활을 메고 한길이나 되는 기다란 곤봉을 들고 중군(中軍)을 지키고 있는데, 다시 중군을 바라보니 오른편에는 푸른빛 비단으로 만든 일산(日傘) 아래 도술이 높아서 바람과 비를 마음대로 오게 하는 입운룡 공손승이 허리에 두 자루 보검을 차고서 말 위에 앉아 있고, 왼편에는 똑같은 일산 아래 지혜 깊고 꾀 많은 군사 지다성 오용이 머리에 윤건(綸巾)을 쓰고 허리에 두 가닥 동련(銅鍊)을 차고 손에 우선(羽扇)을 들고 말 위에 앉았으며, 그 두 사람 사이의 중간 한복판에 붉은 비단으로 만든 일산 아래에는 조야옥사자라는 천리마 위에 대원수가 앉아 있으니 이 사람이 바로 양산박 주인 제주 운성현 사람 산동의 급시우라는 칭호를 듣는 호보의 송공명이다.

그리고 그 뒤로는 제각기 기다란 창과 커다란 활을 쥔 4, 50명의 장수가 말 위에 앉아 있고, 다시 그 뒤에는 스물네 개의 화각(畵角)과 군고(軍鼓)를 벌여놓고 그 뒤에다 두 패의 유격대를 두어 중군을 보호하는 우익으로 하고 있으니 왼편은 몰차란 목홍이 그의 아우 소차란 목춘을 데리고 마보군(馬步軍) 1천 5백 명을 거느렸으며, 바른편에는 적발귀 유당과 구미귀 도종왕이 마보군 1천 5백 명을 거느리고서 각각 좌우에 매복하고 있다. 그리고 또 그 뒤에는 일대의 복병이 있으니, 이 부대의 장수는 여자들로서 한가운데 있는 사람이 일장청 호삼랑이요, 왼편은 모대충 고대수, 오른편은 모야차 손이랑인데 그 뒤를 에워싸고 있는 남자들은 여장수의 남편 되는 왜각호 왕영이 한가운데 있고, 왼편이 소울지 손신, 바른편이 채원자 장청으로서 그들은 마보군 2천 명을 총괄하고 있다.

이같이 어마어마하게 웅장하고 정밀하게 구궁팔괘진(九宮八卦陣)을 벌이고 있는 양산박 군사들의 모양을 내려다본 추밀사 동관은 그만 간담이 서늘해지고 입안의 침이 바싹 말라버리며 눈앞이 아찔해지는 것을 느꼈다. 조금 있다가 그는 입속으로 중얼거렸다.

'하잘것없는 도적인 줄 알았더니… 이러하니까 그동안 관군이 번번이 대패한 것이겠지!'

그가 넋이 빠진 사람처럼 멀거니 서서 바라보고 있노라니까 양산박 군대의 진중에서 싸움을 알리는 징소리가 요란하게 울리기 시작한다.

동관은 정신이 번쩍 나서, 장대로부터 내려와 말을 타고 전방으로 달려갔다.

"자아, 누구 먼저 적을 쳐부술 사람 없는가?"

그러자 선봉대 중에서 한 사람 맹장이 말을 채쳐 달려오더니, 동관 앞에 머리를 굽히고 예를 한다.

"제가 나가겠으니, 보내주십시오."

얼굴을 보니 정주도감 진저인데, 흰 전포 위에 은빛 갑옷을 입고 푸른 말 위에 길고 큰 칼을 들고 앉았다. 그는 부선봉(副先鋒)이었다.

동관은 즉시 북을 세 번 울리게 한 후, 지휘대 위에서 붉은 기를 흔들어 군사를 벌리게 했다. 그러자 문기(門旗) 앞에서 진저가 말을 달려 뛰어나가니, 양쪽 군사는 일제히 고함을 지른다.

진저는 적진 앞에 가까이 이르러 칼을 비스듬히 견주면서 큰소리로 호령했다.

"초개같은 역적 놈들아! 빨리 항복하지 않겠느냐? 뼈다귀가 부서지고 고깃덩이가 뭉개지고서라야 정신 차리겠니? 이놈들아, 그때 가서는 후회해야 소용없다!"

이때 송강군의 정남쪽 진중에서 선봉 두령으로 있는 호장(虎將) 진명이 한마디 대꾸도 없이 낭아곤을 휘두르며 뛰어나와 진저한테 달려들어 싸우기 시작하는데, 칼을 쓰는 진저가 상대방의 얼굴을 베려고 노리면, 곤(棍)을 쓰는 진명은 상대편 머리의 정수리를 내리치려고 노린다. 이같이 두 필의 말은 서로 붙었다 떨어졌다 하면서 싸우기를 20여 합했을 때, 진명은 일부러 실수한 체하고 몸을 피하니까, 진저는 그 꾀에 속아 허공을 공연히 한 번 쳤다. 바로 이 순간 진명의 낭아곤이 진저의 투구를 내리치니, 진저는 그만 말에서 떨어지자마자 낭아곤 아래 귀신이 되고 말았다.

그리고 그와 동시에 진명을 호위하는 두 사람의 부장(副將) 단정규와 위정국이 쫓아나와 진저의 말을 빼앗아 진명과 함께 진중으로 돌아간다.

이때 동남방에 버티고 있던 호장의 한 사람인 쌍창장 동평은 진명이 최초로 공을 세운 것을 보고 부러워하며 생각한다.

'우리 편이 벌써 저놈들의 예기(銳氣)를 꺾었으니, 이때를 놓치지 말고 뛰어나가야 동관이란 놈을 사로잡을 것 아닌가?'

그는 이같이 생각했는지라, 벼락같이 소리를 지르고 두 자루 긴 창을 한 손에 한 자루씩 쥐고서 동관한테로 번개같이 달려가니까, 동관은 혼이 나서 급히 말머리를 돌이켜 중군으로 내빼는데, 이번에는 서남방 문기 밑에서 급선봉 삭초가 도끼를 들고 달려가며,

"네놈을 지금 못 잡으면 언제 잡겠느냐?"

소리를 크게 외친다. 가운데 있던 진명은 양쪽에서 두 장수가 추격하는 것을 보고, 자기는 본대 홍기군마(本隊紅旗軍馬)를 몰아 돌격해 들어갔다. 이같이 삼대(三隊)의 군마가 동관을 잡으려고 사나운 짐승처럼 들이치는 바람에 동관의 10만 대군은 추풍낙엽같이 뿔뿔이 흩어지니, 죽은 자가 1만여 명이요, 부상자는 부지기수였다. 이리해서 동관이 혼비백산해서 30리나 달아나는 동안, 송강군에서는 오용이 징을 쳐 군사를 거두게 했다. 그러고서 그는 양산박으로 회군하는 명령을 내렸다.

"너무 깊숙이 추격하는 것은 이롭지 못하다. 이만큼 혼을 내주었으니까, 놈들도 맛을 알았을 게다."

이리하여 송강군은 모두 산채로 돌아가서 각각 공에 따르는 상을 받았다.

한편, 동관은 새로 진지를 정하고서 당장 숨은 돌렸으나 앞으로 적을 당해낼 일이 걱정스러워서 장수를 불러 의논을 했다.

"우리가 저놈들을 토벌하러 와서 개전(開戰) 시초에 이렇게 대패했으니, 장차 어떻게 하면 좋겠소?"

어림군 대장 풍미와 필승 두 장수가 그를 위로해서 말한다.

"추밀 상공! 과히 염려 마십시오. 그 도적놈들이 관군이 온다는 소식을 알고서 미리 그런 진형(陣形)을 차려놓은 거랍니다. 우리가 이곳에 처음 온 까닭에 놈들의 허실을 모르고 그만 간계(奸計)에 빠졌을 뿐이지요. 우리가 다시 군사를 정돈해서 사흘 동안만 휴식한 후, 장사진(長蛇陣)을 펴고서 장병 전부가 일제히 쳐들어가기만 하면 저놈들이 꼼짝 못할 겁니다. 이 진(陣)은 상산(常山)에 있는 뱀과 같이 대가리를 치면 꼬리가 접응하고, 중간을 때리면 머리와 꼬리가 한꺼번에 받아내는 까닭에, 이렇게 싸우기만 하면 반드시 우리가 이길 겁니다."

동관은 이 말을 듣고 적이 안심되었다.

"과연 묘한 전법(戰法)이로군! 내 맘에 꼭 드는데…."

그는 이렇게 찬성하고 즉시 군령을 내려 삼군을 정돈하고 훈련을 시키도록 했다.

사흘째 되는 날 5경 때 동관의 군사들은 아침밥을 먹은 후, 어림군 대장 풍미·필승 두 장군의 인솔로 양산박을 향해서 풍우같이 몰아가는데, 팔로(八路)의 군마가 좌우로 갈라서고, 철갑으로 무장한 3백 명 척후병이 앞길을 탐색해나가다가, 그중 한 명이 중군으로 돌아와 동관에게 보고하기를,

"엊그제 접전하던 곳엔 적군이 한 명도 보이지 않습니다."

이같이 보고하므로, 동관은 마음에 괴상한 일이라 생각하고, 즉시 말을 달려 앞으로 나아가 풍미와 필승에게 말했다.

"적군이 한 놈도 없다니, 아무래도 수상해! 차라리 퇴군하는 게 좋겠는데?"

그러나 풍미는 핀잔하듯이 대답한다.

"후퇴할 마음을 잡숫지 마세요. 오직 돌진이 있을 뿐입니다. 장사진을 쳤는데 뭐가 겁나서 그러하십니까?"

동관은 더 이상 말하지 못하고 그대로 행군하여 호숫가에 이르렀다. 과연 그곳에도 적병의 그림자라고는 하나도 보이지 않고, 앞을 가로막은 것도 망망한 호수요, 갈대풀 무성한 그 너머로 멀리 보이는 수호채(水滸寨) 산마루에는 행황기 하나가 펄럭거리고 있을 뿐이다.

동관이 풍미와 필승과 함께 말고삐를 쥐고 호숫가에서 바라보고 있노라니까, 멀리 건너편 언덕 밑 갈대수풀 아래 조그만 배가 한 척 떠 있고, 그 배 위에 푸른빛 삿갓을 쓰고 푸른빛 도롱이를 두르고서 뱃전에 비스듬히 등어리를 이쪽에 보이도록 돌아앉아 호수에 낚싯대를 드리우고 있는 어부의 모양이 보인다.

이때 관군의 보병 한 놈이 그 사람한테 말을 물어본다.

"여보, 여보… 여기 도적놈들이 어디 있는지 모르나?"

그러나 뱃간의 어부는 아무 대답이 없다.

동관은 활을 잘 쏘는 병졸 두 놈을 불러 그 사람을 쏘라고 명령했다.

두 놈이 말을 달려 호숫가에 바짝 나가서 화살을 메겨 어부를 겨냥대고 한 대를 탕 쏘니까, 화살은 날아가 어부의 삿갓을 맞추는 듯싶더니, 퐁당 물속에 떨어지고 만다.

또 한 놈이 계속해서 어부를 겨냥대고 화살을 쏘니까, 이번에는 그 화살이 어부의 도롱이를 꿰뚫을 듯하더니 이 역시 퐁당 물속에 떨어져 버리고 만다.

두 놈 병졸은 동관 군중에서 활 잘 쏘기로 제일가는 위인이었는데, 이같이 화살 두 개가 다 빗나가는 것을 보고 대경실색하여 말을 돌이켜 동관 앞으로 달려와서 아뢰는 것이었다.

"화살이 두 번 다 들어가 맞기는 맞았는데 이상합니다! 꽂히지 않고 물속에 떨어지고 마는군요. 저 사람이 속에 무슨 이상한 것을 입고 있는 것 같습니다."

"그럴 리가 있느냐! 한꺼번에 수백 명이 쏘아도 설마 그럴까?"

동관은 즉시 경궁(硬弓) 잘 쏘는 척후병 3백 명더러 호숫가에 나와서 일제히 쏘라고 명령했다. 이리해서 3백 명 경궁수가 일제히 화살을 쏘았건만, 그 어부는 조금도 당황하지 않고 가만히 앉아 있는데, 화살은 대부분 어부를 맞히지 못하고 그중 몇 개가 삿갓과 도롱이를 맞히기는 했어도 꽂히지 않고 물속으로 떨어져버렸다.

동관은 이 모양을 보고 화가 나서 헤엄 잘 치는 병정들을 나오라 해서 헤엄쳐가서 어부를 잡아오라고 명령했다. 이리해서 이번에는 4, 50명이 물속으로 뛰어들었다.

배 위에 앉았던 어부는 물결치는 소리가 점점 가까이 들리는 것으로 사람들이 헤엄쳐오는 것을 알았음인지 슬그머니 일어나더니 삿대를 집어들고는 뱃전에 가까이 오는 놈마다 삿대 끝으로 정수리, 이마빡, 관자놀이 할 것 없이 되는 대로 후려갈겨 모조리 물속에 파묻어버리는 게 아닌가. 뒤에서 헤엄쳐오던 놈들은 앞에 간 사람들이 이 모양으로 죽는 것을 보고 겁이 나서 도로 헤엄쳐 언덕으로 도망했다.

동관은 그 꼴을 보고 화가 났다.

"어디서 저런 빙충맞은 자식들이 나왔을까? 헤엄 잘 치는 놈 5백 명만 다시 나오너라! 이번에도 저놈 어부를 못 잡아왔다간 네놈들을 일도 양단 내겠다!"

이리해서 5백 명이 호숫가로 나와 옷을 벗고 물속으로 뛰어들자, 그 어부는 뱃머리를 돌려 언덕 위를 손가락질하며 큰소리로 동관을 꾸짖는 것이었다.

"나라를 망치는 이 역신(逆臣) 놈아! 백성을 못살게 굴기만 하는 짐승 같은 놈아! 어디 가서 못 죽고 여기까지 와서 뒈지려고 일부러 찾아왔느냐?"

동관이 이 소리를 듣고 크게 노해 뒤를 돌아보며 마군더러 일제히 화살을 쏘라고 호령했다.

그러자 어부는 깔깔 웃으면서 손가락질한다.

"이 얼빠진 놈아! 저기 군사가 오고 있는 것도 알지 못하니?"

어부는 한마디 하고, 즉시 도롱이와 삿갓을 배 안에 벗어던지고 몸을 날리더니 물속으로 풍덩 뛰어들어 자취를 감추고 만다.

이때, 이 어부를 잡으려고 헤엄쳐오던 관군 5백 명은 이 꼴을 보고 저마다 먼저 공을 세우려고 힘을 다해 배 가까이 왔다.

그런데 그 배에 가까이 간 놈마다 차례차례로 외마디 소리를 지르면서 물속으로 쑥 들어가버리니, 이게 대관절 어찌된 일인가.

다름 아니라 그 어부가 바로 양산박 낭리백도 장순인데, 그가 머리에 쓰고 앉았던 삿갓은 거죽은 댓가지로 만들었지만 안에는 구리철판을 간 것이고, 도롱이 역시 구리철판으로 안을 싼 것이다. 화살이 어찌

꿰뚫을 수 있었으랴. 장순은 요샛말로 하자면 방탄복을 입고 배 위에 있다가 지금은 물속에 숨어서 요도를 뽑아 가까이 오는 놈마다 한 놈씩 찔러 죽이는 판이다. 금시에 물 위가 새빨개졌다. 앞에서 헤엄쳐가던 놈이 이같이 없어지는 것을 보고, 그 뒤에서 따라가던 몇 놈 영리한 놈은 목숨을 구하여 도망갔다.

동관은 언덕 위에서 이 모양을 보고 있다가 넋이 빠졌는데 곁에서 장수 한 사람이 손으로 가리키며 그에게 말한다.

"저것 좀 보십시오. 산꼭대기의 황기(黃旗)가 자꾸만 흔들리고 있잖습니까?"

동관이 눈을 뜨고 산꼭대기를 바라보니 과연 황기가 자꾸만 움직이고 있는데 그게 무슨 뜻인지 알 수가 없다.

"저게 무슨 뜻일까?"

아무도 대답을 못 한다. 그러자 풍미가 한마디 한다.

"이렇게 하시지요. 철갑 입힌 3백 명 척후병을 두 대로 나눠 좌우로 산 뒤를 돌며 탐색하도록 해보실까요?"

"그래봅시다."

이래서 척후대가 두 패로 나누어 산 밑에 갔을 때, 별안간 수풀 속에서 천지를 뒤흔드는 포성이 울리더니, 불꽃과 연기가 사방으로 튄다. 그와 동시에 척후병이 달려와 고한다.

"복병이 나타났습니다!"

동관은 등골이 선뜻하도록 놀랐다.

풍미와 필승은 즉시 영을 내려 군사들은 조금도 난동(亂動)하지 말라고, 말을 달려 돌아다니면서 주의를 시키라 했다.

"만약에 도망하는 놈이 있으면 용서 없이 목을 베겠다!"

이같이 영을 내린 후, 장수들은 동관과 함께 동정을 살피고 있었다. 이때 산 뒤에서 북소리가 요란스럽게 나면서 고함을 지르며 한 떼의 군사가 쏟아져 나오는데, 그들은 모두 황기를 들었고, 앞에서 황준마(黃駿馬)를 타고 오는 장수는 미염공 주동과 삽시호 뇌횡인데, 두 장수는 지금 군사 5천 명을 거느리고 나오는 것이다.

"저 두 놈부터 잡아치워야겠다!"

하고 동관이 풍미와 필승에게 명령하자, 두 장수는 말을 달려 쫓아나가며 호령을 하는 것이었다.

"못생긴 도둑놈들아, 빨리 항복해라!"

십면매복

그러나 이 소리를 듣고 뇌횡은 껄껄 웃으면서,

"미련하기 짝이 없는 이놈아! 네가 당장 죽게 되었는데, 그걸 모르고 네가 감히 나하고 싸워보자는 거냐?"

하고 놀린다.

"잔소리 말고 내 창을 받아라!"

필승이 말을 채쳐 달려나와 뇌횡을 겨누니, 두 장수는 맞붙어서 싸우기를 20여 합 하는데도 승부가 나지 아니하므로 이 모양을 보던 풍미가 쫓아나와 필승을 응원하기 시작했다.

한옆에서 보고 있던 주동이 가만있을 까닭이 없다. 그도 소리를 벽력같이 지르고 뛰어나가 풍미를 취하니, 네 필의 말, 두 패의 장수는 한데 어우러져 싸움이 백열전(白熱戰)이 되고 말았다.

동관이 이 광경을 보고 속으로 갈채하고 있노라니까, 뇌횡과 주동이 갑자기 힘이 빠진 것처럼 말머리를 돌이켜 뒤로 내빼므로, 풍미와 필승은 신이 나서 그 뒤를 쫓아가고 관군들은 산이 무너지게 함성을 올린다.

"도적놈을 놓치지 말고 잡아라!"

동관이 풍미와 필승을 이같이 격려하니까, 두 장수는 산모퉁이 지나서 산 뒤까지 추격해 들어간다.

이때, 산꼭대기에서 하늘을 찌르는 듯 날카로운 화각 부는 소리가 났다.

모두들 놀라서 산꼭대기를 쳐다보고 있을 때, 대포 소리가 탕 탕 두 방 울린다.

복병이 숨어 있는 것이 틀림없을 것이므로 동관은 징을 치게 하여 군사들로 하여금 적을 추격하는 것을 중지시켰다.

이때 저 산꼭대기에서 행황기가 펄럭거리며 '체천행도' 네 글자가 뚜렷하게 보인다.

동관은 말을 달려 산을 돌아가보았다.

행황기 밑에 알록달록한 잡색 기가 무수히 꽂혀 있는데, 그 가운데 당대에 둘도 없는 개세영웅(蓋世英雄) 산동의 호보의 송강이 앉아 있고, 그 뒤로 군사 오용과 공손승·화영·서녕의 금창수·은창수 등 호걸들이 앉아 있는 게 아닌가.

"자아, 저놈 송강이란 놈을 세상없어도 잡아야겠다."

동관은 이같이 혼잣말하고 즉시 군사들로 하여금 양쪽으로 산꼭대기에 올라가게 했는데, 이때 갑자기 산꼭대기에서 북소리, 피리 소리 요란하게 나면서 여러 사람이 한꺼번에 깔깔거리며 웃는다.

동관은 더욱 흥분해 이를 악물면서 맹세했다.

"이놈들, 네놈들이 감히 나를 조롱하느냐? 내가 당장 내 손으로 네놈들을 잡아서 묶어놓을 테니 두고 봐라!"

동관이 말을 채쳐 뛰어나가려는 것을 풍미가 붙들고 간했다.

"잠깐 참으십시오. 친히 험지(險地)에 들어가는 게 일이 아닙니다. 저놈들이 반드시 계교를 꾸며놓고 있을 거니까, 일단 군사를 거두어 물러가 있다가, 내일 다시 놈들의 허실을 알아본 연후에 쳐들어가는 것이 좋겠습니다."

"무슨 소리! 여기까지 왔다가 물러나다니! 밤을 새워가면서라도 이놈들과 싸워야지, 물러갈 수 없어!"

이 말이 끝나기도 전에 동관의 군대 후군에서 고함지르는 소리가 들렸다. 그러더니 연락병이 헐떡거리며 달려와서,

"지금 저 서쪽 산 너머에서 적군 한 패가 나와, 우리 후군을 두 쪽으로 갈라놨습니다."

하고 보고한다.

동관은 정신이 얼떨떨해서 급히 풍미·필승과 함께 후군으로 향하여 달리기 시작했다. 그러나 조금 가노라니까 동쪽 산 밑에서 북소리가 요란스럽게 나더니 한 떼 군사가 쏟아져 나오는데, 그 반수는 홍기(紅旗)요, 반수는 청기(靑旗)다.

그리고 홍기를 든 부대는 진명이 인솔하고, 청기를 든 부대는 관승이 인솔하여 도합 5천 명 군사가 땅을 뒤덮어 나오는데, 부대 앞에서 쏜살같이 말을 달려오던 관승이 동관을 보고,

"이놈 동관아! 빨리 모가지를 바쳐라!"

하고 호령하는 것이다.

동관은 분통이 터질 듯해서 풍미더러 관승과 싸우라 하고 필승더러 진명과 싸우라고 명령했다.

그러나 풍미와 필승이 싸우러 나아갈 겨를도 없이 동관의 후군이 더욱 어지러워졌으므로 동관은 급히 징을 쳐 군사를 도로 거두었다. 그러자 서쪽에서 조금 전에 나타났던 뇌횡과 주동의 황기군이 풍우같이 몰려와 동관의 군사를 좌우에서 협공하니, 풍미와 필승은 간신히 동관을 보호하여 달아나는 수밖에 없다.

그러나 이때 또 한 떼 군사가 옆에서 쳐들어오니 그 절반은 백기(白旗) 군사요, 절반은 흑기(黑旗) 군사로서 백기군 장수는 표자두 임충이요, 흑기군 장수는 쌍편 호연작이다.

"간신(奸臣) 동관아! 빨리 뒈지지 않고 어디로 내빼느냐!"

하고 임충과 호연작이 고함을 지르고 달려드는 까닭에, 수주도감 단붕거는 호연작을 막고, 여주도감 마만리는 임충을 막고 싸우기 시작했다.

그러나 마만리는 임충과 싸운 지 불과 3합도 못 되어서 기운이 빠져버리고 겁이 나는지라 도망가려고 하다가 임충이 벼락같이 소리를 지르고 창으로 내리찌르는 바람에 말에서 떨어져 죽어버렸다.

단붕거는 마만리가 이 모양으로 죽는 것을 보고 싸울 용기가 없어져 호연작을 피해서 말머리를 돌려 내뺐다.

호연작은 그 뒤를 추격했다. 양쪽 군사의 일대혼전이 벌어졌다.

아무래도 못 견디겠으므로 동관은 죽을힘을 다해서 혈로(血路)를 뚫고 도망하기 시작했다. 그런데 갑자기 그의 전군(前軍)에서 요란스럽게 고함지르는 소리가 들리는 게 아닌가.

바라다보니, 산 너머에서 적군 한 떼가 내달아 동관의 전군을 여지없이 무찌르는 판인데, 앞선 장수 한 사람은 중이고, 한 사람은 행자다.

"동관이란 놈을 놓치지 마라!"

두 장수가 이렇게 소리를 지르고 가까이 오는 것을 보니, 중은 다른 사람 아니라 경(經)도 읽지 않고 염불도 하지 않고 오직 사람 죽이기만 좋아하는 화화상 노지심이요, 행자는 다른 사람 아니라, 경양강에서 호랑이를 주먹으로 때려잡은 수호채의 영웅 행자 무송이었다.

동관의 군사는 노지심과 무송이 끌고 나온 군사들한테 짓밟혀서 사분오열되어 이제는 뒤로 물러갈래야 길이 막혔고, 앞으로 나갈 길도 없어졌다. 동관은 풍미·필승과 함께 포위망을 간신히 뚫고 산 너머까지 간신히 달려나와 막 숨을 돌리는 중인데, 갑자기 또 포(砲) 소리와 북소리가 요란하게 일어나면서 두 명의 장수가 한 떼 군사를 이끌고 나타나니, 이곳에 나타난 장수는 해진과 해보로서 두 사람은 손에 다섯 가닥의 강차를 들고 있는 것이었다.

동관의 군사는 이번에도 죽을힘을 다해서 포위망을 뚫고 내빼는데 양산박 군사들은 사방을 에워싸고 추격하는 까닭에 관군(官軍)은 산산이 흩어지고 풍미와 필승은 동관을 호위하여 사선(死線)을 넘어가는 판인데, 다시 해진·해보 두 장수가 강차를 휘저으며 동관의 앞길을 가로막는다.

이때, 풍미와 필승 외에 당주도감 한천린과 등주도감 왕의 등 네 사람이 동관을 모시고 간신히 포위망을 벗어나 숨도 채 돌리기 전에, 또 앞에서 먼지가 뽀얗게 일어나면서 한 떼 군사가 고함을 지르며 달려온다. 조금 있다가 쌍창장 동평과 급선봉 삭초가 쏜살같이 다가오더니, 아무 말 하지 않고 대뜸 동관을 찌르려 하므로 왕의가 창으로 그를 가로막았다. 그러나 삭초가 번개같이 내리치는 도끼에 왕의는 피를 쏟으며 말 아래 꺼꾸러졌다.

이때, 왕의를 구하려고 한천린이 급히 달려들자마자 그는 동평의 창에 찔려 말 아래 거꾸러져 이 세상을 떠났다.

풍미와 필승은 목숨을 내놓고 동관을 호위하여 달아나는데, 사방에서 북소리, 꽹과리 소리가 요란하여 이제는 어느 쪽에서 어떤 군사가 나오고 있는지조차 알 길이 없다.

동관은 언덕 위로 올라갔다. 사면팔방에서 이중 삼중으로 에워싸고 쳐들어오는 양산박 군사가 벌떼같이 몰려오니 대체 이 노릇을 어찌하면 좋으랴! 동관은 정신이 핑 돌았다. 관군은 지금 적군에 짓밟혀 추풍 낙엽같이 쓰러지는 판이다.

이때, 정면 언덕 밑에서 한 떼 군사가 나타나는데 자세히 보니 이 부대는 진주도감 오병이와 허주도감 이명이라는 깃발을 꽂았다. 두 장수는 지금 패잔병을 이끌고 임랑산(琳瑯山)을 돌아 도망가는 판이다.

풍미와 필승이 두 사람을 보고 소리를 질러 언덕 위로 불러올리는데,

또 이쪽 산 밑에서 함성이 천지를 진동하더니, 두 명 장수가 한 떼 군사를 거느리고 뛰어나오니, 하나는 양지요, 하나는 사진이다. 두 사람은 손에 큰 칼을 들고 오병이와 이명을 향해 쏜살같이 달려온다.

이명은 창을 비껴잡고 뛰어나가 양지와 싸우고 오병이는 방천극을 휘두르며 사진과 대적한다.

이리하여 두 패 네 사람의 장수가 언덕 밑에서 각기 수단을 다해가며 싸우는 동안 동관은 언덕 위에서 내려다보고 있었는데, 오병이가 방천극으로 사진의 가슴을 찌르려는 순간 사진이 몸을 번개같이 트는 바람에 오병이가 헛손질을 하자, 사진의 칼이 그의 모가지를 쳐서 투구와 함께 그의 머리를 땅바닥에 떨어뜨린다.

이명은 오병이가 이 모양으로 죽는 것을 보고 말머리를 돌리어 내빼려 했는데, 양지가 소리를 벼락같이 지르는 바람에 그는 혼비백산해서 자기 손에 창이 거꾸로 쥐어져 있는 것도 깨닫지 못했다.

양지가 칼을 들어 내리친다. 이명이 재빠르게 몸을 피하자 양지의 칼이 말의 궁둥이를 베었다. 이때 말이 껑충 뛰는 바람에 이명은 땅바닥에 떨어졌다.

이명이 날쌔게 몸을 일으켜 창도 들지 않은 채 그 자리에서 도망치는 순간 양지가 다시 한칼로 내리치니, 도리 없이 그는 반생 동안의 군관 생활을 끝마치고 만 것이다.

두 명 관군의 대장을 언덕 밑에서 이같이 죽여버린 양지와 사진은 계속해서 패군(敗軍)을 쫓으며 죽이는데, 마치 오이나 호박을 베어버리는 것처럼 힘도 안 들인다.

언덕 위에서 이 모양을 당한 동관·풍미·필승 세 사람은 내려가지도 올라가지도 못하는 신세가 되고 말았다.

"형편이 이 모양이니 어쩌면 좋은가?"

하고 동관이 기가 막혀 말하니까 풍미가,

"추밀 상공, 안심하십시오. 저기 정남방에 있는 우리 관군은 아직도 진지를 유지하고 있지 않습니까? 그러니까 우리를 구할 수 있을 겝니다."

이렇게 말하고 다시 필승을 돌아보며 말한다.

"필도통께서는 이 산에서 추밀 상공을 모시고 계십시오. 그러면 나는 저 군사를 이끌고 와서 추밀 상공님을 구해내도록 하리다."

"날이 저물어가는데! 제발 그렇게 해주었으면 좋겠소마는, 조심해서 속히 방책을 차려보시오."

동관이 목마른 소리로 이같이 청하는 말을 듣고, 풍미는 말을 채쳐 산을 내려가서 관군의 진을 향하여 쏜살같이 달렸다. 그리하여 남쪽에 있는 관군 진지에 와서 보니 이것은 숭주도감 주신이 거느리고 있는 군사였다.

주신은 풍미를 진내(陣內)로 맞아들이면서,

"지금 추밀 상공이 어디 계시나요?"

하고 급하게 묻는다.

"지금 저기 마주 보이는 저 언덕 위에서 주도감이 군사를 거느리고 와서 구원해주시기를 기다리고 계신답니다. 속히 출동해주십시오."

풍미가 이같이 말하자, 주신은 즉시 명령을 내렸다.

"보군과 마군은 서로 도와가면서 대오를 무너뜨리지 말고 합력해서 나가거라!"

그러고서 두 사람의 장수가 앞장을 서고, 전군이 일제히 함성을 지르면서 맞은편 언덕을 향해 몰아가는데, 얼마 가지 아니해서 또 옆길에서 한 떼의 군사가 내닫는다.

풍미가 놀라 칼을 휘두르며 달려나와 보니까, 이것은 적군이 아니라 수주도감 단붕거였다. 세 사람은 함께 군사를 합해서 언덕 아래로 달려갔다. 이때 언덕 아래에는 필승이 내려와서 기다리고 있다가 그들을 언덕 위로 인도하여 동관 앞으로 갔다.

"오늘밤 안으로 내빼는 게 좋을까? 혹은 내일 아침까지 기다려보는 게 좋을까?"

하고 동관이 주신을 보고 대뜸 묻는다.

"우리 네 사람이 추밀 상공을 모시고 오늘밤 안으로 포위망을 뚫고 나가야 합니다. 그러지 않았다간 도저히 벗어나지 못할 겝니다."

풍미가 주신을 대신하여 이같이 대답하는 것이었다.

미구에 해가 졌다. 하늘은 어두워지기 시작하건만, 함성은 그칠 줄 모르고 북소리, 꽹과리 소리는 더욱 요란하다.

밤이 2경이나 되었을 때, 별은 총총히 빛나고 달빛은 유난히 밝다.

이때 풍미가 앞장서고, 다른 장수들은 동관을 호위해 언덕 위에서 내려오기 시작했다. 죽음을 각오하고서 마지막 용기를 한번 시험해보는 셈이었는데, 이때 돌연히 전후좌우에서,

"동관을 놓치지 마라!"

"동관을 놓치면 안 된다!"

하고 외치는 소리가 요란하다. 동관 일행은 언덕 아래에서 남쪽으로 열린 길로 죽을 똥 살 똥 달아나며, 몸부림치듯이 적과 싸워, 4경 때나 되어서 간신히 위험한 고비를 벗어났다.

동관은 마상에서 두 손을 이마에 붙이고 천지신명께 감사를 드렸다.

"천지신명이시여, 감사합니다. 저희들을 죽을 자리에서 벗어나게 해주시니 감사하오이다."

그러고서 동관은 주(州)의 경계를 지나 제주부를 향하여 달음질했다.

그런데 이같이 죽을 뻔하다가 살아난 기쁨이 채 가시기도 전에, 산언덕에 이루 헤아릴 수 없이 많은 횃불이 비치면서 고함치는 소리가 천지를 뒤흔든다.

그리고 횃불 속에서 두 사람 장수가 하나는 손에 박도를 쥐고 또 하

나는 창을 비껴잡고서 백마를 타고 앉은 영웅을 모시고 나오니,

이 사람이 하북의 옥기린 노준의요, 말 앞에서 이 대장을 인도해 나오는 호걸은 병관삭 양웅과 변명삼랑 석수로서 그들은 지금 3천 명 군사를 이끌고 나와서 앞길을 가로막는 것이다.

노준의가 꾸짖는 소리가 들렸다.

"동관아! 이놈 빨리 내려와서 포박(捕縛)을 받아라! 네가 아무리 한들 벗어날 수 있느냐?"

동관은 이 소리에 간담이 서늘해져서 동행들을 둘러보며,

"앞에는 복병이요, 뒤에는 추병(追兵)이니 이제 우리가 어떡하면 좋소?"

하고 한탄한다.

이때 풍미가 다른 부장(副將)들을 둘러보고 비장한 어조로 말한다.

"내가 추밀 상공을 위해서 목숨을 바치겠소! 나는 여기 남아서 적과 싸울 것이니, 여러분들은 추밀 상공을 모시고 혈로를 열고 제주로 도망하시오!"

풍미는 이같이 말하고서 즉시 칼을 춤추며 노준의한테 달려들었다.

그러나 두 사람이 싸우기 불과 수합에 노준의는 풍미의 창을 칼로 누르는 동시에 한 손으로는 풍미의 허리를 거머잡으며 그가 타고 앉은 말을 발길로 걸어차 저만큼 뚝 떨어지게 하니 풍미는 꼼짝 못 하고 노준의한테 사로잡혔다.

이때, 양웅과 석수가 달려와 풍미의 손발을 꼭꼭 묶어서 끌고 간다.

필승은 주신·단붕거와 함께 죽을힘을 다해 동관을 보호해서 일변 싸우며, 일변 도망치며 달아나는 판인데, 뒤에서는 노준의가 계속해서 쫓아온다. 동관 등 패군의 장수들은 초상집 강아지처럼 힐끔힐끔 돌아다보며 죽을힘을 다해서 날이 밝을 무렵 제주성을 바라보고 달릴 수 있었다.

그러나 얼마 안 가서 앞에 보이는 산모퉁이로부터 또 한 떼의 적군이 쏟아져 나오는데, 저마다 쇠로 만든 엄심갑(掩心甲)을 하고, 붉은 두건을 썼으며, 선두에는 보군 두령 네 명이 달려오고 있으니 이것은 또 누구들일까?

쌍도끼를 춤추며 달려오는 사람은 흑선풍 이규요, 보검을 휘저으며 달려오는 사람은 포욱이요, 만패(蠻牌)를 들고 오는 사람은 항충과 이곤이니 그들은 마치 불덩어리가 굴러오듯이 관군을 향해서 마구 무찌르며 달려온다.

동관과 부하 대장은 목숨을 도망하여 내빼는데 흑선풍은 단봉거의 말을 도끼로 찍어 단봉거가 말에서 떨어지자마자 그의 두골을 바수고, 다시 두 번째 그의 목을 도끼로 찍어 끊어버린다. 실로 눈 깜짝하는 사이였다.

간신히 살아남은 관군들은 일변 싸우며 일변 도망치며 해가면서 제주성 가까이 닿기는 했으나 그들은 모두 전신이 생채기투성이요, 대가리에 쓴 전투모는 귀밑까지 내려왔고, 기운은 빠져서 몸을 가누기도 어려운데 마침 시냇물이 보이므로 그들은 말을 끌고 냇물가로 물을 먹으러 내려왔다. 그런데 이때 별안간 개울 건너편에서 쾅 대포 터지는 소리가 한 방 들리더니, 화살이 벌떼같이 쏟아지는 게 아닌가.

너무도 놀란 관군이 혼비백산해서 다시 언덕 위로 올라오자, 수풀 속으로부터 한 떼의 군사가 쏟아져 나오는데, 앞에 선 세 사람 장수 몰우전 장청·공왕·정득손이 지금 3백 명 마군을 거느리고 나타난 것이다.

숭주도감 주신은 장청의 군사가 얼마 안 되는 것을 얕잡아보고 뛰어나와 길을 막았다. 그 사이에 필승은 동관을 모시고 도망했다.

주신이 동관을 피신시키고 나서, 창을 꼬나잡고 적군을 향하여 뛰어들어가는데, 이때 장청은 왼손의 창을 옮겨쥐고 바른손을 한 번 휘저으며,

"에익!"

소리를 한번 질렀는데, 그와 동시에 주신은 코가 깨져 피를 쏟으며 말 위에서 떨어졌다. 장청이 팔매친 돌멩이에 얻어맞은 까닭이다. 그 순간 공왕과 정득손이 달려나와서 주신의 목을 창으로 찔러 죽여버린다. 허무하기 짝이 없는 장부의 죽음이었다.

이때, 필승 한 사람만 데리고 달아난 동관은, 도중에서 패잔군을 거두어 제주성에는 들어가지도 않고, 바로 서울로 향해 밤을 새워가며 길을 재촉하는 판인데, 한편 송강은 원래 덕이 있는 사람으로 조정에 귀순할 생각밖에 없었으므로, 도망가는 관군을 더 추격하지 말라고 대종을 시켜 급히 명령을 전하고, 각 부대로 하여금 군사를 거두어서 산채에 돌아와 상을 받도록 지시했다. 그리하여 송강·오용·공손승 세 사람은 먼저 수호채 충의당에 돌아와서 배선으로 하여금 각인(各人)의 공상(功賞)을 조사하도록 지시했다.

이때에 노준의가 풍미를 끌고 들어와 충의당 뜰아래 꿇어앉힌다.

송강은 얼른 뛰어내려가서 포승을 끌러주고 당상으로 그를 데리고 올라와서 자리를 권하더니,

"노여워 마시오. 접전을 아니했다면 우리가 형장한테 이런 무례를 했겠소이까."

하고 술잔을 들어 그를 위로하는 것이었다. 그러자 모든 두령들이 당상에 죄다 모였다. 그리하여 이날은 크게 잔치를 베풀고 군사들에게 각기 공로에 따라서 상을 준 후 풍미는 2, 3일 묵게 했다.

이틀이 지나서 송강은 안장말을 준비시키고서 풍미를 청했다.

"장군은 오늘 서울로 돌아가십시오."

송강이 이렇게 말하므로 풍미는 뜻밖의 일에 너무도 기뻐서 무어라고 얼른 말을 못 하는데, 송강이 다시 말을 계속한다.

"이번에 진전(陣前) 진후(陣後)에서 장군한테 실례가 많았소이다. 용

서하십시오. 우리들은 본래 딴 마음이 없고 오직 조정에 귀순하여 나라를 위해서 힘을 다하고 싶을 뿐인데, 저 사리사욕만 뱃속에 가득 차 있고 법도 도의도 모르는 관리 놈들이 우리를 토벌한답시고 덤벼든 까닭에 이렇게 되었습니다그려. 그러니 장군이 조정에 돌아가시거든 잘 말씀해서 우리들한테 오해를 갖지 않도록 해주십시오. 그래서 이다음에 우리가 나라의 대사령을 받게 된다면, 그때엔 장군의 은혜를 평생 잊지 않겠소이다."

"참으로 감사합니다. 돌아가 말씀을 잘 드리겠습니다."

풍미는 이같이 인사하고 곧 충의당을 떠나니까, 송강은 만일을 염려하여 군사 몇 명으로 하여금 그를 주(州)의 경계까지 모셔다드리고 돌아오도록 지시하는 것이었다.

그러고서 산 밑에까지 내려가 풍미를 전송하고 돌아온 송강은 충의당으로 올라와서 여러 사람과 다시 상의했다. 원래 이번에 채용한 '십면매복(十面埋伏)'의 계교인즉 오용이 짜낸 전술이어서 동관으로 하여금 간담이 서늘하게 만들어 꿈속에서도 벌벌 떨게 했고 10만 대군에서 삼분의 이 이상 멸망하도록 한 것이었으니, 이만하면 조정 재상들의 버릇을 가르친 것이 되었으련마는, 오용은 그렇게 일이 다 끝난 것으로 생각하지 아니했다.

"동관이 서울로 돌아갔으니까, 반드시 폐하께 아뢰어 또다시 군사를 동원해서 우리를 토벌하러 올 겁니다. 풍미가 서울 가서 잘 말씀해본다고 했지만, 그건 소용없습니다. 그러니까 지금 우리가 사람을 서울로 올려보내서 사정을 자세히 염탐해 돌아오도록 한 후 그 결과에 따라서 미리 준비를 해두어야 할 겁니다."

오용이 이같이 말하니까 송강도 이 말에 찬성이다.

"군사(軍師)의 말씀이 옳소! 나도 그렇게 생각하는데 그러면 누구를 보내는 게 좋을까?"

이때 이 말을 듣고 좌중에서 한 사람이 벌떡 일어나면서,

"저를 보내주십시오."

하고 자청한다. 여러 사람이 그를 바라다보니, 신행태보 대종이다.

송강이 대종을 보고,

"그래, 그동안 군정(軍情)을 탐색할 때 여러 번 아우님한테 부탁했었으니까 이번에도 아우님의 힘을 빌려야겠소. 하지만 혼자서 갔다 오는 것보다는 누구 도와줄 사람을 하나 데리고 가는 것이 좋지 않을까?"

이렇게 말하자, 언제든지 이런 때 튀어나오는 사람이 있으니 그는 흑선풍 이규다.

"형님! 제가 따라가지요."

송강은 그를 힐끗 보고 웃음을 터뜨렸다.

"오오, 네가 거기 있었구나! 이번엔 또 무슨 일을 저지르고 싶으냐?"

고태위의 출정

"그러지 맙쇼, 형님! 이번엔 아무 일도 안 저지르면 그만 아녜요?"

흑선풍이 또 이같이 말하는 것을 송강은 큰소리로,

"듣기 싫다! 그래서 번번이 말썽을 일으켰느냐?"

하고 꾸짖어 물리치고, 다시 여러 사람을 둘러보며,

"다른 분, 누구 한 사람, 따라갈 사람 없겠소?"

하니까, 적발귀 유당이 일어났다.

"제가 대종 형님을 따라가서 도와드리겠습니다."

송강은 좋다고 승낙하고서, 그날로 두 사람은 행장을 꾸려 산에서 내려갔다.

대종과 유당이 서울에 올라가서 여러 가지 사정을 염탐하는 이야기는 그만두고, 이보다 먼저 양산박에서 쫓겨간 동관과 필승이 지금 어떻게 하고 있는가 그것을 알아야 하겠다.

10만 대군을 잃고 돌아오던 동관과 필승은 도중에서 그럭저럭 4만명의 패잔병을 수합한 후, 각처 관군의 두목 되는 사람으로 하여금 각기 관할하는 군마를 인수하여 각각 본고장으로 돌아가게 했다. 그러고서 자기는 어영(御營)의 군마만 거느리고 성내로 들어가서 먼저 옷을 갈아입은 후 일각을 지체하지 않고 즉시 고태위한테로 갔다.

두 사람은 정청(正廳)에서 인사를 마친 뒤에 후당의 호젓한 밀실로 들어갔다.

동관은 이번에 두 번이나 진을 벌이고 싸워서 참패한 까닭에 팔로(八路)의 군관과 허다한 군마를 잃어버린 이야기와 풍미까지 사로잡혀버린 이야기를 자세히 설명하고서, 대체 이 일을 어떻게 처리했으면 좋겠느냐고 호소했다.

"정말 면목이 없습니다. 이 일을 장차 어찌하나요?"

이같이 호소하는 동관의 표정은 심각한 것이었건만, 고태위는 그다지 근심하지 않는 태도였다.

"무어, 너무 염려하실 거 없지요. 이번 일을 폐께서 아시지 못하도록 감춰버리면, 누가 감히 옆에서 상주할 사람도 없지요. 그러니 지금 나하고 함께 태사 대감께 가서 보고를 드리고, 그러고 나서 세 사람이 다시 상의하여 대책을 세웁시다그려."

동관은 답답하던 가슴이 조금 열리는 것 같았다. 그래서 그는 고구와 나란히 말을 타고서 채태사를 찾아갔다.

그런데 채태사는 이미 동추밀(童樞密)이 돌아왔다는 소식을 듣고, 아마 결과가 좋지 못해서 찾아오지 못하는 것으로 짐작하고 있던 참이었는데, 지금 고구와 함께 찾아왔다 하므로 즉시 두 사람을 서원으로 불러들였다.

이때 동관이 서원에 들어와 채태사에게 예를 하더니 눈물을 비 오듯 쏟으면서 말을 못 하는 게 아닌가.

"너무 번뇌하지 마시오. 나는 벌써 당신이 패전했다는 이야기를 죄다 듣고 알고 있었소."

채태사가 이렇게 위로하는 말을 하니까 곁에서 고구가 한마디 거든다.

"도적떼가 수박에 숨어 있기 때문에 배를 사용하지 않고는 토벌할 수 없는 것인데, 이번에 추밀은 그저 마보군만 거느리고 갔었으니 되겠습니까? 그래서 적의 간계에 떨어지고 만 거예요."

그러자 그 말끝에 동관이 잇대어서 자기가 패전하던 경과를 자세히 보고하는 것이었다.

채태사는 동관을 물끄러미 바라보며 듣고 있다가 말한다.

"그래, 당신은 이번에 많은 군사를 잃고, 막대한 전량을 없애고, 그 위에 팔로군관까지 절반 이상 없애줬으니, 대체 이 일을 폐하께 말씀드릴 작정이시오?"

동관은 눈물을 여전히 흘리면서 일어나 예를 두 번이나 하고 나서 애원하는 것이었다.

"대감! 어찌합니까. 아무쪼록 태사 대감께서 말씀을 잘 드리셔서 이 목숨 하나 구해주십시오."

채태사는 한참 생각하더니 말한다.

"별 도리가 없고, 내일 들어가서 이렇게 상주할 수밖에 없소. 날씨가 너무 더워 병사들이 수토불복(水土不服)으로 모두 병이 나는 까닭에 일단 싸움을 정지하고 돌아온 거라고. 그렇지만 만일 폐하께서 진노하셔서 나라의 심복대환(心腹大患)을 그대로 두었다가는 반드시 후일 큰 재변(災變)을 일으킬 것이라 주장하신다면 그때엔 우리가 뭐라고 말씀을 드릴 거요?"

이때 고구가 얼른 대답을 한다.

"대감! 제가 장담하는 것 같아서 송구스럽습니다마는, 만일 대감께서 저를 천거해주신다면 제가 군사를 이끌고 그곳에 나가서 한숨에 그 놈들을 토벌해버리고 돌아오겠습니다."

"고태위 대감이 친히 가겠다면 걱정은 없지! 그럼 내일 폐하께 대감을 원수로 임명하시도록 천거하리다."

그러자 고구는 또 한 가지 주문을 덧붙인다.

"그런데 이왕이면 폐하의 성지(聖旨)를 꼭 얻어야 할 일이 또 하나 있습니다."

"그건 무엇인데요?"

"다름 아니라, 제 마음대로 군사를 징발하고 배를 만들고, 또 관선(官船), 민선(民船) 할 것 없이 징발해서 쓸 수 있고, 필요한 대로 목재를 사들여 전선(戰船)을 건조하도록 허락해주시는 일입니다. 이렇게 해서 수륙 양로(水陸兩路)로 일시에 쳐들어가면, 며칠 안 가서 큰 공을 세울 수 있어서 그렇습니다."

"그런 일이라면 쉬운 이야기지요."

채태사가 이렇게 말할 때, 문리(門吏)가 들어와서,

"지금 풍미 장군이 돌아오셨습니다."

하고 보고한다.

이 소리를 듣고 모두들 놀라면서 기뻐했다.

"아니, 양산박에 붙들려간 사람이 오다니!"

"허 참, 빨리 모시고 들어오너라!"

채태사의 말이 떨어지자, 바로 풍미가 방 안에 들어왔다.

"대관절 어찌된 일이오?"

하고 먼저 동관이 물으니까, 풍미는 세 사람 상관한테 절을 하고 나서, 이렇게 돌아오게 된 연유를 자세히 고한 다음에,

"송강이 붙잡아온 포로를 죽이지 않을 뿐 아니라, 노잣돈까지 주어서 모두 고향으로 돌려보내는 바람에, 그래서 저도 이렇게 돌아오게 된 것입니다."

이같이 말하니까, 고구가 먼저 의견을 말한다.

"그건 적의 간계지요! 그런 술책으로 우리 국군의 사기를 누그러뜨리려고 그러는 겁니다. 이후부터는 이 근방 군사는 안 쓰고, 멀리 산동, 하북 사람들만 골라 써야겠습니다."

"그럼 이야기는 다 끝났으니, 내일 궁중에 들어가서 폐하께 그렇게 상주합시다."

채태사가 이같이 말하므로 세 사람은 일어나 각각 자기 집으로 돌아갔다.

이튿날 오경삼점(五更三點).

모든 시반(侍班)들이 궁중에 모였을 때 조고(朝鼓)가 울리자, 신하들은 각각 품위에 따라서 단지(丹墀) 위에 열을 지어 배무기거(拜舞起居)함을 마치고 문무 양반이 옥계(玉階) 아래 정렬했다.

이때 채태사가 열(列)에서 앞으로 나와 황제 폐하께 아뢴다.

"지난번에 추밀사 동관이 대군을 거느리고 양산박 도적들을 토벌하러 갔었습니다만, 요즈음 서열(署熱)이 혹심하와 군마가 수토불복하고 또 도적은 수박(水泊)에 있는 까닭으로 마보군은 진격할 수 없는 형편이라 하옵니다. 그래서 일단 싸움을 정지하고, 각각 영채로 돌아가 다시 성지를 내리시기 바란다 하옵니다."

"이 같은 염열(炎熱)에 다시 출정할 수 없겠지."

하고 황제가 대답하자, 채태사는 다시 아뢴다.

"동관은 태을궁에 가서 대죄(待罪)하라 하옵시고, 딴 사람으로 하여금 재차 군사를 거느리고 나가 토벌하도록 했으면 어떠하옵니까?"

"그래, 양산박 도적들은 심복대환이야! 속히 제거해야 할 터인데, 지금이라도 누가 과인을 위해서 근심을 덜어줄 사람이 없을까?"

황제의 말이 그치자, 고구가 열에서 나와 아뢴다.

"신이 불민하오나 견마지로(犬馬之勞)를 다하여 도적을 무찌르고자 하오니, 복원하옵건대 성지를 내리시옵소서."

"경이 이미 과인을 위해서 근심을 나누겠다면, 군사는 경이 마음대로 해도 좋지!"

"양산박은 주위가 8백 리도 넘기 때문에 배를 안 가지고서는 쳐들어갈 수가 없사옵니다. 황송하오나 나라의 비용으로 민선(民船)을 사들이는 일방, 양산박 근처에서 목재를 베어 목수로 하여금 배를 만들어 전선(戰船)을 사용해야겠사오니, 허락해주시옵기 복원하옵니다."

"경에게 일임했으니까, 모든 것을 경이 하고 싶은 대로 하고 마음대로 조처하기 바라오. 다만 어디까지나 백성들한테 해만 끼치지 마오."

"황감하옵니다. 소신이 어찌 백성을 해치는 일을 하옵겠습니까. 다만 기일을 여유 있게 허락하시와 공을 세우도록 처분해주시옵소서."

황제는 더 부탁하지 아니하고 금포와 금갑을 고구에게 하사한 후 길일을 택하여 출동하라고 분부를 내렸다. 그러고서 이날 조회는 끝나고 백관은 궁중을 물러나왔다.

동관과 고구는 채태사를 그의 저택까지 모시고 가서 중서성(中書省)에 있는 관원을 불러 성지를 전하고, 곧 출정군 편성을 시작했다.

고구가 채태사를 보고 말한다.

"그전에 절도사(節度使)가 열 분 있어서 그분들이 국가에 큰 공을 세웠습니다. 그분들이 어느 때는 귀주(貴州) 지방을 정복했고, 혹은 서하(西夏)를 치고, 혹은 금(金)과 요(遼)를 친 경험이 있어 무예에 정통합니다. 대감께서 영장을 내리셔서 그들을 장수로 쓰도록 허락해주시면 좋겠습니다."

"그렇게 하지."

채태사는 즉시 승낙하고, 문서 열 통을 발송케 하여 그들로 하여금 수하에 있는 정병(精兵) 1만을 인솔하여 모두 제주로 와서 지시가 다시 있기를 대기하라고 명령했다.

이 열 명의 절도사로 말하면 지방에서 민사(民事)와 군사(軍事)를 맡아보는 장관(長官)인데, 그들은 모두 다 보통내기가 아닌 인물들이니, 그들의 명단은 다음과 같다.

하남 하북 절도사 왕환(河南河北節度使 王煥)

상당 태원 절도사 서경(上黨太原節度使 徐京)

경북 홍농 절도사 왕문덕(京北弘農節度使 王文德)

영주 여남 절도사 매전(潁州汝南節度使 梅展)

중산 안평 절도사 장개(中山安平節度使 張開)

강하 영릉 절도사 양온(江夏零陵節度使 楊溫)

운중 안문 절도사 한존보(雲中雁門節度使 韓存保)

농서 한양 절도사 이종길(隴西漢陽節度使 李從吉)

낭야 팽성 절도사 항원진(瑯琊彭城節度使 項元鎭)

청하 천수 절도사 형충(淸河天水節度使 荊忠)

그런데 원래 이상 열 군데의 군사들은 썩 잘 훈련된 정병들이요, 절도사 열 명도 본시 모두 도적놈 괴수로서 은사(恩赦)를 받은 후 지금은 높은 관직에 있는 터이니, 어쩌다가 재수가 좋아서 관직에 붙어 있는 그따위 소인(小人)들과는 비교할 수 없는 인물들이다.

그날, 중서성에서는 기한을 정해 공문 열 통을 열 군데 절도사한테 발송했는데 모두 기일 내에 반드시 제주에 도착하라 하고, 만일 지각하는 사람이 있으면 군령에 의해서 처단한다고 밝혔다.

그리고 금릉(金陵)의 건강부(建康府)에는 수군(水軍) 일개 부대가 있고 여기서 두목 되는 통제관으로 유몽룡(劉夢龍)이라는 사람이 있는데, 이 사람은 그의 어머니가 꿈에 흑룡(黑龍)이 뱃속으로 들어가는 꿈을 꾸고서 잉태한 후 해산했다는 이야기가 있는 사람으로서 그는 장성하면서부터 물에서 살다시피 수성(水性)을 좋아했다. 그래서 그는 일찍이 서천 협강(西川峽江)에서 도적떼를 무찌른 공을 세운 까닭에 이내 군관도통제(軍官都統制)의 직책을 맡게 되고, 1만 5천 명 수군과 5백 척의 전선을 가지고 강남(江南) 지방을 지키고 있었으므로 고태위는 이 수군과 전선을 사용하기 위해서 즉시 자기 휘하에 들도록 불러올렸다.

또한 고태위는 자기 심복부하로 있는 우방희(牛邦喜)라는 사나이를 보군(步軍) 장교에 임명한 후 그로 하여금 강가로 다니면서 배라는 배는 보는 대로 죄다 압수해서 모두 제주부로 인도하여 군사 용무에 쓰도록 명령했다. 그리고 고태위가 데리고 있는 장교들이 많지만 그 중에서 가장 쓸 만한 위인이 두 사람 있었으니, 하나는 당세영(黨世英)이고 하나는 당세웅(黨世雄)이라는 사람으로, 두 사람은 형제간인데 지금 통제관이 되어 용명을 떨치고 있는 중이다.

고태위는 어영 안에서 정예군 1만 5천 명을 뽑아냈다. 그리하여 각처에서 뽑아 모은 군사가 도합 10만이나 되는데, 고태위는 우선 각처 관원들로 하여금 양곡을 도중에서 그들에게 나누어주게 하고, 자기는 연일 군복을 장만하고 기를 만들고 하기만 했지 아직 출동하지는 않고 있었다.

그런데 이때 양산박으로부터 서울에 잠입했던 대종과 유당은 며칠 동안 숨어 다니면서 이 같은 모든 사정을 염탐해서 부리나케 산채에 돌아와서 이 일을 보고했다.

송강은, 고태위가 친히 13만 대군과 절도사 열 명을 거느리고 이곳을 치러 온다는 이야기를 듣고 대단히 놀랐다.

"일이 매우 중대하게 되었구나!"

그는 걱정스러운 표정이었다. 그러나 오용이 안심시킨다.

"형님, 그런 거 걱정 마십시오! 그 절도사 열 명을 나도 전부터 대략 잠작하고 있답니다. 그것들이 나라에 공을 세웠다고는 하지만, 그 시절엔 그것들과 상대할 만한 적수가 없었기 때문에 그것들이 '호걸'이라는 칭호를 받았던 것이지요. 그러나 지금은 여기 호랑이같이 무서운 형제들이 늠름하게 버티고 있지 않습니까? 그까짓 골동품 같은 절도사들은 어림도 없습니다! 형님은 조금도 겁내지 마십시오. 그것들 십로(十路)

대군이 내려오거든 한번 되게 골탕을 먹여줄 테니, 두고 보십쇼!"

"골탕을 먹이다니, 어떻게…?"

"그것들 열 명이 모두 제주에 집합하기로 되었거든요. 그런데 우리가 먼저 날쌘 사람을 미리 보내두었다가 제주 근처에서 우선 한바탕 싸움을 걸어 고구란 놈한테 개시초 맛이 어떤가 한번 혼을 내주는 거지요!"

"그러는 것도 괜찮은데 누가 믿음직한 사람일까?"

"몰우전 장청·쌍창장 동평, 이 두 사람을 보내지요. 이 두 사람이면 넉넉합니다."

"그럼 그렇게 합시다."

송강은 곧 두 사람을 불러 각각 마군 1천씩을 거느리고 제주성 가까이 가 있다가 각로(各路)의 적병이 모여들거든 들이치라 하고, 또 수군(水軍) 두령들을 불러 호수 가운데서 적선을 빼앗도록 준비를 갖추라 이르고, 또 산채 안에 있는 두령들한테도 미리 준비하고 있도록 각각 지시를 내렸다.

그런데 이때까지 고태위는 서울을 떠나지 못하고 그럭저럭 20여 일째 머무르고 있었는데, 마침내 천자로부터 속히 출정하라는 조칙이 내린 까닭으로 그는 먼저 어영의 군사를 성 밖으로 내보내고, 궁중 교방사(敎坊司)에 있는 가수(歌手)와 무희(舞姬) 30여 명을 뽑아내어 군사들 뒤를 따르면서 풍악으로 기분을 북돋우라 지시한 후, 기제(旗祭)를 올리고 출정하는 것이었다.

그동안 한 달이나 지났기 때문에 절후는 어느덧 바뀌어 이때는 초가을이라 오곡이 무르익을 때인데, 나라에서 녹을 먹는 벼슬아치들은 모두들 장정(長亭)까지 전송을 나왔다. 장정이란 성 밖의 일 리(一里)쯤 되는 곳에 있는 역정(驛亭)을 말하는 것이다.

이때 고태위 고구는 훌륭한 전투복을 입고, 금장식으로 된 안장을 얹은 전마(戰馬)를 타고, 앞에다가는 갈아탈 말[從馬] 다섯 필을 따로 세우고 좌우 양쪽으로는 당세영과 당세웅 형제를 호위시키고, 뒤로는 전수통제관·통군·제할·병마방어·단련 등 수많은 관원들을 따르게 하여 그 행렬이 실로 장엄하기 짝이 없는데, 이같이 행진해오던 고구는 장정 앞에 이르러 전송 나온 사람들을 보더니 말에서 내려 그들과 작별인사를 한 후 전별주를 한 잔 마시고는 다시 마상에 높이 앉아 제주를 향해 떠났다.

그런데 고구가 거느리고 오는 군사들은 군율을 지키지 않고, 지나치는 마을마다 들러서 값진 물건을 약탈하고 부녀자를 희롱하는 통에 백성들의 피해가 적지 않았다.

한편, 조정의 명령을 받은 십로의 절도사 군대는 기일을 지키느라고 밤을 새워 각처로부터 제주로 오는 중이었는데, 그들 절도사 중에 왕문덕이라는 사람은 경북(京北) 지방의 군마를 인솔하고 제주까지 오다가 주(州)의 경계에서 40리쯤 떨어진 봉미파(鳳尾坡)를 지나게 되었다.

봉미파는 그다지 높은 언덕은 아니었지만, 언덕 밑에 큰 수풀이 가득 차 있는 곳이었다. 왕문덕의 부대는 그 앞을 지나가려고 전군(前軍)이 수풀 속에 들어섰는데, 별안간 바라 소리가 울리더니 수풀 뒤 언덕 밑에서 한 떼 군사가 나타나며 선두의 장수가 길을 막는다. 이 장수는 투구 쓰고 갑옷 입고 화살통과 활을 메었는데 활통에다 조그만 황기(黃旗)를 꽂았고 그 깃발에 금 글자로,

영웅쌍창장(英雄雙槍將)
풍류만호후(風流萬戶侯)

이렇게 다섯 자씩 두 줄을 썼다. 그리고 두 손에 강창을 한 자루씩 들었는데, 왕문덕으로서는 알지 못하겠지만, 이 장수야말로 양산박에서

적의 선봉을 때려눕히기로 제일가는 용장 동평이다.

동평이 길을 막고 서서 큰소리로 호령하는 것이었다.

"너는 어디서 오는 놈이냐? 어서 내려와서 포승을 받아라!"

왕문덕은 꼴 같지 않게 바라보다가 껄껄 웃었다.

"허허 이놈아! 항아리나 꿀단지에도 귀는 두 개씩 있는 법인데, 네놈은 우리들 절도사 열 사람이 여러 번 큰 공을 세워 이름이 천하에 유명한데도 귓구멍으로 못 들었단 말이냐? 내가 바로 유명한 절도사 왕문덕 어른이시다!"

동평은 굉장히 큰소리로 껄껄껄 웃고 나서 욕을 퍼붓는다.

"이 바보, 천치, 얼간이, 맹꽁이, 지렁이, 구더기, 귀신이 잡아먹다가 뱉어놓은 그 자식이 바로 너냐?"

왕문덕은 욕을 먹고 금세 얼굴이 시뻘개져서,

"나라를 어지럽히는 도둑놈아! 네놈이 어찌 감히 나를 욕하는 거냐?"

이같이 소리 지르고 말을 채쳐 달려든다. 동평도 강창을 휘저으며 뛰어나가 마주 싸운다.

두 장수가 맞붙어서 비지땀을 흘리며 싸우기를 30여 합 싸웠건만 승부가 나지 아니하자 왕문덕은 아무래도 제가 이기지 못할 것 같아 얼른 한 걸음 뒤로 물러서면서 소리를 지르는 것이었다.

"잠깐만 쉬었다가 다시 결판 짓자!"

그러고서 왕문덕이 자기 진으로 돌아가는 것을 보고 동평도 자기 진으로 돌아왔으나 왕문덕은 싸울 생각을 아주 버렸는지, 제 뒤의 군사를 거느리고 소리를 지르면서 그냥 달아나는 게 아닌가.

동평은 때를 놓치지 않고 군사를 휘동하여 그 뒤를 쫓았다.

왕문덕이 속력을 다하여 막 수풀 밖으로 나와서 달아나는 판인데 앞에서 또 한 떼의 군사가 내달으며 앞선 장수가,

"이놈, 네가 어디로 간단 말이냐!"

하고 소리를 지르면서 돌멩이 한 개를 팔매친다. 말할 것도 없이 이 장수는 양산박의 몰우전 장청이었는데, 왕문덕은 돌멩이가 날아오기 전에 허리를 굽혔던 까닭으로 다행히 얼굴을 다치지 않고 투구를 얻어 맞았는지라, 그는 혼이 나서 몸을 안장 위에 짝 붙이고 채찍질을 해 달아났다.

장청과 동평은 그 뒤를 급히 쫓았다. 도망치는 왕문덕, 추격하는 장청과 동평, 피차에 힘을 다하여 달리는 판인데, 뜻밖에 한옆에서 한 떼 군사가 먼지를 일으키며 달려온다.

왕문덕이 바라보니, 그것은 절도사 양온의 군사였다.

장청과 동평은 적의 구원병이 나타난 것을 보고서 추격할 의사를 포기해버리고 되돌아갔다.

왕문덕과 양온은 군사를 거느리고서 무사히 제주성에 들어갔다.

제주 태수 장숙야는 각처에서 오는 장병들을 접대하느라고 분주했는데, 며칠 후엔 선봉부대로부터 고태위의 대군(大軍)이 도착했다고 알리므로 열 명의 절도사들은 부리나케 성 밖에 나가서 고태위를 영접해 들인 후, 부청사(府廳舍)를 임시로 원수부(元帥府)로 정하고 그곳에다 고태위 원수를 모셨다.

고태위는 원수부에 좌정한 후 곧 명령을 내려 열 군데 절도사의 군사들을 모두 성 밖에 나가 주둔해 있다가 유몽룡의 수군이 오거든 그와 함께 일제히 진군하라고 지시했다.

이같이 명령이 떨어지자, 십로(十路) 군사들은 제각기 성 밖에다 진지를 마련하느라고 산에 가서 나무를 찍어오는 등, 남의 집에 가서 문짝을 떼어오는 등, 지붕을 벗겨오는 등, 막사를 짓느라고 백성들한테 해를 끼치는 게 이만저만 아니다.

이때 고태위는 원수부에 앉아서 토벌군을 편성하는 중인데, 은냥을 갖다바치지 아니하는 놈은 모두 전방 제일선 화살받이로 앞에 내세우기로 하고, 은냥이나 갖다바치는 놈은 모두 후방 중군(中軍)에 두어두고 전공(戰功)이 없을지라도 있는 것처럼 허위 보고하기로 되어 있었다. 그리고 이런 재주는 고태위가 종전부터 써오는 그의 처세법이었다.

이같이 고태위가 토벌군 편성을 마치고 있노라니까 하루 뒤에 유몽룡의 전선이 도착하고, 그가 원수부에 들어와서 인사를 드리는 것이었다.

고구는 즉시 열 사람 절도사를 불러 앞으로 시행할 계책을 상의했다. 그러자 먼저 하남 하북 절도사 왕환이 의견을 말한다.

"제가 주제넘게 먼저 말씀드리겠습니다. 먼저 마보군(馬步軍)을 정찰로 내보내시어서 적을 꾀어낸 다음에 그 후에 수로(水路)의 전선(戰船)으로 하여금 적의 본거지를 치게 합시다. 그렇게 하면 적이 두 동강 나서 자연히 서로 돕지 못할 것이니까, 그때 그놈들을 쳐부수고 사로잡지요."

고태위는 그 말을 옳게 여겼다.

"그래, 그렇게 하면 힘이 덜 들겠군!"

그러고서 그는 명령을 내렸다. 왕환과 서경은 선봉이 되고, 왕문덕과 매전은 합후수군(合後收軍)이 되고, 장개와 양온은 좌군(左軍)에, 한존보와 이종길은 우군(右軍)에, 항원진과 형충은 전후구응사(前後救應使)에, 그리고 당세웅은 정병 3천 명을 인솔하여 배를 타고 유몽룡의 수군과 협력하여 독전(督戰)하는 임무를 수행하라 했다.

이 같은 명령을 받은 각 분대는 사흘 동안 정비를 마치고 고구의 검열을 청했다. 고태위는 친히 성 밖에 나가서 하나하나 검열을 한 다음, 대소 삼군과 수군으로 하여금 일제히 양산박을 향해서 길을 떠나라고 영을 내렸다.

한편, 이때 양산박에서는 동평과 장청이 벌써 돌아와서 자세한 보고를 했기 때문에, 송강은 여러 두령들과 함께 대군을 통솔하여 산을 내려갔었는데, 얼마 지나지 아니해서 관군이 오는 것이 보였다.

양쪽에서는 서로 더 나아가지 못하고 발을 멈추었는데, 관군 쪽에서 왕환이 기다란 창을 비껴들고 달려나오더니 큰소리로 호령을 한다.

"조무래기 도둑놈들아! 죽는 것도 모르고 날뛰는 시골뜨기들아! 대장 왕환님을 모르느냐?"

이때 양산박 진(陣)에서 수기(繡旗)가 열리더니, 송강이 백마를 타고 나와서 왕환보고 부드러운 음성으로,

"왕절도사! 당신은 이제 늙어서 나라를 위해 힘을 뽐내기는 어려울 것 같소. 서로 창으로 찌르다가 혹시나 당신이 실수한다면, 한평생 흠집이 없던 당신 이름이 깎이는 거 아니요? 당신은 들어가시고 다른 놈, 젊은 놈을 대신 내보내시오!"

하고 대답하는 것이었다.

이 소리를 듣고 왕환은 분통이 터졌다.

"이놈! 상판대기에 먹줄을 넣은 아전 퇴물아! 네가 천병(天兵)에 항거하고 견디겠느냐?"

왕환이 부들부들 떨고 있는데 송강은 한층 더 침착하게 대꾸한다.

"왕절도사님! 너무 큰소리 안 하시는 게 유리할 겁니다. 여기 늘어서 있는 이 호걸들은 하늘을 대신해서 도를 행하는 형제들입니다. 이 사람들 중에서 당신한테 질 사람은 한 사람도 없나 봅니다."

이같이 비꼬아 말하는 소리에 왕환은 더 참을 수 없어서 창을 꼬나 잡고 쏜살같이 덤벼들었다. 이때 송강의 뒤에서 장수 한 사람이 말방울 소리와 함께 창을 들고 뛰어나오니, 이는 표자두 임충이다.

양쪽 말이 서로 소리치며 부딪치자, 양쪽 군사들의 함성은 천지를 뒤흔드는 것 같다.

고태위가 이때 앞으로 나와서 바라다보더니 양쪽 군사가 쉴 새 없이 고함을 지르고, 갈채를 하고, 마군은 안장에서 일어나서 바라보고, 보

군은 투구를 제치고 구경하는데, 왕환과 임충은 온갖 기술을 다 써가며 싸우기 7, 80합 하건만 좀처럼 승부가 날 징조가 보이지 않으므로 양쪽에서는 각각 징을 쳐 장수들을 본진으로 불러들였다.

이때, 청하 절도사 형충이 앞으로 나와 고태위에게 예를 드리고 말하는 것이었다.

"제가 나가서 저놈과 승부를 결해보고 싶습니다. 허락해주십시오."

"그래! 한번 해봐."

고태위는 즉시 형충을 나가게 했다. 그러자 이쪽 송강의 등 뒤에서는 말방울 소리가 요란하게 들리더니 호연작이 뛰어나왔다.

형충은 황마(黃馬)를 타고 대간도(大桿刀)를 휘두르며 호연작과 20여 합을 마주 싸우다가 상대편이 패를 쓰는 줄 알지 못하고 그의 수법이 약간 어지러워진 듯하니까 때를 놓치지 않고 칼로 치려 했다. 그러나 바로 이 순간 호연작의 강편이 벼락같이 내리치는 바람에 형충의 두골은 쪼개지고, 눈깔이 툭 불거져 땅바닥에 떨어져 죽었다.

절도사 한 명이 이같이 죽는 꼴을 본 고태위는 급히 항원진 절도사를 쫓아나가게 했다.

항원진은 창을 꼬나잡고 말을 달려나와 호령한다.

"이 도둑놈들아, 나한테 덤벼들 용기가 있거든 나오너라!"

이때, 송강의 등 뒤에서 쌍창장 동평이 쏜살같이 뛰어나가 항원진과 맞붙었다.

두 사람이 싸우기를 10합가량 했을 때, 항원진은 말머리를 돌이켜 달아나므로 동평은 그 뒤를 쫓았다.

그러자 항원진은 진중으로 돌아가는 게 아니고, 진지 바깥으로 내빼는 게 아닌가.

이때 동평은 더욱 급히 말을 몰아 쫓아갔는데, 항원진은 창을 안장 옆에 꽂고 왼손으로 활을 들더니 바른손으로 화살을 메겨 몸을 휙 돌리면서 화살을 쏘는 것이었다.

이 순간 동평은 시위 소리를 듣고 급히 몸을 피하려 했으나, 화살은 그의 바른편 팔에 꽂히고 말았다. 그는 그만 창을 떨어뜨린 채 말머리를 돌이켜 도망질했다.

이제는 형세가 거꾸로 되어 항원진이 도망가는 동평을 추격한다.

이때 호연작과 임충이 풍우같이 달려가서 무사히 동평을 구해 진지로 돌아왔다.

송강은 우선 동평을 보호하여 산채로 올려보냈다.

그런데 이때 고태위는 힘을 얻어 군사를 몰아 송강의 진지를 맹렬히 공격하는 동시에, 한편으론 군사들로 하여금 수로에 배치된 수군을 응원하도록 했다.

이때 유몽룡과 당세웅은 수군을 몰고 양산박 깊숙이 들어갔는데, 가없이 넓은 호수에는 군데군데 갈대수풀이 우거져 있어 앞이 잘 보이지 아니했다. 이같이 망망한 대해(大海) 같은 호수를 십 리나 기다랗게 관선이 열을 지어 들어가고 있었는데, 별안간 산꼭대기에서 포(砲) 소리가 탕 터지더니, 사면팔방에서 조무래기 배들이 모여드는 것이었다.

이것을 보고 배 안에 있던 관군은 모두들 겁을 집어먹더니, 갈대수풀 사이로 작은 배들이 한꺼번에 몰려나와 관선의 대열 속으로 들어오니까, 그들은 모두 배를 버리고 도망치려고 허둥대는 게 아닌가.

양산박 군사들은 관군의 진형이 무너지는 것을 보고 일제히 북을 울리며 쳐들어왔다.

유몽룡과 당세웅은 급히 뱃머리를 돌려 오던 길로 돌아가도록 명령을 내렸다. 그러나 어느 틈에 그랬는지, 본래부터 밑바닥이 얕은 호수의 뱃길에다 굵다란 나무토막과 풀짐을 쏟아부은 까닭에 배가 빠져나갈래도 노를 저을 수 없이 되었다. 그래서 할 수 없이 관군들은 모두 배를 버리고 물속으로 뛰어들었다.

유몽룡도 전투복을 벗어버리고 물이 얕은 곳으로 언덕을 향해 걸어 올라갔다.

그러나 당세웅만은 배를 버리지 않고 군사들로 하여금 물이 깊은 곳을 찾아가며 노를 저어 나가게 했는데, 이 리도 못 가서 작은 배 세 척이 그 앞에 나타나니, 이것은 원소이·소오·소칠 삼형제가 각기 한 손에 요엽창을 들고 가까이 오는 것이었다. 이것을 본 관군들은 모두 물속으로 뛰어내리건만 당세웅은 혼자 뱃머리에 남아 서서 원소이에게 창을 겨누었다. 그랬더니 웬 까닭인지 원소이는 창을 놓고 물속으로 뛰어들어가는 대신 그의 아우 소오와 소칠이가 요엽창을 휘저으며 달려든다.

당세웅은 혼자서 아무래도 두 사람을 당해낼 것 같지 못하니까, 창을 버리고 자기도 물속으로 뛰어들었다. 그러나 이때 물속에서 기다리고 있던 장횡은 당세웅의 머리털을 한손에 움켜쥐고 헤엄쳐 갈대숲이 우거진 건너편 언덕까지 끌고 갔다. 그랬더니 그 언덕에는 양산박 군사가 십여 명 숨어 있다가 당세웅을 끌어올린 후 꽁꽁 묶어 산채로 끌고 간다.

한편, 고태위는 이때 관군의 배가 대열을 짓지 않고 모두 흩어져서 산 쪽으로 가고, 또 그 배 안에 묶여진 몸으로 앉아 있는 것들이 모두 유몽룡의 수군인 것을 바라보고, 급히 군사를 거두라는 명령을 내렸다. 아무래도 잠시 제주로 후퇴했다가 다시 대책을 세워 나와야겠다고 그는 생각했던 까닭이다.

그래서 그의 전군이 퇴각하려 할 때, 해는 이미 저물었는데, 별안간 사방에서 화포 소리가 요란하게 나면서 수없이 많은 양산박 군사가 고함을 지르고 달려온다. 고태위는 간담이 서늘해서 급히 부하장수들을 불러 혈로를 찾아 제주로 달아났다.

그런데 사실인즉 원래 양산박에서는 군호할 때 사용하는 호포(呼砲)를 사방에서 터뜨리게 했을 뿐 복병이라곤 없었는데, 고태위는 엉겁결에 정신이 착란해져서 밤을 새워 도망친 것이다.

고태위가 제주에 돌아와서 군사를 점검해보니까 보군(步軍)에는 그다지 희생자가 나지 아니했건만, 수군(水軍)은 태반이나 없어졌고, 더구나 배는 한 척도 남아 있지 않을 뿐 아니라, 유몽룡은 간신히 살아서 돌아왔건만 군사들은 헤엄칠 줄 아는 놈만 목숨을 부지했고, 그 외는 모두 물속에 장사 지내버린 것이 판명되었다.

이래놓고 보니 고태위의 위신은 말이 아니다. 그러나 어쩔 수 없이 군사를 우선 제주성 안에 들여놓고, 우방희가 배를 징발해 돌아오기를 기다리다가, 하루 이틀 지나자 고태위는 답답증이 나는 것을 참을 수 없어서 사람을 불러 공문(公文)을 주어 우방희한테 가서 아무라도 좋으니 당장 소용되는 것이거든 가릴 것 없이 있는 대로 죄다 긁어서 제주로 보내 출격할 준비를 하고 있으라고 명령을 내렸다.

한편, 송강은 동평과 함께 산채로 돌아가서 동평의 팔뚝에 박힌 화살을 뺀 후, 신의(神醫) 안도전의 치료를 받게 했다.

안도전은 금창약을 상처에다 발라주고, 동평으로 하여금 자리에 누워 조금도 움직이지 않고 정양하게 했다.

뒤미처 오용이 두령들과 함께 산채에 돌아오고, 수군 두령 장횡도 당세웅을 충의당으로 끌고 왔다.

송강은 즉시 당세웅을 후채에 보내 연금해두게 하고, 빼앗아온 배는 전부 수채에 두고서 여러 두령이 나누어 관리하도록 명령을 내렸다.

이편에서 이러고 있을 때 고태위는 제주성 안에서 장수들을 소집, 양산박을 공격할 의논을 시작했다.

"이번에 우리가 패전한 까닭은 아무래도 적을 업신여긴 탓인 것 같소. 그러나 지난 일은 각설하고 앞으로 어떻게 하면 적을 소탕해버릴 수 있을까 말을 하시오."

고태위가 이같이 말을 시작하자, 상당 태원 절도사 서경이 먼저 의견을 말한다.

"제가 잠깐 말씀드리겠습니다. 제가 어렸을 때 창(槍) 놀음을 해가며 약장사를 하던 때 이야기입니다. 그때 저하고 친하게 지내던 사람 하나가 있었는데, 그 사람 이름을 문환장(聞煥章)이라 합니다. 지금 서울 문밖에 떨어져 있는 안인촌(安仁村)이란 마을에서 서당을 열고 애들을 가르치고 있지요. 이 사람이 육도삼략은 물론이요, 손자(孫子)·오자(嗚子) 같은 재간과 제갈공명 같은 지모가 있습니다. 만일 이 사람을 데려다가 참모로 쓴다면, 그까짓 오용의 잔꾀는 단박 깨어질 겁니다."

화공에 전멸하는 관군

고태위는 서경의 말을 듣고,

"그렇게 재주 있는 사람이라면 어서 데려와야지!"

하고, 즉시 부장(副將) 한 사람으로 하여금 비단과 말 한 필을 예물로 가지고 서울로 올라가서 문환장을 모셔오라고 명령했다. 그리하여 부장은 그날로 공문서와 예물을 가지고 출발했는데, 불과 4, 5일도 못 지나서 성문을 지키는 군사가 급히 들어와,

"지금 송강의 군사가 성 밖에 와서 싸움을 돋우고 있습니다."

하고 보고를 올리는 것이었다.

고태위는 성이 나서 즉시 부하 장수들로 하여금 군사를 점검해 나가 싸우라 하고, 각처 절도사들한테도 싸우러 나가라고 독촉했다.

이때 송강의 군사는 고태위가 군사를 거느리고 나오는 것을 보고 급히 성 밖 시오 리쯤 떨어져 있는 널따란 벌판까지 물러났다.

고태위는 그 뒤를 쫓아갔으나, 송강의 군사는 벌써 산기슭에 진을 치고 붉은 기를 총총히 꽂아놓았고, 그 앞에 한 사람의 장수가 나와 있다. 그리고 그 옆의 기에는 '쌍편 호연작'이라 쓰여 있다.

"저놈이 연환마를 지휘해서 토벌하러 왔다가 조정을 배반하고 양산박에 들어간 놈이다!"

고태위는 그 모양을 바라보고 성이 났다. 즉시 운중 안문 절도사 한존보를 보고 나가 싸우라고 명령했다.

한존보는 방천화극(方天畵戟)을 잘 쓰는 장수였다. 그는 자신만만하게 뛰어나가, 아무 말 하지 않고 호연작을 대적하여 싸웠다.

두 사람이 50여 합 싸웠을 때, 호연작이 아무래도 못 당하는 것처럼 말머리를 돌이켜 산모퉁이로 달아나므로 한존보는 기어이 공을 세워보려고 말을 채쳐 그 뒤를 쫓아갔다. 어떻게나 빨리 내빼고 또 빨리 그 뒤를 쫓아가는지 두 말의 여덟 개 발굽은 허공에 떠서 그냥 날아가는 것만 같다.

인가도, 전답도 없는 무인지경을 5리나 6리가량 달아나더니, 호연작은 갑자기 말머리를 돌리면서 창 대신 쌍편을 휘두르며 달려드는 것이었다.

두 사람은 또 마주 싸우기를 십여 합 했는데, 호연작은 여기서도 한존보를 못 당하는 듯이 말머리를 돌이켜 달아난다.

'이 자식이 창을 가지고도 못 당하겠고 철편을 가지고도 안 되니까 내빼는 모양이다. 이런 때를 놓치고서 내가 언제 이놈을 사로잡겠느냐!'

한존보는 이렇게 생각하고 계속 추격하여 산모퉁이를 돌아가니 길은 두 갈래로 갈리었는데, 호연작이 어느 길로 내뺐는지 짐작이 안 나선다.

한존보는 말을 타고 언덕 위로 올라가보았다.

이때 호연작이 저편 골짜기를 돌아서 내빼고 있는 모양이 보인다.

"야아, 못난 놈아! 네가 달아나면 어디 갈 곳이 있는 줄 아느냐? 지금 항복해라. 그럼 목숨 하나는 살려주마!"

하고 한존보가 큰소리로 외치니까, 호연작은 말을 멈추고 돌아서더니 이쪽을 향해 욕을 퍼붓는다.

"더러운 강아지 같은 못난 놈아! 그따위 개소리는 어디서 배운 거냐?"

한존보는 더 수작을 하지 않고 언덕에서 내려와 산모퉁이를 돌아 호연작의 앞길을 먼저 가서 지켰다. 그러자 얼마 기다리지 아니해서 호연작이 나타났다. 한쪽은 산, 한쪽은 개천인데, 그 사이에 있는 한 가닥 좁은 길에서 서로 마주친 것이다. 길이 좁아서 산으로 오르거나 개천으로 떨어지거나 하지 않고서는 말을 돌려세울 수도 없는 환경이다.

이때 호연작이 먼저 한존보를 보고,

"이놈아! 이제는 항복할 때가 왔다. 어서 내려와서 항복해라!"

하고 소리를 지른다.

한존보는 껄껄 웃었다.

"이놈아, 나한테 지고서 내뺀 놈이 도리어 날보고 항복하라니, 그것도 말이냐?"

"이놈아, 내가 너를 여기까지 꾀어온 것은 너를 사로잡으려고 그런 거야! 네 목숨은 풍전등화 같다는 것만 알아둬라!"

"이 얼간아! 나야말로 너를 사로잡으려고 쫓아왔단 말이다!"

한존보는 이와 같이 말하고 기다란 창으로 호연작의 배, 가슴, 겨드랑이를 마구 찔러대는데, 호연작은 왼쪽 오른쪽으로 창을 휘두르며 그것을 막아낸다. 이리하여 두 사람은 좁은 그 위에서 또 30여 합 싸우다가 싸움이 절정에 다다랐을 때 한존보의 창이 호연작의 옆구리를 찌르는 순간 호연작이 한존보의 가슴을 찌르자, 두 사람이 일시에 몸을 뺐기 때문에 양쪽에서 내민 창은 각각 상대의 겨드랑 밑으로 쑥 들어갔다. 이때 호연작은 한존보의 창을 얼른 붙들고, 한존보는 호연작의 창을 거머잡고 끌어당겼다. 그때 한존보의 말이 뒷발을 헛디뎌 개천으로 떨어지자, 호연작도 말과 더불어 일시에 개천바닥에 굴러 떨어지고 말았다.

이렇게 되고 보니 두 사람은 개천바닥에서 한덩어리가 되었고, 두 필의 말이 물탕을 치고 일어나는 바람에 두 사람의 몸은 흠씬 젖었다. 이때 호연작이 창을 버리고 한존보의 창자루를 꽉 누른 채 한 손으로 급히 편(鞭)을 꺼내려 하는데, 한존보도 호연작의 창자루를 놓고 급히 두 손으로 호연작의 팔을 붙들었다. 이리하여 두 사람은 물속에서 한덩어리가 되어 이리 뒹굴고 저리 뒹굴고 하는데, 두 필의 말은 언덕 위로 기어오르더니 산 쪽으로 달아난다. 그러나 두 사람은 그것도 모르고 무기도 버린 채 머리에 쓰고 있던 전투모도 벗겨진 채, 입고 있는 갑옷도 여기저기 찢기어진 채 맨주먹으로 드잡이질하고 있는데, 이때 언덕 위로 한 떼의 군사가 나타났다.

지금 이곳에 군사를 거느리고 나타난 장수는 몰우전 장청이었다.

장청의 군사는 고함을 지르면서 여러 놈이 개천으로 뛰어내려와 한존보를 사로잡았다. 그리고 다른 놈들은 달아나는 한존보의 말을 붙들려고 쫓아갔으나, 그 말은 이쪽 말들의 우는 소리와 군사들의 떠드는 소리에 놀라 나는 듯이 저희들 본진으로 달아났다.

장청의 군사들은 개천 바닥에 떨어졌던 투구와 창을 주워 호연작에게 바쳤다. 호연작은 온몸에서 물을 뚝뚝 떨어뜨리며 한존보를 꼭꼭 묶어 말 등에다 붙들어매게 한 후 자기도 말을 타고서 골짜기를 빠져나가기 시작했다.

이같이 한참 가노라니까, 앞에서 한 떼의 군사가 이리로 오고 있다. 가까이 오는 것을 보니, 그 군사는 한존보를 찾아오는 관군의 부대로서, 영주 여남 절도사 매전과 중산 안평 절도사 장개였다. 그리고 이 두 사람은 물에 흠씬 젖은 한존보가 꼭꼭 묶여 말 위에서 결박되어 오는 것을 보더니, 먼저 매전이 눈이 성큼해져 삼첨양인도(三尖兩刃刀)를 휘두르며 달려나와 장청을 들이치는 것이었다.

그래서 장청은 매전을 상대하여 싸웠다. 그러나 삼 합도 못 싸우고 장청은 뒤로 내뺐다.

매전은 성이 나서 그 뒤를 쫓았는데, 장청이 허리를 굽히면서 주머니에서 돌멩이 한 개를 집어 팔매치자, 매전은 이마빡을 얻어맞고 피를 쏟으며, 들고 있던 삼첨양인도를 내던지고 두 손으로 얼굴을 가린다.

이때를 놓치지 않고 장청은 말을 몰아 매전의 등 뒤로 돌아가 그를 붙잡으려 했는데, 이 순간 장개는 화살을 장청에게 한 대 쏘았다.

장청이 그 순간 고삐를 바싹 잡아당겨 말머리를 쳐들었더니, 화살은 날아와서 말 눈에 꽂히고 말은 그 자리에 푹 고꾸라진다. 이때 장청은 말 위에서 얼른 뛰어내려 창으로 장개를 대적하는 것이었으나 원래 그는 돌팔매질은 일등이지만 창은 잘 쓰지 못하는 편이었다.

그래서 장개는 먼저 매전을 구출해놓고서 다시 장청에게 덤볐다. 그런데 장개가 창을 쓰는 수단은 신출귀몰해서 장청으로는 도저히 막아내기 힘드는 까닭에 그는 마침내 창을 들고 마군 부대 뒤로 몸을 감추었다.

장개는 기세등등하여 마군 부대로 달려들어 5, 60명을 죽이고서 적에게 사로잡혔던 한존보를 구해냈다. 그러고서 장개는 적군을 더 죽이려 하지 않고 본진으로 돌아가려 했는데, 이때 함성이 요란하게 일어나며 골짜기 입구에 한 떼 군사가 나타났다. 이것은 벽력화 진명과 대도관승 두 장수가 거느리는 양산박 군사였으니, 장개는 다만 매전 한 사람만 보호해서 달아나는 수밖에 없게 되었다. 그래서 한존보는 또다시 양산박 군대에게 붙들렸다.

이때 장청은 적군의 말 한 필을 빼앗고, 호연작은 기운을 다해서 군사들과 함께 관군을 추격하여 그것들을 본진으로 물리쳤을 뿐 아니라, 더 나아가 그것들을 제주까지 퇴각시켜놓고 말았다.

관군이 이같이 퇴각하는 꼴을 보고 양산박 군사들은 추격하지 않고 한존보만 묶어 밤을 새워 산채로 돌아왔는데, 송강은 이때 충의당에 앉아 있다가 한존보가 묶여서 돌아오는 것을 보더니 급히 내려가서 손수

포승을 끌러준 후 그를 당상으로 이끌고 올라와서 자리에 앉히고 은근하게 대접하는 것이었다.

"서로 싸우는 마당이어서 이렇게 실례를 저지른 모양입니다. 과히 노하지 마십시오."

송강이 이같이 부드럽게 대해주므로 한존보는 감격해서 무어라 할 말을 몰랐다.

"너무 황공합니다. 오직 죽음이 있을 뿐이라 생각하는 터이니, 속히 처분하십시오."

한존보가 감격해서 이같이 말하니까 송강은,

"천만의 말씀! 지금 또 한 분을 이 자리에 청하겠으니 만나보십시오."

하고 군사들에게 명령하니까, 미구에 당세웅이 뒤채로부터 나왔다.

송강은 두 사람을 보고 부드럽게 말한다.

"두 분 장군께서는 부디 이 사람을 의심하지 마시기 바랍니다. 여기 있는 우리들이 본래 딴 마음이 있어서 여기 이러고 있는 게 아니고, 탐관오리들한테 핍박당하다가 쫓겨서 이리로 들어왔을 뿐이지요. 만일 지금이라도 조정에서 대사령을 내리신다면, 우리들은 충심으로 국가를 위해서 몸을 바칠 작정이랍니다."

송강의 이 말을 듣고 있다가 한존보가 한마디 묻는다.

"그러시다면 전자에 진태위가 폐하의 조칙을 가지고 내려왔을 적에 그때가 좋은 기회였을 텐데, 어찌해서 기회를 놓치셨던가요?"

"그때 진태위가 갖고 온 조서는 너무 뜻이 분명치 못했습니다. 그런데다 어주라고 갖다준 것이 농군들이 먹는 막걸리거든요! 그래 여러 형제들이 화를 냈지요. 게다가 장간판과 이우후란 사람이 따라와서 어쭙잖게 으쓱대고 욕지거리를 하니까 치욕을 받고 좋아할 사람이 어디 있겠습니까? 그래서 자연 그렇게 되고 말았던 거랍니다."

"중간에 쓸 만한 사람이 나섰더라면 좋았을 것을, 소인(小人)들이 그만 국가대사를 그르쳤습니다그려!"

송강은 잔치를 벌이고 두 사람을 관대했다. 그러고서 다음 날 그는 두 사람을 말 태워 데리고 내려가서 제주로 돌아가게 했다.

한존보와 당세웅은 이번에 양산박에서 죽는 줄만 알았다가 살아났을 뿐 아니라 도리어 친절하게 대접까지 받았기 때문에 서로 송강의 훌륭한 점만 칭찬해가며 천천히 오느라고 해가 넘어갈 무렵에 겨우 제주 성 밖에 도착했다.

두 사람은 문밖에서 그날 밤을 자고, 이튿날 아침에 성내에 들어가서 고태위에게 인사한 후 그들이 양산박까지 붙들려 갔었으나 송강이 두 사람을 돌려보내주던 경과를 자세히 이야기했다.

그랬더니 고태위는 성을 발끈 내면서,

"그건 도적놈들의 흉계란 말야! 관군의 마음을 풀어지게 할 생각으로 그런 것인데, 그런 것쯤 알지 못하고 무슨 면목으로 내 앞에 나타난 거야?"

라고 호령하고는 좌우를 둘러보며 명령하는 것이었다.

"여봐라, 이 두 놈을 끌고 나가 당장 처치해버려라!"

이 모양을 보고 왕환 등 여러 절도사들은 무릎을 꿇고 태위에게 호소했다.

"이 사람들은 사정을 몰라서 그런 것뿐입니다. 말하자면 송강과 오용의 계책에 넘어간 셈인데, 지금 만일 이 두 사람을 죽이신다면 적의 간계에 빠지는 것이니 도리어 웃음거리가 되지 않겠습니까?"

고태위는 여러 사람이 이같이 용서해주라고 권하는 까닭에 두 사람을 죽이지는 않는 대신, 두 사람의 관직을 박탈해버리고 서울에 있는 태을궁으로 보내 조정의 처분을 기다리고 있게 했다.

이렇게 되어서 두 사람은 서울로 되돌아왔는데, 원래 이 한존보라는 사람은 한충언(韓忠彦)의 생질이요, 한충언이란 사람은 국로태사(國老太師)로서 조정의 웬만한 벼슬아치들이 모두 이 사람 문하(門下)에서 출세한 터였다. 그래서 이 사람들 가운데 정거충(鄭居忠)이라는 가정교사 한 사람이 있었는데, 한충언이 이 사람을 잘 봐주어 지금은 그가 백관(百官)의 죄를 취급하는 어사대부(御史大夫)에 있었다.

이와 같은 연줄이 있는 까닭에 한존보는 서울에 들어오는 길로 한충언을 찾아가 사정을 호소했다. 한충언은 이야기를 듣더니 조카를 데리고 승교(乘橋)를 타고서 조정 내무를 맡아보는 상서(尚書) 여심(余深)을 먼저 찾아가 의논을 했다.

여심은 한존보의 이야기를 듣고 한참 생각하더니,

"어떻게 해서든지 구해내야 하겠는데, 아무래도 채태사 대감께 품(稟)해서, 폐하께 면주(面奏)하는 도리밖에 없을 것 같소이다."

라고 대답한다.

그래서 두 사람은 즉시 일어나 채태사를 찾아갔다.

"송강에겐 처음부터 이심(異心)이 없고, 조정에서 초안이 내리기만 고대하고 있는 것이 확실하답니다."

정거충과 한충언이 이같이 말하니까 채태사는 핀잔하듯 한마디 한다.

"이심 없는 놈들이면, 어째서 전번의 조서는 받아 찢어버렸다오? 그따위 놈들은 씨를 말려야 해!"

"대감! 그런 게 아니올시다."

정거충과 한충언은 동시에 이같이 말하고 자세히 설명했다.

"지난번에 조서를 가지고 간 사람이 조정의 선덕(善德)을 보이면서 그자들의 마음을 달래고 부드러운 말로 이야기하지 않고, 오히려 이해(利害)만 따져서 위협하는 언사를 썼으니 그래서야 어찌 일이 성사되겠습니까?"

이렇게 두 사람이 한참 동안 그때 사정을 설명하니까, 채태사는 그제야 두 사람의 말이 옳은 줄을 깨닫고,

"그러면 두 분 소청대로 하리다."

하고 마침내 승낙하는 것이었다.

이튿날 채태사는 그들과 약속한 대로 아침 일찍이 조회에 들어가서 황제 폐하께, 다시 조칙을 내리시어 양산박 반도를 초안하십사고 아뢰었다.

휘종 황제는 태사의 말을 듣고 대답을 내렸다.

"이번에 고태위가 사람을 보내어 안인촌에 있는 문환장을 청해다가 참모로 써보겠다는 모양이던데, 그럼 이 사람과 함께 사자(使者)를 가게 할까? 그래보아서 이번에 그것들이 모두 귀순하거든 죄를 용서해주고, 만일 귀순하지 않거든 고구로 하여금 단시일 내에 한 놈 남기지 말고 죄다 잡아 없앤 연후에 돌아오라 해보지."

황제 폐하의 이 같은 말씀을 듣고, 채태사는 태사부로 물러나와 조서를 작성하는 한편, 문환장을 청해다 잔치를 열었다. 그런데 이 문환장이란 사람은 이름이 상당히 널리 알려진 문사(文士)일 뿐 아니라, 조정 대신들 간에도 친히 아는 사람이 많기 때문에 연회석 분위기는 대단히 좋았다. 그리고 연회가 끝난 후 문환장은 칙사와 함께 서울을 떠났다.

그런데 이때 제주에 주둔하고 있는 고태위는 일이 어렵게 된 까닭으로 이런 생각 저런 생각에 몹시 애를 태우고 있는 때였는데, 하루는 문 지키는 군사가 들어와서,

"지금 우방희 영감이 오셨습니다."

하고 보고하는 소리에 기분이 좋아졌다.

"어서 들어오시래라!"

군사가 나가더니 즉시 우방희가 들어와서 절하고 인사를 드리는 것이었다.

"우선 급한 일부터 먼저 물어봅시다. 배는 어떻게 됐소?"

고태위가 대뜸 물으니까, 우방희가 자신 있게 대답한다.

"큰 배 작은 배 합쳐서 모두 1천 5백여 척 징발해, 모두 수문(水門)에 대령시켜놓았습니다."

"어 참, 수고 많이 했소!"

고태위는 대단히 기뻐하면서 우방희에게 상을 내린 후, 수문에 집결되어 있는 1천 5백 척의 배를 모두 넓은 강물 밖으로 나가 있게 하는데, 배 세 척씩을 옆으로 붙여 못질을 하고 그 위에다 널빤지를 깔고 쇠고리를 달게 한 후 쇠줄로 꿰어 붙잡아매고서 보군(步軍)을 전부 그 배 위에 태운 다음에, 그 나머지 마군(馬軍)은 강가에서 배를 호송하는 역할을 하라는 군령을 내렸다.

이같이 고태위는 군사를 새로 편성해서 배에 태워 훈련시키기를 반달 동안이나 했다. 이렇게 여러 날 고태위가 싸울 준비를 하고 있었으니, 양산박에서 이것을 모를 이치가 있으랴.

오용은 관군의 동정을 세밀히 탐정한 후 유당을 불러 꾀를 일러주어 수로(水路)를 관장, 지휘해서 공을 세우게 했다. 그리고 수군(水軍)의 두령들은 작은 배를 거두어 뱃머리에다 철판을 못질해 깔고, 선창 속에는 갈대풀과 마른 나뭇가지 따위를 가득 쌓고, 그 속에다 유황·염초 같은 인화물을 뿌려놓고 강가에서 대기하게 했다.

그리고 또 포수 능진은 사방이 잘 내려다보이는 산 위에 올라가서 포를 쏘아 군호를 하게 하고, 강물가에 나무가 빽빽하게 들어서 있는 곳에는 여기저기 나뭇가지에다 기를 매달고, 북과 화포를 늘어놓아 멀리서 바라보면 꼭 인마(人馬)가 주둔하고 있는 것같이 꾸미게 한 후, 공손승한테는 법술(法術)을 행하여 바람을 일으키도록 청하고, 언덕 위에다 마군 3대를 대기시켜 급한 때에는 서로 접응하게 했다.

군사 오용의 작전 지휘는 이로써 끝났다.

이제는 싸움할 때만 기다릴 뿐이다.

이때 고태위는 수로통군(水路統軍) 우방희에게 유몽룡·당세영을 보좌하도록 하여 의기당당하게 제주에서 군사를 출동시켰다.

고태위는 무장을 단단히 하고서 북소리 덩 덩 덩 세 번 울리는 것을 신호 삼아 물길로 배를 떠나게 하고 육지로는 마군을 선두로 해서 양산박을 향하여 떠나게 하니 배는 살같이 가고 말은 나는 새와 같이 빠르다.

이같이 하여 수륙양로에서 북소리를 어지럽게 내며 양산박 깊숙이 쳐들어갔건만, 적의 배라고는 한 척도 눈에 띄지 않더니, 금사탄에 가까이 이르자 연잎이 하나 가득한 물 위에 조그마한 고기잡이배 두 척이 있고, 한 배에 각각 두 사람씩 앉아서 손뼉을 치며 웃고 있는 모양이 보인다. 유몽룡은 이상하게 생각했다.

"저것들이 양산박 군사 아닌가?"

그는 혼잣말 하고서 활을 잡아당겨 쏘았더니, 어부들은 깔깔 웃으며 풍덩풍덩 모두 물속으로 뛰어들어간다.

"배를 어서 속히 저어라!"

유몽룡은 배를 재촉하여 금사탄 언덕 가에 이르렀다. 언덕에 가까이 이르러 보니, 언덕 가에는 수양버들이 우거져 있는데, 그중 한 나무에는 누런 소가 두 마리나 매여 있고, 푸른 풀밭 위엔 목동 서너 명이 드러누워 낮잠을 자는 모양이고, 또 멀찌감치 저쪽으로는 목동 하나가 황소를 거꾸로 타고 앉아서 청승맞게 구슬픈 곡조로 피리를 불고 있는 모양이 보인다.

유몽룡은 즉시 선봉서서 따라오던 배에서 군사들을 모두 상륙시켰다.

풀밭에 드러누웠던 아이들은 이때 일제히 일어나는데, 얼굴에 놀라는 기색이 있기는커녕 도리어 깔깔깔 웃으면서 버드나무 숲속으로 깊숙이 숨어버린다.

전대(前隊)의 배에서 유몽룡의 군사 6, 7백 명이 죄다 상륙하고 나니까, 그때 돌연 버드나무 숲속에서 포 터지는 소리가 크게 울리더니 좌우에서 일시에 북소리가 요란했다. 그러더니 홍갑군(紅甲軍)이 왼편에서 벽력화 진명을 선두로, 오른편에서 흑갑군(黑甲軍)이 쌍편 호연작을 선두로 각각 5백 명씩 거느리고 내닫는다.

좌우로 적군을 대항하게 된 관군은 적과 싸우기는커녕 달아나기에 바빴으니, 유몽룡이 배 위에서 군사를 모두 싣고 난 뒤에 살펴보니, 장병의 절반이 벌써 없어져버렸다.

이때 뒤에서 따라오고 있던 우방희는 전군(前軍)의 떠드는 소리에 깜짝 놀라 즉시 제가 거느리고 오던 배를 돌려세워 도망하려 했는데, 갑자기 산꼭대기에서 연주포(連珠砲)가 터지더니 갈대수풀 속으로부터 사나운 바람이 일기 시작했다.

그러더니 산 위에서 공손승이 나타나는데, 머리는 풀어 산발하고, 한 손엔 칼을 들고, 걸음을 걷기는 마치 이 별에서 저 별로 발을 옮기는 것처럼 이상하게 걸으면서 바람을 빈다. 바람이 처음에는 수풀을 흔들고, 이어서 돌과 모래를 날리더니, 미구에 물결이 하늘 높이 솟구치며 검은 구름이 땅을 덮고 햇볕이 캄캄해지면서 무서운 광풍이 휘몰아치는 게 아닌가.

유몽룡은 급히 배를 돌리려고 애를 쓰는데 여태까지 눈에 띄지 않던 조그만 배들이 여기저기 갈대숲 안으로부터 무수히 쏟아져 나오더니 관군의 선단(船團) 속으로 총총 들어박히면서 일제히 북을 울리고 횃불을 쳐드니까 순식간에 물 위는 불바다로 변하고 관선은 모조리 불덩어리가 되고 말았다.

이때 유몽룡은 하는 수 없이 투구와 갑옷을 벗어버리고 물속으로 뛰어들었다. 그가 어떻게든지 살아나려고, 언덕으로 올라가는 것이 도리어 위험할 것 같아서 물이 깊은 곳으로 헤엄쳐 가노라니까, 갈대숲 안으로부터 배 한 척이 이쪽으로 노 저어 오는 것이 보인다. 그는 자기를 잡으러 오는 배인 줄로 짐작하고 얼른 물속으로 몸을 감췄다. 그랬더니 웬걸, 물 밑에서 누가 그의 허리를 덥석 안아서 도로 배 위에다 올려놓는 게 아닌가.

알고 보니, 배를 저어 이쪽으로 오던 사람은 출동교 동위요, 유몽룡의 허리를 안아 배 위에 도로 올려놓은 사람은 혼강룡 이준이었다.

이때 수로통군의 직책을 가진 우방희도 제가 거느리고 오던 관선들이 모조리 불타는 것을 보고 목숨이나 부지해보려고 투구와 갑옷을 벗어던지고 물속으로 뛰어들었다. 그러나 뱃머리에서 어떤 사나이 하나가 뛰어나와 갈고리로 그의 머리꽁지를 감아 물속에다 거꾸로 집어처넣는다. 이 사나이는 선화아 장횡이었다.

이같이 되어 양산박 넓은 호수 위에는 둥둥 뜬 것이 관군의 시체요, 타다가 남은 뱃조각이요, 그러고는 핏방울뿐인데, 오직 한 사람 당세영이 살아남아서 작은 배로 도망치다가 갈대수풀 좌우에서 빗발같이 쏟아지는 화살에 맞아 그대로 물속에 떨어지고 말았다. 이렇게 되고 보니, 관군 중 살아서 도망한 놈이 있다면 그놈은 헤엄을 잘 치는 운수 좋은 놈이요, 그렇지 못한 놈은 전부가 물귀신이 된 셈이다.

관군을 이같이 시원스럽게 전멸시킨 양산박 군사는, 사로잡은 포로들을 모조리 산채로 압송했는데, 유몽룡을 잡은 이준과 우방희를 잡은 장횡은, 이것들을 산채에 올려보낸댔자 틀림없이 송강이 이놈들을 도로 놓아줄 것이라 생각하고, 둘이서 의논한 끝에 두 사람을 다 죽여버린 후 모가지만 베어 산채로 올려보냈다.

한편, 언덕에서 수군과 책응(策應)하기로 했던 고태위는, 아까 연주포 터지는 소리가 요란하게 났을 때 이제야 관군이 총공격을 시작했나보다, 이렇게 지레짐작하고, 급히 말을 달려 언덕 위로 올라가서 바라보았더니, 여기저기 물속에서 군사들이 헤엄쳐 나와 언덕 위로 기어오르는데, 이것들이 적군이 아니라 모두 관군인 고로 그는 놀라워서 소리를 질렀다.

"이게 어떻게 된 일이냐?"

고태위가 묻는 말에 병정 하나가 대답하기를,

"예, 적군이 우리 배에다 불을 질러서 죄다 타버렸어요!"

한다. 고태위는 이 소리를 듣고 사지가 와들와들 떨리는 것을 간신히 참고 있는데, 관군들의 울부짖는 소리는 그칠 사이 없이 들리고, 시커먼 연기는 하늘을 덮었다.

"속히 퇴군해야겠다! 빨리! 빨리!"

고태위가 겨우 정신을 가다듬고서 오던 길로 군사를 퇴각시키려 할 때 앞산으로부터 북소리가 요란하게 들리더니 한 떼의 군사가 뛰어나와 길을 막고 급선봉 삭초가 선두에서 도끼를 휘두르며 덮쳐오는 게 아닌가.

이때 고태위 곁에 있던 절도사 왕환이 창을 꼬나잡고 뛰어나가 삭초와 마주 싸우니까, 5합도 못 싸우고서 삭초는 말을 돌이켜 달아나므로 고태위는 군사를 휘동하여 그 뒤를 쫓아 산모퉁이를 돌아갔으나, 삭초는 어디로 갔는지 보이지 않는다. 그래도 고태위는 달려가는 판인데, 별안간 뒤에서 표자두 임충이 군사를 몰고 쫓아와 한바탕 찌르고 치는 바람에 고태위는 정신을 못 차리고 6, 7리가량 달아났다.

그랬더니 이번엔 청면수 양지가 한 떼 군사를 이끌고 나타나 또 한바탕 찌르고 치는 통에 또 정신을 못 차리고 8, 9리가량 달아나서 이제는 위기를 모면했을까 싶었을 때, 또 배후에 미염공 주동이 쫓아와 한바탕 짓밟는 게 아닌가. 도무지 정신을 못 차리도록 만드는 오용의 추격전술은 글자 그대로 앞길을 가로막는 전술이 아니고, 군데군데 복병을 미리 감추었다가 뒤에서만 쫓는 전술이었다.

고태위가 겨우 목숨을 건져 제주성에 돌아온 것은 밤도 깊은 3경 때였다. 그런데 그가 성중에 들어오자마자 갑자기 성 밖에 있는 영채에서는 불이 일어나 아우성치는 소리가 요란하다. 이것은 어떻게 된 일이냐 하면, 석수와 양웅이 5백 명 군사를 데리고 와서 근처에 잠복하고 있다가 관군의 영채에다 불을 질러놓고 달아난 때문이었다.

고태위는 안절부절 어쩔 줄을 몰라 하면서 바깥 사정을 염탐해 들이다가 양산박 적군이 다 돌아가고 하나도 없다는 보고를 듣고서야 겨우 마음을 진정하고서 군마를 점검해보니, 수효가 절반이나 줄어들었다. 그는 너무도 원통하고 분해서 잠도 잘 자지 못했다.

이튿날 아침이 되었다. 성 밖에서 탐색병이 들어와서,

"서울서 지금 칙사가 내려오십니다."

하고 보고를 올리므로 그는 즉시 절도사들과 함께 군사를 거느리고 성문 밖에 나가서 칙사를 영접했다.

고태위와 절도사들은 참모사(參謀使)로 내려온 문환장과 인사하고 나서, 성안에 들어와 원수부(元帥府)로 들어가서 회의를 열기 전에 먼저 고태위는 조서의 부본(副本)을 달라 해서 읽어보았다.

황제의 조서를 읽고 나서 가만히 생각하니 일은 난처하게 되었다. 양산박을 소탕해버리겠노라고 장담하고 나온 자신이 그동안 싸움에 두 번이나 참패당했고, 징발해온 수많은 배는 죄다 태워버렸고, 그 위에 지금 초안하는 조서가 내렸으니 이것을 막을 수는 없는데, 자기는 서울로 돌아갈 체면이 없지 않은가? 고태위는 토벌군의 원수로서 어찌했으면 좋을지 결정을 짓지 못하고 있었다.

이렇게 며칠 지나노라니까, 하루는 제주부청에 아전으로 있는 왕근(王瑾)이라는 늙은이가 고태위를 찾아왔다. 원래 이 늙은이는 심보가 표독한 사람으로서 남들이 완심왕(剜心王)이라고 별명지어 부르는 터이었는데, 이 사람이 이번에 제주부로부터 원수부에 파견되어 있는 중이었다. 그런데 이자가 이번에 조서의 부본을 읽어보고 고태위가 이럴까 저럴까 걱정 중이라는 정보를 듣고서, 일부러 지금 고태위의 비위를 맞추느라고 찾아온 것이다.

그는 고태위 앞에 와서 공손히 절하고 나서 아뢰는 것이었다.

"대감… 듣자오니 이번 일로 매우 걱정하시는 것 같은데, 그거 그다지 걱정하실 거 없습니다. 소인이 그 조서의 내용도 읽어보았습니다만, 조서 가운데 이미 활로(活路)가 있습니다. 이 조서를 기초하신 한림원의 그 양반은 아마 대감과 의기상통하시는 분이기에 미리 대감을 위해서 빠져나갈 길을 마련했겠습지요?"

고태위는 그의 말이 귓속에 쏙 들어오는 말인 고로 그를 가까이 다가앉으라 하고서 물었다.

"나를 위해서 빠져나갈 길을 마련했다니, 그건 무얼 가지고 하는 소린가?"

"조서에서 가장 중요한 대문이 중간에 있는 한 줄입니다. '송강, 노준의 대소인중(大小人衆)의 범한 바 과악(過惡)을 제(除)하고 아울러 사면을 주노라(除宋江盧俊義等大小人衆所犯過惡並與赦免)' 이렇게 쓰여 있는 이 구절은 이야말로 알쏭달쏭한 구절입니다. 이번에 이 조서를 읽으실 때 이 구절을 두 구절로 따로 떼어서,

'송강을 제하고(除宋江)'

를 한 구절로 읽고,

'노준의 등 대소인중의 범한 바 과악을 아울러 사면하노라(盧俊義等大小人衆所犯過惡並與赦免)' 이렇게 다른 한 구절로 읽어버립니다.

그래서 이놈들을 속여 성내에 들여놓고 나서 두목 송강이란 놈만 잡아 죽여 없애고, 부하로 있던 다른 놈들은 죄다 흩어 쫓아버립니다. 옛날부터 말이 있지 않습니까? 머리 없는 뱀은 내빼지 못하고, 날개 없는 새는 날지 못한다고 하지요. 송강 한 놈만 없애버리면 그 나머지는 저

절로 없어진 거나 다름없습니다. 소인의 말씀이 어떠신지요?"

고태위가 듣고 보니 과연 신통한 의견인지라, 그는 곧 왕근을 원수부의 비서관장 같은 장리(長吏)로 승격시키고서 급히 문환장을 청해서 이 이야기를 의논했다.

그랬더니 문환장은 이야기를 듣고 나서 도리어 고태위에게 간하는 것이었다.

"그게 도리어 합당치 않은 말씀인데요. 폐하께서 보내시는 당당한 칙사가 바른대로 정당하게 나가야 할 거 아닙니까, 어찌해서 사람을 속임수로 넘어뜨린단 말씀입니까! 만약에 송강 부하 중에 지모 있는 사람이 우리 속을 알아챘다면, 그담엔 우리가 무슨 꼴이 되겠습니까?"

문환장이 이렇게 말하니까, 고태위는 그래도 자기주장이 옳다고 고집한다.

"그렇지 않단 말이오! 옛날부터 병법(兵法)에 이르기를 '군사는 궤도(詭道)를 행한다'고 말하지 않았소? 그러니까 반드시 정대(正大)하게만 행하라는 건 아니지요."

"아무리 그렇더라도 이번 일은 천자께서 내리신 성지입니다. 조금도 고칠 수 없지요! 그러기에 자고로 임금님의 말씀은 절대적이어서 그래 '옥음(玉音)'이라 하지 않습니까? 옥같이 뜯어고칠 수 없는 말씀이라는 뜻이지요. 만일 지금 그 옥음을 뜯어고쳤다가 나중에 탄로나는 날이면, 그담부터 누가 옥음을 믿겠습니까?"

"지금은 코앞에 닥친 일이 바쁘니까! 나중 일은 그때 가서 적당히 처리하지!"

고태위는 마침내 문환장의 말을 듣지 않고 제 고집대로 사람 하나를 양산박에 보내어 송강 등 전원은 제주성 아래로 와서 천자의 조칙을 받고 은사(恩赦)를 입으라고 전달시켰다.

그런데 송강은 이때 두 번째로 고태위와 싸워 크게 이기고서, 타다 남은 배의 나무쪼가리는 땔나무로 쓰게 하고, 성하게 남은 배는 수채에 거두어 간직하게 하고, 사로잡은 장병들은 한 사람도 남김없이 죄다 석방해서 제주로 돌려보낸 후, 이날은 여러 두령들과 함께 충의당에 앉아서 이야기하고 있는 중인데, 작은 두목 한 명이 산 밑에서 올라오더니,

"제주부에서 지금 사자(使者)가 왔는데, 조정에서 이번에 초안하는 조서를 내리시고 저희들의 죄를 특사(特赦)하고, 모두 벼슬을 시키시기로 했다고, 그래서 알리러 왔답니다."

이 같은 보고를 하는 것이었다. 송강은 너무도 기뻐서 심부름 온 사자를 충의당 대청 위로 청해올렸다.

"지금 전하신 말씀 잘 들었습니다만, 좀 더 자세한 이야기를 들려주십시오."

하고 송강이 물으니까, 사자가 대답한다.

"네, 조정으로부터 조서가 내렸는데, 여러분을 초안하기로 했기 때문에 고태위 대감이 저를 사자로 보내시며 두령님들이 제주성 아래로 오셔서 조서 개독식(開讀式)에 참석하라 하셨습니다. 무슨 다른 계교가 있는 일이 아니니, 여러분께서는 조금도 의심하지 마십시오."

이 말을 듣고 송강은 오용을 가까이 불러 귓속말로 잠깐 소곤소곤 의논을 하고 나서 비단과 돈을 내어다가 사자에게 상을 주고 먼저 제주로 돌아가라 했다.

사자를 보낸 뒤에 송강은 모든 두령들을 충의당으로 소집했다.

"조정에서 칙사가 내려와 초안의 조서를 개독하게 되었으니 모두들 제주부로 가야겠소. 길 떠날 준비를 하시오."

송강이 이같이 말하자 노준의가 한마디 충고한다.

"형님! 왜 이렇게 성급하게 서두십니까? 일이란 매사를 튼튼히 해야 합니다. 누가 압니까? 조서 개독식에 고태위란 놈이 무슨 음모를 꾸며 놓았을는지도 모르는 일이니 형님만은 안 가시는 게 좋겠습니다."

"의심도 참 많군! 매사를 그렇게 의심만 하다가는 우리가 언제 올바른 길에 올라가보겠소? 좋은 일이 있거나, 궂은 일이 있거나 좌우간 한번 가봅시다."

송강이 또 이렇게 말하자, 이번엔 오용이 빙그레 웃으면서 말한다.

"형님이 그렇게 말하시는 것도 일리가 있습니다. 그리고 고태위란 우리한테서 몇 번이나 골탕을 단단히 먹었으니까 음모는 있을 것이나 우리 형제들이 워낙 무서우니까 제가 감히 수단을 부리지는 못할 겁니다. 그러니까 우리들은 형님을 따라 가기만 하면 됩니다. 그런데 만일을 위해서 우리가 준비를 해두지 않을 수는 없으니, 흑선풍 이규는 번서·포욱·항충·이곤과 함께 보군(步軍) 1천을 제주 동쪽 길가에 매복시켜놓고, 일장청 호삼랑은 고대수·손이랑·왕영·손신·장청과 함께 보군 1천을 제주 서쪽 길가에 매복해두고 있다가, 연주포 터지는 소리를 듣거든 즉시 제주 북문(北門)으로 쳐들어가기로 합시다."

"그대로 합시다."

송강도 찬성하면서 이 같은 군령을 내리고, 수군의 두령들만 산채에 남아서 지키게 한 후 그 외의 두령들은 모두 산을 내려갔다.

한편 고태위는 제주성 안 원수부에 앉아서 왕환 등 절도사 전부를 한 방에 모아놓고 의논한 후 영(令)을 내렸다.

"각로(各路)의 군사들은 모두 진지를 걷어서 성내로 들어오고, 절도사들은 각기 단단히 무장하고 성내 각 채에 숨어 있을 뿐 아니라, 군사들을 완전히 준비시켜 성내 요소에 배치하라. 그리고 성 위에는 절대로 기를 세우지 말고, 오직 북문에만 '천조(天詔)' 두 글자를 쓴 황기(黃旗) 하나를 꽂아두라."

고태위는 영을 내린 후, 칙사와 기타 관원들과 함께 성벽 위에 올라가서 송강 일행이 오는 것을 기다렸다. 이날 양산박에서는 몰우전 장청에게 마군(馬軍) 5백을 주어 제주성 밑에까지 가서 한 바퀴 휘둘러보게 한 다음, 북문 쪽으로 가서 자취를 감추게 했다.

그러고 난 뒤에도 양산박에서는 신행태보 대종을 또 파견하여 성내의 동정을 자세히 정찰해갔다.

그런 줄도 모르고 지금 고태위는 본성(本城)보다 훨씬 얕게 쌓은 노대(露臺)에 나와서 일산(日傘)을 받치고, 상 위에다 향을 피우고, 백여 명부하를 좌우에 세우고서, 송강 일행이 오기만 기다리고 있는 것이었다.

"송강의 무리가 오고 있습니다."

조금 있다가 이 소리를 듣고 북쪽을 바라보니, 과연 송강의 무리가 선두에 금고(金鼓)와 깃발을 세우고 두령들은 기러기 떼처럼 대오를 지어서 오더니, 선두에서 송강·노준의·오용·공손승 네 사람이 말 위에서 흠신(欠身)의 예로써 고태위에게 인사를 드리는 것이었다.

그 모양을 내려다보고서 고태위는 부하 한 명으로 하여금 성 위에 올라가서 큰소리로 외치게 했다.

"조정에서 그대들의 죄를 용서해주기 위해 특별히 칙사를 보내시어 은사를 내리시는 마당인데, 무슨 까닭으로 몸에 무장을 하고 왔는고?"

이 소리를 듣고 송강은 대종을 시켜 성 밑에 바싹 들어서서 큰소리로 대답하게 했다.

"저희들이 아직 성은을 입지 못했삽고, 조서의 내용이 어떤 것인지 그것도 아직 모르므로 감히 무장을 끄르지 못합니다. 태위 상공께서 깊이 살피시어 성내 주민들과 나이 많은 분들을 이 자리에 나오라 하시어, 저희들과 함께 조서를 받들어 널리 알도록 해주시기 바랍니다. 그때엔 저희가 무장을 풀겠사옵니다."

사로잡힌 고태위

고태위는 그들의 요구가 대단치 않으므로 즉시 성내 백성들에게 모두 성 위에 나와 조서 개독식을 참관하라는 영을 내렸다.

그리하여 순식간에 남녀노소 무리들이 성 위에 가득 올라왔다.

이때 송강 등 양산박 호걸들은 성 위에 늙은이, 젊은이들이 가득 서 있는 것을 보고 조금 앞으로 나아갔다.

그때 북소리가 한 번 덩 울렸다. 그러자 송강 이하 모든 두령들이 일제히 말 위에서 내렸다.

이때 북소리가 덩 덩 두 번 울렸다. 모든 두령들은 걸음을 걸어 성 밑으로 다가서고, 뒤에서 부하들은 말고삐를 쥐고서 대기하고 있다.

그다음에 북소리가 덩 덩 덩 세 번 울리니까 모든 두령들이 두 손을 모으고 칙사가 성 위에서 조서 읽기를 기다린다.

그때 칙사는 조서를 읽기 시작했다.

제(制)하여 이르노니 사람의 본심은 본래 두 끝으로 갈린 것이 아니고, 국가의 항도(恒道)도 이와 동일한 이치이니, 사람들이 선(善)을 행하면 양민(良民)이 되는 것이요, 악(惡)을 행하면 역당(逆黨)이 되는 것이니라. 짐이 듣건대 양산박 무리들이 서로 모인 지 오래이건만 선화(善

化)를 받지 못하고 아직도 양심(良心)에 돌아오지 아니한다 하기로 조서를 내리고 칙사를 보내는 터이니 송강을 제(除)하고 노준의 등 대소인중(大小人衆)의 범한 바 과악(過惡)을 용서하고 아울러 사면하노라. 그러므로 그 머리 된 자는 서울로 와서 은혜에 감사할 것이요, 따라다니던 자는 각기 고향으로 돌아갈지어다. 오오, 빨리 우로(雨露)에 몸을 적시고 사(邪)를 버리고 정(正)에 돌아가, 뇌정(雷霆)을 범하지 말고 개과천선할지어다. 이에 조시하는 바이니 마땅히 잘 알아 할지어다.

　　선화(宣和) ○년 ○월 ○일

　이때 칙사가 이같이 조서를 읽어가던 중, '송강을 제하고…'란 글귀를 읽었을 때, 군사 오용은 화영을 건너다보며 눈짓을 하면서,

　"지금 저놈의 소리 들었죠?"

　하고 암시를 주었던 것이다. 그래, 조서 낭독이 끝나자마자 화영은 큰소리로 외쳤다.

　"어째서 우리 형님은 빼놓는다는 거요? 그래 우리들만 귀순하라는 건가? 이놈 칙사야! 화영의 신전(神箭)이나 한 대 먹어라!"

　이 소리가 끝나자, 화살 한 개가 번갯불처럼 날아가 어느새 칙사의 얼굴 한복판에 꽂혔다.

　이때 성 위에 있던 관원들은 혼동되어 화살 맞은 칙사를 떠메고서 내려가는데, 성 아래 양산박 호걸들은 성 위를 바라보고 소리를 지르며 활을 쏘아대므로, 고태위는 기급초풍해서 재빨리 그 자리에서 내빼버리고, 그와 동시에 성내에 있던 관군은 사대문(四大門)으로부터 쏟아져 나왔다.

　그때 북소리가 한 번 덩 울리니까, 송강 등 양산박 호걸들은 일제히 말 위에 뛰어올라 달아난다. 관군은 그 뒤를 추격했다.

　이 리, 오 리를 쫓아가다가 관군이 육 리가량 쫓아갔을 때, 양산박 후

군(後軍)에서 호포 소리가 탕 탕 탕 터지더니 동쪽에서 흑선풍이, 서쪽에서 호삼랑이 각각 보군과 마군을 이끌고서 덮쳐드는 게 아닌가. 이렇게 되면 으레 복병이 있는 법인지라, 관군은 허둥지둥 퇴각하려 했는데, 이때까지 달아나던 송강의 군사가 갑자기 돌아서서 역습해오는 까닭에, 관군은 꼼짝 못 하고 삼면(三面)으로 협격을 받으면서 무수한 살상자를 내고 간신히 제주성 안으로 돌아갔다.

이같이 관군이 달아나는 꼴을 보고 송강도 군사를 거두어 바로 양산박으로 돌아갔다.

일이 이렇게 되고 보니 한번 재주를 부려보려던 고태위만 코가 납작해진 것이 아닌가.

고태위는 분해하면서 원수부에 앉아서 부리나케 상주문을 썼다. 송강 등 역도(逆徒)가 칙사를 쏘아 죽이고 초안에 응하지 않는다는 내용이었다. 그리고 따로 채태사·동추밀·양태위한테도 편지를 써 아무쪼록 천자께 말씀을 잘 드려서 군사와 군량을 급히 보내주어 역도들을 하루 속히 소탕하도록 해달라고 간청했다.

고태위의 편지를 받아본 채태사는 즉시 대궐로 들어가서 천자께 그동안의 경과를 자세히 아뢰었다. 그랬더니 천자는 근심스러운 얼굴로,

"대체 그놈들이 어떻게 생겨먹은 도적들이기에 이렇게 번번이 조정을 욕되게 한다는 거냐!"

하고, 즉시 조칙을 내려 각처에서 원군(援軍)을 징발하여 고태위한테로 보내도록 했다.

그리하여 이번에도 고태위가 또 패전한 사실을 알고 있던 양태위는 새로 어영사(御營司) 안에서 두 사람의 대장을 선택하는 한편, 용맹(勇猛)·호익(虎翼)·봉일(捧日)·충의(忠義) 등 사영(四營)으로부터 각각 정병(精兵) 5백 명씩 도합 2천 명의 군사를 뽑아 두 장수에게 보내고서 힘을 다하여 고태위를 도우라고 부탁했다.

그런데 이번에 가게 된 두 장수 중 한 사람은 80만 금군(禁軍)의 도교두(都敎頭)로 있으면서 벼슬은 좌의친위군(左義親衛軍)의 지휘사로 있는 호가장군(護駕將軍) 구악(丘岳)이요, 한 사람은 80만 금군의 부교두(副敎頭)로서 벼슬은 우의친위군(右義親衛軍) 지휘사 거기장군(車騎將軍) 주앙(周昂)인데, 이 두 사람은 나라에 큰 공을 여러 번 세웠기 때문에 그 이름이 해내, 해외에 널리 알려진 무예의 권위자일 뿐 아니라, 또 고태위의 심복지인이었다.

양태위로부터 속히 출발하라는 지시를 받은 두 사람은 채태사에게 인사를 갔다.

채태사는 두 사람을 보고,

"아무쪼록 힘과 꾀를 다해서 속히 공을 세우고 돌아오오. 그런다면 반드시 중용할 거니까!"

라고 당부하는 것이었다. 두 사람은 사례하고 물러나와 사영(四營)으로 갔다.

이 네 군데 영에서 뽑아낸 군사는 모두 키가 크고, 몸이 건강하고, 허리는 가늘고, 어깨는 넓은 산동·하북 지방의 장정들로서, 산에 오르고 물에서 헤엄치기를 잘하는 사람들이었다.

호가장군 구악과 거기장군 주앙은 각 성(省), 각 원(院)으로 고관을 찾아다니며 인사를 드리고, 마지막으로 양태위한테 인사를 갔다.

"내일 출성(出城)하겠습니다."

두 사람이 이같이 인사를 드리니까 양태위는,

"제발 두 분이 공을 세우시오."

하고, 좋은 말을 다섯 필이나 전진(戰陣)에서 사용하라고 기증하는 것이었다.

다음날 사영에게 선발된 군사들은 모두 몸차림을 단단히 하고서 어영사 앞으로 집합했다.

구악과 주앙은 군사들을 네 대로 나누었다. 그리하여 용맹·호익 두 군대의 1천 명 보군과 2천의 마군은 구악 장군이 지휘하고, 봉일· 충의 두 군대의 1천 명 보군과 2천의 마군은 주앙 장군이 지휘하기로 정했다.

그리고 이 밖에도 또 보군 1천이 있는 고로 이것도 두 장수가 각각 나누어 맡았다. 이렇게 해서 구악과 주앙은 아침 해가 뜰 무렵에 대오 를 지어 성 밖으로 나가니까, 양태위는 친히 성문 위에 올라가서 열병 을 하는 것이었다.

그동안 조정에서 먼 곳으로 원정군을 파견한 일이 여러 번 있었지만, 이번에 파견되는 군사는 친위군 중에서도 골라서 뽑은 군사들인 고로, 그 외양이 잘생기고 용맹스럽고 그리고 군복 차림의 화려함은 그전 원 정군과는 비교가 안 될 만큼 훌륭했다.

선두에는 두 개의 찬란한 수기(繡旗)가 있고, 그 기 밑에 구악 장군이 좌군을 거느리고, 주앙 장군은 우군을 거느리고서 각각 말 위에 위엄 있게 앉아 있는데, 그 풍채가 지금까지 보아온 어느 장군보다도 훌륭한 지라 구경하던 백성들은 손뼉을 치며 좋아했다.

구악과 주앙은 말에서 내려 양태위와 그 밖의 고관들에게 작별 인사 를 드린 후, 서울을 떠나 제주로 행군하기 시작했다.

그런데 이때 제주에 있는 고태위는 문참모와 의논해 서울서 증원군 이 내려올 때까지 군사들로 하여금 부근 산림에 들어가서 재목을 베어 오게 하고, 이웃 고을에서 배를 만드는 목수들을 데려다가 제주성 밖에 다 큰 조선소를 차리고 우선 배를 만들도록 했다. 그리고 한편으로는 여러 군데다 방(榜)을 써붙이고서 용맹무쌍한 수부(水夫)와 군사를 모집 했다.

마침 이때, 제주성 안 어떤 객줏집에 나그네 하나가 묵고 있었는데, 이 사람의 성은 섭(葉)가요, 이름은 춘(春)이며, 사천(泗川) 사람으로서 배를 잘 만드는 목수로 이름난 기술자였는데, 얼마 전에 양산박 앞을 지나다가 그곳 졸개두목한테 붙들려서 주머닛돈을 털렸기 때문에 고향에 돌아가지도 못하고 제주성 안에 들어와서 일자리를 찾고 있는 터이었으므로, 고태위가 재목을 베어다가 배를 만들어 양산박을 토벌할 계획이라는 소문을 듣고, 그는 커다랗게 배를 그린 그림 한 장을 들고서 고태위를 찾아왔다.

고태위 앞에 와서 그는 절을 하고 인사를 드렸다.

"잠시 말씀드릴 일이 있어서 만나뵈오려고 왔습니다."

"무슨 말을 할 작정인가? 말을 해보게."

고태위가 이같이 말하자, 그는 배를 그린 도면을 내놓으면서 말을 시작하는 것이었다.

"은상께서 지난번에 배를 가지고 양산박을 치시고도, 어찌해서 이기지 못하셨는지 그 까닭을 아십니까?"

"글쎄, 패전의 원인을 묻는 모양일세마는, 자네의 소견이나 말해보게."

"패전의 원인은 다른 데 있지 않고, 그 배들이 모두 각처에서 징발해다 주워모은 선척이어서, 노를 젓기도, 못을 잡기도 모두 불편했던 까닭입니다. 게다가 배 밑바닥이 모두 뾰족해서 잘못하다간 배가 뒤집혀지기 쉬우니, 그 배에서 어떻게 움직인단 말입니까? 싸움하는 배가 그래서야 됩니까?"

"그럼 어떻게 생긴 배라야 한다는 건가?"

"소인이 그래서 그 일 때문에 찾아뵙는 겝니다. 양산박 도적떼를 소탕하시려면 우선 큰 배를 수백 척 지으셔야 합니다. 그래서 그중 제일 큰 배를 '대해추선(大海鰍船)'이라 하고, 배의 양쪽에다 스물네 개의 수차(水車)를 달고, 수백 명을 태워서, 그 배 한 척을 열두 사람이 기계를 밟아 움직이게 합니다. 그리고 바깥에다가는 죽롱(竹籠)을 덮어씌워 화살을 막습니다. 또, 갑판 위에다가는 활을 쏠 수 있게 조그만 다락을 세워놓고, 따로 잔거(劃車)를 만들어 갑판 위에다 늘어놓고서, 나아갈 때는 다락 위에서 딱딱이를 치면 스물네 개의 수차가 일제히 힘차게 돌면서 배가 쏜살같이 나갑니다. 그러니 감히 다른 배가 공격할 겨를이 없지요. 그리고 적을 만났을 적에는 갑판 위에 감춰둔 활을 일제히 쏘아대니까 적이 도저히 막아내지 못합니다."

"그거 참 그럴듯하군. 그래서?"

"그리고 이것보다 조금 작은 배는 '소해추선(小海鰍船)'이라는 것인데요, 이것은 양쪽에다가 수차(水車)를 열두 개 달고 배 속에는 백여 명밖에 수용하지 못하지만 뱃머리와 배꼬리에 똑같이 기다란 못을 박아놓고 좌우에는 이 역시 활 쏘는 다락을 만들고 화살을 막는 죽롱도 덮어씌워둡니다. 이것은 양산박 입구 가까이 갔을 때 도적떼의 복병을 무찔러버리는 데 사용합니다. 만일 이같이 하시기만 한다면 양산박 놈들을 전멸시키는 것은 문제없습니다."

고태위는 도면을 들여다보면서 그의 설명을 듣다가 그만 홀딱 반해버렸다. 그래서 그는 즉시 술과 음식을 내오게 하여 그를 관대하는 동시에 이 사람을 그 자리에서 전선건조 도감독(戰船建造都監督)에 임명했다.

이같이 해서 제주성 안에는 낮이나 밤이나 그칠 새 없이 재목이 운반되어 들어오고 있는데, 가까운 고을에서 조선(造船)에 소용되는 물자를 가져올 때 기한을 지키지 못하고 이틀을 어기면 태형 40대에 처하고, 하루 더 늦을 때는 형일등(刑一等)을 더하고, 만일 닷새나 기한을 어긴 사람은 군령에 의해서 목을 베어버리는 규정을 두었다.

그런 까닭에 각 고을에서는 수령들이 가혹하게 일을 독촉하는 통에 견디다 못해 도망하는 백성이 부지기수였다. 그리고 섭춘이 큰 것 작은 것 해추선을 만드느라고 각처에서 징발한 수부(水夫)들이 속속 제주성 안으로 모여들고, 고태위는 그것들을 각 진지의 절도사들한테 나누어

배속시키기에 바빴는데, 하루는 문리(門吏)가 들어와서,

"지금 조정에서 내려보내신 구악·주앙 두 분 장군이 오셨습니다."

하고 보고를 올리므로, 고태위는 절도사들로 하여금 성 밖에 나가서 두 장수를 영접하게 했다.

미구에 두 장수가 원수부에 들어와 고태위에게 인사를 드리자, 태위는 술과 음식을 내다가 두 사람을 대접하게 하고 그들이 거느리고 온 군사들에게도 음식을 주어 위로했다.

그러자 두 사람은 음식을 들고 나서, 고태위를 보고 청하는 것이었다.

"상공께서 속히 영(令)을 내려주시면 저희 두 사람은 곧 나가서 도적을 무찌르겠습니다."

그러나 고태위는 고개를 저으면서 말한다.

"너무 조급히 굴지 마시오. 며칠만 더 기다리면 해추선이 완성될 터이니까, 그때엔 수륙 양로에서 배와 군마가 한꺼번에 쳐들어가 한숨에 적을 소탕할 거니까, 그렇게 합시다."

하고 고태위가 말하건만 구악과 주앙은 또 말한다.

"저희들 눈에는 그까짓 양산박 도적떼는 입에서 젖내 나는 어린애 같은 것들입니다. 조금도 염려 마시고 명령만 내려주십시오. 한번 싸우기만 하면 당장 개가를 올리고 돌아올 터이니까요!"

"글쎄, 말대로 공을 이루기만 하시오. 그런다면 얼마나 영광스럽겠소. 내가 천자께 사뢰어서 반드시 두 분을 중용하시도록 힘쓰리다."

구악과 주앙은 그제야 감사했다. 그리고 그날 연회가 끝난 뒤에 두 사람은 각각 자기 진지로 들어와서 고태위의 명령이 내리기만 기다리기로 했다. 그리고 이날부터 고태위로부터 배 만드는 독촉은 더욱 성화 같았다.

그런데 이번에 제주성 밑에서 '조서 개독식'이 있을 때 한바탕 소동을 일으킨 양산박 호걸들은 이때 충의당에 모여앉아서 상의하고 있었다.

"두 번 초안에 두 번 다 칙사를 욕보여 우리가 더욱 죄를 짓고 말았으니 조정에서는 또 틀림없이 토벌군을 보낼 거 아니겠소."

송강이 먼저 이같이 말하니까 오용이 말한다.

"사람을 제주로 보내서 염탐해와야겠습니다."

송강과 오용이 이같이 결정하고서 첩보대원 한 명을 제주로 보냈더니, 불과 수일 만에 갔다 와서 보고를 올린다.

"고태위는 지금 제주에서 수군을 모집하면서 섭춘이란 사람을 도감독으로 앉히고 해추선을 수백 척 만들고 있습니다. 그리고 서울서 어전 지휘 장수가 두 사람 내려왔는데, 한 사람은 80만 금군의 도교두로 있는 구악이고, 또 한 사람은 부교두 주앙이랍니다. 이 두 사람이 무용이 놀라운 데다 각처에서 새로 증원군이 굉장히 들어와 있습니다."

이 같은 보고를 받고서 송강은 걱정스러운 얼굴로 오용을 바라보는 것이었다.

"그렇게 큰 배가 수면을 나는 새같이 달린다면 그걸 어떻게 깨치나? 큰 걱정인데!"

오용은 송강을 보며 웃는 낯으로 말한다.

"겁날 거 조금도 없습니다! 수군 두령 몇 사람이면 그것들을 함몰시킬 것이고, 육지에서는 더구나 문제도 안 되는 것들 아닙니까? 그리고 그 큰 배들을 다 만들려면 아직도 수십 일 걸릴 테니, 4, 50일은 여유가 있습니다. 그러니까 우리가 내일이라도 저놈들의 조선창(造船廠)에 두 사람쯤 잠입시켜 불을 질러 없애버리게 하면 그만입니다."

"그거 참 신통한 생각이군! 그래, 고상조 시천과 금모견 단경주를 보내면 그런 일을 잘하지 않을까?"

"좋지요! 그런데 몇 사람 더 보내는 게 좋겠군요. 장청과 손신을 재목 나르는 인부로 조선창에 먼저 들어가 있게 하고, 고대수와 손이랑을 밥 나르는 부인으로 가장시켜 다른 여자들 틈에 끼어 조선창에 들어가게 하십시다. 이렇게 해서 시천과 단경주가 서로 일을 도와주고, 장청은 군사를 끌고 가서 내외접응하면 안전할 겁니다."

두 사람은 이같이 방침을 정하고서 그들을 모두 당상으로 불러 각각 임무를 맡겼다.

그런데 고태위는 이때 하루라도 속히 배를 만들려고 주야를 불문하고 주민들을 동원시키는 까닭에 제주성 안은 정말 부산하기 짝이 없었다. 즉 제주의 동쪽 일대가 모두 조선창인데, 수백 척 해추선을 꾸미는 인부가 수천 명이요, 이들을 감독하는 사나운 병정들 수백 명은 제각기 칼을 뽑아들고 인부들한테 큰소리로 고함지르는 통에 목수들은 밤이 깊어도 눈을 붙이지 못하는 형편이다.

이같이 어수선한 제주성 안에 들어온 시천과 단경주는 즉시 조선창 안에 숨어서 의논을 하기 시작했다.

"우리 이제 어떻게 할까?"

"글쎄, 손가·장가 두 부부가 조선창 안에 들어가서 기어이 불을 지를 거 아닌가? 그렇다면 자네하고 나하고는 공로가 없잖아? 그래서는 면목이 없으니까, 나는 이 근처에 숨어 있다가 조선창에서 불길이 오르면 성문으로 뛰어가서 기다리고 있겠단 말야. 필연코 구원병이 올 거니까, 그러면 그때 내가 성 위의 다락에다 불을 지를 테니, 자네는 성 서쪽에 있는 마초장(馬草場)에다 불을 지르란 말일세. 이렇게 양쪽에서 불이 나면 이놈들이 당황해 쩔쩔매다가 죄다 태워버릴 거 아닌가? 이렇게 하세."

"그럭하세."

시천과 단경주는 의논을 정하고서 각각 품속에 화약을 감추고는 으슥한 곳에 몸을 숨겼다.

한편, 장청과 손신은 제주성 밑에 와서 4, 5백 명 인부가 재목을 울러매고 들어가는 틈에 끼어 조선창 안으로 얼른 들어갔다. 조선창 입구에는 병정 2백 명가량이 저마다 손에 칼과 몽둥이를 들고서 인부를 감독하고 있는데, 입구 좌우엔 통나무로 세운 목책이 한없이 길게 둘리었고, 잎으로 지붕을 이은 작업장이 2, 3백 채나 늘어섰다.

장청과 손신이 병정들의 눈치를 보아가며 안으로 깊숙이 들어가니까, 거기서는 지금 수천 명 목수들이 한옆에서는 톱질하기, 한옆에서는 대패질하기, 송진으로 땜질하기에 눈코 뜰 사이 없는 광경이었다.

두 사람은 일꾼들의 밥을 짓는 취사장 실경 밑으로 몸을 감추었다.

그때 손이랑과 고대수가 다른 부인네들 뒤를 따라 들어오는데, 때 묻은 옷을 입고, 밥통을 하나씩 들었다.

얼마 지나지 아니해서 날이 저물고, 조금 있다가 달이 떠올랐다.

달빛이 조선창 안을 환하게 비춘다. 목수들은 하던 일을 끝마치려고 모두들 입을 다물고 부지런히 일을 하고 있다. 나무를 다루고 못을 박는 소리 외에 다른 소리는 들리지 않던 조선창 안에서 밤이 2경 때쯤 되었을 때 별안간 좌우 양쪽에서 동시각에 불길이 시뻘겋게 솟아올랐다. 알고 보면 오른쪽은 손이랑과 고대수가 지른 불이고, 왼쪽은 손신과 장청이 지른 불이었는데, 마른 풀로 지붕을 이은 작업장인지라, 불은 순식간에 옮겨붙어 모조리 타기 시작하자, 그 안에 있던 목수와 인부들은 아우성을 치고 달려나와 목책을 뛰어넘어 도망치는 것이었다.

이때 원수부에서 막 잠이 들려던 고태위는,

"조선창에 화재가 났습니다! 조선창이 타고 있어요!"

문을 두드리며 이같이 보고하는 소리를 듣고, 깜짝 놀라 이불을 걷어차고 밖으로 뛰어나왔다.

동쪽 하늘이 불바다처럼 보인다.

고태위는 즉시 군사를 이끌고 나가 불을 끄라 했다. 그래서 구악과 주앙 두 장수가 각각 군사를 거느리고 불바다를 향해 달려갔다.

고태위가 미처 정신을 가다듬지 못하고 있는 중인데 이번엔 성루 위에서 탁 탁 불똥을 튀는 소리와 함께 시뻘건 불길이 올라오는 게 아닌가.

또 한 번 놀란 고태위는 친히 군사를 이끌고 말을 몰아 성루 밑으로 가려니까, 이번엔 또 서쪽 하늘 밑에서 시뻘건 불길이 올라오는데, 지금 마초장에서 불이 났다는 보고였다.

고태위는 당황해 급히 구악·주앙으로 하여금 군사를 돌이켜 마초장 불을 끄라 했다. 그리하여 두 장수가 마초장 현장으로 가려니까, 도중에서 별안간 금고(金鼓) 소리가 요란하게 나면서 한 떼 군마가 나타나니, 이것은 원래 몰우전 장청이 5백 명 표기군(驃騎軍)을 근처에 매복시키고 있다가 나타난 것이다.

"이놈아! 양산박 호걸 제위께서 모두 여기 오셨다! 모가지를 다오!"

장청이 이같이 소리치고 내달으니까, 구악은 조금도 당황한 빛 없이 칼을 휘두르며 달려들어 싸운다.

장청은 기다란 창으로 칼을 막아내며 싸우기를 삼 합 하고서는, 못 당하는 듯이 말머리를 돌이켜 달아난다.

구악은 공을 세우고 싶은 마음에 즉시 그 뒤를 쫓아가며 외쳤다.

"역적 놈아, 도망가지 말고 게 섰거라!"

이때 장청은 창을 안장 옆에 끼우고, 한 손으로 주머니 속에서 돌멩이를 한 개 꺼내들고는, 구악이 가까이 이르렀을 때 몸을 획 돌리면서 그의 얼굴을 향해 팔매를 쳤다. 그 순간,

"악!"

소리와 함께 구악은 코 아래 인중을 얻어맞고 보기 좋게 말 위에서 떨어졌다.

뒤에서 달려오던 주앙이 이 모양을 보고 부하 장수 두 사람과 함께 뛰어나가서 자기는 장청을 상대하여 싸우는 동안, 두 사람은 구악을 구해서 내빼게 했는데, 장청은 주앙과도 두 합 싸우다가 또 말머리를 돌이켜 달아나는 것이었다.

그러나 주앙은 장청의 뒤를 쫓아가지 아니했다.

조금 있다가 장청이 되돌아와 보니, 이때 관군 쪽에서는 왕환·서경·양온·이종길 등 절도사들이 군사를 거느리고 나타나므로, 장청은 5백 명 표기군을 손짓해서 오던 길로 돌아가버리고 말았다.

이것을 보고도 관군은 혹시나 복병이 있을까 싶어서 장청을 쫓아가지 못하고, 그냥 돌아와서 세 군데의 불을 끄기에만 전력했다. 그래서 불을 다 끄고 나니, 날이 훤히 밝았다.

고태위는 날이 밝자마자 부상당한 구악에게 사람을 보내어 위문했다. 그랬더니, 장청이 던진 돌멩이가 그의 인중을 때린 까닭에, 이가 네 개나 부러지고, 입술과 코끝은 찢어져서 엉망진창이 되었다는 보고였다. 고태위는 급히 의사를 파견하여 상처를 치료한 후 친히 그를 찾아가 보니, 구악의 얼굴 모양이 망측해서 차마 눈으로 볼 수 없는지라, 한(恨)이 골수에 사무쳤다. 그래서 그는 원수부에 돌아와 즉시 섭춘을 불러 배를 속히 만들도록 독촉하는 일방, 타고 남은 조선창 주위에는 절도사들이 진을 치고서 주야로 경비하기를 게을리하지 말도록 엄명했다.

한편, 장청과 손신 부부 네 사람은 제주성 안에서 사명을 다한 후, 시천과 단경주를 만나서 양산박으로 돌아왔다. 여섯 사람이 충의당에 올라가서 그들이 세 군데다 불을 싸지른 이야기를 보고하니까, 송강은 대단히 만족해하고서 그들을 위해 특별히 잔치를 베풀고 상까지 주었다.

이런 일이 있은 뒤에도 송강은 사람을 제주에 보내어 고태위의 군정을 염탐해오고 있었는데, 관군의 조선 공작이 끝날 무렵이 겨울이었지만, 날씨는 봄날같이 매우 따뜻했다.

고태위는 이때 배가 죄다 완성되었다는 보고를 받고서 매우 기뻐했다.

"하늘이 무심치 아니해서 적을 격멸하라고 우리를 도우시는 것이다. 그렇지 않고서야 날씨가 이렇게 따뜻하겠느냐!"

그가 이같이 혼잣말하고 있자니까, 섭춘이 들어와서 아뢴다.

"태위 상공! 예정대로 배의 수효가 다 찼습니다."

"그럼 수군(水軍)을 모두 그 배에 태워 훈련을 시켜야지!"

고태위는 이렇게 말하고 즉시 크고 작은 '해추선'의 진수식(進水式)을 거행하도록 했다. 그리하여 큰 것 작은 것 해추선 수백 척이 하나씩 물속으로 미끄러져 들어간다. 그리고 고태위가 모집한 수군은 사방에서 모여들어 1만 명도 더 되는데, 섭춘은 그들 중 반수(半數)를 여러 배에 나누어 태워, 발로 수차(水車)를 밟는 훈련을 시키고 나머지 반수는 갑판 위에서 활 쏘는 법을 연습시켰다.

이같이 연습시키기를 20여 일 한 후, 수군들의 기술이 익숙해진 것을 보고 섭춘은 고태위에게 사열(查閱)을 청했다.

고태위는 절도사들과 수다한 군관들을 거느리고 사열대 위에 올라가서 내려다보았다.

3백여 척의 '해추선'이 물 위에 가지런히 늘어섰다.

그 중에서 십여 척의 배에서는 호화스런 깃발을 펄렁거리며 북소리와 바람 소리를 요란하게 울린다. 그러자 이번엔 딱딱이 소리가 나니까, 배의 양쪽에 달린 수차가 일제히 돌아가기 시작하더니 3백 해추선이 쏜살같이 달아나는 게 아닌가.

"됐어! 이건 바로 나는 새와 같구나! 이렇게 빠른 수군한테 저 미련한 도적들이 그래도 싸우려 들까? 이번 싸움은 틀림없이 우리가 이겼다!"

고태위는 사열이 끝나자 이렇게 말하고 섭춘에게는 금은과 비단을 상주고, 그 밑에서 일하던 목수들한테는 후하게 노자를 주어 각각 집에 돌아가게 했다.

이튿날, 고태위는 부하 관원에게 명령해서 흑우(黑牛)·백마(白馬)·양(羊)·산돼지(猪)를 잡고, 과자와 과일을 벌여놓고, 금은전지(金銀錢紙)를 올리고서, 수신(水神)에게 제사를 드리도록 했다.

제상을 다 차려놓고서 관원이 원수부에 들어와 고태위에게 알리자 이때 구악은 입술과 코의 상처가 나았는지라, 장청을 잡아 원수를 갚고 싶은 생각에 여러 절도사들과 함께 고태위를 모시고 나왔다.

고태위는 배 위에 차려놓은 제상 앞에 나아가 향을 피우고 수신에게 예배한 후, 이번 싸움엔 승리하게 해주십사고 축원을 드렸다. 그때 모든 장수들이 그와 함께 축원했다. 예배를 마치고 나서 그들은 지전(紙錢)과 폐백(幣帛)을 불에 살랐다.

그러고 나서 고태위는 자기가 서울서 데리고 온 기생들을 배 위로 불러오게 한 후, 술을 따르고 노래를 부르며 춤을 추게 하고, 한편으론 군사들로 하여금 수차를 밟아 배를 움직이게 하니, 물 위를 쏜살같이 가는 배 위에서는 한가로운 생황 소리와 젓대 소리가 울려나오고, 마침내 그들은 날이 어둡도록 놀다가 그 밤을 배 안에서 쉬고, 이튿날 또 부어라 마셔라 해가며 즐기기를 연 사흘 계속했는데, 사흘째 되는 날 어떤 백성 한 사람이 무엇인가 글발이 적혀 있는 종이 한 장을 갖다가 바치면서,

"제주성 뒤에 있는 토지묘(土地廟)에다 양산박 도적놈이 이런 것을 붙여놓았기 때문에 그냥 놔둘 수 없어 떼어가지고 왔습니다."

하고 아뢰는 것이었다.

"어디 보자. 이리 가져오너라."

고태위는 그 종이를 받아서 펴보았다.

그 내용인즉 이랬다.

조방군인 고구(高俅)가 어쩌다가 출세해서
삼군을 거느리고 물 위에서 노는구나.
네 아무리 해추선 만 척을 가졌다 한들

수박(水泊)에 오기만 하면 죄다 가라앉고 말리라.

이것을 읽은 고태위는 손을 부들부들 떨면서,

"일시를 지체할 수 없다! 빨리 군사를 몰고 가서 도적놈들을 죄다 죽이지 않고서는, 내가 맹세코 회군 않겠다!"

하고 이를 간다.

그러자 문참모가 간한다.

"태위 상공! 잠시 노염을 진정하십시오. 이것은 아마 저놈들이 속으로는 겁이 나니까, 일부러 이렇게 위협하는 글을 써다가 붙였나 봅니다. 며칠만 더 쉬고서 수륙의 군사를 완전히 편성한 뒤에 토벌하는 것이 좋을 듯합니다. 이 온화한 날씨를 보십시오. 이렇게 일기가 따뜻한 것도 이것이 폐하의 홍복(洪福)이고 원수님의 호위(虎威)니, 염려 마시기 바랍니다."

고태위는 이 말을 듣고 입이 딱 벌어지도록 좋아했다.

조금 있다가 그는 성내로 돌아와서 의논한 다음 명령을 내렸다.

"육로 방면은 주앙·왕환 두 분이 대군을 영솔하고 가면서 수군을 돕도록 하고, 그리고 항원진·장개 두 분 절도사는 군마 1만을 영솔하여 양산박 산전(山前)으로 통하는 대로를 직충(直衝)해서 적을 들이치시오."

원래 양산박은 자고로 사면팔방이 망망탕탕한 호수로서, 오직 군데군데 얕은 물 위에 갈대숲이 우거져 있을 뿐이었는데 근래에 와서 산 앞으로 한 가닥 큰길이 통해 있는 터이니, 이 길은 최근에 송강이 새로 만든 것이요, 그전에는 없던 길이다.

고태위는 지금 마군(馬軍)을 먼저 보내어서 그 길을 막아버리려는 주의였다.

그러고서 고태위는 문참모·구악·서경·매전·왕문덕·양온·이종길·왕근·조선도감독 섭춘 외에 부하 장수들과 장교들과 수행인들은 자기와 함께 해추선을 타고 가자고 주장했다.

이것을 듣고 문참모가 간했다.

"원수께서는 수로로 가시지 마시고, 육로로 가셔야 합니다."

"왜 수로로 가면 나쁘단 말인가?"

"네, 일부러 자진해서 위태로운 수로로 진군하실 거야 없지 않습니까?"

"쓸데없는 걱정 말게. 지난번에는 두 번 다 적당한 사람을 얻지 못했기 때문에 패전을 하고 많은 배를 잃어버렸던 것이지만, 이번엔 훌륭한 배를 넉넉히 만들어놓았단 말일세. 내가 배 위에 올라가 친히 감독하지 않고서는 저 도적들을 사로잡기 어렵거든! 이번만은 내가 기어코 저놈들과 결판을 지을 작정이니까, 잔말 말게!"

문참모는 다시는 더 입을 벌리지 못하고 그대로 고태위를 따라서 배 위에 올랐다.

고태위는 해추선 30척을 선봉장군 구악·서경·매전에게 맡겨서 지휘하게 하고, 작은 해추선 50척을 앞에 세워 양온·왕근·섭춘에게 지휘를 맡겼다.

선두에 나와 있는 배에는 붉은 기 두 개가 세워져 있으니 그 기폭에는,

> 바다를 휘젓고 강을 뒤집으니 큰 물결이 출렁이고
> 나라를 편안히 정하기 위해 요사한 무리를 무찌르노라.
> 攬海飜江衝臣浪
> 安邦定國滅洪妖

이 같은 글귀를 금 글자로 수놓았다.

중군(中軍)의 배 위에는 고태위와 문참모가 노래하는 계집과 춤을 추

는 계집을 데리고 앉아서 중군의 대열을 통솔하고, 그리고 4, 50척 큰 해추선에는 벽유당(碧油幢) 장막을 치고, 수자기(帥字旗)를 세우고, 황월(黃鉞)·백모(白旄)·주번(朱旛)·조개(卓蓋) 등 중군의 기계를 나란히 세우고 그 뒤에 있는 배는 왕문덕·이종길이 진(陣)을 맡았다.

때는 11월 중순.

기마군(騎馬軍)은 먼저 출발했고, 수군의 선봉 구악·서경·매전 등 세 사람은 맨 앞에 있는 배를 타고 지금 구름을 날리며 안개를 일으키면서 양산박을 향해 살같이 달리는 것이다.

한편, 양산박에서는 송강과 오용이 벌써부터 관군의 동정을 자세히 알고 있었으므로 하루라도 속히 관군이 오기만 기다리고 있는 중이다. 이런 줄도 모르고 구악·서경·매전은 작은 해추선을 양산박 입구의 좌우로 갈라놓아 강의 입구를 막아놓은 다음, 큰 해추선으로 한복판을 밀고 들어갔다. 그들은 모두 목을 학같이 길게 빼고, 눈을 게눈같이 뜨고서, 양산박 깊숙이 들어간 것이다.

그런데 이때 전방에서 한 떼의 배가 떠오고 있는데, 그것들이 배마다 각각 14, 5명씩 갑옷 입은 군사가 타고 있을 뿐이요, 한복판에는 두령 같아 보이는 사람이 한 사람 있을 뿐이다. 그리고 앞에서 오는 세 척의 배에는 흰 기가 하나씩 세워 있는데, 자세히 보니 '양산박 원씨 삼웅(梁山泊阮氏 三雄)'이라 쓰여 있다. 알고 보면 한가운데가 원소이, 왼편이 원소오, 오른편이 원소칠인 것이었다.

그런데 먼 데서 볼 적에는 모두 번쩍번쩍하는 갑옷을 입고 있는 것 같더니, 가까이 보니 모두가 금박·은박의 종이를 풀로 붙여 옷같이 만들어 입은 것이 아닌가.

관군의 선봉대장 구악·서경·매전 세 사람은 그 꼴을 보고 소리를 질렀다.

"어서! 어서! 빨리 저놈들을 쏘아라!"

그래서 선봉대장의 배 세 척에서는 화포·화창·화전을 쏘아댔으나, 거리가 멀어서 맞지 아니했다.

양산박 원가 삼형제는 조금도 겁내지 않고 점점 가까이 배를 노 저어 오더니, 화살이나 창이 닿을 만큼 가까워지자 갑자기 소리를 지르며 배 위에서 물속으로 뛰어드는 게 아닌가.

구악 등 세 장수는,

"별 미친놈들 다 보겠군!"

코웃음하고서, 빈 배 세 척을 빼앗아 그대로 자꾸 깊숙이 들어갔다.

약 3리가량 더 들어갔을 무렵 앞에서 세 척의 쾌속선이 쏜살같이 오고 있는데, 선두에 있는 배에는 십여 명 남자들이 모두 온몸에 푸른빛, 주황빛, 흰빛… 가지각색 칠을 하고, 머리는 풀어 산발을 하고, 입으로는 갈대피리를 불면서 앉아 있고, 그 배 양옆에 있는 두 척의 배에는 온몸에 다 푸른빛 물감을 되는 대로 아무렇게나 칠한 6, 7명씩의 남자들이 타고 있으니, 한가운데 있는 것이 옥번간 맹강이요, 왼편이 출동교 동위요, 바른편이 번강신 동맹이었다.

선봉대장 구악은 이들을 바라다보고 자기 부하들에게 소리를 질렀다.

"저놈들을 쏘아라!"

이 같은 호령 소리가 떨어지자, 이것들이 또 겁을 집어먹었는지, 일제히 배를 버리고 물속에 뛰어드는 게 아닌가.

"또 배가 세 척 생겼구나!"

아까 것까지 합해서 빈 배 여섯 척을 끌고 그들이 더 안으로 들어가노라니까 또 세 척의 배가 떠오는데, 이것들은 아까 것들보다 조금 큰 중선(中船)들이다.

그리고 이 배들은 배 한 척마다 노가 네 개씩 있고 그것을 여덟 사람이 젓고 있는데, 십여 명 졸개들이 한 개의 홍기(紅旗)를 세워놓고 뱃머리에 앉아 있는 두령을 호위하고 있으니, 기에는 '수군 두령 혼강룡 이준', 이렇게 쓰인 것이 가운데 있는 배요, 왼편 배에 앉아 있는 두령은 철창을 들고 있는데 등 뒤에 있는 녹기(綠旗)에는 '수군 두령 선화아 장횡'이라 쓰여 있고, 바른편 배에 있는 두령은 윗동 아래에 아무것도 걸치지 않고, 아랫도리는 잠방이만 입고, 두 다리를 시뻘겋게 내놓고 허리엔 끌을 몇 자루 차고, 손에는 구리로 만든 장도리를 들었는데, 그의 등 뒤에 있는 흑기(黑旗)에는 '두령 낭리백도 장순'이라고 은(銀) 글자로 쓰여 있다.

이때 장순이 관군의 선봉들을 보더니 큰소리로 수작을 건네는 것이 아닌가.

"배를 갖다주니 고맙네!"

구악 등 세 사람 선봉대장은 이 소리를 듣고 부하들에게 명령했다.

"적을 쏘아라!"

이래서 관군이 쏘는 화살이 날아가자, 마주 오던 배 세 척에 앉았던 사내들은 일제히 개구리처럼 텀벙텀벙 몸을 날려 거꾸로 물속으로 떨어져버리는 것이었다.

때는 겨울날씨인 데다가 각처에서 모집해온 관군의 수부와 군사들인지라 그들은 물속에 뛰어들지 못하고 모두가 주저하고 있는 참인데, 이때 갑자기 양산박 산꼭대기에서 호포 터지는 소리가 연달아 울렸다. 그러자 뜻밖에도 사면팔방에 흩어져 있는 갈대숲 안으로부터 1천 척도 더 되는 작은 배들이 한꺼번에 나타나는데, 마치 수없이 많은 메뚜기 떼가 물 위를 쓸고 오는 것 같다.

그리고 이렇게 많은 배에는 어느 배고 모조리 4, 5명씩밖에 타고 있지는 아니한데, 다만 그 뱃바닥에 무엇을 감추어두었는지 그것은 알 수가 없다.

이때 관군의 대해추선은 이것들을 갈아 엎어버리면서 그냥 전진하려 했다. 그러나 아무리 배가 작기로서니 물 위에서 큰 배한테 깔릴 이치는 없다.

그런데 해추선들은 이때부터 양쪽 뱃바닥에 달린 수차가, 아무리 발로 밟아 운전하려 해도 무엇에 걸려서 돌아가지 아니하기 시작했다.

갑판 위에서는 적을 향하여 활을 쏘아댔지만, 적군은 저마다 나무판대기 한 개씩 방패삼아 화살을 막으면서 점점 가까이 옆으로 오더니, 어떤 놈은 요구창으로 키를 걸어 당기고, 어떤 놈은 수차를 운전해보려고 애쓰는 군사를 칼로 치기도 하고, 약삭빠른 놈은 벌써 5, 60명이나 해추선 배 위에 뛰어올랐다.

이렇게 된 관군은 해추선을 급히 뒤로 돌리려 했다. 그러나 뒤에도 수로에 무엇이 막혀 있는지 배가 움직이지를 못한다. 그래서 이 배에서도 저 배에서도 고함 소리가 요란했다. 장수도 소리를 지르고 사병들도 고함을 서로 지르는 것이었지만, 수로가 막혔으니 별안간 신통한 수가 있을 리 없다.

앞배에서 이같이 소동이 벌어지고 있을 때, 뒷배에서는 더 큰 소리로 떠드는 것이 들린다.

이때 고태위는 문참모와 함께 중군(中軍)에 앉아 있다가 혼란을 일으키는 소리를 듣고, 급히 자기 배를 언덕으로 대라고 명령했다. 그랬는데, 그때 갈대수풀 속에서 별안간 북소리가 요란하게 일어나더니, 거의 동시각에 뱃간에 들어앉아 있던 사병들이 일시에 비명을 지르는 게 아닌가.

"배가 샌다."

"물이 들어온다!"

"사람 죽는다!"

온통 이같이 부르짖는 소리가 앞배 뒷배 할 것 없이 어느 배에서고 들리면서, 벌써 한 척 두 척 물속에 가라앉기 시작하고 적의 작은 배들은 해추선 주위로 까맣게 몰려드는데, 마치 죽은 굼벵이한테 개미떼가 모여드는 것 같다.

고태위가 타고 있는 배뿐 아니라 모든 배에 어찌해서 물이 새어드느냐 하면, 아까 장순이 데리고 온 무리들이 물속에 들어가서 끌로 배 밑바닥에 구멍을 파놓았기 때문인데, 이런 줄을 까맣게 모르는 고태위는 배꼬리 쪽으로 달려가서 뒤에 있는 배들을 보고 소리를 질렀다.

"뒷배들은 빨리 앞배를 구원해라!"

그가 이렇게 소리치자 그때 물속에서 한 놈이 불끈 솟더니, 고태위 배로 뛰어오르면서,

"태위님! 소인이 도와드립죠!"

하고 가까이 온다.

고태위가 바라보니, 한 번도 본 일이 없는 모르는 사나이다.

그런데 그 사나이는 가까이 오더니 어느새 고태위 머리의 두건과 허리띠를 거머잡고는,

"에익!"

소리를 한마디 지르면서 물속으로 풍덩 떨어뜨려버린다. 그렇게도 뽐내던 토벌군 원수(元帥)가 이제는 별수 없이 물속 귀신이 되는가 보다.

그런데 이때 이 광경을 보고 있던 두 척의 작은 배가 쏜살같이 나와 고태위를 구해서 그들의 배 위로 끌어올리는 것이었으니, 이 사람이 누구냐 하면 물 위에서 사람 잡기를 마치 독 속에서 자라를 잡아내듯이 쉽게 잡는 낭리백도 장순이다.

이때, 앞서 가던 선봉대장 구악은 전세(戰勢)가 대단히 불리한 줄 알고서 급히 도망하려고 서둘렀는데, 이때 배 안에 있던 수부들 틈에서 별안간 한 사람이 튀어나와 구악이 미처 손 쓸 사이도 없이 한칼에 그의 모가지를 베어 배 위에서 물속으로 떨어뜨리니, 이 사람은 바로 양산박 금표자 양림이다.

선봉대장 구악이 이같이 죽는 것을 보고, 같은 선봉대장 서경과 매전은 양림에게로 달려들었다.

그러자 이번엔 수부들 가운데서 양산박 소두령(小頭領)인 백면낭군 정천수·병대충 설영·타호장 이충·조도귀 조정, 이렇게 네 사람이 차례차례 뛰어나오더니 대뜸 서경과 매전을 거머잡는 게 아닌가.

서경은 일이 안 되겠다 싶어서 얼른 몸을 날려 물속으로 뛰어들었다. 그러나 누가 뜻했으랴. 물속에서 기다리고 있던 어떤 사람이 냉큼 그를 안아서 도로 배 위에다 올려놓는다.

이때 설영은 도망가지 못하고 붙들렸던 매전의 넓적다리를 창으로 찔러 뱃바닥에다 거꾸러뜨렸다. 알고 보면 이 사람들은 미리 관군의 수부로 잠입했던 것이며, 아직도 앞배에는 세 사람의 양산박 두령이 타고 있으니, 하나는 청안호 이운, 하나는 금전표자 탕융, 또 하나는 귀검아 두흥으로서 지금 관군의 대장들은 모가지가 세 개씩 있고, 팔뚝이 여섯 개씩 달렸대도 애당초 꼼짝 못 하게 된 판국이다.

이번 양산박에서는 송강과 노준의가 수륙 두 길로 각각 임무를 나누어 관군을 공격하기로 했었는데 송강은 수로를 맡고 노준의는 육로를 맡았던 것이다.

그리고 이번에 수군이 완전 승리한 이야기는 잠깐 중단하기로 하고, 그동안 육전(陸戰)을 맡은 노준의는 양산박을 출발하여 나오다가 기마군(騎馬軍)을 이끌고서 샛길로 달려오는 관군의 주앙과 왕환을 정면으로 상대했던 것이다.

이때 주앙은 먼저 달려들면서 호령하는 것이었다.

"이 역적 놈아! 네가 나를 모르겠느냐?"

노준의도 그를 마주보고,

"이름도 없는 이 쥐새끼 같은 놈아! 지금 당장 네 목숨이 끊어지는 판인데, 그것도 모르고 헛소릴 하느냐?"

이같이 꾸짖으며 말을 채쳐 주앙의 목을 창으로 찌르려 하니, 주앙도 큰 도끼를 휘두르며 달려들어 두 사람은 마침내 산전대로(山前大路)에서 싸우기를 20여 합, 아직도 승부가 나지 않는 중인데 별안간 노준의의 후군에서 함성이 일어났다.

주앙이 바라다보니 그것은 양산박의 마군(馬軍)으로서 동남방에서는 관승과 진명, 서북방에서는 임충과 호연작… 출출명장의 호걸들이 사면팔방에 매복해 있다가 뛰어나오는 것이었다.

"빨리 퇴군이다!"

주앙과 왕환을 따라오던 항원진과 장개가 이같이 소리를 지르면서 겨우 한쪽 길을 뚫고 내빼자, 주앙과 왕환도 도저히 당해낼 것 같지 않으니까 살 길을 찾아 제주성 안으로 들어가서 군마를 진지에 감추고 동정만 살폈다.

한편, 송강은 수전(水戰)에서 고태위를 사로잡은 후 급히 대종을 시켜 관군을 살상하지 말라고 단속시키는 동시에, 중군의 큰 해추선에 타고 있던 문참모를 비롯하여 노래 부르고 춤추던 계집들과 사내 놈들을 모조리 잡아서 다른 배로 옮기고 징을 쳐 군사를 거둔 다음에 그들을 모두 산채로 호송하도록 했다.

그러고서 송강·오용·공손승이 먼저 산채로 돌아와 충의당에 앉았노라니까, 장순이 아직도 옷에서 물을 뚝뚝 떨어뜨리는 고태위를 끌고 왔다.

송강은 그 꼴을 보고 황망히 충의당에서 내려와 그를 부축하며 좌우에 있는 졸개를 둘러보고 명령했다.

"속히 새 옷 한 벌을 내오너라!"

졸개가 새로 지은 겨울옷 한 벌을 내오니까 송강은 그것을 고태위에게 갈아입히고 그를 부축하여 마루 위로 올라와 바로 정면에 있는 교의에 앉게 한 다음에 그 앞에 꿇어앉아 절을 했다.

"무어라고 사죄의 말씀을 드려야 좋을지 모르겠습니다."

고태위도 어찌된 영문인지 몰라 당황하여 마주 절을 했다.

송강은 오용과 공손승을 불렀다.

"두 분도 태위 상공께 인사드리시오."

그러자 오용과 공손승도 고태위에게 깍듯이 절을 했다.

송강은 또 연청을 불러 인사를 드리게 한 후,

"지금으로부터 앞으로 사람을 죽이는 자가 있다면 군령에 의해서 중형에 처할 터이니 그리 알게 하라!"

하고 영을 내리니 일동이 엄숙해졌다. 그러자 그때 여러 두령들이 사로잡은 관군의 대장들을 끌고 들어오는데 동위와 동맹은 서경을, 이준과 장횡은 왕문덕을, 양웅과 석수는 양온을, 원가 삼형제는 이종길을, 정천수·설영·이충·조정은 매전을, 양림은 구악의 모가지를, 이운·탕융·두흥은 섭춘과 왕근의 모가지를, 해진·해보 형제는 문참모 외에 춤추고 노래 부르던 계집들과 시중들던 사내 놈들 한 떼를 결박지어 들어왔다.

이러고 보니 이번 싸움에 양산박 군사가 사로잡지 못한 관군의 대장이라고는 주앙·왕환·항원진·장개, 이상 네 사람뿐이다.

송강은 좌우를 둘러보고,

"새 옷을 갖다가 모두 갈아입혀야겠다."

이렇게 명령했다. 그래서 졸개들이 준비해두었던 새 옷을 내다가 그들에게 모두 갈아입힌 다음에 송강은 그들을 충의당 마루 위로 올라오게 했다.

그리고 일반 포로들은 전부 석방해서 제주로 돌아가게 하고, 따로 배한 척을 내주어 붙들려온 가수와 무희들과 시중들던 놈팽이들은 저희들끼리 마음놓고 놀도록 했다.

충의당에 대연회석이 벌어져서 고기와 술이 무진장으로 많이 들어오는 것은 말할 것도 없고 음악 소리도 흥겨웠는데, 모든 두령들이 일제히 고태위에게 예를 드리자, 이때 송강이 일어나서 술잔을 드니까, 오용과 공손승은 술병을 들고, 노준의는 그 옆에 와서 시립(侍立)한다.

송강은 한 발자국 고태위 앞으로 나서서 입을 열었다.

"얼굴에 죄인의 자국이 있는 말단 소리(小吏) 출신의 송강이 어찌 감히 조정을 배반할 마음이 처음부터 생겼을 이치가 있겠습니까? 어쩌다가 죄를 지은 후 그 뒤로 부득이해서 죄 위에 또 죄를 지어 이 모양이 되었습니다. 그동안 두 번이나 천은(天恩)을 받들었습니다마는, 중간에 여러 가지 곡절이 있었기 때문에 천은을 입지 못했습니다. 지금 와서 이루 발명의 말씀을 못 드리는 터이오니, 태위 상공께서 부디 저희들을 불쌍히 보시고서 깊은 구렁텅이에 빠져 있는 저희들을 건져내시어 다시 천일(天日)을 보게 해주시기 바랍니다. 그렇게 되도록 힘써주신다면 저희들 일동은 가슴속에 깊이 새겨 그 은혜에 보답하겠습니다."

송강이 이같이 말하는 동안 고태위는 양산박 두령들을 곁눈으로 훑어보다가, 그 한 사람 한 사람이 모두가 뛰어나게 잘생긴 것을 보고 기가 꺾였다. 그 중에서도 임충과 양지가 눈을 무섭게 뜨고 자기를 노려보고 있는데, 별안간 몸이 오그라지는 것 같은 두려움을 느꼈다.

고태위는 될수록 겁내는 기색을 감추면서 한마디 답사를 하는 것이었다.

"송공명 선생을 위시해서 여러분들, 너무 걱정 마십시오. 이 사람이 돌아가면 다시 한 번 폐하께 상주하여 또 한 번 은사령(恩赦令)을 내리시게 하는 동시에, 여러분한테 중상(重賞)을 내리시고 벼슬까지 시키시도록 하여, 하급에 있는 의사(義士) 여러분들까지 조정의 녹(祿)을 먹는 양민(良民)이 되도록 힘쓰겠습니다."

송강은 이 말을 듣고 그것이 아주 입에 발린 소리만은 아니라고 생각하고서,

"감사합니다."

하고 술잔을 고태위에게 드렸다. 고태위는 그 잔을 받아 마셨다. 그러자 계속해서 모든 두령들이 차례로 술잔을 그에게 권하니, 그는 기분이 좋아서 주는 대로 넙죽넙죽 받아 마시는 것이었다.

이렇게 술을 대중없이 받아 마시고 나니, 어찌 취하지 아니할 이치가 있으랴. 그는 아까까지도 목숨이 끊어질까봐 걱정하던 것과 반대로, 세상에 겁낼 것이 없어졌다.

그래서 그는 큰소리를 했다.

"나는 이래보여도 씨름을 잘한단 말야. 젊었을 때 씨름을 배웠거든. 그땐 천하에 나를 당할 사람이 없었단 말야!"

고태위가 이렇게 힘센 자랑을 하니까, 곁에서 이 소리를 듣고 있던 노준의도 술에 취했는지라 옆에 앉은 연청을 가리키며,

"이 사람 제 동생도 씨름을 잘한답니다. 태산에 가서 세 번 씨름을 했는데, 세 번 다 판을 막았죠!"

하고 풍을 떠는 것이었다. 그러자 고태위는 자리에서 벌떡 일어서면서,

"그럼 잘됐군. 나하고 한번 해볼까?"

하고 옷을 훌훌 벗어놓고 연청에게로 간다.

이때 좌중의 공기는 누그러져서 여러 사람이 박수갈채했다. 송강 이하 여러 두령들이 조정의 태위라 해서 모두들 근엄한 태도로 예의를 차리고 있던 판에 뜻밖에 고태위 입에서 씨름을 해보자는 말이 나왔으니, 이런 기회에 고태위란 놈의 코를 납작하게 만들어주었으면 하는 것이 그들의 심정이었던 것이다.

"재미있다! 어서 해봐라!"

여러 사람이 또 손뼉을 치면서 이렇게 재촉했다.

이때 송강은 술에 너무 취해서 씨름을 하게 내버려두는 것이 좋을지 나쁠지 판단이 안 나서,

"글쎄… 글쎄… 후우… 후우….'

이러고만 있었다.

그러는 사이에 두 사람은 옷을 벗어버리고 잠방이 하나만 입은 채 넓은 곳으로 나와 섰다.

송강은 그제야 그들을 위해서 두꺼운 담요를 깔아주라고 지시하는 것이었다.

조금 있다가 고태위와 연청이 담요의 양쪽 끝에 서서 각기 자세를 취하더니, 고태위가 두 손을 벌리고 와락 달려들었다. 그러나 그 순간 연청이 슬쩍 몸을 피하면서 두 손으로 고태위의 허리춤을 움켜쥐더니,

"에익!"

소리와 함께 쾅 하고 육중한 고태위의 몸뚱어리는 저만큼 나가떨어지고, 한참 동안 일어나지를 못하는 게 아닌가. 씨름의 수법으로는 이것을 '수명박(守命撲)'이라고 한다.

송강과 노준의는 황공해서 급히 달려가 고태위를 일으켜 옷을 입힌 후, 다시 자리에 좌정하게 했다. 그러자 여러 사람은 유쾌히 웃으면서 말했다.

"태위님이 그렇게 취하셔서 어떻게 씨름에 이기실 수야 있나!"

연청도 고태위 앞에 와서,

"용서하십시오. 씨름을 하다 보니 그만 죄를 지었습니다."

하고 용서를 빌었다.

고태위는 무안하고 겁도 나서, 한마디 말도 안 하면서 술만 받아먹다가 밤이 넘어서 여러 사람의 부축으로 후당에 들어가 누워버렸다.

대사령 이면공작

그다음 날도 송강은 고태위를 위해서 떡 벌어지게 잔치를 베풀었건만, 한시라도 양산박에서 떠나고 싶은 고태위는,

"송공명 선생! 제발 이 사람을 서울로 돌아가게 해주시오."

하고 송강에게 간청하는 것이었다.

그러나 송강은 공손한 태도로 그를 붙들었다.

"저희들이 무슨 딴 마음이 있어서 태위님을 못 가시게 하는 것이 아니올시다. 만일 그렇다면 당장 하늘에서 벼락이 떨어져서 저희들이 죽을 겁니다!"

그래도 고태위는 또 그럴듯하게 사정을 한다.

"아니올시다! 무어 이 사람이 꼭 가고 싶어서 그러는 것만이 아니고, 이 사람이 일찍 돌아가야만 폐하께 나가서 여러분 이야기를 사실대로 아뢰어서, 하루라도 속히 여러분을 초안하도록 한 후 국가에서 중용하도록 해야 되지 않겠습니까? 그래서 그러는 것이지, 이 사람이 집으로 돌아가서 편안히 있고 싶어서만 그러는 것이 아닙니다. 만일 이 사람이 거짓말을 하는 것이라면 하늘과 땅이 이 사람을 용납하지 않을 것이고, 필경 창이나 화살에 맞아죽을 겁니다."

이렇게 번지레하게 꾸며대는 소리에 송강은 그만 넘어갔다. 그래 그

는 머리를 고태위 앞에 공손히 숙이고 깍듯이 예를 드렸다.

그때 고태위는 또 말한다.

"정말이올시다. 만일 선생이 이 사람의 말을 못 믿으신다면, 이 사람 부하의 장수를 인질로 여기다 두고 가도 좋습니다."

"천만의 말씀이십니다. 태위 상공 같은 천하 귀인의 말씀을 누가 감히 의심하겠습니까? 장군들을 두고 가실 필요는 없습니다. 아무 날이고 말 타고 환경(還京)하시도록 보내드릴 작정입니다."

고태위는 고마워서 송강에게 예를 하고 감사했다.

"그렇게까지 생각해주시니 감사합니다. 이제 돌아가보겠습니다."

"이렇게 급하게 떠나실 수야 있습니까. 조금만 더 계십시오."

송강은 이렇게 말하고 다시 고태위를 만류하여 자리에 좌정하게 한 후 취토록 대접하니, 이 날도 밤이 깊어서야 각각 처소로 돌아갔다.

사흘째 되는 날, 고태위는 마음이 불안했다. 이렇게 날마다 보내주마고 말로만 생색을 내고 영영 안 보내주는 것이나 아닌가 의심도 생겼다. 그래서 그는 송강을 보고 애원하듯이 말했다.

"제발 간청합니다. 오늘은 꼭 보내주십시오."

송강은 이 말을 듣고 하는 수 없다는 듯이,

"그토록 떠나시겠다면 더 만류해 모시지 못하겠습니다. 그러나 잠시 지체하시기 바랍니다."

이같이 말한 후, 다시 잔치를 열고 금·은·채단 수천 금어치를 예물로 선사하고 절도사 여러 사람한테도 예물을 선사했다. 고태위는 막대한 재물을 받고 너무도 좋아서 싱글벙글하면서 술잔을 기울이는 것이었다.

이같이 송별주를 마시다가 송강이 또 한 번 초안에 관한 이야기를 꺼내니까, 고태위는 만면에 희색을 띠면서 장담했다.

"그건 염려 마시라니까! 정녕코 그 일이 궁금하시거든 믿을 만한 사람을 내게 딸려주시오그려. 그러면 내가 그 사람을 데리고 폐하께 같이 들어가서, 여기 계신 양산박 여러분의 충정을 낱낱이 말씀드려 즉석에서 조칙을 내리시도록 주선하오리다!"

송강은 그가 초안을 해준다니까 그 이상 더 좋은 일이 없다 생각했는지라, 곁에 앉은 오용과 상의하여 성수서생 소양을 태위에게 딸려 보내겠다고 말했다.

그러자 오용은 또 한 사람 더 추가해서 따라가게 하는 것이 좋겠다고 말하면서,

"지금 생각하니 또 한 사람 데리고 가시는 것이 좋겠습니다. 철규자 악화 한 사람을 더 보내는 것이 나중에 돌아올 때 편하겠군요."

이같이 청한다.

"그럭하시지. 그러면 나도 의사(義士) 여러분과 약속하는 뜻으로 문참모를 이곳에 머물러 있도록 하고 떠나지요."

"좋습니다. 그리하십시오."

송강도 기뻐하면서 문참모와 고태위를 번갈아 바라보고 다시 그들에게 술을 권했다.

이튿날 고태위와 각로 절도사들은 문참모 한 사람을 양산박에 남기고 출발하는데, 송강은 오용과 더불어 20여 기(騎)를 거느리고 금사탄에 내려가서 그들을 20리 밖에까지 따라나가 전송한 후 충의당으로 돌아왔다.

그런데 고태위 일행은 먼저 사람을 보내놓았기 때문에 주앙·왕환·항원진·장개 등과 제주 태수 장숙야가 성 밖에까지 나와서 기다리고 있다가 영접하는 것이었다.

고태위는 성내에 들어가 3일 쉬고서, 절도사를 불러 각기 군사를 거두어 돌아가서 다시 명령이 있을 때까지 대기하고 있으라 했다. 그리고 자기는 주앙과 부하 장수들로 하여금 삼군(三軍)을 인솔하게 하고, 소양

과 악화 일행을 데리고서 제주를 떠났다.

이때 양산박에서는 두령들이 충의당에 모여앉아서 고태위에 대해서 의논하고 있었다.

"고구가 이번에 돌아가서 제가 여기서 우리한테 장담한 대로 시행할까?"

먼저 송강이 이같이 말하니까, 오용이 픽 웃으면서 말한다.

"형님은 어떻게 보셨는지 몰라도 제가 그자를 관상(觀相)하니 형국은 뱀같이 생긴 데다가 눈깔은 벌의 눈깔이라, 봉목사형(蜂目蛇形)으로 생긴 놈치고 배은(背恩)하지 않는 놈이 없습니다. 그놈이 이번에 숱하게 많은 군사를 잃고 나라의 재물을 굉장히 많이 축내놓고 돌아가는 놈이니 그놈이 대궐 안에 들어가기나 하겠습니까? 그놈이 서울 돌아가서는 필연코 꾀병을 하고 출입을 안 할 것이요, 천자께는 희미하게 보고를 올리고, 군사는 잠시 휴식시키고 소양과 악화 두 사람은 어디다 연금해두고 말 것입니다. 그러니 초안을 기다린다는 것은 어리석은 일입니다."

송강이 그 말을 듣고 놀란다.

"아니, 정말 그렇다면 저 일을 어쩌나? 공연히 우리 형제 두 사람만 함정에 빠뜨린 셈이 아닌가?"

"그러니까 제 생각 같아서는 지금이라도 곧 영리하고 기민한 사람을 두 사람쯤 뽑아서 금은보화를 많이 주어 서울로 올려보내, 소식을 염탐해 꼭 쓸 자리에다 뇌물을 바치고, 연줄을 밟아서 수단을 써보게 할 수밖에 다른 도리가 없습니다. 그렇게 해서 천자님 귀에 진실한 우리들의 충정이 들어가야만 고구란 놈의 죄상이 폭로되고 말 것이요, 그래야만 초안도 실현되지 그밖엔 아무 계책이 없습니다."

이 말을 듣고 있던 연청이 얼른 일어나서 의견을 말한다.

"작년에 형님께서 서울 가셨을 적에 왜 한바탕 소동이 일어나잖았습니까? 그때 제가 이사사 집에 감쪽같이 들어가본 일이 있죠. 그런데 그날 밤 흑선풍 이규가 지랄을 했기 때문에 그 여자가 우리를 짐작하고서 '폐하께서 저의 집에 오신 것을 양산박 것들이 알고 일부러 저 지랄한 거'라고 고해바쳤을 겝니다. 이사사는 폐하의 애인이니까요. 제가 이번에 금은보화를 갖고 가서 한번 수단을 부려볼까요? 천자님한테도 베갯머리 송사가 제일 빠를 것 같군요!"

송강이 그 말을 듣고 잠시 생각하다가 말한다.

"혼자 가서 그러다가 위태롭지 않을까?"

그러자 신행태보 대종이 연청을 돕겠다고 한마디 한다.

"제가 연청과 같이 가서 일을 도와주지요."

이 말이 끝나자 이번엔 신기군사 주무가 한마디 보탠다.

"형님이 연전에 화주를 치실 적에 숙태위(宿太尉)한테 대우를 잘해주신 일이 있지 않습니까? 그러니까 숙태위한테 청을 넣어 그 사람더러 천자님께 말씀을 잘 드리도록 하면 좋겠습니다."

송강은 고개를 끄덕였다. 화주를 공격했을 적이라는 이야기는, 노지심과 사진이 화주의 하태수한테 붙들려 옥에 갇혀 있을 때 서악화산(西嶽華山)으로 천자를 대신해서 참배 가는 숙태위를 송강이 연금해두었던 그 사건을 말하는 것이다. 지금 송강은 그때의 일을 생각하다가 그보다 오래전에 구천현녀(九天玄女)로부터 '숙(宿)을 만나 거듭 기뻐하고'… 이런 말을 들은 기억이 문득 생각났다. 그리고 '숙'이란 '숙태위'를 뜻하는 것이 아닌가, 이렇게 생각했다. 구천현녀의 이야기란, 여러 해 전 송강이 양산박에 들어온 이후 처음으로 자기 부친을 찾아뵈러 운성현에 갔다가, 관원들한테 쫓겨 환도촌에서 어떤 고묘(古廟) 안에 들어가 숨었을 때, 그때 꿈에 나타나서 자기한테 세 권 천서(天書)를 주던 그 선녀를 가리키는 이야기다.

송강은 이때 일을 생각하고 즉시 문참모를 불렀다.

"그런데 문선생한테 물어볼 말씀이 하나 있습니다. 숙태위 숙원경(宿元景)을 잘 아십니까?"

"알다뿐입니까, 바로 동문수학한 죽마고우지요. 지금은 폐하를 모시고 촌보(寸步)도 폐하의 옆에서 떠나지 아니하는 신하인데, 이 사람이 마음이 인자하고 관후해서 대인접물(待人接物)에 화기(和氣)가 넘치는 인물이지요."

"정말 그 같은 인물이라면, 문선생께 청할 일이 있습니다. 우리들은 지금 고태위가 서울 돌아가서 우리를 초안합시사고 폐하께 말씀 올리지 아니했으리라고 의심하는 터입니다. 그래, 연전에 숙태위는 화주로 강향(降香)하러 오셨을 때 제가 잠시 만나뵌 일이 있기에 이번에 그분한테 사람을 보내어 사정을 명백히 아시게 하고, 그분이 사이에 들어서 폐하께 말씀을 잘해주도록 해보고 싶어서 그럽니다."

"장군께서 그러실 생각이라면, 제가 숙태위한테 편지를 한 장 써드리죠."

"고맙습니다."

송강은 대단히 기뻐하고 즉시 지필(紙筆)을 가져오게 하는 한편, 향로에 향을 피우고, 구천현녀가 준 천서를 상 위에 올려놓고 하늘에 기도한 후 점괘를 얻어서 보니 아주 '상상대길(上上大吉)'이라는 점괘가 나왔다.

"일이 참 잘될라나 보다!"

송강은 즉시 술을 가져오게 하여 대종과 연청의 송별연을 열었다. 그리고 금과 구슬과 그 밖의 여러 가지 보물을 커다란 대상자 두 개에 하나 가득 담아주었다.

"잘 다녀와요. 부디 성공해서 오란 말이오."

송강이 이렇게 부탁하고, 문참모가 써놓은 편지와 개봉부(開封府)의 관인을 찍은 가짜 공문서를 주니까 공인 모양으로 분장한 대종과 연청은 송강 이하 여러 두령들에게 작별 인사를 고하고 금사탄으로 내려가는데, 대종은 보따리를 우산과 함께 묶어 그것을 울러맸고, 연청은 수화곤에다가 대상자를 매달아 울러맸고, 두 사람이 다 허리엔 전대를 두르고, 다리엔 각반을 차고, 발에는 마혜를 신었다.

이같이 가짜 공인으로 분장한 두 사람은 배가 고픈 줄도, 목이 마른 줄도 모르면서 신행술(神行術)로 나는 듯이 걸어서 불과 하루 만에 서울에 닿았다.

그러나 두 사람은 바로 가까운 성문으로 들어가지 않고 만수문(萬壽門) 있는 곳으로 돌아서 들어가려고 성문 앞으로 가까이 가니까,

"누구야?"

하고 파수 보는 병정이 소리를 꽥 지른다.

연청은 울러맸던 대상자를 내려놓고 병정 앞으로 다가섰다.

"와 그러는기요?"

그가 시골사투리를 쓰면서 물으니까 병정이 대답한다.

"전수부의 명령이란 말야! 양산박에서 별의별 놈을 몰래 성중에 들여보낼 게니까, 문마다 단단히 지키고 외향(外鄕) 사람 출입을 단속해라 했단 말야!"

연청은 어처구니없다는 듯이 허허… 웃고 나서 말했다.

"원 이런 제에기! 당신 같은 답답한 공인이 어디 또 있겠소. 그래, 한집안 공인을 보고 못 들어간다 허든 말이 되능기요? 우리가 개봉부 공인으로, 그간 이 문을 드나들기를 수만 번 드나들었는데, 우리를 몰라본단 말인교? 그러다간 두 눈 멀거니 뜨고서 양산박 놈들은 그냥 들여보내겠네!"

연청은 이렇게 말하고 품속에서 가짜 공문서를 꺼내어 파수병의 코앞에다 들이댔다.

"자아, 이걸 보라니까! 개봉부 공문이 아닌기요?"

이때 성문 곁에 있는 감문실(監門室)에서 감문관원이 이 모양을 바라보고 있다가 파수병에게 호령을 한다.

"야아! 개봉부 공문을 가지고 있는 사람을 왜 가지고 그러니? 빨리 들여보내지 못하고!"

이 소리를 듣고 연청은 아주 뽐내면서 손에 들고 있던 공문서를 도로 품속에 집어넣고, 아까처럼 대상자를 울러매고서 문안으로 성큼성큼 걸어 들어갔다. 대종도 흐흐흐 코웃음을 치면서 그 뒤를 따라 들어가, 개봉부 부청 앞까지 가서 객줏집 하나를 잡아들었다.

하룻밤을 쉬고서 이튿날 연청은 공인의 옷을 벗어던지고 포삼(布衫)을 입고 두건을 삐딱하게 쓰고 놀러 다니는 활량처럼 차린 후, 대상자 속에 있는 금과 구슬을 한주먹 꺼내서 품속에 집어넣은 다음에 대종을 보고 부탁하는 것이었다.

"난 지금 이사사(李師師) 집에 가서 한바탕 연극을 꾸미겠으니 그런 줄 아시고, 만일 뜻밖에 무슨 탈이 생기거들랑 형님은 혼자서 먼저 내빼시오!"

이같이 한마디 부탁하고서 연청은 밖으로 나와 즉시 이사사의 집으로 갔다.

그가 문 앞에 가서 보니까, 붉은 칠을 한 기둥이며 난간이며 창이 그전과 꼭 같은데, 그전보다 훨씬 아름답게 꾸며져 있다.

그는 반죽(斑竹)으로 엮은 발을 쳐들고 한옆으로 들어갔다. 벌써 이상한 향기가 그의 코에 맡아진다.

그는 주저하지도 않고 성큼성큼 걸어서 응접실 앞까지 갔다. 사방을 둘러보니 유명한 어른들의 서화(書畵)가 걸려 있고, 처마 아래 섬돌 위에는 괴석(怪石)과 창송(蒼松)을 심은 화분이 30개나 놓였으며, 그 옆에 있는 걸상은 모두 향남목(香楠木)으로 만든 값진 물건들인데, 그 위에 깔아놓은 방석은 모두 다채롭게 수놓은 방석들이다.

연청은 나지막하게 기침 소리를 에헴…에헴! 하고 냈다.

안에서 시녀가 빠끔히 내다보더니, 금시에 이마마(李媽媽)가 나오면서 그를 알아보고 깜짝 놀란다.

"아니, 네가 웬일이냐? 또 우리 집엘 찾아왔으니 무슨 일이냐?"

"낭자님을 잠깐 만나게 해주세요. 제가 꼭 드릴 말씀이 있어서 그래요."

"뭐라구? 네가 전번에 우리 집을 망가뜨리구서 염치 좋게 무슨 말이야! 이야기가 있거든 아무한테나 이야기하렴."

"아녜요. 꼭 낭자를 뵙고 직접 해야 할 말예요."

아까부터 들창 뒤에서 엿듣고 있던 이사사가 이때 복도를 돌아서 이쪽으로 나온다.

연청이 바라보니, 정말 그 맵시가 보통이 아니다. 얼굴은 어여쁘기가 아침 이슬을 머금은 해당화 같고, 걸음 걷는 대로 움직이는 허리와 다리가 동풍에 흔들리는 수양버들가지와 같다 할까. 선경(仙境)의 선녀나, 계궁(桂宮)의 천녀(天女)가 있다면 바로 이 같은 낭자일 것이라고 느끼고서 휘종 황제가 지하도를 파놓고서 대궐로부터 이 집까지 아무 때고 무상출입하며 행락하는 까닭을 그는 짐작했다.

이사사는 치맛자락을 한 손으로 약간 치키면서 사뿐사뿐 걸어 응접실로 들어왔다. 향기가 방 안에 가득 찬다.

연청은 얼른 일어나서 손에 들고 있던 조그만 보퉁이를 탁자 위에 놓고, 먼저 이마마에게 절을 네 번 하고 나중에 이사사한테 두 번 절을 했다.

"이를 어째! 나는 나이가 아랜데요. 절을 받을 만한 사람이 아녜요."

연청은 절을 끝내고 그 앞에 서서 말했다.

"전자엔 너무도 놀라시게 해서… 저희들 정말 몸 둘 곳이 없었습니다."

이사사는 눈을 곱게 흘기면서 책망한다.

"거짓말 마세요! 사람을 왜 속여요?"

"아니올시다. 속이다뇨? 천만의 말씀입니다."

"속이는 거지 뭐야요! 그때 손님이 뭐라고 했어요? 난 장한이란 사람이고, 저 두 사람은 산동서 온 나그네라고 안 그랬나요? 그러고선 나중에 그 소동을 일으키잖았어요."

"아니올시다. 제 말씀 좀 들어보셔요."

"그만두세요! 그때 내가 상감님께 말씀을 잘 드렸기에 무사했지, 만일 그러지 아니했던들 손님네들 몽땅 잡혀서 삼족이 멸망당했을 거예요. 그건 그렇다 하고 그때 그 손님이 부른 노래 끝 구절에 가서,

'기러기떼 줄을 지어 육육(六六)으로 팔구(八九)로 짝을 지어 나노나, 기다리노니 다만 금계(金鷄)의 소식일 뿐. 의담(義膽)은 하늘을 덮었으며, 충간(忠肝)은 땅 위를 덮었으나, 어이하리오, 사해(四海)에 그들을 알아주는 사람 없도다.'

이런 말이 있었지요?"

"네. 그런데, 그게 어쨌습니까?"

"난 그때 그 '악부사(樂府詞)'를 받아서 이 구절의 뜻이 알 수가 없기에 막 그 뜻을 물어보려고 했는데, 별안간 그때 상감님께서 행차하시고, 또 밖에서는 그 야단이 일어났기 때문에, 그만 못 들어봤지 뭐예요. 오늘은 손님이 오셨으니까, 그걸 말씀해줘야 해요. 거짓말로 꾸며대지 말고 솔직하게 나한테 말씀해야지, 만일 희미하게 대답하면 손님을 그냥 놔두지 않을래요!"

아리따운 얼굴에 야무진 구석이 별빛처럼 반짝인다.

연청은 가슴을 한번 펴고 나서, 천천히 이야기한다.

"네. 솔직하게 말씀드릴 테니 놀라지는 마십시오. 그때 이 사람과 같이 와서 상좌에 앉았던, 키가 작고 거무테테하게 생긴 사나이가 호보의

송강이고, 그다음 자리에 앉았던, 얼굴이 희고 수염이 의젓하게 잘난 사람이 시세종(柴世宗) 황제의 적손(嫡孫)으로 소선풍 시진이고, 복색을 공인처럼 차리고 그 앞에 서 있던 사람이 신행태보 대종이고, 대문간에서 양태위를 때려주던 사람이 흑선풍 이규, 그리고 본인 이 사람은 북경 대명부 출신으로 어려서부터 남들이 낭자 연청이라 부르는 사람입니다. 그때 우리가 서울 왔을 때 송강 형님이 꼭 한 번 낭자를 만나고 싶다 해서 제가 '장한'이라고 변명하고서 댁엘 찾아왔던 것입니다."

"그분이 저를 왜 만나시겠다는 거예요?"

"글쎄 이야기하는 중이 아닙니까? 우리 형님이 낭자의 얼굴을 보고 싶다는 것은, 다른 놈팽이들 모양으로 낭자와 한자리에서 놀아보고 싶어서 그런 건 아니랍니다. 낭자가 황제 폐하와 자별한 사이라는 소문을 오래전부터 듣고 알고 있기 때문에 한번 낭자를 만나 친히 충정을 털어놓고 우리가 하늘을 대신해서 바른 일을 행하고 백성을 편안케 하여 나라를 보전하겠다는 진심을 알린 후, 이것을 낭자로 하여금 폐께 아뢰어 우리를 속히 초안케 할 작정이었답니다. 이러는 것이 민생을 도탄에서 구하는 것입니다. 만일 낭자가 이렇게 해주신다면 우리 양산박 수만 명 동지들의 은인이 되시는 거죠.

낭자는 지금 세상을 어떻게 보십니까? 간신들이 중요한 자리를 모두 차지하고, 아첨 잘하는 놈들이 권세를 잡아 쥐고서 현명한 사람이 나오는 길은 아주 막아버렸기 때문에 백성들의 실정을 위에서는 모르십니다. 이런 일을 통분히 생각하고서 혹시나 좋은 방도가 있을까 해서 낭자를 찾아왔던 것인데 그만 뜻밖의 일이 생겨서 낭자를 놀라게 해드렸더랍니다. 이번에 우리 형님이 낭자께 보내드릴 만한 귀물이 없다 하시면서 이것을 가지고 가라 하시기에 가져왔습니다. 부끄러운 물건입니다마는, 그냥 웃고 받아주시면 만행(萬幸)이겠습니다."

연청이 이같이 말하고 보자기를 끌러놓고 물건을 모두 탁자 위에 내놓으니, 광채 휘황한 금덩어리와 붉은빛, 푸른빛 여러 가지 색깔의 보석이 사람의 눈을 어지럽게 한다.

이것을 보고 재물에 미친 이사사의 수양어미 이마마는 정신이 황홀해져서,

"이것 봐! 게 아무도 없나?"

하고 하인을 부른다. 그러자 유모가 나왔다.

"어서 이것을 모두 갖다가 장 속에 넣고 잠가두고, 그리고 이 손님을 안채 별실로 모셔드리게."

이마마는 호들갑을 떨고 일어나서 이사사와 함께 앞서서 안채로 들아간다.

뚝 떨어진 별실로 들어와서 이사사는 좋은 다과와 술을 내놓고 은근히 대접한다. 본래 이사사의 집에는 황제가 느닷없이 거동하시는 일이 잦기 때문에 공자(公子)나 왕손(王孫)은 물론이요, 부잣집 큰아들도 잘 들어오지 못하는 집인데, 오직 한 사람 연청에게만 특별 대우하여 이같이 이사사가 친히 대접하는 터이므로 연청은 마음으로 황송하게 생각했다.

"저는 정말 이 몸에 무거운 죄를 지고 있는 사람입니다. 도저히 누님과 한자리에 같이 앉을 자격이 없습니다."

연청이 이같이 말하자, 이사사가 눈을 흘긴다.

"그런 말씀 마세요! 당신네들 의사(義士)의 이름은 오래전부터 듣고 있었어요. 인연이 없어서 좋은 사람을 당신네들이 만나지 못했기 때문에 여태까지 수박에 파묻혀 있는 줄도 다 알아요."

연청은 이 말에 용기를 얻었다.

"그같이 알아주시니 감사합니다. 지난번에 진태위가 조칙을 가지고서 내려왔을 때만 해도, 그 조서에 한마디도 우리를 달래는 말이 없을 뿐만 아니라, 소위 어주라는 것도 다른 술로 바꿔오잖았겠어요? 뿌연

막걸리를 어주랍시고 갖다줬답니다! 그리고 두 번째로 초안 내려왔을 적엔 조서의 제일 중요한 구절을 일부러,

'송강을 제한 노준의 등 대소 인물들의 과악(過惡)을 용서하고 아울러 그 죄를 사면한다.'

이렇게 고쳐 읽었기 때문에 그만 소동이 일어나고, 귀순 못 했답니다. 동추밀이 군사를 거느리고 왔을 적엔 두 번 싸워서 모조리 죽여버렸지요. 나중에 고태위가 배를 가지고 와서 공격할 때는 세 번 싸워서 군사를 절반 이상 죽였을 뿐 아니라, 고태위를 사로잡아 죽이지 않고 후하게 대접한 후 군사들과 같이 놓아보냈답니다. 그런데 그자가 떠나면서 우리들한테 맹세하기를, 조정에 돌아가면 반드시 천자님께 아뢰어서 우리들을 초안하도록 주선하겠다나요! 그래서 양산박 형제를 두 사람이나 그자가 데리고 왔답니다. 한 사람은 재주 많은 소양, 한 사람은 노래 잘하는 악화, 이렇게 두 사람인데, 아마도 그자가 이 두 사람을 데리고 와서는 감금해놓고, 제 놈이 숱하게 많은 장병을 잃은 사실은 천자님께 속이고 있을 겝니다."

"그럴 테지요. 나라의 돈과 양식을 없애고, 그리고 그렇게 많은 장병들을 잃어버렸으니 제가 감히 상주하지 못하겠지요. 그런 얘긴 나도 다 알고 있어요. 술이나 더 드세요. 천천히 들면서 딴 얘기나 하세요."

"그런데 전 술을 본래 잘 못하는데요."

"그래도 먼 길을 오시느라 고단하셨겠어요. 몇 잔 드시면 훨씬 피로가 풀리실 텐데… 안 그래요?"

연청은 이렇게 권하는 바람에 하는 수 없이 이사사로부터 한두 잔 받아 마셨다.

그런데 이사사로 말하면 본래 화류계 출신이라 그럴듯하게 잘생긴 남자를 보면 정이 기울어지기 쉬운 여자다. 지금 연청같이 외양도 잘생기고 말도 잘하고 능소능대한 사내를 앞에 놓고 한 잔 두 잔 술을 권하

는 동안, 이사사는 차츰 차츰 마음이 기울어져서 한번 잡아당겨보고 싶은 충동을 느꼈다.

그러나 연청도 화류계 색시들한테 치어난 사내다. 계집의 눈치나 가슴속은 화경을 대고 보는 것처럼 짐작하는 터이지만, 이번에 그는 송강 형님으로부터 큰일을 부탁받고 온 몸으로, 자칫하다가 실수해서 대사를 그르치면 어쩌나 싶어서 조심하는 몸이다.

이사사는 연청의 마음을 알지도 못하고 웃음을 가득히 담은 눈으로 그를 바라보면서 청한다.

"한 곡조 청하겠어요. 내가 오래전부터 소문을 듣고 알고 있으니 무어든지 한 곡조 불러주세요."

"제가 무얼 할 줄 압니까? 조금 배우는 체했지만, 낭자 앞에서 소리를 낼 정도는 못 되는 걸요."

이사사는 또 눈을 흘기어 보이면서,

"그럼 내가 먼저 한 곡조 들려드릴 테니 그담엔 오빠가 하셔야 돼요."

하고 시비를 불러 퉁소를 가져오라 한다.

시비가 퉁소를 내오니까 이사사는 받아서 한 곡조 부는데, 그야말로 구름 속에서 흘러나오는 소리 같기도 하고, 바위틈에서 새어나오는 소리 같기도 하여, 참으로 그 소리가 미묘하다. 연청은 속으로 감탄했다.

한 곡조를 다 불고 나서 이사사는 퉁소를 연청에게 주면서 말한다.

"이제 오빠가 한 곡 부셔야 해요."

아주 자연스럽게 부르는 오빠 소리를 들으면서 연청은 퉁소를 받았다. 그는 이같이 귀엽게 구는 이사사의 청을 차마 물리치기 어려웠던 것이다.

연청이 퉁소를 입술에 대고서 한 곡조 부니 그 소리 높고 맑으며 그 가락이 우는 듯 느끼는 듯, 보통 솜씨가 아니다.

"참! 이렇게도 잘 부시는 줄은 몰랐어요. 그럼 이번엔 내가 노래를 하나 불러드릴 게요."

이사사는 이렇게 말하고 월금(月琴)같이 생긴 원(阮)을 무릎 위에 내려놓고, 그 곡조에 맞추어 나지막한 음성으로 노래를 부르니, 이야말로 옥패(玉佩)가 마주 부딪고, 노랑 꾀꼬리가 지저귀는 소리같이 아름답다.

연청은 그만 그 소리에 이끌리어 저도 모르게 침을 삼키고 목을 가다듬었다.

"저도 노래 하나 하죠."

그는 자청해서 노래를 부르기 시작했다.

이사사가 귀를 기울이고 들으니, 그 소리가 맑고 또한 웅숭깊다.

연청이 한 곡조를 마치자, 이사사는 잔을 쪽 들이마신 후 그 잔을 연청에게 주고서 자기가 또 한마디 부르는데, 그 소리 처음엔 번화하고 나중엔 애처로워 자못 요염한 풍정이라, 연청은 고개를 숙이고서 끄덕끄덕할 뿐이다.

노래를 마치고 난 이사사는 또 잔을 들어 두어 잔 마시더니 바싹 다가앉으면서 말한다.

"그런데 오빠! 오빠 몸엔 좋은 화수(花繡)가 놓여 있다는 소문을 들었는데, 한번 보여줄 수 없어요?"

이 말을 듣고 연청은 열없는 듯이 웃으면서 대답했다.

"화수가 있기는 합니다만, 저 같은 천한 몸이 낭자 앞에서 옷을 벗을 수 있어요?"

"무슨 상관 있어요? 금체사(錦體社)에 계신 분들은 어디서고 거리낌 없이 옷을 벗고 몸을 보여준다던데요. 어서 보여주세요."

이사사는 이렇게 말하고 연청더러 옷을 벗으라고 두 번 세 번 자꾸 권한다. '금체사'란 것은 몸에다 먹과 채색으로 그림을 새겨 넣고 있는 사람들의 구락부 같은 단체를 말하는 것이다.

"어서 좀 보여주세요, 네에 오빠!"

이사사가 또 이같이 조르는 바람에 연청은 하는 수 없이 옷을 벗고 등어리를 돌려댔다.

이사사는 황홀한 듯이 연청의 몸을 들여다보다가,

"참 곱기도 하이!"

하고, 살가죽이 터질까봐 겁이나 나는 듯이 조심스럽게 연청의 살을 가만 가만 만져본다.

위태로운 순간이었다.

연청은 황망히 옷을 주워입고서 정색하고 돌아앉았다.

이사사는 또 잔을 들어 연청에게 권한다.

"이거 봐요, 왜 그렇게 수줍어해요? 호걸남자가…."

연청은 술을 받아 마시기는 하면서도 눈이 이사사의 손과 발로만 자꾸 간다.

저 손이 잘못 움직이지 않나, 저 발이 잘못 움직이지나 않나… 만일 그렇게 된다면 이것을 어떻게 피해버리나… 이같이 두려워하다가, 그는 문득 좋은 꾀가 머리에 떠올랐다.

"그런데 낭자는 금년에 몇이시지요?"

연청이 이같이 물으니까, 이사사는 주저하지 않고 대답한다.

"내 나이 말이지요? 스물일곱!"

"그럼 제가 두 살 아래로군요. 저는 올해 스물다섯 살이니까요. 이렇게 만나게 된 것이 좋은 인연이니, 이제부터 누님으로 모시겠습니다. 그럼 오늘부터 동생으로 아시고, 절을 받아주셔요."

연청은 이렇게 말하고 얼른 일어나서 팔배(八拜)의 예를 드렸다. 이같이 여덟 번이나 절을 한 예(禮)야말로 이사사로 하여금 군생각을 못하게 만들었고, 동시에 양산박의 중대한 일을 성공시키는 터전을 만든 것이다.

만일 그가 이같이 아니했던들, 주색에 떨어졌을 것이요, 큰일은 날아갔을 것이다.

이제는 연청의 마음이 쇠나 돌같이 단단해졌다.

"누님! 이제 어머님께도 다시 인사를 드려야겠으니 들어오시도록 말씀하세요."

이래서 이마마가 그 방에 들어오니까 연청은,

"이제부터 제가 의모(義母)로 모시겠습니다."

하고 절을 드렸다. 그러고 나서 연청은 내친걸음에 자리를 뜨려고 일어섰다.

"오늘은 참 기쁜 날이었습니다. 이제 그만 돌아가야겠습니다."

그러자 이사사가 붙든다.

"아니 왜 이래요? 공연히 객주에 가서 묵느니, 오빠는 우리 집에 있어요."

이 말을 듣고 연청은 속으로 '잘되었다!' 생각하고 이사사보고 말했다.

"누님, 감사합니다. 그럼 제가 객주에 가서 짐을 가지고 오겠습니다."

"가져와요. 그런데 너무 기다리게 하지 말구 속히 다녀와야 해요!"

"오래 안 걸립니다. 바로 여기서 얼마 멀지 않으니까 잠깐 갔다 올 걸요!"

연청은 이같이 말하고 객주로 돌아와서 대종을 보고, 지금 자기가 겪고 온 이야기를 대강 했다.

"허허. 일이 썩 잘 되어가는군! 그렇지만 동생이 목석(木石)이 아니니, 끝까지 여인의 심정을 이겨낼는지… 그게 걱정인데?"

대종은 이야기를 다 듣고 나서 이같이 걱정하는 게 아닌가.

"염려 마세요! 대장부 세상에 나와 처세하는데, 주색 때문에 근본을 잊어버린다면 금수나 다를 게 뭐가 있어요? 저는 오직 이 마음 하나뿐이니까, 만일 제 마음이 변한다면 칼 아래 만 번 죽어도 쌉니다."

연청은 정색하고 이같이 대답한다.

"동생이나 내가 다 영웅이 아닌가! 맹세까지 안 해도 좋아!"

"아녜요. 제가 맹세를 해야지, 안 그러면 형님이 의심하기 쉬워요."

"그만두게. 그러나 저러나 속히 가보게. 가봐서 좋은 방도를 발견하여 일이나 끝내란 말이야! 숙태위한테 가는 편지는 자네가 돌아온 뒤에 갖다 전하기로 하세."

"그럭하죠."

연청은 즉시 금, 구슬, 그 밖의 귀중품을 한보따리 싸가지고 다시 이사사의 집으로 갔다.

그는 이사사의 집에 들어오는 길로 보따리를 끄르고서 그 절반을 이마마에게 선사하고, 나머지는 전부 그 집안 식구들에게 골고루 나누어주어, 모두들 좋아서 입이 딱 벌어지게 했다.

"자아, 이 아드님을 어느 방으로 모셔야 하나? 옳지! 저 방이 좋겠군. 조용한 저 아랫방이 안성맞춤이겠는걸!"

이마마가 변덕을 떨면서 연청을 한쪽 구석에 있는 조용한 방으로 인도하자, 집 안에서 심부름 들고 있는 식구들도,

"여기가 참 좋아요. 저희들이 아저씨 방을 잘 꾸며드릴 테니 편히 계셔요."

모두들 아저씨 아저씨 해가면서 한집안 식구같이 떠받드는 것이었다.

그런데 인연이란 이상한 것이어서, 바로 이날 밤에 황제 폐하가 행차합신다는 기별이 왔다.

"폐하께서 오늘밤에 거동합신다 합니다."

대궐로부터 별감이 나와서 이렇게 전갈하고 간 뒤에, 연청은 새삼스럽게 마음이 긴장되어서 이사사의 방으로 찾아갔다.

"누님! 어떻게든지 꾀를 내셔서 오늘밤에 저를 폐하 앞에 불러내다 보시게 해줍시오. 그리고 저희들의 죄를 용서해주신다는 어필(御筆) 한 장만 써주시도록 주선해줍시오. 제발 소원입니다!"

"그럭해! 내가 동생을 불러보시도록 할 테니까, 동생은 풍류나 잘해서 폐하를 즐겁게 해드리란 말야. 그렇게 되면 어필을 얻는 것쯤 문제없지."

"그럼 누님께서 잘 알아 해주셔요. 저도 재간껏 할 게요!"

연청은 이렇게 다짐하고 자기 방으로 물러왔다.

어느덧 해가 넘어가고 하늘빛이 어두워지더니, 몽롱한 달빛이 흐르면서 꽃 냄새가 새삼 향긋하고, 바람도 훈훈했다.

미구에 이집 뒷문간이 수선수선하더니 휘종 황제가 아래위 하얀 옷으로 평복을 하고서 지하도로부터 뒤뜰로 올라오는데, 젊은 내시 한 사람이 부축하여 올린다.

황제가 안으로 들어와서 자리에 좌정하자, 앞뒤의 문은 즉시 잠가지고 등촉(燈燭)이 일제히 밝혀졌다.

황제를 바라보니, 그는 신수가 잘생기고 마음이 관대하여 보인다. 이때 이사사가 새 옷을 갈아입고 머리에 관을 쓰고 황제 앞에 나오더니 날아가는 듯이 절을 한다.

"음, 오늘은 아주 정장을 했구나! 고쳐입고 나와서 내 곁으로 오너라."

황제의 분부가 떨어지자, 이사사는 즉시 자기 방으로 들어가 옷을 갈아입고 나오더니, 황제를 모시고 다시 방으로 들어갔다.

두 사람이 방에 들어가자마자 미리 준비되어 있던 가지각색의 진수성찬이 황제 앞에 놓여지면서 이사사가 황제에게 술 한 잔을 권하니까 황제는 대단히 기뻐하면서 말한다.

"오늘은 더욱 예쁘구나. 내 곁으로 오너라. 나하고 한자리에 같이 앉자."

이사사는 황제가 그전 어느 때보다 기분이 좋은 것을 보고, 조심스럽게 그 옆으로 가서 앉으며 말씀을 드린다.

"폐하! 제 말씀 좀 들어주셔요. 저에게 사촌동생이 하나 있는데요, 이 애가 어릴 적부터 객지로 떠돌아다니더니, 오래간만에 오늘 돌아왔구먼요. 폐하께서 행차합시는 줄 알고서 꼭 한 번 용안(龍顏)을 뵙고 싶다는군요. 그렇지만 어디 제 맘대로 불러들일 수 있어야지요? 그래, 제가 폐하께 여쭈어보고서 하마고, 그랬어요. 어떡할까요?"

황제는 이 말을 듣고 아주 소탈하게 대답한다.

"네 동생인 바에야 불러본들 무슨 상관 있겠느냐. 빨리 오라고 해라."

이사사가 유모에게 부탁해서 연청은 이사사의 방으로 왔다.

황제는 이사사와 함께 요리상을 앞에 놓고 나란히 앉아 있으므로 연청은 방바닥에 넙죽 엎드리고서 이마를 조아렸다. 연청이 이같이 예를 드리는 모양을 보고, 또 그의 외양이 깨끗하게 잘생긴 것을 보고, 황제는 마음에 유쾌한 눈치였다.

이사사가 이때 연청을 보고 눈짓을 하며,

"한 곡조 불러보렴. 폐하께서 풍류를 사랑하신단다."

이같이 말하고, 자기가 먼저 퉁소를 한 곡조 불고서 황제께 술을 한 잔 따라 올리더니, 이번에는 삼현금(三絃琴)을 한 곡조 뜯고 나서 연청을 바라본다.

연청은 알아듣고 즉시 황제께 두 번 절하고 아뢰었다.

"소인이 알고 있는 것은 모두가 속된 노래뿐이오라 감히 폐하를 모시는 자리에서 부를 만한 것이 못 되옵니다."

이 말을 듣고 황제는 웃으면서 말씀한다.

"아니다. 내가 이렇게 기루(妓樓)에 오는 것은 그런 노래를 듣고 잠시나마 소민(消悶)하자는 뜻이다. 상관없으니 너는 주저하지 말고 아는 대로 노래를 불러봐라."

그러자 연청은 이사사로부터 상아판(象牙板)을 받아 다시 두 번 황제께 절한 다음 이사사를 보고,

"제가 한 곡조 불러보겠는데요, 혹시 곡조가 틀리는 곳이 있거든 누님이 가르쳐주셔요."

이같이 말하고는 기침을 한 번 하고 침을 삼킨 다음, 상아판으로 장단을 쳐가면서 목청을 뽑아 '어가오(漁家傲)' 한 곡을 부른다.

고향산천 이별한 후
집안소식 묘연하니
그리운 정 어이하노
이내 창자 끊어지네.
제비도 아니 오고
꽃마저 늙어가니
이 봄도 가는구나
이내 몸도 야위었네.
복이 없는 우리 낭군
어느 때에 오시려오
못 만날 줄 알았다면
언약이나 말 것을.
잠이나 들어 꿈에나
뵐까 했더니
야속도 하이, 꾀꼬리 소리
남의 잠을 깨우네.

맑고 웅숭깊은 음성으로 한 곡조 이같이 부르기를 마치니, 황제는 이 소리를 듣고 대단히 만족해하면서, 또 한 번 부르라고 분부하는 것이었다.

"참 잘한다. 또 하나 다른 노래를 해봐라."

연청은 꿇어 엎드려 아뢰었다.

"소인이 지은 노래로 '목란화(木蘭花)'라는 게 있사옵니다마는, 이거라도 부르라 하옵시면 불러볼까 하옵니다. 어떡하올는지요?"

"그래, 무어든지 좋다! 아무거나 어서 불러라."

황제가 허락하자 연청은 다시 절을 하고 나서 목소리를 가다듬어서 제가 지었다는 '목란화'를 부르기 시작했다.

이내 말씀 들어주소
이내 말씀 들으시오
천한 몸이 이 모양 된 걸
그 누가 알리요
그 누가 알리요.

하늘 끝까지
이 땅의 저 끝까지
이놈이 저지른
죄악은 가득하니
불구덩이에서, 만일
이 몸을 구해준다면
간담(肝膽)은 언제나
충효(忠孝)에 두고
충효(忠孝)에 두고
조정에 있어서는
대은인(大恩人) 모시고
그 은혜 갚으리!

맑고도 웅숭깊은 연청의 목소리가 그치자, 황제는 깜짝 놀라면서 묻는다.

"너는 무슨 연유로 이런 노래를 지어 불렀느냐?"

그러자 연청은 엉엉 소리를 내어 울면서, 땅바닥에 엎드려 말을 못하는 게 아닌가.

황제는 더욱 이상해서 묻는 것이었다.

"여봐라! 그러고 있지 말고, 네 가슴속에 있는 회포를 말해봐라. 내가 할 수 있는 일이면 다 들어주마!"

"소인은 참으로 하늘에 사무치는 죄를 지은 인간이올습니다. 차마 엄청나서 말씀 사뢰기도 어렵습니다."

"죄라면 그 죄를 용서만 해주면 그만 아니냐? 어려워 말고 말을 해라!"

연청은 그제야 눈물을 씻고 바른대로 아뢰기 시작했다.

"소인은 어렸을 때부터 떠돌아다니는 신세가 되어 산동 지방으로 굴러다니다가, 거기서 행상하는 사람들과 함께 양산박 근처를 지날 적에 그만 도적떼들한테 붙들려 산에 끌려 올라가서, 그럭저럭 3년을 거기서 지냈습니다. 그러다가 이번에 간신히 도망쳐서 오늘 서울로 들어와서 누님을 만나기는 했습니다만, 워낙 죄 지은 몸이고 보니 감히 어디라고 떳떳하게 길을 다닐 수 있겠습니까? 혹시나 공인의 눈에 띄었다간 그것이 마지막 길이 될 것이니까요!"

이렇게 말하고 있을 때 옆에서 이사사가 거든다.

"제 동생은 가슴속에 오직 그거 한 가지가 걱정되어서 살아 있어도 산 것 같지 않다고 온종일 근심한답니다. 폐하께서 불쌍히 보시고 구해주실 수 없습니까?"

황제는 이사사를 보고 껄껄 웃으면서,

"그게 무슨 어려운 일이냐? 별걸 다 가지고 걱정이로구나! 그래 네 동생을 아무려면 관가에서 잡아가겠니? 염려 말아라!"

연청이 이때 얼굴을 잠깐 돌리면서 이사사에게 눈짓했다. 이사사는 얼른 알아차리고서, 어깨를 황제 폐하에게 살며시 기대며 아양을 떤다.

"폐하! 폐하께서 제 동생을 용서해주신다는 친필을 한 장 적어주신다면, 제 동생이 퍽 안심될 거예요."

"그러나 여기는 옥새(玉璽)가 없으니, 어떻게 적어줄 수 있나?"

"폐하께서 친필로 적어주시면, 옥새가 없어도 옥새 있는 것보다 더 위력이 있잖아요? 제 동생이 호신부(護身符)처럼 몸에 지니고서 밝은 세상을 살아나간다면, 제가 여태까지 폐하를 모신 큰 보람이 되겠어요."

황제는 너그럽게 웃으면서, 할 수 없다는 듯이 종이와 붓을 가져오라고 분부하는 것이었다.

유모가 분부를 듣고 지필묵(紙筆墨)을 들고 오자 연청은 그것을 받아 먹을 갈고, 이사사는 붓에 먹을 흠뻑 찍어서 황제께 바치니까, 황제는 화전황지(花箋黃紙)를 펴놓고 글을 쓰려다가 연청을 보고 묻는다.

"그런데 네 이름을 내가 모르는구나!"

"예. 소인 이름은 연청이옵니다."

황제는 잠깐 무어라 쓸 것을 생각하는 듯하더니 큰 글씨로,

신소옥부(神宵玉府)의 진주(眞主), 선화(宣和)의 우사(羽士) 허정도군 황제(虛靖道君皇帝)가 특별히 연청(燕靑) 본신(本身)의 죄를 용서하고 일응(一應) 무죄(無罪)로 하는 터이다. 제사(諸司)의 나문(拿問)함을 허락하지 아니한다.

이같이 적어놓았다.

여기서 '신소옥부'라는 것은 천궁(天宮)을 말함이요, '우사'라는 것은 도사(道士)를 이름이요, '허정도군 황제'라 한 것은 휘종 황제 그가 도교

(道教)를 좋아해서 나라의 천자일 뿐 아니라 도교 쪽에서도 제(帝)가 되어 있기 때문에 그 자격으로 쓴 말이다.

황제는 다 쓴 다음에 그 밑에다 옥새 대신 어서화자(御書花字)했다. 이를테면 수결을 찍은 셈이다.

"황공하옵니다!"

연청은 너무도 황공해서 두 번 절하고 그 친필을 받았다.

그러자 이사사는 술잔을 바치면서,

"참으로 감사한 말씀 무어라 형언할 수 없구먼요!"

하고 은혜에 감사했다.

황제는 술잔을 받고서 연청을 보고 묻는 것이었다.

"네가 양산박에 있었다니까, 그 속사정을 자세히 알겠구나?"

"네. 송강의 무리들은 '체천행도'라는 기를 세우고, 당(堂)에다는 충의(忠義)라는 이름을 붙이고 있습니다. 감히 고을을 침범하지 않고, 양민을 괴롭히는 일은 절대 안 합니다. 오직 탐관오리와 간악한 자들만 처치해버리면서 하루 속히 조정으로부터 초안이 내리기만 기다리고, 나라를 위해서 몸을 바칠 각오로 있는 것을 보았습니다."

이때 황제가 연청의 말을 중단하고 한마디 말씀한다.

"무슨 소린고? 과인이 전자에 두 번이나 조칙을 내리고 사람까지 보냈는데도, 그자들은 귀순하기는 고사하고 항거했었다!"

연청은 한 발자국 황제 앞으로 가까이 들어서서 아뢰었다.

"맨 먼저 초안이 내렸을 적엔 조서에 한마디도 너그러이 어루만지는 말씀이 없었고, 그 위에 어주(御酒)를 농주(農酒)로 바꿔 넣어가지고 왔었답니다. 그랬기 때문에 그만 일이 실패되고 말았습니다. 두 번째 초안 적에는, 일부러 조서를 잘못 읽어 송강을 제거할 계교를 썼더랍니다. 그래서 두 번째의 초안도 실패하고 말았습니다. 그리고서 동추밀이 군사를 이끌고 왔을 적엔 단 두 번 싸움으로써 투구 한 개도 남김없이 죄다 전멸시켰고, 고태위가 군사를 독려해서 배를 몰고 쳐들어왔을 적엔 단 세 번 싸움에서 삼분의 일 이상 관군을 죽였을 뿐 아니라, 고태위까지도 사로잡혀 산 위에 끌려왔었답니다."

"정말 그랬느냐?"

"사실입니다. 그랬는데 고태위는 양산박 무리들을 초안하도록 주선하겠다고 단단히 약속하고 석방되어 서울로 돌아왔는데, 떠나갈 때 산에 있는 사람을 두 사람 데리고 가고, 그 대신 고태위는 인질로 문참모를 양산박에다 두고 왔습니다."

여기까지 듣고서 황제는 길게 탄식한다.

"그런 사정을 전혀 몰랐구나! 동관이 돌아왔을 적엔 군사들이 더위에 부대끼기 때문에 잠시 싸움을 쉬는 것이라 했고, 이번에 고구가 돌아와서는 신병 때문에 군사를 진격시키지 못하게 된 고로 싸움을 중지하고 돌아왔노라고 하더라!"

이때 이사사가 한마디 참견했다.

"폐하께서 아무리 총명하셔도 구중궁궐에 거처하시고 간신들이 밝은 길을 막아버리니 어찌 바깥일을 바로 아시겠어요? 이래서는 아무것도 안 될 거예요."

황제는 그만 기가 막혀서 탄식만 하는 것이었다.

밤이 깊었으므로 연청은 황제가 친히 적어주신 화전지(花箋紙)를 접어들고 다시 엎드려 절한 후 물러나와 자기 방으로 갔다.

연청이 나간 뒤에 이사사는 황제를 모시고 침실로 들어갔다.

이날 밤 5경에 날이 부유스름하게 밝아올 무렵, 대궐로부터 내시가 나와서 황제를 모시고 지하도로 하여 돌아간 후, 연청은 자기도 일찌감치 볼일이 있다고 핑계대고 밖으로 나왔다. 그는 그길로 객주에 돌아와서 대종을 보고 간밤에 황제를 모신 이야기를 자세히 하고,

"이걸 좀 보십시오, 형님! 이만하면 다 됐지요?"

하고, 품속으로부터 황제의 어필을 꺼내어 보였다.

대종은 그것을 받아 읽어보고는 너무도 좋아서 연청의 손을 붙들고 어쩔 줄을 모른다.

"이거야말로 희한한 물건이로구나! 우리 동생 연청이 아니고는 못할 재간이지! 자아 그럼 우리 둘이서 숙태위한테 편지를 가져가야겠다."

대종이 이렇게 좋아하며 서두르니까 연청은,

"우선 아침밥이나 먹어야지요."

하고 웃는다. 대종도 따라서 껄껄 웃고, 하인을 재촉하여 아침밥을 먹은 후, 금은보화를 상자 속에 넣고, 편지를 가지고 숙태위 집을 찾아 나갔다.

거리에 나와서 길 가는 사람을 붙들고 숙태위 저택을 물어보니 친절하게 가르쳐준다. 두 사람은 그 공관 앞에 가서 또 행인을 보고 물어보았다.

"이 댁이 숙태위 대감 댁입니까?"

"예, 그렇소이다만, 아마 대궐 안에서 아직 안 나오셨을 걸요."

하고 그 사람도 친절하게 가르쳐준다.

"지금이 으레 퇴조(退朝)할 시각인데, 대감이 어째서 돌아오시지 않았을까요?"

"숙태위 대감은 성상폐하(聖上陛下)께서 제일 신임하는 대감이시랍니다. 그래, 언제나 폐하 옆에 모시고 있기 때문에, 언제 나오게 될지 그 양반도 모르신다잖아요."

이러고 있을 때 어떤 사람 하나가 불쑥,

"저기, 숙태위 대감 오시는군!"

이같이 말한다.

연청과 대종이 바라보니, 과연 저쪽에서 가마 한 채가 천천히 이리로 오고 있다.

연청은 대종의 귀에다 입을 대고 가만히 속삭였다.

"형님일랑 숙태위 대감 댁 문 앞에서 기다리시는 게 좋겠어요. 제가 혼자 가서 대감을 만나고 올 게요."

대종이 고개를 끄덕끄덕하자, 연청은 가마를 향하여 가까이 갔다. 비단옷을 입고 화모(花帽)를 쓴 종인(從人)이 가마를 모시고 오므로 얼른 그 앞의 땅바닥에 무릎을 꿇고 아뢰었다.

"소인이 태위 상공께 드릴 편지를 가지고 왔습니다."

이때 숙태위는 가마 속에서 잠깐 내다보더니 고개를 끄덕하고,

"응, 따라오너라."

하고 분부를 내린다. 연청은 곧 그 뒤를 따라서 정문 안으로 들어갔다.

숙태위는 가마에서 내려 한옆에 있는 서원으로 들어가면서,

"상관없으니 들어오너라."

이같이 분부한다. 서원 안으로 따라 들어가니까 숙태위는 자리에 좌정하고 나서 그를 바라보며 묻는 것이었다.

"너는 어디서 온 사람이냐?"

연청은 얼른 대답했다.

"소인은 산동서 왔습니다. 문참모의 서찰을 갖고 왔습니다."

"문참모가 누굴까?"

숙태위가 얼른 생각이 나지 아니하는 듯 이같이 말할 때 연청은 얼른 편지를 꺼내 두 손으로 바쳤다.

"보시면 아실 것이올시다."

숙태위는 봉투를 받아들고 한번 뒤집어보더니,

"응, 문참모라기에 누군가 했더니, 어려서 동창으로 지내던 문환장을 가지고 그랬구나."

하고 봉투를 뜯고 편지를 본다.

시생(侍生) 문환장은 목수백배(沐手百拜)하고서 글월을 태위 은상 균좌(鈞座) 앞에 올리나이다. 천자(賤子)가 어려서부터 문장(門牆)에 출입한 지 어언 30년이나 되옵는데, 근자에 고전수(高殿帥)의 부르심을 받아 군전(軍前)에 나가 참모의 중책을 맡기는 했사오나, 그가 충언(忠言)을 듣지 않고 권간(勸諫)을 물리치며 고집한 까닭으로 세 번 싸워서 세 번 패했으니, 부끄럽기 그지없나이다. 그리하와 고태위와 천자(賤子)가 함께 사로잡힌 바 되어 유설(縲絏)의 몸이 되었으나, 의사(義士) 송공명이 관유인자(寬裕仁慈)하여 전혀 해(害)를 가하지 아니했으며, 이제 고태위는 이곳 양산의 소양과 악화를 대령(帶領)하여 서울로 올라가 초안을 청하려고 천자(賤子)를 그 볼모로 이곳에 머무르게 하여 갇혀 있는 터이외다. 만 번 바라옵건대 은상께서 말씀을 아끼시지 마시고 천자(天子)께 제주(題奏)하여 특히 초안의 전(典)을 내리시와 의사(義士) 송공명 등으로 하여금 죄에서 풀리어 은혜를 입고 공(功)을 세우고 업(業)을 이루게 해주신다면 이는 실로 국가의 행심(幸甚)이요, 천하의 행심이요, 그와 동시에 천자(賤子)를 구취(救取)하여 재생(再生)의 길을 주심이로소이다. 삼가 글월을 올리는 바이오니 굽어살피소서.

선화(宣和) 사년 춘정월 일 환장재배봉상(煥章再拜奉上)

편지를 끝까지 다 읽고 난 숙태위는 깜짝 놀란다.

"그래, 넌 누구란 말이냐?"

"예, 소인은 양산박에 있는 낭자 연청이라 부르는 놈이올시다."

그는 이같이 아뢰고서 부리나케 밖으로 나가더니, 대상자를 들고 다시 들어와서 말씀드린다.

"대감께서 태주(泰州)로 참배를 오셨을 때 저희들이 은덕을 많이 입었는데, 어찌 그 은혜를 잊어버렸겠습니까. 이것은 송강 형님이 변변치 못한 물건이오나 가지고 가서 대감께 올리라 하여 가지고 왔습니다. 정표로 받아주시면 감사하겠다고 말씀하더군요."

"참, 그래, 송강은 지금 어떡하고 있니?"

"그저 날마다 점을 치시면서, 숙태위 대감께서 구해주시기만 고대하고 있습지요. 송강뿐 아니라 모든 무리들이 밤낮 기다리는 게 대감께서 초안하러 내려오시는 일이랍니다. 하루라도 속히 대감께서 성상 폐하께 상주하신다면, 양산박 십만인중(十萬人衆)은 얼마나 그 은혜에 감사할지 모르겠습니다. 소인은 송강 형님이 기한을 꼭 지키라고 엄명하셨기 때문에 지금 곧 물러갑니다."

연청은 공손히 절하고서 바깥으로 나와버렸다.

이같이 연청이 사라진 뒤에 숙태위는 잠깐 멍하니 앉았다가 무엇을 생각하고 결심한 표정이더니,

"여봐라! 이것을 안에 들여다 잘 둬라!"

하고, 부하를 불러 연청이 놓고 나간 대상자의 귀중품을 안으로 들여가게 했다.

한편, 밖으로 나온 연청은 숙태위 공관 정문 앞에서 기다리고 있던 대종과 함께 객줏집으로 돌아와서 의논하기 시작했다.

"이렇게 두 가지 일은 잘 끝났습니다만, 저 고태위한테 갇혀 있을 소양과 악화를 어떻게 구해냅니까?"

"글쎄. 우선 고태위 집에 갇혀 있는지 없는지 그걸 알아야 하잖겠나? 그러니까 자네하고 나하고 공인 모양으로 변장하고서 고태위 집 부근으로 가서 동정을 살피기로 하세. 그래, 그 집에서 누가 나오거든 금은(金銀)을 약간 쥐어주고, 두 사람한테 연통하도록 해서 그들과 만나 도리를 강구할 수밖에 더 없네."

"딴은 그렇겠군요."

두 사람은 이같이 의논을 정하고 복색을 고쳐입은 후 금은을 품속에 지니고 태평교로 가서 고태위 저택 앞에서 동정을 살피기 시작했다.

그러자 얼마 기다리지 아니해서 저택으로부터 젊은 우후 한 사람이 어깨를 으쓱거리면서 나오는 것이었다.

　연청은 급히 우후 앞으로 달려가서 공손히 예를 했다. 우후는 잔뜩 교만한 태도로 연청을 바라보고 묻는다.

　"네가 누구란 말이냐?"

　"죄송합니다. 잠깐 여쭐 말씀이 있어서 그러는데, 저기 저 다방까지 가실 수 없을까요?"

　"뭐라구? 나한테 이야기가 있다구?"

　젊은 우후는 이렇게 말하면서도 뿌리치지 않고 연청을 따라서 그 앞에 있는 다방으로 들어왔다.

　"이 구석방으로 들어오시지요."

　연청은 우후를 구석방으로 인도하고서 자리를 권한 다음에 대종을 그에게 소개시킨 후 차를 주문해다 마셨다.

　"아니, 나한테 할 이야기가 있다더니, 왜 아무 말이 없소?"

　기다리다 못해 우후가 이렇게 묻자, 그제야 연청이 말하기 시작한다.

　"다른 게 아니라 좀 어려운 청이 있어서 그럽니다. 솔직하게 말씀할 테니 꼭 좀 들어주십시오. 요사이 고태위 대감께서 데리고 온 두 사람 가운데 악화라는 사람이 있는데, 그 사람이 이 형님의 친척입니다. 그래 그분을 우리 두 사람이 잠깐 만나야 할 일이 생겨서 이같이 나으리께 특별히 청하는 겁니다."

　"어림도 없는 소리! 아니, 그 깊숙한 절당 안에 들어 있는 사람을 내가 무슨 수로… 어떻게 한단 말이오?"

　대종은 품속에서 대은(大銀) 한 뭉치를 꺼내서 탁자 위에 놓고, 우후를 보고 말했다.

　"물론 힘드실 줄 압니다. 그러나 어떻게든지 좀 악화를 만나보게 해주십시오. 물론 아문(衙門) 밖까지는 나가지도 않습니다. 여기서 만나보고 갈 테니까요. 그리고 이건 얼마 안 되는 겝니다마는, 나으리께 드리려고 가져왔습니다."

우후는 탁자에 놓인 은덩어리를 보고 금방 태도가 달라졌다.

"그 두 사람이 안에 있기는 있소이다. 그러나 대감 분부로 부중(府中)에서도 아주 깊숙이 후원에 들어박힌 절당 안에 있는데, 내가 가서 데리고 나오지요. 그런데 이야기가 끝나면 약속대로 이 은자(銀子)는 내게 줘야 하오."

"물론이죠!"

대종이 대답하니까 그 사나이는 일어섰다.

"당신네 두 분은 여기서 꼭 기다려야 해요."

그 사나이가 이같이 말하고 나간 뒤에 대종과 연청은 그 방에 앉아서 기다렸다.

약 반시간쯤 지났을까, 그 사나이가 숨을 헐떡거리면서 다시 들어오더니 대종을 보고,

"자, 그럼 그 은자를 이리 내시오! 악화는 내가 데리고 나와서, 지금 바로 이 다방에 있쇠다!"

이같이 급하게 말한다.

그 사나이의 말을 듣고 대종은 연청의 귀에다 입을 대고서,

"응, 이렇게… 이렇게… 알았지, 응?"

이같이 소곤거린 다음에 은덩어리는 집어서 그 사나이한테 주었다.

"그럼 나를 따라와요."

그 사나이는 은덩어리를 품속에 감추고서 나가므로, 연청이 그 뒤를 따라가 보니, 과연 한쪽 구석방에 악화가 앉아 있다.

그 사나이는 방문턱에 서서 두 사람을 번갈아 보며,

"빨리 얘기들 하고서 얼른 헤어지는 거야! 알았어?"

하고 주의를 주는 것이었으나, 연청은 그 소리는 들은 체도 않고 악

화 곁으로 갔다.

"이거 봐! 대종 형님하고 나하고 다 작정했어. 두 분을 구해낼 테니까 그런 줄 알란 말야."

"그러나 일이 어려울 거요. 뒷마당 화원 속에 갇혀 있는 데다가 담장이 여간 높아야지? 사닥다리는 죄다 감춰놨으니 빠져나갈 도리가 없거든."

"담 옆에 나무도 큰 게 없나?"

"큰 버드나무가 몇 개 있지…."

"그럼 됐어! 오늘밤에 내가 기침 소리를 내면서 담장 밖에서 밧줄을 두 개 던져줄 테니까, 당신은 밧줄을 받아 그것을 담에서 제일 가까운 버드나무에다 매어두시오. 그러면 대종 형님하고 나하고 둘이서 담장 밖에서 줄 하나씩을 잡아당길 테니까, 두 분은 그 줄을 타고 담을 넘어오란 말씀이야. 시각은 4경 때로 정하고 꼭 실수 없도록 해요."

이때 밖에서 우후가 독촉이다.

"무슨 이야기가 그렇게 긴가? 빨리 나오지 못해?"

악화는 고개만 두어 번 끄덕끄덕하고서 밖으로 뛰어나갔다.

악화가 돌아가서 소양에게 이야기를 전한 것은 물론이려니와, 연청도 기다리고 있는 대종에게로 돌아와서 악화와의 약속을 이야기한 후 다방에서 나와 저잣거리로 가서 밧줄 두 개를 사가지고 우선 객주로 돌아왔다.

두 사람은 밤이 되기만 고대했다.

그러나 이 두 사람보다도 더 가슴을 조이면서 밤이 되기를 기다리는 사람은 고태위 집 울안에 갇혀 있는 악화와 소양 두 사람이다.

마침내 날이 어두워졌다. 연청과 대종은 밧줄을 하나씩 가지고 고태위 집 뒤로 돌아가서 몸 숨길 곳을 찾아봤다. 두 사람은 좌우를 살피다가, 마침 뒷담 밑으로 냇물이 하나 흐르고, 빈 배 두 척이 언덕에 붙들어

매여 있는 것을 보았다.

두 사람은 얼른 그 배 속으로 숨었다. 얼마를 기다렸던지 밤은 점점 깊어져서 4경을 알리는 북소리가 들렸다.

두 사람은 즉시 위로 올라가서 담장 밑에 가서 기침 소리를 냈다.

"에헴! 에헴!"

안에서도 구호에 맞추는 것처럼 기침 소리가 들렸다. 양쪽이 서로 완전히 약속이 통한 셈이다.

연청은 밧줄 한 끝을 하나씩 안으로 집어던졌다. 그러고서 안에서 그것을 단단히 붙들어맬 때까지 기다려 대종과 함께 그 밧줄을 힘을 다해서 팽팽하게 잡아당겼다.

먼저 악화가 담장 위로 올라오고 다음으로 소양이 나타나더니, 두 사람이 밧줄에 매달려서 홍청홍청 옮겨 잡아가며 조심조심 내려왔다.

연청과 대종은 밧줄을 거두어 담장 안으로 집어던지고서, 도망해나온 소양과 악화를 데리고 부리나케 객주로 돌아왔다.

한 사람은 방 안에서 짐을 싸고, 한 사람은 밥을 짓고 하여 네 사람이 새벽밥을 지어먹고서 방값을 치른 후, 그들은 성문 근처로 나와 있다가 문이 열리기가 무섭게 성 밖으로 뛰어나갔다. 한시바삐 양산박으로 돌아가서 소식을 알려야겠기 때문이다.

진실한 초안

서울에 갔던 일을 성공해서 양산박으로 돌아온 연청은, 이사사의 집에서 재수 좋게 도군 황제(道君皇帝)를 만나 어필(御筆)을 받은 일과, 그다음에 숙태위를 만난 일과, 그리고 대종과 의논해 고태위 집에 가서 두 사람을 빼내온 후 새벽에 성문을 열기가 무섭게 빠져나왔다는 자초지종 이야기를 세세히 고했다.

한편 이사사는 그날 밤 연청이 없어진 뒤로 다시는 보이지 아니하는 까닭에 어찌된 셈인지 알 수 없어서 정신이 멍하게 지내게 되었다.

그런데 이번에 골탕 먹은 사람은 이사사보다도 고태위였다. 즉, 소양과 악화가 도망해버린 이튿날 아침에 고태위 집 하인이 차를 쟁반에 받쳐들고 절당으로 가보니까 악화와 소양이 방에 있지 아니하므로 그는 놀라 즉시 이 사실을 도관(都管)에게 고했다. 그리하여 도관이 뒷마당 화원으로 달려와 보니, 감금해두었던 사람은 없어지고, 버드나무에 밧줄 두 개가 매어 있을 뿐이다.

하는 수 없이 도관은 고태위한테 사실을 보고했다.

"절당 안에 감금했던 두 놈이 밧줄을 타고 담을 넘어 도망해버렸으니 어쩌면 좋겠습니까?"

고태위는 이 소리를 듣고 깜짝 놀랐다. 그러나 이미 도망간 놈들을 어떻게 할 것이냐. 아무리 생각해도 묘한 방법이 없는지라, 그는 몸이 아프다고 핑계하고 문 밖에 전혀 출입치 않기로 정했다.

다음날 아침 5경에 도군 황제 휘종은 조회를 보러 문덕전(文德殿)에 나갔다. 문무백관이 양쪽으로 열을 지어 갈라서 있는 것을 보고 황제는 발을 걷어올리게 한 후, 좌우 근시(近侍)로 하여금 추밀사 동관을 앞으로 가까이 나오게 했다.

"지난해에 경(卿)은 10만 대군을 거느리고 초토사(招討使)가 되어 양산박을 토벌했었는데 그때의 승부가 어찌되었던고?"

지나간 이야기를 뜻밖에 황제가 물으므로 동관은 당황했다. 더구나 황제의 음성에는 노기(怒氣)가 충만했으니 이 일을 어찌하나 싶어서 그는 공손히 무릎을 꿇었다.

"신(臣)이 작년에 대군을 이끌고 토벌을 갔을 때, 힘을 다하지 아니한 것은 결코 아닙니다. 다만 일기가 무섭게 더워 그쪽 풍토에 익지 못한 병사들이 수토불복으로 병을 얻어 열 명에 두세 명은 죽어버리는 까닭에, 소신은 어쩌는 수 없이 싸움을 정지하고 군사들로 하여금 각각 본영에 돌아가서 조련이나 하도록 지시했었습니다. 어림군에서 데리고 간 병사들도 대부분 병을 얻어 많은 손실이 있었습니다. 그 후 다시 조칙이 내렸습니다만, 도적들은 초무(招撫)에 응치 않고 급기야 고구가 수군(水軍)을 이끌고 토벌을 갔습니다마는, 역시 도중에서 병을 얻어 되돌아오고 말았습니다."

이때 황제는 크게 노해서 언성을 높여 꾸짖는다.

"도대체 너희들은 어진 사람을 시기하고 능한 사람을 중상모략하여 과인을 기만하는 것밖에 모르느냐? 너는 작년에 양산박 토벌 가서 겨우 두 번 싸워 군사를 죄다 죽이고, 투구 한 개 갑옷 한 벌 도로 갖고 오지 못하지 않았느냐? 그리고 고구란 놈은 여러 고을의 막대한 전량을 허비하고, 허다한 병선(兵船)과 군마(軍馬)를 잃어버린 위에, 저 자신마

저 사로잡혀서 산에 끌려 올라갔다가 다행히 송강이 죽이지 않고 석방했기에 살아온 것이 아니냐? 듣자하니 송강 등은 무단히 주현(州縣)을 침략하지 않고, 양민을 괴롭히지 않고, 초안(招安) 있기만 기다리며 나라에 충성을 다하려 한다는구나! 도시, 너희들 욕심 많고 아첨 잘하는 몇몇 신하들이 조정의 작록(爵祿)만 먹고 나라의 큰일을 그르치는 게 아니냐? 너는 추밀원을 관장하고 있으면서 스스로 부끄러운 줄 모르겠느냐? 법대로 하자면 너를 당장 잡아내려 문죄(問罪)하겠다마는, 이번만은 눈 감아둔다. 만일 앞으로 또 이런 일이 있다면 결단코 용서 없다!"

추상같은 황제의 호령을 듣고, 동관은 등에 식은땀을 흘리면서 아무 소리 못 하고 뒤로 물러나 한옆에 가 섰다. 이때, 등에 찬 땀을 흘린 사람은 비단 동관 한 사람뿐이 아니었을 것이다.

조금 있다 황제는 다시 말씀한다.

"경들 대신(大臣) 가운데 누가 양산박엘 가서 송강 등 일반 무리들을 초무해올 사람은 없는가?"

황제의 말씀이 떨어지자, 전전태위(殿前太尉) 숙원경이 열(列)에서 나와 앞으로 나아가 꿇어앉았다.

"신이 재주 부족하오나, 보내주시옵기 원하옵니다."

황제는 대단히 만족한 얼굴로,

"그러면 과인이 친필로 조서를 쓰려오."

이같이 말씀하고, 즉시 좌우 근시로 하여금 어안(御案)을 가져오게 한 후, 종이를 펼쳐놓고 잠깐 머릿속으로 글을 생각하더니 붓을 들었다.

쓰기를 마치자, 근시가 옥새를 바치니까 황제는 친히 인주를 찍어 옥새를 눌렀다. 그리고 즉시 고장관(庫藏官)을 불러 금패(金牌) 삼십육면(三十六面), 은패(銀牌) 칠십이면(七十二面), 홍금(紅綿) 삼십육필(三十六疋), 녹금(綠錦) 칠십이필(七十二疋), 황봉어주(黃封御酒) 일백팔병(一百八瓶)을 창고로부터 내오게 하여 숙태위에게 주고, 다시 정품(正品)과 종품(從品)

의복지(衣服地) 이십사필(二十四疋)과, 금자(金字)로 '초안(招安)'이라 수놓은 어기(御旗) 한 개를 주고서, 택일하여 곧 출발하라고 분부하는 것이었다. 숙태위는 천은(天恩)에 감사하고, 천자는 조회를 파했다.

문무백관이 물러갈 때 동추밀도 집에 돌아와서, 너무도 부끄러워 그 다음부터는 감히 대궐 안에 들어갈 생각을 못 하고 집 안에 엎드려버렸다. 그리고 이 소식을 들은 고태위는 더욱 겁이 나서 병이라는 핑계만 대고 감히 조회에 들어가지 못했다.

그런데 숙태위는 예정한 날 어주·금패·은패·비단 등속을 수레에 싣고 말을 타고 성 밖으로 나왔다. 그는 금문자로 '초안'을 수놓은 황기를 앞세우고 남훈문(南薰門)을 나와 여기서 벼슬아치들의 전송을 받으면서 제주(濟州)를 향해 떠났다.

한편, 양산박 충의당에서는 연청·대종·소양·악화 네 사람으로부터 송강 이하 여러 두령들이 자세한 보고를 듣고 모두들 기뻐하고 만족했다. 연청은 품속으로부터 도군 황제 휘종 폐하로부터 받은 어필을 꺼내서 송강 이하 여러 사람에게 보였다. 기막히게 앞일을 내다보기 잘하며 꾀가 비상한 오용까지도 그 어필을 보고서,

"이번에야말로 반드시 좋은 기별이 있을 게로군!"

하고 좋아서 어쩔 줄을 몰라 했다.

송강은 향로에 향을 피우고 구천현녀로부터 받은 천서(天書)를 내놓고서 기도를 드린 후 점괘를 짚어봤다.

점괘는 '상상대길(上上大吉)'이 나왔다.

"이번엔 꼭 되겠는데! 틀림없이 소원성취한다니까!"

송강은 이같이 말하고 기뻐하면서 대종과 연청을 자기 곁으로 불렀다.

"또 한 번 두 사람이 수고를 해주어야겠소."

"예, 그까짓 수고야 백 번인들 아끼겠습니까?"

"그럼, 중간까지 나가서 정보를 알아가지고 산에서 미리 준비를 하도록 해주오!"

"그럭하지요!"

대종과 연청은 그 자리에서 즉시 출발했다.

이같이 서울 소식을 염탐하러 떠났던 대종과 연청은 이틀 만에 돌아와서 보고한다.

"조정에서는 숙태위를 칙사로 해서, 친필 조직과 금패·은패·어주·비단 등 일체를 내려보냈답니다. 미구에 도착할 겝니다."

송강은 보고를 듣고 너무도 좋아서 한자리에 가만히 앉아 있지를 못\했다. 그도 그럴 것이, 오랫동안 꿈에도 잊지 못하고 바라고 바라던 초안이 이루어지게 되었으니 어찌 기쁘지 아니하랴.

그는 즉시 두령들 전원을 충의당에 소집하고서 칙사를 환영할 준비에 착수했다.

먼저 그는 장령을 내려, 인원을 뽑아 양산박으로부터 제주까지 가는 길거리에다 스물네 개의 큰 실경[山棚]을 만들어 세우게 했다. 이 실경은 칙사를 환영하기 위한 가설무대가 되는 것이다. 그리고 이 무대 뒤에는 비단과 조화(造花)를 장식하고, 아래층에는 악대가 앉을 자리를 설비하고, 악사(樂士)들은 모두 가까운 고을에서 데려오기로 작정했다. 이렇게 설비를 해놓고 스물네 군데 가설무대에는 한 무대에 한 사람씩 두령이 책임지고 앉아서 감독하기로 결정한 후, 환영 연회를 위한 술과 안주와 과일 등속, 먹을 것을 산더미같이 사들이기에 바빴다.

한편, 양산박을 향해서 내려온 숙태위는 서울을 떠난 지 여러 날 만에 제주에 닿았다. 이때 제주 태수 장숙야는 멀리 교외까지 나와서 칙사를 영접하여 성내로 들어가서 역사로 모신 후, 숙태위 앞에 공손히 인사를 드리고서 접풍주(接風酒)를 대접하면서 말하는 것이었다.

"그동안 조정에서 조칙을 내려 두 번이나 저들을 초안했었지만, 두 번 다 그럴 만한 사람이 오지 아니했기 때문에 국가 대사를 그르치고 말았습니다. 이번엔 대감께서 내려오셨으니까, 반드시 국가를 위해서 큰 공을 세우실 줄 믿습니다."

"천만의 말씀! 이번에 폐하께서는 양산박 일당이 의(義)를 주장하며, 고을을 침략하지 않고, 양민을 괴롭히지 않고, 오직 하늘을 대신해서 바른 도(道)만 행한다는 말을 들으시고, 친히 쓰신 조서와 함께 금패 36면, 은패 72면, 홍금 36필, 녹금 72필, 그리고 황봉어주 1백 8병, 의복지 24필을 하사하시며, 저것들을 초안하라 하셨습니다만, 저들에게 주는 예물이 좀 부족하지나 않을는지 모르겠소."

"양산박 일당들은 예물 같은 건 염두에도 없을 겁니다. 저들은 충의를 다해서 나라에 일하고, 이름을 후세에 남기겠다는 생각밖에 없습니다. 진작 숙태위 대감께서 내려오셨더라면, 국가의 장병들을 잃어버리는 일도 없고, 막대한 전량을 탕진해버리는 일도 없었을 겁니다. 저 의사(義士)들은 반드시 조정을 위해서 큰 공을 세울 겁니다."

"그럼 나는 여기서 기다릴 테니까, 수고스럽소이다마는, 나 대신 태수가 산채에 가서 조서 영접할 준비를 시켜주실 수 없소이까?"

"네, 그럭하지요."

장태수는 즉시 숙태위 앞에서 물러나와 말을 타고 성 밖으로 나가서 부하 십여 명을 거느리고 양산박으로 향했다.

그가 산 아래 닿으니까 벌써 소두령들이 거기 나와서 기다리고 있다가 산 위로 연락을 하는 것이었다.

송강은 이때 충의당에 앉아 있다가 연락을 받고서,

"그럼 내가 내려가봐야지!"

하고, 친히 산을 내려가서 장태수를 영접하여 올라와서 공손히 인사를 드렸다.

그러자 먼저 장태수가 이야기를 했다.

"의사(義士) 여러분께 기쁜 소식을 전해드립니다. 조정에서 이번에 전전 숙태위(殿前宿太尉)를 사자(使者)로 하여 어필 조서와 함께 초안을 내려, 금패·은패·복지·어주 등을 가지고 이미 제주성 안에 도착해 계십니다. 의사 여러분들은 성지(聖旨)를 받들 준비를 하셨으면 좋겠습니다."

송강은 그 말을 듣고 감격해서 두 손을 이마에 대고 또 한 번 절하여 감사를 드렸다.

"황공합니다. 저희들이 이제야 모두 다시 살아났습니다!"

이렇게 감사를 드리고서 송강은 태수에게 음식을 대접하려고 잔치를 준비시키니까, 장태수는 손을 저으면서 말리는 것이었다.

"아니올시다. 그만두시오. 일부러 사양하는 게 아니고 숙태위 대감이 기다리고 계실 거니까, 곧 돌아가봐야겠습니다."

"그러실지라도 한 잔만 제가 꼭 드리고 싶어서 그러는 것이오니, 잡숫고 가시지요."

"아니올시다. 지체할 수 없습니다."

장태수가 끝까지 사양하므로 송강은 사람을 시켜 금과 은을 한 쟁반 가득히 담아오게 하여 그것을 장태수 앞에 내놓는 것이었다. 그러나 장태수는 그것을 보더니 놀라는 표정으로,

"이걸 왜 가져오셨습니까?"

하고 묻는 것이었다.

"네, 약소하나마 정표로 예물을 드리는 겝니다. 이다음에 안정하고 나서 은혜에 보답하겠습니다."

"원, 천만에! 후의는 감사합니다만, 지금 가지고 갈 수 없으니 여기 두어두십시오. 나중에 봐서 어떻게 하죠."

태수는 이같이 말하고 일어서는 것이었다. 온 세상이 썩어버렸으되 이 사람만은 창자가 깨끗했다.

송강은 속으로 탄복하고, 즉시 군사(軍師) 오용과 차석(次席) 주무 외에 소양과 악화더러 장태수를 따라서 제주로 나아가 숙태위를 뵙고 오라고 명령했다. 그리고 자기들은 그다음 날 대소 두령 전원이 산채로부터 30리 밖에까지 나와 길에 엎드려서 칙사를 마중하겠노라고 말했다.

이같이 작정하고 장태수를 따라서 내려간 오용 등 네 사람은 제주에 도착하여 하룻밤 쉬고, 이튿날 역사로 숙태위를 찾아가 예를 드리고 꿇어앉았다.

숙태위는 그들을 보고 일어나서 교의에 앉으라고 몇 번 권했건만, 네 사람은 굳이 사양하고 그냥 꿇어앉아 있으므로 태위는 오용을 보고 묻는 것이었다.

"성명이 누구시던가요?"

"저는 오용입니다. 그리고 이 사람은 주무, 그다음이 소양, 그다음이 악화라고 부르는 사람입니다. 송공명 형님의 명령으로 태위 대감을 모시러 왔습니다. 형님을 비롯해서 산에 있는 여러 형제들이, 내일모레 산채로부터 30리 밖의 길가에 나와서 엎드려 대감을 봉영(奉迎)하겠다 합니다."

숙태위는 오용의 음성을 듣고 그제야 생각이 나서, 만면에 희색을 띠고 말했다.

"오오, 이제야 생각이 나는군! 가량(加亮) 선생을 화주(華州)서 만나보고 헤어진 지가 벌써 수년이더니, 오늘 여기서 이렇게 만났습니다그려. 참으로 뜻밖이오! 그러나 나는 노형들 여러 형제들이 평소에 충의를 지니고 있지만 간신들 때문에 길이 막혀, 소인들이 권력을 휘두르는 바람에 노형들의 뜻이 위에 도달하지 못하는 것을 알고 있었소이다. 이번에 폐하께서는 그 모든 것을 죄다 아시고, 특히 이 사람한테 명령하시어 친히 쓰신 조서와 금패·은패·비단·어주·의복지 등 물건을 하사하시고 초안을 내려가라 하셨소이다. 노형들도 이 같은 상의(上意)를 충분히 알고 진심으로 받아주시오."

오용 등 네 사람은 다시 일어나서 절을 두 번씩 하고서 말했다.

"저희들 산야광부(山野狂夫) 때문에 대감께서 이같이 왕림하시고, 황공하옵게도 천은(天恩)을 입게 된 것은 온전히 태위 대감께서 힘써주신 은덕으로 생각합니다. 저희들 여러 형제가 각골명심(刻骨銘心)해서 그 은혜를 잊어버리지 않겠습니다."

이날 장태수는 오용 등 네 사람을 위해서 잔치를 베풀고 위로했다.

사흘째 되는 날 아침 일찍이 제주부에서는 향거(香車) 세 채를 꾸려 어주(御酒)는 용(龍)과 봉(鳳)의 그림이 있는 함에다 넣고, 금패·은패·홍금·녹금은 따로 짐을 만들어 묶고, 조서는 용정(龍亭)에다가 넣어서 실었다. 용정이란 정자 같은 형상으로 만든 상자이니 천자의 신주 용패(龍牌)를 넣는 그릇이요, 금패니 은패니 하는 것은 금과 은으로 만든 패로서 거죽에다 천자의 말씀을 조각하거나 명예스러운 신분을 기록해 넣은 것이다.

숙태위는 말 위에 앉아 용정을 호위해 먼저 가고, 장태수는 말 타고 그다음에 가고, 오용 등 양산박 두령 네 사람은 또 그 뒤를 따르고, 그 뒤엔 다수 관원들이 따르는데 맨 앞에서 걸어가는 말에는 황제가 내리신 금박 황기(黃旗)를 세웠고, 북을 울리며 기를 들고 있는 행렬이 길을 인도하면서 서서히 행진했다.

이같이 제주를 떠나 십 리도 못 갔는데 벌써 칙사를 환영하는 가설무대가 보인다.

숙태위가 말 위에서 바라보니, 가설무대는 오색 비단과 조화로 장식했는데, 아래에서는 피리를 불고 북을 치면서 칙사를 봉영하는 것이었다.

그 앞을 지나서 다시 수십 리를 가니까 거기에도 오색 비단으로 장식한 가설무대가 있는데, 향을 피우는 연기가 쉴 새 없이 오르고 있다. 점점 가까이 이르러 보니, 송강과 노준의는 앞줄에 꿇어앉아 있고, 그 뒷줄로 여러 두령들이 나란히 엎드려서 조칙을 봉영하고 있는 것이었다.

숙태위는 종인(從人)을 보고 분부했다.

"모두 말을 태워라!"

이리해서 숙태위 이하 일동이 호숫가에 당도하니, 벌써 양산박의 천여 척 전선(戰船)이 기다리고 있다가 총동원해서 일동을 금사탄에 상륙시켰다.

이때 세 개의 관문(關門)에서는 일제히 흥겨운 풍악이 울리는데, 수없이 많은 군사들은 길 좌우에 늘어서서 모두 두 손을 모아 읍(揖)하고 있으며, 향을 태우는 그윽한 향기가 공중에 덮여 있다.

삼관(三關)을 지나 산꼭대기에 오른 일동은 충의당 앞에서 말을 내려, 향거용정(香車龍亭)을 당상(堂上)에 모셨다.

그리고 복판에 놓인 책상 세 개에다 책상마다 용과 봉의 그림을 수놓은 누런 비단보를 덮고, 한가운데 책상엔 천자의 현신(現身)을 대신하는 만세용패(萬歲龍牌)와 친필로 쓰신 조서를 모시고, 금패와 은패는 왼편 책상에, 홍록금단(紅綠錦緞)은 오른편 책상에, 그리고 어주와 의복지는 그 앞에 놓았다. 황금으로 만든 향로에서 푸른 연기가 오르고 있다.

송강과 노준의는 숙태위와 장태수를 당상으로 인도하여 자리에 좌정하게 한 후, 왼편엔 소양과 악화를, 바른편엔 배선과 연청을 서 있게 하고, 그들은 일동이 당전(堂前)에 꿇어 엎드리었다.

"일동배례(一同拜禮)!"

배선이 이같이 구호 부르자 일동은 예를 드렸다. 그러자 소양이 조서를 받들어 근엄한 음성으로 읽기 시작했다.

제(制)하여 이르노니, 짐이 즉위한 이래 인의(仁義)로써 천하를 다스리고 상벌(賞罰)을 공평히 함으로써 간과(干戈)를 정했으며, 어진 사람을 구함에 게으름이 없었고 백성을 사랑함에 모자람이 있을까 근심했으니, 이는 원근(遠近)의 적자(赤子)가 모두 짐의 마음을 아는 바이로다. 이제 간절히 생각하노니 송강·노준의 등이 항상 충의(忠義)를 품고 포학(暴虐)을 행치 아니했으며, 귀순의 마음이 오래되고, 보효(報効)의 뜻이 늠연(凜然)한 바 있는지라 비록 죄악을 범한 바 있기는 하나 그 연유가 있는 터이니, 그 충정을 살피건대 깊이 연민하도다. 짐이 이제 특히 전전태위 숙원경을 시켜 조서를 가지고 양산박에 가서 송강 등 대소인원의 범한 바 죄악을 전부 사면하고 금패 36면, 홍금 36필을 송강 등 상두령(上頭領)에게 사여하고, 은패 72면, 녹금 72필을 송강 부하 두목들에게 사여하노라. 사서(赦書) 이르는 날, 짐의 마음을 저버림이 없이 속히 귀순하라. 반드시 무겁게 쓰리로다. 이에 조사(詔赦)하노니 십분 알음이 있을지어다.

　　선화(宣和) 사년 춘(春)이월 일 조시(詔示)

　소양이 조서를 다 읽고 나자, 송강 등 일동은 산이 떠나갈 만큼 큰소리로 만세를 부르고, 다시 두 번 절하여 성은에 감사했다. 그러자 숙태위는 금패와 은패, 그리고 홍금과 녹금은 배선으로 하여금 차례차례로 두령들에게 나누어주게 했다.

　이같이 나누어준 후 숙태위는 어주의 봉을 떼어 술을 은항아리에다 쏟게 했다. 그러고서 숙태위는 금잔을 집어들고 술 한 잔을 뜨더니, 두령들을 둘러보며 말하는 것이었다.

　"의사(義士) 여러분! 이 사람은 폐하의 성지를 받들고서 어주를 가지고 여기까지 와 여러분한테 술을 드리기로 된 것입니다마는, 혹시 여러분들이 이 술을 의심할지도 모르는 일이므로, 내가 먼저 한 잔 먹을 것이니 보시고서 의심을 푸십시오."

　그는 이같이 말한 후 잔을 들어 한숨에 마셔버리고 다시 한 잔을 떠

가지고 그 잔을 송강에게 권하는 것이었다.

송강은 잔을 받아 공손히 무릎을 꿇고 앉아서 그 잔을 비웠다.

그다음으로 노준의·오용·공손승 이렇게 차례로 1백 8명의 두령들이 한 명 빠짐없이 한 잔씩 받아 마시는 일이 끝나자 송강이 자리에서 일어나,

"이제는 어주를 내리시는 일은 그만하시고 칙사 대감을 고쳐 모시기로 합시다."

이같이 말하고 숙태위를 가운데 자리에 모시는 것이었다. 그러고는 두령들이 모두 숙태위한테 예를 드리게 한 후 송강이 앞으로 나아가서 말씀드렸다.

"제가 연전에 서악(西嶽)에서 존안(尊顏)을 뵈옵고 후은(厚恩)을 감명 깊게 생각했습니다. 이번엔 또 대감께서 폐하께 힘껏 말씀을 사뢰어 저희들로 하여금 다시 천일(天日)을 보게 해주시니, 그 은혜는 저희들이 뼈에 새겨 일생을 두고 잊을 날이 없겠습니다."

숙태위가 이 말을 듣고 한마디 대답을 했다.

"이 사람이 여러분 의사(義士)들이 충의에 늠연한 것과, 하늘을 대신해서 바른 도를 행하는 것을 대강은 알고 있었습니다마는, 자세한 내용은 알지 못했었습니다. 그래서 오랫동안 폐하께 감히 말씀을 드려보지 못해오던 중, 이번에 문참모의 편지를 받고, 또 여러분들이 보내주신 예물을 받고서야 비로소 여러분의 충정을 알았습니다. 그날 폐하께서는 피향전(披香殿)에서 이 사람과 함께 한담하시다가 여러분들에 관한 이야기를 물으시기에 이 사람이 아는 대로 말씀드렸더니 웬일인지 폐하께서는 벌써 이 사람보다 더 자세히 여러분들의 사정을 아시고 계신 데다가 제가 말씀드린 것과 일치했습니다. 그래 그다음 날 폐하께선 문덕전에 납시더니, 백관(百官)들 앞에서 동추밀을 무섭게 꾸지람하시고, 계속해서 고태위가 여러 번 패전한 일을 호되게 책망하신 다음에, 문방구

를 가져오라 하시어 친히 조서를 쓰신 후, 이 사람더러 양산박에 가서 두령들에게 성지를 전하라고 분부하셨답니다. 그러니 여러분께서는 아무쪼록 폐하의 성지를 받들어 하루라도 속히 서울로 올라가 성은에 보답하시기를 바라는 바이올시다."

송강 이하 일동은 두 손을 이마에 모으고 절하며 은혜에 감사했다.

이때 장태수는 지방의 공사(公事)로 인해서 먼저 떠나야겠다고 숙태위에게 인사를 드리고 그 자리를 떠나자, 송강은 사람을 보내어 문참모를 청했다.

문참모가 이 자리에 들어오자 숙태위는,

"이거 오래간만이오! 이렇게 뜻밖에 만나니 반갑소이다그려."

하고 반가워했다. 그리하여 숙태위는 상좌의 한복판에 앉고, 문참모는 그 맞은편 자리에 앉고, 대소 두령들은 각기 서열에 따라서 자리를 정해 앉은 후 성대한 연회를 시작했다.

충의당 밖에서는 풍악 소리 흥겹고, 산해진미와 술이 무진장하여, 모든 사람이 만족한 기분으로 온종일 먹고 마시고 마침내 대취하여, 각기 졸개들의 부축을 받아 처소로 돌아갔다. 양산박에 들어온 뒤로 아마 이같이 즐거운 연회는 과거에 없었을 것이다.

다음날도 계속하여 연회를 벌이고서 그들은 피차에 가슴속에 있던 이야기를 모두 털어놓으며 즐겨했다. 그리고 사흘째 되는 날도 그들은 음식을 준비하여 숙태위를 모시고 산으로 나가 온종일 산놀이를 하고 즐기었다.

이같이 4, 5일을 지내고서, 숙태위는 이제 그만 돌아가야겠다고 말을 꺼냈다.

"여러분들도 짐작하시겠지만, 이 사람은 본래 폐하를 모시고 있는 사람으로, 이번에 더구나 칙명을 받들어온 터인데 너무 여러 날을 지냈습니다. 다행히 여러분이 쾌히 귀순해주셔서 대의(大意)를 온전케 해주셨으니, 이제는 속히 돌아가봐야 하겠습니다. 너무 늦어지면 그동안에 또 간신들이 시기하여 무슨 장난을 할지 알 수 없으니까요."

"대감께서 그처럼 말씀하시니 더 붙들지는 않겠습니다. 그렇지만 오늘 하루만 마음껏 노시고 내일 떠나시면 어떻겠습니까? 그렇게 하십시오."

송강 등은 이렇게 말하여 그날 하루를 또 놀았다. 술을 마셔가며 양산박 호걸들은 숙태위에게 사례를 드리고, 숙태위는 또 그들을 좋은 말로 위로하고 하다가 저녁때에 서로 헤어졌다.

다음날 아침 일찍, 송강은 금과 구슬을 가득 담은 합을 가지고 숙태위의 처소로 찾아갔다. 그러나 숙태위가 송강으로부터 그 같은 보물을 받을 이치가 있으랴. 몇 번을 완강히 사양하고 안 받는 것을, 송강이 재삼재사 조르다시피 권해 숙태위 짐 속에 거두어 넣은 다음에, 숙태위를 따라온 수행원한테는 주무와 악화가 친절히 대접하고 또 금은과 비단을 예물로 선사했다.

그리고 다른 두령들이 문참모에게도 예물을 선사했건만, 문참모는 굳이 사양하고 안 받는 것을, 송강이 찾아와 간곡히 권하여서 간신히 받아 넣도록 했다.

"문선생께서도 숙태위 대감과 동행하시면 더욱 편하시겠습니다."

송강은 문참모에게 이렇게 말하고, 군사들로 하여금 풍악을 잡게 한 후 대소 두령들과 함께 산에서 내려가, 금사탄을 건너서 30리 밖에까지 두 사람을 전송했다.

송강은 이 자리에서 숙태위에게 송별주를 올리면서 말했다.

"대감께서 서울 돌아가셔서 폐하를 뵙거든, 저희들 말씀을 아무쪼록 잘 드려주십시오."

"염려 마십시오. 여러분들이나 하루 속히 떠날 준비해서 서울로 올라오시도록 하십시오. 그리고 여러분들의 군마(軍馬)가 서울에 들어오기 전에 미리 나한테 통보해주셔야 합니다. 그래야 내가 폐하께 먼저 말씀드려, 절(節)을 가진 사람을 마중 내어 보낼 수 있으니까요. 이렇게 하는 것이 국가로서도 떳떳한 일입니다."

"감사합니다. 그런데 한 가지 말씀드릴 일이 있습니다. 본래 이곳 양산박 산채는 맨 먼저 왕륜이 개설한 것을 그다음 조개가 인계했다가 그다음에 제가 맡아 그동안 그럭저럭 여러 해가 지났습니다. 그동안 저희들이 조심은 했습니다마는, 이곳 가까운 마을에 사는 백성들한테는 폐해가 적지 않았을 것으로 생각합니다. 그래서 저는 이번에 저희들의 재물을 모두 내놓고 열흘 동안 저자를 벌이고서 말끔히 청산해버린 다음에 전원이 일제히 서울로 올라가려고 생각합니다. 이 같은 저희들의 충정을 양해해주시고, 폐하께도 저희들의 상경할 날짜가 며칠 지체되는 것을 말씀드려주시기 바랍니다."

"그런 사정이라면 할 수 없지요. 좋도록 하십시오."

숙태위는 승낙하고 송강 이하 여러 사람과 작별한 후, 수행원들을 데리고 제주로 향했다.

이같이 숙태위 일행을 전송하고 양산박으로 돌아온 송강은 북을 크게 울려 두령들을 전부 충의당으로 소집하고, 장교급 부하들까지 모두 충의당 앞마당에 집합시키고서 일장 훈시를 했다.

"왕륜이 이곳 산채를 개설한 뒤에, 조천왕이 그 뒤를 이어 운영하여서 오늘날 이같이 흥왕해졌습니다마는, 내가 강주에서 형제들의 도움을 받아 이곳에 와서 이곳 주인 자리에 앉은 지도 벌써 여러 해가 되었는데, 이번에 다행히 조정으로부터 초안을 받아 다시 청천백일을 보게 됐습니다. 그래서 오래지 않아 우리들은 서울로 올라가 몸을 나라에 바치겠는데, 지금 여러분을 모으게 한 것은 우리가 부고(府庫)에서 가져온 것은 곳간에 남겨두어서 공용(公用)으로 쓰게 하고, 그 외 재물은 모두 평균하게 나누어야 하겠기에 이같이 모은 것입니다. 우리들 1백 8명은 각기 성운(星運)에 응해서 생사를 같이할 형제들입니다. 이번에 천자께서는 관대하게 은혜를 베푸시어 대사령을 내리신 까닭에, 우리들 1백 8명은 다 함께 천자님께 나아가야 하겠지만, 여러분들은 자진해서 이리로 들어온 사람도 있고, 남을 따라서 들어온 사람도 있고, 조정의 군관으로 있다가 싸움에 지고서 들어온 사람도 있고, 또 사로잡혀서 끌려온 사람도 있으므로 우리와 함께 같이 가고 싶은 사람도 있고, 가고 싶지 않은 사람도 있을 줄 압니다. 그러니까 가고 싶은 사람은 명부에 올려서 같이 가기로 하고, 가기 싫은 사람은 따로 이름을 적어내면 서로 길을 가르기가 좋겠소."

송강은 이같이 말하고 즉시 배선과 소양으로 하여금 고향으로 돌아가겠다는 군사들의 이름을 명부에 적도록 지시했다.

이 같은 훈시를 받은 군사들은 각기 친한 사람들끼리 손을 잡고서 뿔뿔이 흩어져 한참 동안 수군거렸다. 두령들을 따라서 서울로 갈 것인가, 이대로 고향에 돌아가서 생업에 종사할 것인가, 의논을 하고 나서 그들은 각각 희망을 신고했다.

고향에 돌아가겠다고 신고한 군사가 약 5천 명이나 되었다.

송강은 이 사람들에게 모두 노잣돈을 두둑이 나누어주었다.

그 이튿날,

송강은 소양을 불러 고시문(告示文)을 쓰라고 부탁했다. 양산박 근처 각 지방에 널리 광고해서, 산 위에 열흘 동안 장이 서겠으니 모두들 올라와서 사가라는 것이었다.

소양이 고시문을 썼다.

　　양산박 의사 송강 등, 삼가 대의(大義)로서 사방에 포고하나이다. 저희들이 산중에 떼를 지어 머물면서 그간 사방의 백성들에게 적지 아니폐를 끼치던 바, 이번에 다행히 천자님께서는 어질고 착하신 마음으로 특히 조칙을 내리시어 저희들의 죄를 사면하시고 조정으로 부르시었으므로 미구에 서울로 올라가게 되었는지라, 이 때문에 저희들은 열흘 동안 산 위에 저자를 세우고자 하오니, 원근 여러분께서는 의심하지 마시고 모두들 빠짐없이 광림(光臨)하시기 바랍니다. 저희들은 여러분께 성심껏 보답하겠나이다.

소양은 이 같은 고시문을 수십 장 써서 여러 사람으로 하여금 각처에 나가 골고루 붙여놓게 했다.

그러고서 송강은 창고를 열어젖히고 금은보화와 능라 채단을 꺼내서 두령들과 군사들에게 나누어주고, 그리고 따로 일부를 가려내어 그것은 나라에 헌상하도록 쌓아두고 그 나머지는 산채에 진열하여 열흘 동안 장을 여는데, 3월 초사흗날부터 열사흗날까지 끝마치기로 하고, 그동안엔 소와 양을 잡고 술을 담가두고서 산에 올라오는 손님들한테 골고루 음식을 대접하기로 했다.

이렇게 준비를 마치고 3월 초사흗날이 되었다. 사방에서 백성들이 채통을 지고, 전대를 들고, 꾸역꾸역 산채로 모여들어 가지각색 물건을 구경하고 흥정하는데, 물건을 팔고 있는 졸개들은 송강으로부터 명령을 받았었으니까 열 냥짜리 물건을 한 냥씩에 파는 고로, 백성들은 너도나도 앞을 다투어 사기에 바빴다.

"어이 고마워라! 원, 이렇게 헐값으로 주다니!"

물건을 사가는 백성들은 모두들 이같이 고마워했다.

이같이 번창하게 열흘이 지나서 송강은 장을 파하게 하고 두령들 전원에게 서울로 떠나갈 준비를 하라고 명령했다. 그리고 그는 가족들까지 모두 고향으로 돌려보내려고 들었는데, 이때 오용이 반대하는 것이었다.

"안 됩니다! 형님. 우리가 서울 가서 천자님을 뵙고, 확실히 우리들이 어떻게 된다고 결정이 난 다음에 고향에 돌려보내야 합니다. 아직 좀 더 산에 머물러 있게 하십시오."

"아! 참 군사(軍師)의 말이 옳군! 그렇게 합시다."

송강은 다시 명령하여 가족들은 움직이지 못하게 하고, 군사들만 데리고 즉시 출발하여 제주에 도착해 장태수에게 감사하다는 예를 드렸다. 장태수는 기뻐하면서 잔치를 베풀고 그들을 위로하는 일방, 군사들한테도 음식을 주어 요기하게 되었다.

송강은 오래 지체하지 않고 장태수에게 작별 인사를 드린 후, 삼군을 휘동하여 다시 길을 떠나면서, 대종과 연청으로 하여금 먼저 서울로 가서 숙태위 대감한테 연통하도록 했다.

숙태위는 기다리고 있던 참이라, 두 사람으로부터 송강 일행이 삼군을 영솔하여 상경한다는 소식을 듣고 즉시 대궐에 들어가 천자께 아뢰었다.

휘종 황제는 대단히 만족해하면서, 태위와 어가(御駕) 지휘사 한 명으로 하여금 정모절월(旌旄節鉞)을 가지고 성 밖에까지 나가 영접하라 했다.

그런데 이때 송강의 군사는 위풍당당하고 질서정연하게 대오를 지어 들어오고 있었으니, 선두에는 '순천(順天)'이라 쓴 것과 '호국(護國)'이라 쓴 두 개의 홍기(紅旗)를 세우고, 두령들은 모두 군복을 단정히 입었으며, 오용은 윤건(綸巾)에 우복(羽服)을 입고, 공손승은 학창 도포(鶴氅道袍)를 입고, 노지심은 붉은 장삼, 무송은 검은 직철(直裰)로 모두 중의 복색을 입었으며, 그 밖의 두령들은 전포금개(戰袍金鎧)의 늠름한 풍채였다.

이때 앞에서 어가 지휘사가 그들을 마중 나왔다.

송강은 숙태위도 마중 나왔다는 말을 듣고, 두령들을 데리고 앞으로 나와서 숙태위에게 예를 드린 후, 군사들은 신조문(新曹門) 밖에서 잠시 쉬고 성지(聖旨)가 있기를 기다리게 했다.

한편, 성내로 돌아간 숙태위와 어가 지휘사는 바로 대궐로 들어가서,

"송강 등의 군사가 모두 지금 신조문 밖에서 폐하의 성지를 기다리고 있습니다."

하고 천자께 아뢰었다.

천자는 매우 기쁜 얼굴로 두 사람을 바라보며 말씀했다.

"양산박 송강 등 1백 8명이 하늘의 성운(星運)을 타고 나온 사람들로 모두 영웅이요, 또 용맹이 비상하다는 이야기는 짐이 들은 지 오래요. 저들이 귀순하여 서울에 왔다면, 짐이 내일 백관(百官)을 데리고 선덕루(宣德樓)에 올라가, 송강 등으로 하여금 군장(軍裝)을 한 채, 보군(步軍) 4, 5백 명만 데리고 입성하여 동문으로부터 서문까지 행진해보라 하고서, 친히 열병(閱兵)하겠소. 그래서 성내 백성들에게 저 같은 영웅호걸이 국가의 양신(良臣)인 것을 알려주겠단 말이오. 그리고 열병이 끝난 후 군복을 벗고 무기를 버리고, 모두들 금포(錦袍)를 입게 하고서, 동화문(東華門)으로 들어와 문덕전(文德殿)에서 예를 하도록 하겠소."

이같이 분부가 떨어지자, 어가 지휘사는 즉시 양산박 군사들이 있는 진전(陣前)으로 달려가서 천자의 말씀을 전했다.

이튿날,

송강은 명령을 내려 철면공목 배선으로 하여금 신체가 장대한 사람으로 6, 7백 명을 골라 세우게 한 후 선두에는 기번(旗旛)을 세우고, 후방에는 창과 도끼를 들리고, 중앙에는 '순천(順天)' '호국(護國)' 두 개의 기를 세우고, 병졸들은 군복 위에 도검궁시(刀劍弓矢)를 갖추게 하고서 질서정연하게 동곽문(東郭門)으로부터 성내로 들어갔다. 이때 성내의 백성들은 양산박 호걸들이 들어온다는 소문을 듣고 늙은이 어린이 모조리 구경하러 나왔기 때문에 큰길은 메워질 지경이었다.

한편, 휘종 황제는 선덕루 높은 노대(露臺) 위에서 백관을 인솔하고

서 이 광경을 내려다보고 있었는데, 앞줄에는 금고기번(金鼓旗旛)과 도창부월(刀鎗斧鉞)의 대오가 정렬하고, 중앙에는 백마를 탄 마군이 '순천'과 '호국'의 홍기를 세우고, 그밖에 2, 30기(騎)의 군악대가 울리며 그 뒤에서 송강 이하 두령들이 위풍당당하게 들어오고 있다.

황제는 이 모양을 보고 감탄했다.

"과연 천하에 드문 호걸들이로다!"

이같이 말하고 진심으로 탄복하다가 황제는 곧 전두관(殿頭官)을 가까이 불러 송강 등에게 금포를 입고서 배알하도록 하라고 분부를 내렸다.

전두관이 즉시 내려가 황제의 분부를 전하자, 송강 등은 동화문 밖으로 나아가 입었던 군복을 벗고, 위에서 하사한 홍록금포를 입고, 각각 금패·은패를 달고, 그리고 황제 앞에서 나아갈 때 쓰는 건책(巾幘)을 쓰고, 조화(朝靴)를 신었다. 그러나 그들 중에서 공손승은 붉은 비단으로 지은 도포를 입고, 노지심은 중의 복색을 입고, 무송은 직철을 입었다. 이같이 세 사람이 다른 사람들과 다르게 복색을 차린 것도 말하자면 황제의 뜻을 잊지 않는다는 표적이었다.

"자, 어서 들어가 뵙도록 합시다."

그들이 준비를 마치자, 송강은 이같이 재촉하여 자기가 앞에 서고, 그 뒤에 노준의와 공손승이 따르게 하고, 또 그 뒤에 대소 두령들이 순서대로 따르게 한 후, 동화문으로 해서 들어갔다.

이날 식장의 준비가 엄숙히 정비되었는데, 진시(辰時)쯤 되어서, 휘종 황제는 문덕전에 나타났다.

그때 의례사(儀禮司)의 관원이 송강 등 일동을 안으로 인도하여 들인 후, 전두관의 지시에 따라서 그들은 반(班)을 나누어 열(列)을 짓고 배무기거(拜舞起居)의 예를 드린 후 일제히 우렁차게 만세를 불렀다.

"음, 매우 좋도다! 모두 이리로 오도록 하라!"

천자는 용안에 희색을 띠고 그들을 불러올려 자리에 앉기를 권하고서 즉시 연회를 시작하라고 분부를 내렸다.

궁중 연회를 책임 맡은 광록사(光祿寺)가 미리 준비시켰던 양온서(良醞署)의 술과, 진수서(珍羞署)의 요리와, 장해서(掌醢署)의 밥과, 대관서(大官署)의 음식상을 모두 들여오게 하고, 교방사(敎坊司)로 하여금 풍악을 연환케 하자, 황제는 중앙에 있는 어좌(御座)에 나와 앉아 술을 들면서 그들과 함께 잔치를 즐겼다. 이와 같이 귀순한 양산박 두령들과 천자가 함께 즐기는 잔치는 해가 넘어갈 무렵에야 끝이 났다. 그리고 송강 이하 두령들은 위에서 내린 꽃 한 가지씩을 꽂고서 궁중으로부터 나와 서화문(西華門) 밖에서 각각 말을 타고 영채(營寨)로 돌아왔다.

이튿날 송강 등은 다시 입성하여 예악사(禮樂司)의 인도로 문덕전에 들어가서 천자를 뵙고 성은에 감사하는 예를 드렸다.

휘종 황제는 용안에 희색이 가득하여 그들에게 관직을 주도록 절차를 밟으라는 칙명을 내렸다. 송강 등은 분에 넘치는 성은에 황공해서 사은하고 돌아왔다.

그러나 이들이 순조롭게 관직에 오르도록 방관하고 가만있을 간신배가 아니다. 천자로부터 송강 등에게 관직을 내리라는 칙명이 있던 그 이튿날, 추밀원의 관원들로부터 다음과 같은 상주문이 올라왔다.

이번에 새로 귀순한 사람들은 아직 나라에 공로를 세운 것도 없는데 관작을 내리신다 하옴은 불가한 일로 아옵니다. 일후 국가를 수호하는 싸움에 나가서 공훈을 세운 뒤에 상을 주는 것이 옳지 않을까 생각하옵니다. 그리고 지금 수만의 무리가 성 밖에 진을 치고 있는 일은 매우 불가하옵니다. 이것들이 서울에 머물러 있는 것도 만일을 위해서 좋지 못한 일이오니 폐하께서는 송강 등의 군마를 각각 본처로 돌려보내게 하옵시고, 그 나머지는 각각 오로(五路)로 분해서 산동, 하북 등지로 흩어 놓는 것이 상책일까 하옵니다.

이 같은 상주문을 받은 휘종 황제는, 이 말도 일리는 있는 말이라 생각하고서, 다음날 어가 지휘사를 송강의 진영에 보내어 구두로 이 뜻을 전달하게 했다.

"송강 등은 군사를 각각 흩어서 원지(原地)로 돌아가라 합신다."

어가 지휘사로부터 이 같은 말이 떨어지자, 모든 두령들이 분개했다.

"아니, 조정에서 우리더러 귀순하라 했기 때문에 우리가 항복한 것인데 그래 관작은 안 주면서 우리 형제들만 분산시키려는 거요? 우리들은 죽어도 같이 죽고, 살아도 같이 살기로 된 한 몸뚱어리란 말이오! 기어코 그럴 작정이라면, 우리는 다시 양산박으로 돌아가는 길밖에 별수 없소!"

송강은 젊은 사람들이 이같이 떠드는 것을 보고 일이 난처해서, 한편으론 그들을 무마하며, 한편으론 어가 지휘사의 양해를 구하느라고 애를 썼다.

"돌아가셔서 제발 좋은 말씀으로 보고해주십시오. 부탁합니다."

송강은 그가 돌아갈 때 이같이 신신당부했다.

그러나 어가 지휘사가 어찌 사실을 은폐할 수 있으랴. 그는 조정에 돌아가서 자기가 본 대로 들은 대로 상세히 보고했다.

휘종 황제는 그 말을 듣고 놀라운 표정으로 즉시 추밀원 관원들을 불러들이라고 분부했다.

잠시 후, 추밀사 동관이 들어와서 아뢰는 것이었다.

"양산박 놈들이 겉으로 항복은 했습니다마는, 본심은 조금도 안 고쳤습니다. 아무래도 미구에 큰 환란을 일으킬 놈들이옵니다. 소신의 생각 같아서는, 폐하께서 성지를 내리시어 저놈들을 성내에 불러들인 후, 1백 8명을 한 놈 남기지 마시고 모조리 죽여 없애고, 그 부하들은 각 지방으로 분산시켜버리는 것이 국가의 재난을 미리 근절시키는 방책인 줄로 생각합니다."

동관의 말을 들은 휘종 황제는, 그 말도 그럴듯싶으나 또 그렇지 않은 사실도 알고 있는지라, 어떻게 결정을 지어야 좋을지 생각하느라고 멍하니 앉아 있는데, 이때 별안간 병풍 뒤에서 한 사람이 튀어나오므로 돌아다보니 자포(紫袍)에 상간(象簡)을 들고 있는 대신(大臣)이 동관을 보고 꾸짖는 것이 아닌가.

"지금 나라의 변경은 오랑캐들 때문에 봉화대에 봉화가 그칠 새 없는데, 이때에 나라야 어찌되든 중앙에서 또 재난을 일으켜보겠단 말이냐? 도대체 너희들 용악(庸惡)한 신하들이 성조천하(聖朝天下)를 무너뜨릴 작정이냐?"

요망한 간신들이 조정을 쥐락펴락하는 더러운 판국이었건만, 개중에는 이렇게 똑바른 말로 천하를 걱정하는 대신도 있었던 것이다.

사실, 이때의 송(宋)나라는 북쪽 변경에 요국(遼國)이 일어나 태행산맥(太行山脈) 뒤쪽 구주(九州)의 경계선을 침입하여 군사를 네 길로 나누어 산동(山東), 산서(山西)를 침략하고, 하북(河北), 하남(河南) 지방을 넘겨다보는 긴박한 정세이다. 그러기 때문에 이 대신의 말마따나 변경의 봉화대에서는 봉화불이 그칠 새 없고, 각 지방에서는 상주문을 올려 조정에 구원을 청했던 것이지만, 본래 천자께 올려가는 문서는 모두 추밀원을 거쳐야 하는 법이라, 추밀사 동관은 추밀원 태사(太師) 채경과 태위(太尉) 고구, 양전과 서로 짜고서 그것을 천자께 올리지 않고 깔아둔 후, 다만 가까운 고을에 명령해서 군사를 내어 구원하도록 지시했었으니, 이것은 마치 눈을 쓸어다가 우물을 메우는 격이었다. 그리고 그들이 이같이 해왔기 때문에 세상에서는 죄다 알고 있건만, 오직 휘종 황제만 까맣게 모르고 있는 것이었는데, 이번에는 양산박 송강 등을 귀순시키고 관직까지 내리게 된 것을 알고 이들 네 사람은 서로 의논한 끝에 추밀사 동관으로 하여금 송강 등 1백 8명을 몽땅 함정에 빠뜨려 넣으려고 설계했던 것이다. 일이 이렇게 된 일이었는데, 뜻밖에 병풍 뒤에서 대신

하나가 튀어나와 소리를 질렀으니, 이 사람이 바로 전전 도태위 숙원경이었다.

숙태위는 황제 앞으로 가서 다시 아뢰었다.

"폐하! 폐하께서는 간신들의 말을 곧이듣지 마시옵소서. 이번에 귀순한 송강 등 1백 8명은 서로 수족같이 돕고, 동포처럼 마음이 통하는 무리들입니다. 저들은 목숨이 끊어질지언정 서로 떨어지지 아니하려는 무리입니다. 그런 것을 지금 와서 성내에 꾀어들여서 모조리 죽여버린다는 것은 말이 안 됩니다. 어제는 저들을 초안해서 죄를 사면시키고, 어찌 또 오늘은 그같이 죽여버리실 수 있겠습니까? 저들 호한(好漢)들은 지모와 무용이 비상합니다. 만일 성중에 변을 일으킨다면 그것을 진압할 힘이 부족할 것입니다. 과거에 몇 번이나 조정에서 저들을 토벌하러 갔다가도 번번이 참패하고 돌아온 것만 보아도 아실 것 아닙니까? 가뜩이나 지금 요국(遼國)은 10만 대군을 일으켜 태행산맥 여러 고을을 침략하는 이때, 소속 군현에서 표문(表文)을 올리어 조금씩 구원을 얻어가기는 합니다마는, 그것은 개미떼한테 더운 물을 끼얹는 정도밖에 안 됩니다. 적의 형세는 나날이 강대해가는 판이고, 파견된 관군이 좋은 계책이 없어서 번번이 군사를 잃고 장수를 죽일 뿐이건만, 간신들이 폐하를 기만하고 상주하지 아니하므로 폐하만 모르시고 계십니다. 소신의 생각으로는 이때가 좋은 때이니, 송강 등 양장(良將)과 장병들을 전부 변경으로 보내어 요국의 적군을 제압케 함으로써 그들에게 공을 세우게 한 연후, 나라에서 중용하는 것이 상책인가 하옵니다. 폐하께서 밝으신 판단을 내리시기 바라옵니다."

숙태위의 말이 끝나자 천자는 걱정이 풀어진 듯 시원하게 한숨을 짓고, 얼굴에 기쁜 빛이 나타났다.

아마도 자신이 천하 형세를 새로 알았다는 기쁨과, 또 송강 등 1백 8명을 죽이지 않고도 좋은 길이 나섰다는 기쁨이 그로 하여금 마음의 안정을 얻게 한 모양이다.

"지금 숙태위의 말이 어떻소? 다른 말이 있거든 말들 하오."

황제가 좌우를 둘러보며 이같이 의견을 재촉하는 데도 아무도 입을 벌리지 못하는 것을 보고, 마침내 황제는 동관 이하 추밀원 관원들을 크게 꾸짖었다.

"도시 너희들 간악한 무리들이 나라를 망치고, 어진 사람을 버리게 하고, 유능한 사람은 거꾸러지게 해왔구나! 조정 대사를 그르치게 한 죄로 보아서는 당장 일을 내겠다마는, 이번엔 특히 용서하고 덮어두겠다."

황제는 이같이 말씀한 후 친히 조서를 썼다. 송강을 파요도선봉(破遼都先鋒)으로 삼고, 노준의를 부선봉(副先鋒)으로 삼고, 그 외 여러 장수들은 공을 세운 후에 각각 벼슬을 주겠노라는 내용이었다.

"자, 그럼 숙태위가 이 조칙을 가지고 송강의 진영에 가서 개독(開讀) 해주시오!"

황제는 조서를 숙태위에게 주면서 이같이 말씀하고 옥좌(玉座)에서 일어나므로 문무백관들도 모두 물러나왔다.

대궐에서 물러나온 숙태위는 조칙을 가지고 바로 송강의 영채로 갔다. 송강 등 모든 두령들은 급히 향안(香案)을 배설하고 일제히 꿇어앉아 숙태위가 종이를 펴들고 읽는 조칙에 귀를 기울였다.

이 얼마나 만족한 내용이랴. 일동은 숙태위가 조칙을 읽기를 마치자 모두들 기뻐서 만세를 불렀다. 그리고 송강은 일동을 대표해서 숙태위 앞에 나아가 감사히 예를 드렸다.

"저희들이 오래전부터 나라를 위해서 힘을 다하고 공을 세워 충신이 되고자 했었지만, 이번에 대감께서 힘쓰셔서 그런 길을 열어주시니, 그 은혜는 부모의 은혜나 진배없습니다. 그러나 다만 한 가지 걸리는 일이 있으니, 이 일만은 꼭 들어주시기 바랍니다."

"그 일이 무슨 일인가요?"

"다름 아니라 양산박에는 조천왕의 위패가 그대로 있을 뿐 아니라, 가족들도 아직 고향으로 돌아가지 못하고 있고, 산채도 그냥 서 있고, 전선(戰船)도 그냥 놔두고 있으니, 대감께서 잘 말씀드려서 앞으로 열흘 동안만 말미를 주신다면 저희들이 산에 돌아가서 마지막 뒤처리를 깨끗이 하고 무기를 모두 수습한 후, 돌아와 진충보국하겠습니다."

"그야 어렵지 않은 일이외다!"

숙태위가 승낙하고 돌아가서 이 뜻을 천자께 아뢰었더니 휘종 황제는 선뜻 승낙할 뿐만 아니라 황금 1천 냥, 은 5천 냥, 비단 천 필을 하사하여 그것을 송강 이하 여러 장수에게 분배하여 주라는 것이었다.

숙태위는 창고에 가서 천자의 하사품을 수십 채의 수레에 실어 송강의 진영에 와서 나누어주는데, 가족이 있는 사람에게는 가족에게 주어서 살림에 보태어 쓰도록 하고 가족이 없는 사람에게는 본인에게 주어서 자유로 쓰도록 나누어주었다.

송강이 일동을 대표해서 은혜에 감사하자, 숙태위는 그를 보고,

"장군이 산에 돌아가거든 아무쪼록 기일을 어기지 말고 속히 돌아오시오. 그리고 돌아올 땐 그전처럼 나한테 먼저 사람을 보내주시오."

이같이 당부하고 돌아갔다.

숙태위가 돌아간 뒤에 송강은 두령들을 한자리에 모으고 의논했다.

"자, 그럼 산에 돌아가서 뒤처리할 사람을 정합시다."

"글쎄요. 무어 죄다 갈 것 없고, 몇 사람만 가는 것이 좋겠지요. 남은 사람은 여기서 기다리고 있으면 그만이니까요."

이같이 의논은 간단히 결정되어 결국 송강·오용·공손승·임충·유당·두천·송만·주귀·송청·원소이·소오·소칠의 삼형제와 마군·보군·수군, 합쳐서 1만 명이 가기로 하고, 나머지 군사들은 모두 노준의 두령과 함께 그대로 서울에 주둔해 있기로 했다.

송강·오용·공손승 등 일행은 양산박에 돌아와 충의당에 좌정한 후, 곧 명령을 내려 가족들에게 떠날 준비를 하라 하고, 한편으론 돼지와 양을 잡아 조천왕 사당에 제사를 올린 후 위패는 불에 살라버렸는데, 이러는 동안에도 벌써 보따리를 꾸려 집으로 돌아가는 가족들로 해서 산 위로부터 금사탄까지는 인마(人馬)가 줄을 지었다.

이같이 많은 사람들이 떠난 후에 송강도 자기 아버님 송태공을 위시해서 온 집안 식구를 하인에게 부탁하여 운성현 송가촌(宋家村)으로 모시고 돌아가 양민이 되도록 했다.

그러고 나서 원가 삼형제로 하여금 배를 정리하게 하여 완전한 배는 한 군데 모아두고 작고 못쓰게 된 배는 수선해서 사용하도록 부근 어부들에게 나누어주었다. 그리고 산 위에 있는 집들도 근처 주민들더러 와서 헐어가라 하고 세 군데 관문(關門)과 충의당까지 깨끗이 헐어버리는 사무를 끝마치고 나서 그들은 서울로 돌아갔다.

서울 성 밖에 있는 진영에서는 노준의가 나와서 그들을 마중했는데, 송강은 영채 안에 들어가자마자 연청을 불러 부탁하는 것이었다.

"자, 또 자네가 수고를 해야겠네. 숙태위 대감께 가서, 우리는 곧 군사를 거느리고 변경으로 가겠노라고, 폐하께 말씀드려주십사고 전하란 말이야."

부탁을 받은 연청이 급히 달려가서 이 뜻을 전하자, 숙태위는 또 즉시 대궐로 들어가서 천자께 아뢰었다.

휘종 황제는 만족했다.

그다음 날, 송강은 전두관으로부터 연락을 받고 무영전(武英殿)으로 들어가서 천자께 배알했다.

이때, 황제는 만족한 낯빛으로 술을 내리며 송강을 위로하는 것이었다.

"경(卿) 등은 속히 변경으로 나가서 북쪽 오랑캐 요(遼)의 무리들을 무찔러버리고 하루 속히 개가를 올리고서 짐의 근심을 덜어주기 바란다. 짐은 경 등을 중용할 것이요, 다른 장병들도 공적에 따라서 관작을 내릴 터이니 그리 알라."

송강은 머리를 땅에 대고서 아뢰었다.

"소신(小臣)은 본시 조그만 고을의 아전으로, 잘못하여 죄를 저지르고 강주로 귀양 가서 그곳에서 취중에 실수하와 미친 소리를 지껄인 까닭에 형장에서 사형을 받게 된 것을, 여러 호한들의 도움으로 피신하여 숨어 다니다가 필경 양산박에 가서 목숨을 붙이고 살아왔습니다. 이같이 백 번 죽어서도 면하기 어려운 죄를 저질렀습니다. 이번에 성상(聖上) 폐하께서 목숨을 살려주실 뿐 아니라 분에 넘치는 소임을 맡기시오니, 신이 간담을 쪼개고 쥐어짠다 해도 그 은혜에 보답할 수 없을 줄로 아옵니다. 힘을 다하고 충성을 다하여 폐하를 위하여 목숨을 바치겠사옵니다."

황제는 더욱 기뻐하면서 술을 송강에게 권하게 하고, 또 금빛 까치를 그린 활 한 벌, 말 한 필, 보도(寶刀) 한 자루를 그에게 하사했다.

송강은 성은에 감사하고 무영전에서 물러나와, 천자로부터 돌아오는 장병들에게 출동 준비령을 내렸다.

그 이튿날 아침, 휘종 황제는 숙태위에게 분부하여 중서성(中書省)으로 하여금 두 명의 관원을 진교역(陣橋驛)으로 보내어 송강의 삼군(三軍)을 위로해주는데 병졸 한 명 앞에 술 한 병, 고기 한 근씩을 공평하게 나누어주도록 했다. 그리하여 중서성에서는 밤을 새워 고기와 술을 장만하여 그것을 수십 채의 수레에 싣고서 진교역까지 나갔다.

그런데 송강은 삼군에 영을 내린 후 군사 오용과 의논하여, 육로와 수로 두 길로 군사를 나누어 행진하는데, 관승 등 오호팔표장(五虎八彪將)은 군사를 이끌고 전군(前軍)이 되어 앞서 나가고, 십표기(十驃騎)의 장수들은 후군(後軍)이 되고, 송강·노준의·오용·공손승은 중군(中軍)을 통솔하고, 수군(水軍) 두령 원가 삼형제와 이준·장횡·장순 등은 동위·동맹·맹강·왕정륙과 수부의 두목들을 데리고 배를 타고 채하(蔡河)로부터 황하(黃河)로 나가서 북쪽으로 진군하도록 했다.

그리고 송강은 삼군을 이같이 진군시키면서 군사들로 하여금 연도의 백성들에게 조금도 폐를 끼치지 못하도록 엄중히 영을 내렸다.

이때 중서성에서 파견된 관원 두 명은 진교역에 와서 기다리고 있다가 송강 군사들한테 음식을 나누어주기 시작했다. 그러나 누가 감히 이놈들이 군사에게 먹이는 음식까지 벗겨먹으리라고 생각했으랴. 이놈들은 탐관 중에서도 더러운 탐관이어서 뇌물을 받아먹고 도둑질하는 것으로 살아온 버릇을 버리지 못하고 은사(恩賜)의 술 한 병을 반병씩으로 줄이고, 고기 한 근 열엿 냥쭝에서는 엿 냥쭝씩을 잘라먹는 악질이었다. 그리하여 이놈들은 이따위로 전군(前軍) 병졸들한테는 배급을 했었는데, 조금 있다 후군(後軍)이 왔다.

후군의 병졸들은 검은 복색을 하고 검은 투구를 쓰고 있는데 이들은 항충과 이곤이 지휘하는 방패 쓰는 군사들이었다.

그런데 이 후군이 고기와 술의 배급을 받다가, 술이 반병뿐이고 고기는 열 냥쭝밖에 안 되는 것을 알고, 그중 병졸 한 명이 배급 주는 관원에게 삿대질을 해가며 욕을 했다.

"이 백정놈의 새끼들아! 아무리 벗겨먹는 버릇이 고질이 됐기로서니 은사하신 주육(酒肉)까지 벗겨먹느냐?"

이 소리를 듣고 중서성 관원이 호령했다.

"이놈! 어따 대고 욕지거리를 하는 거냐?"

"폐하께서 우리들한테 술 한 병, 고기 한 근씩 하사했는데, 너희 놈들이 떼먹지 않았다면 왜 이렇게 줄어들었겠느냐 말이다! 부처님 얼굴에 발라놓은 금박까지 벗겨먹을 도둑놈들!"

"이런 때려죽일 놈 봐라! 이놈이 양산박에서 배워먹은 역적 놈의 마음을 아직까지 못 고쳤구나!"

이 소리를 듣고 있던 병졸은 고기와 술병을 관원 놈의 상판에다 냅다 던졌다.

"이놈을 잡아라!"

관원은 얼굴에 술을 뒤집어쓰고 소리를 질렀는데, 병졸은 단패(團牌)를 뒤로 비키면서 칼을 쑥 빼들었다.

"이놈이! 이 도둑놈이 칼을 빼들면 네가 누구를 어쩔 테냐?"

관원이 또 호령했지만 병졸은 눈을 홉뜨고 이를 간다.

"이놈아! 내가 양산박에 있을 적엔 너보다 잘생긴 놈을 몇 만 명 죽였는지 모른다. 너 따위 도둑질밖에 모르는 관리 놈은 내 앞에선 파리 모가지 같다!"

"이놈아! 네가 나를 죽이겠단 말이냐?"

관원이 또 이같이 호령했건만, 병졸은 한 발자국 성큼 들어서면서 손이 한 번 번쩍이더니, 어느새 그 관원은 얼굴에 칼을 맞고 땅 위에 거꾸러진다. 그러자 또 한 명의 관원과 부하들은 소리를 지르면서 내빼버리고, 병졸은 땅바닥에 거꾸러진 관원을 밟고 서서 이쪽저쪽을 함부로 난도질하여 아주 죽여버렸다. 옆에 있던 다른 병졸들이 달려들어 말릴 사이도 없었다.

조금 후에 이 부하를 인솔하는 항충과 이곤은 급히 이 사실을 송강에게 보고했다.

송강은 크게 놀라 오용과 상의했다.

"이 일을 어찌하면 좋지요?"

오용은 한참 생각하더니 대답하는 것이었다.

"매우 까다롭게 일이 됐습니다. 처음부터 중서성 관원들은 우리를 좋아하지 않았는데 이런 일이 생겼으니, 이제는 꼼짝 못 하고 그자들의 함정에 빠지게 됐지요. 그러니까 아무래도 우리가 모두 함정을 벗어나려면, 그 병졸의 목을 베는 수밖에 달리 도리가 없습니다. 그런 후 중서성에 상신(上申)하고 처분을 기다려야지요. 그리고 한옆으로 대종과 연청을 숙태위한테 보내서 이번 일을 상세히 말씀드려, 미리 폐하께서 아시고 계시도록 해야 중서성의 모함에서 우리가 빠져나올 겁니다."

"그렇게만 하면 무사할까요?"

"아마, 무사하게 될 겁니다."

이같이 의논을 정하고서 송강은 말을 달려 진교역으로 갔다.

그때 중서성 관원을 죽인 병졸은 죽은 관원의 시체 곁에 서 있었다.

송강은 우선 사람을 역관(驛舘)으로 보내어 술과 고기를 내다가 군사들을 위로한 다음에, 그 관원을 죽인 병졸을 데리고 역관 안에 들어가서 그때 사정을 물어봤다.

"어쩌다가 그렇게 죽이게 됐더냐?"

"그 자식이 저더러 양산박 역적 놈이라는 소리를 자꾸만 하기에 그만 성이 왈칵 나서 죽여버렸던 거예요. 장군께서 처분해주십시오."

"그 사람은 조정의 관원이 아니냐? 나도 그 사람한테는 조심하는 터인데, 네가 그런 사람을 죽이기까지 했으니 너만 죄를 당하는 게 아니고 이제는 우리들 전체가 그 누(累)를 쓰게 됐단 말이다. 너도 알다시피 내가 지금 칙명을 받들고서 요(遼)를 치러 나가는 길인데, 미처 공이라고는 손톱만큼도 못 세우고서 이런 일을 저질렀으니 이 노릇을 어떻게 하면 좋단 말이냐?"

"제가 잘못했습니다. 저를 죽여주십시오!"

그 병졸은 그만 땅에 엎드려 엉엉 운다.

송강도 눈물을 떨어뜨리면서 떨리는 목소리로 말했다.

"내가 양산박에 들어간 이후, 나는 우리들 형제 중에서 한 사람도 죽인 일이 없다. 그런데 오늘날은 내가 조정에 바친 몸이다. 내 몸이지만 내가 마음대로 할 수 없는 처지에 있단 말이다. 네가 일을 저지른 것은 그전에 갖고 있던 급한 성미 때문이니 그래서야 쓰겠니?"

"잘 알았습니다. 저를 사형에 처해주십시오!"

송강은 더 말을 하지 못하고 눈물을 씻으면서 병졸에게 술을 권했다.

"실컷 마셔라! 더 마셔라!"

그는 이같이 권하여 그 병졸이 크게 취하게 되자,

"너는 저 나무 밑에 가서 자결할 수밖에 없고나!"

하고 길가에 선 고목을 가리켰다.

"알았습니다. 두령님의 은총을 받다가 가는 데는 조금도 여한이 없습니다. 부디 안녕하시기 바랍니다."

그 병졸은 주저하지 않고 나무 밑으로 가더니, 목을 매달고 죽어버렸다. 송강은 눈물을 뿌리면서 그 목을 잘라다 나무에 매달게 하고, 죽은 관원의 시체는 관에다 넣고 문서를 작성하여 중서성에 급히 보고를 올렸다.

(6권 계속)

고구 지휘하의 13만 관군 절도사

하남 하북 절도사 왕환, 상당 태원 절도사 서경, 경북 홍농 절도사 왕문덕, 영주 여남 절도사 매전, 중산 안평 절도사 장개, 강하 영릉 절도사 양온, 운중 안문 절도사 한존보, 농서 한양 절도사 이종길, 낭야 팽성 절도사 항원진, 청하 천수 절도사 형충.

구악과 주앙

서울 어전지휘 장수. 구악은 80만 금군의 도교두, 주앙은 부교두로 양산박 토벌을 위해 내려온 고태위의 구원병 장수이다.

당세영·당세웅

고태위가 데리고 있는 형제 장교. 통제관 직책을 맡아 용명을 떨쳤던 인물들이다.

동관

추밀원의 추밀사. 10만 관군을 이끌고 양산박을 토벌하고자 했지만 대패한다.

동관 지휘하의 10만 관군 대장

수주 병마도감 단붕거, 정주 병마도감 진저, 진주 병마도감 오병이, 당주 병마도감 한천린, 허주 병마도감 이명, 등주 병마도감 왕의, 여주 병마도감 마만리, 승주 병마도감 주신, 어전 비룡대장 풍미, 어전 비호대장 필승.

몰우전 장청

창덕부 사람으로 호기군 출신의 인물. 돌멩이를 던져서 백발백중 사람을 맞히는 까닭에 별명이 몰우전(沒羽箭)이다.

문환장

안인촌 서당에서 아이들을 가르치다 고태위의 참모로 활약하는 인물. 재간이 뛰어나고 제갈공명 같은 지모가 있다.

섭춘

고태위 지휘하에 해추선 수백 척을 만드는 임무를 맡은 전선건조 도감독.

쌍창장 동평

태수 정만리 밑에 병마도감으로 있던 인물. 두 자루 창을 잘 쓰기 때문에 쌍창장(雙鎗將)이라 불린다.

왕근

제주부청 아전. 심보가 표독해서 완심왕(剜心王)이라 불린다.

우방희

고태위의 심복부하.

유몽룡

금릉 건강부 수군(水軍) 일개 부대의 두목 되는 통제관.

유태공

흑선풍과 연청이 하룻밤 묵어간 집의 주인. 가짜 송강에게 딸이 납치당했는데 이를 흑선풍이 찾아준다.

이사사

장안에서 제일 유명한 행수기생(行首妓生). 당시 송나라 임금이 자주 드나들던 기생집 인물이다.

이우후

진태위가 대사령 칙서를 가지고 양산박으로 가는 길에 동행한 인물. 고태위가 천거했다.

자염백 황보단

동창부에 사는 수의(獸醫). 눈동자가 푸르고 수염이 노란 데다 얼굴 생김새가 서양사람 같아서 자염백(紫髥伯)이라 불린다.

장간판

진태위가 대사령 칙서를 가지고 양산박으로 가는 길에 동행한 인물. 채태사가 천거했다.

장숙야

제주 태수. 양산박 두령들에게 호감을 갖는 인물이다.

적태공

흑선풍과 연청이 하룻밤 묵어간 집의 주인. 몸에 귀신이 붙었다는 딸의 치료를 부탁받은 흑선풍이 그 딸과 딸의 간부를 죽여준다.

정거충

한충언의 도움으로, 백관(百官)의 죄를 취급하는 어사대부에 있는 인물이다.

중전호 정득손

몰우전 장청의 부장(副將). 곰보딱지 얼굴에 비차(飛叉)를 잘 쓴다.

진종선

전전태위(殿前太尉). 휘종 황제의 칙사로 임명되어 칙서와 어주를 가지고 대사령을 알리고자 양산박으로 간 인물이다.

한충언

안문 절도사 한존보의 삼촌. 국로태사(國老太師)로서 조정의 웬만한 벼슬아치들이 모두 이 사람 문하에서 출세했다.

화항호 공왕

몰우전 장청의 부장(副將). 비창(飛鎗)을 잘 쓴다.